HEYNE
BÜCHER



**Fantasy**

Herausgegeben von Friedel Wahren

# Das Schwarze Auge

1. Band: Ulrich Kiesow, *Der Scharlatan* · 06/6001
2. Band: Uschi Zietsch, *Túan der Wanderer* · 06/6002
3. Band: Björn Jagnow, *Die Zeit der Gräber* · 06/6003
4. Band: Ina Kramer, *Die Löwin von Neetha* · 06/6004
5. Band: Ina Kramer, *Thalionmels Opfer* · 06/6005
6. Band: Pamela Rumpel, *Feuerodem* · 06/6006
7. Band: Christel Scheja, *Katzenspuren* · 06/6007
8. Band: Uschi Zietsch, *Der Drachenkönig* · 06/6008
9. Band: Ulrich Kiesow (Hrsg.), *Der Göttergleiche* · 06/6009
10. Band: Jörg Raddatz, *Die Legende von Assarbad* · 06/6010
11. Band: Karl-Heinz Witzko, *Treibgut* · 06/6011
12. Band: Bernhard Hennen, *Der Tanz der Rose* · 06/6012
13. Band: Bernhard Hennen, *Die Ränke des Raben* · 06/6013
14. Band: Bernhard Hennen, *Das Reich der Rache* · 06/6014
15. Band: Hans Joachim Alpers, *Hinter der eisernen Maske* · 06/6015
16. Band: Ina Kramer, *Im Farindelwald* · 06/6016
17. Band: Ina Kramer, *Die Suche* · 06/6017
18. Band: Ulrich Kiesow, *Die Gabe der Amazonen* · 06/6018
19. Band: Hans Joachim Alpers, *Flucht aus Ghurenia* · 06/6019
20. Band: Karl-Heinz Witzko, *Spuren im Schnee* · 06/6020
21. Band: Lena Falkenhagen, *Schlange und Schwert* · 06/6021
22. Band: Christian Jentzsch, *Der Spieler* · 06/6022
23. Band: Hans Joachim Alpers, *Das letzte Duell* · 06/6023
24. Band: Bernhard Hennen, *Das Gesicht am Fenster* · 06/6024
25. Band: Niels Gaul, *Steppenwind* · 06/6025
26. Band: Hadmar von Wieser, *Der Lichtvogel* · 06/6026
27. Band: Lena Falkenhagen, *Die Boroninsel* · 06/6027
28. Band: Barbara Büchner, *Aus dunkler Tiefe* · 06/6028
29. Band: Lena Falkenhagen, *Kinder der Nacht* · 06/6029
30. Band: Ina Kramer (Hrsg.), *Von Menschen und Monstern* · 06/6030
31. Band: Johan Kerk, *Heldenschwur* · 06/6031
32. Band: Gun-Britt Tödter, *Das letzte Lied* · 06/6032
33. Band: Barbara Büchner, *Das Galgenschloß* · 06/6033 (in Vorb.)
34. Band: Karl-Heinz Witzko, *Tod eines Königs* · 06/6034 (in Vorb.)
35. Band: Hadmar von Wieser, *Der Schwertkönig* · 06/6035 (in Vorb.)
36. Band: Barbara Büchner, *Schatten aus dem Abgrund* · 06/6036 (in Vorb.)

Das Schwarze Auge

GUN-BRITT TÖDTER

# DAS LETZTE LIED

*Zweiunddreißigster Roman aus der aventurischen Spielewelt*

begründet von
ULRICH KIESOW

**Originalausgabe**

WILHELM HEYNE VERLAG
MÜNCHEN

HEYNE SCIENCE FICTION & FANTASY
Band 06/6032



*Umwelthinweis:*
Dieses Buch wurde auf
chlor- und säurefreiem Papier gedruckt.

Redaktion: F. Stanya

Printed in Germany 1998
Umschlagbild: Manfred Halder
Kartenentwürfe (Seite 6/7 und 8): Ralf Hlawatsch
Umschlaggestaltung: Atelier Ingrid Schütz, München
Technische Betreuung: M. Spinola
Satz: Schaber Satz- und Datentechnik, Wels
Druck und Bindung: Presse-Druck, Augsburg

ISBN 3-453-13366-8

*Für Thomas*

Ifirns Ozean
Yeti-Land
Riva
Norburg
Bornland
Orkland
Thorwal
Lowangen
Baliho
Festum
Warunk
Nostria
Havena
Mittelreich
Beilunk
Gareth

Meer der Sieben Winde
Fasar
Zorgan
Vinsalt
Khunchom
Kuslik
Mherwed
Liebl.
Khom
Feld
Tuzak
Thalusa
Maraskan
Zyklopen-
Inseln
Perlenmeer
Al'Anfa
Brabak
Altoum
Waldinseln
Aventurien
500 Meylen
N
W
O
S

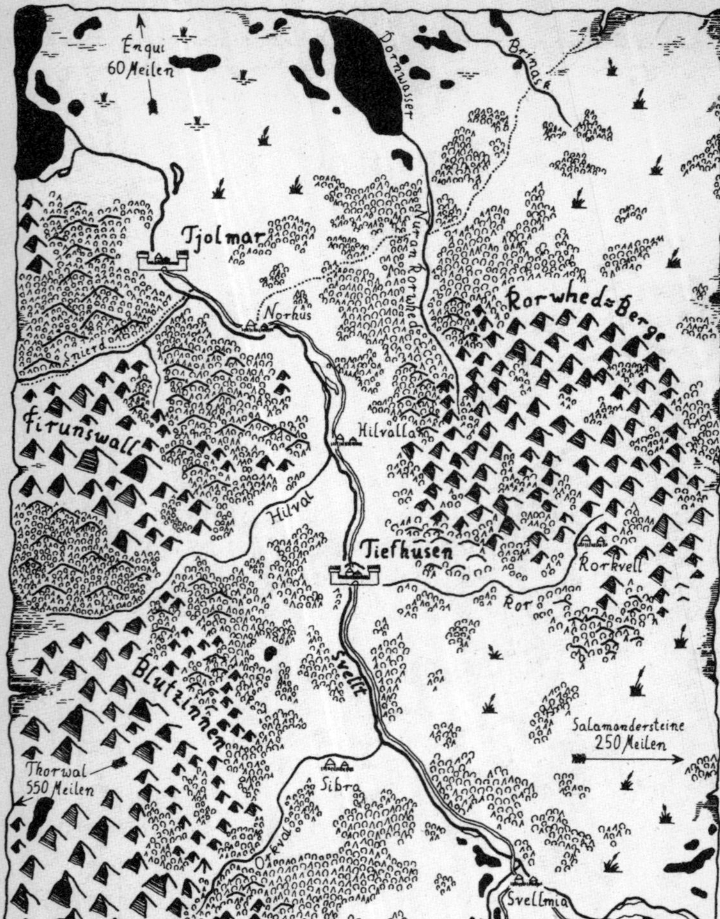

Enqui
60 Meilen
Dornwasser
Brinask
Tjolmar
Norhus
Snierd
Nuran Rorwhed
Rorwhed-Berge
Firunswall
Hilvalla
Hilval
Tiefhusen
Rorkvell
Ror
Blutzinnen
Svellt
Salamandersteine
250 Meilen
Thorwal
550 Meilen
Sibra
Orkval
Svellmia
Ansvell
Lowangen
130 Meilen
Svall
Gareth
550 Meilen
Das Svelltland
30 Meilen
Gen Firun

# PROLOG

*Zukunft ist wie ein Land unter dem Nebel der Nacht im Lichte des Madamals.*

LUZELIN VOM BLAUEN WALD

»Schön, schön. Doch, sehr schön.«

Die Stimme klang dunkel und wie durch Staub und Rauch eines langen Lebens rauh geworden. Das leise Lachen aus derselben Kehle sprach von kalter und giftiger Freude. Stuhlbeine schabten auf steinernem Boden. Schritte eines schweren, sich behäbig bewegenden Körpers folgten.

»Nun, es wird gefallen, das ist sicher.«

Die Schritte verklangen, und eine Truhe öffnete sich mit dem Quietschen rostiger Scharniere.

»Wo ist das Kästchen für den Schmuck?«

Dinge polterten durcheinander, scheppernd und klimpernd, rücksichtslos zur Seite gestoßen, da sie bei der Suche im Wege waren.

»Da ist es! Gharom, Sohn des Gurthag, noch einige kostbare Steine in meiner Hand, und du wirst deinem hochgesteckten Ziele nahe sein.« Das böse, leise Lachen ging von einem auf den anderen Atemzug in einen keuchenden Husten über, dann in ein pfeifendes Luftschnappen, und eine etwas mildere Stimme sagte: »Langsam werde ich alt, selbst ich. Nun, Gharom, dennoch wirst du vor mir in Angroschs Hallen stehen, das ist gewiß! Ah, ich höre deinen festen Schritt. Freiersfüße, nicht wahr, mein Bester? Ja, alles ist bereit, alles ist fertig, das Werk ist getan. Nun braucht's nur noch ein wenig Zeit. – Tretet ein, werter Gharom! Angrosch sei mit Euch.«

# 1. Kapitel

*Jeder Freund ist zu Anfang ein Fremder.*

Mutter Traviane von Lowangen

Die schwere Axt entglitt Joras Hand. Vor Zorn und Schmerz stöhnte die Frau auf, während sie in die Knie und endlich vornübersank. Die Welt um sie herum, düster und voller pelziger Schatten, stinkend nach Aas und Blut, ließ sich nicht mehr greifen und entglitt ihren Sinnen.

Die hünenhafte Thorwalerin spürte den feuchten Farn unter ihrer Wange und schließlich nur noch den Schmerz ihres geschundenen Körpers. Am Rande nahm sie noch die Bedrohung durch Krallen und Fänge der widernatürlichen Kreatur wahr. Haß und Mordlust schlugen ihr entgegen, vernehmlicher als das leise Tropfen des Regens auf den Blättern um sie herum, fühlbarer als die Kühle des dämmernden Sommertages. Jora Eddasdottir fürchtete den Tod nicht und hatte keine Angst vor der Kreatur, die dunkel und stumm ihrem Sterben zusah; aber sie fürchtete sich davor, hier zu sterben, allein irgendwo in den Wäldern des Svellt, fremd, vergessen, einsam.

»O Gott, Swafnir! Hilf!«

Ihr mühsames Lachen schmerzte und tat so unendlich weh wie ihre tastenden Finger. Sie fühlte den vor Blut feuchten Griff ihrer Axt.

Es lauerte, wartete. Es wartete auf ihren Tod, obwohl es kaum mehr eines leichten Hiebes scharfer Krallen bedurfte, um sie endgültig zu töten.

Jora schloß die brennenden Augen und schloß die schmerzenden Finger um das Holz der Axt. Bei Rondra! flehte sie stumm, während auch die letzte Kraft aus ihr wich. Borons Vergessen flutete über ihr zusammen wie ewiges, schweigendes Meer.

»He, alter Waldläufer! Du könntest ruhig etwas mehr Begeisterung zeigen!«

Jelindraél Feenlicht sah im Gehen spöttisch zu Tjalf Sturmlied zurück. »Wofür sollte ich mich begeistern?« erkundigte der Elf sich.

»Du könntest … mitsingen?«

Jelindraél lachte. »Bei deinem Orkangesang wird mein *Zirpen* kein noch so hellhöriges Ohr erreichen«, entgegnete er. »Und es reicht völlig, wenn du mit deinem Gesang das Wild verschreckst.« Der Elf wartete, bis der Mann auf dem schmalen Waldpfad zu ihm aufgeschlossen hatte. Er war Tjalfs lauten, vollen und – für einen Menschen – durchaus melodischen Gesang längst gewohnt und ertrug ihn mit elfischer Langmut. Der Hüne mit dem langen rotblonden Haar, das, in zwei schwere Zöpfe geflochten, den krausen, dichten Bart einrahmte, bezeichnete sich als Skalde, als fahrenden Thorwaler Sänger. Er verstand sich nicht nur auf den Umgang mit Streitaxt und Säbel, sondern auch aufs Lautenspiel. Doch obwohl der Freund seine Laute ebenso pflegte und weitaus häufiger nutzte als seine Waffen, war seine Kunst des Musizierens wahrlich nicht von elfischer Art.

»In diesem verhexten Wald gibt es kein Wild. Auch ohne meinen ›Orkangesang‹ nicht«, knurrte Tjalf, während sie weiterwanderten. Er war gut zwei Schritt groß und schaute dem ungleich schmaleren, blonden Elfen in die lichtgrünen Augen.

Der Elf nickte. »Wir sind wohl noch eine Stunde von Tiefhusen entfernt«, schätzte der Thorwaler, »zu weit, als daß die Menschen von dort die Tiere hätten derart vergrämen können.«

»Ich denke nicht, daß es die Menschen sind, die … – Was ist?«

»Bei Swafnir!« entfuhr es Tjalf Sturmlied erschrocken. Sein Blick war auf eine Stelle neben dem Pfad gerichtet, wo blühendes Dornengestrüpp und mannshoher Farn zwischen hohen Ifirnstannen wucherte. Er zog seinen Säbel.

Jelindraél sah die regungslos und fast verborgen im Farn liegende Gestalt und das Blut, das zerrissene Kleider und den Waldboden tränkte. Wie lauschend hob er die Hände hinter die schlanken, spitz aus dem glatten, langen Haar hervorschauenden Ohren und besann sich einige Augenblicke. Dann schüttelte der Elf den Kopf. »Hier ist niemand mehr«, erklärte er, trat zu dem Menschen und kniete sich neben den Körper. Der Elf tastete mit schmalen, geschickten Händen über zerfetzten Stoff, geschlitztes Leder und blutige Ketten, über die kaum mehr blutenden, obwohl sichtlich frischen Wunden, über blasse Haut und dunkle Prellungen. »Sie lebt noch«, stellte er fest, »aber sie stirbt.« Er schaute zu Tjalf, der den Säbel zurück gesteckt und auf diese Worte gewartet hatte. »Du glaubst, daß sie Thorwalerin ist?« fragte der Elf. Die blonden Zöpfe, mehr noch die sichtbaren Hautbilder, sprachen zusammen mit der hochgewachsenen, starken Gestalt deutlich von ihrer Herkunft.

Der Skalde nickte und hockte sich zu der übel zugerichteten Frau. Sanft strich er gelöstes Haar aus dem sich wie an den Boden schmiegenden Gesicht und suchte in den stillen, blutverschmierten Zügen nach Vertrautem. Dann betrachtete er die blutige Axt in ihrer rechten Hand und schob einen Riß in ihrem

Hemdenärmel höher, um das Hautbild ihrer Otta auf dem Oberarm erkennen zu können. Es zeigte einen Säbel und eine Axt in einem Kreis aus tanzenden Delphinen; ein in seiner Buntheit seltsam fröhlich wirkendes Bild unter den tiefen, wie von Krallen geschlagenen, blutigen Striemen, die die Haut des Armes zierten. Jelindraél ließ den Freund gewähren, obwohl er wußte, daß die Zeit drängte, wenn er dieses Leben retten wollte.

»Die Wellenbrecherottajasko«, sagte Tjalf schließlich. Er sah auf und suchte den Blick des Elfen. »Kannst du ihr helfen?«

»Ich kann verhindern, daß sie sofort stirbt, aber hier im Wald vermag ich kaum mehr. Wieviel Gold hast du noch?«

»Vierzig Dukaten – und die Steine.«

»Ja, die Steine.« Jelindraél nickte, während er sein Hemd in Streifen riß. »Sie braucht ein trockenes, warmes Bett und Kräuter, die hier nicht wachsen.«

Tjalf sah dem Freund zu, wie er geschickt und behutsam die Wunden der Thorwalerin verband. »Hast du kein Wirselkraut mehr? Oder Einbeere?« fragte er.

»Doch. Aber das wird nicht reichen. – Hier war etwas anderes als nur ein wildes Tier am Werk.«

Als die Praiosscheibe draußen hinter dem Horizont versank, flößte Jelindraél Feenlicht der im Bett der kleinen Mietsstube liegenden und immer noch ohnmächtigen Thorwalerin einen rotbraunen, dampfenden Sud aus Atanax, Finage und Alraune ein. Er hatte ihr die zerrissenen, schmutzigen Kleider vom Leib geschnitten und gezogen (Tjalf hatte ihm bei dem langen Kettenhemd zur Hand gehen müssen) und die Wunden gesäubert, die er nun mit gewebten Leinenstreifen verband. Die breiten, saftigen Blätter des Roten Drachenschlundes legte der Elf auf die Wunden. Er band sie fest zwischen diesen und dem Leinen ein, damit die heilsamen Essenzen der Pflanze ihre Wirkung tun konnten.

Tjalf Sturmlied saß auf der Bank eines schmalen, offenen Fensters. Er hatte keinen Blick für die letzten rotgoldenen Strahlen der Praiosscheibe auf den spitzen Dächern und Giebeln Tiefhusens, sondern sah dem Elfen zu. Die Laute in seinen Händen brachte ab und zu einen hellen, leisen Ton hervor, der wie zufällig in die Stille des Raumes fiel, in die sonst nur das Rumpeln der Karren und die Schritte und Stimmen der Menschen und Orks von der nahen Straße drang. Irgendwo in einem Baum des Hofes hinter der Herberge sang ein Vogel. Das Tier schien auf die Laute zu lauschen und zu antworten. Die kaum eine Melodie ergebenden, einzelnen Töne spiegelten die Gefühle des Skalden weit eher als sein unbewegtes Gesicht wider, auch wenn er kaum wußte, was seine Hände taten. »Ein Vermögen hat das Grünzeug gekostet«, murmelte er. »Ich hoffe, du weißt, was du tust.«

Der Elf nickte, ohne seine Arbeit zu unterbrechen. »Ich weiß, was ich tue«, erklärte er geduldig.

»Wer hat sie wohl so zugerichtet? Wölfe? Aber im Praios?«

»Werwölfe«, antwortete der Elf, »vielleicht auch nur ein einziger.«

Tjalf lachte rauh auf. »Jetzt weiß ich wenigstens, warum die Kräuterfrau so entsetzt war.«

Jelindraél erhob sich. »Sie wird nicht mehr lange schlafen«, sagte er, »und sie wird Schmerzen haben. Wir sollten abwechselnd wachen.«

»Ich habe die Wirtin gebeten, unser Abendbrot heraufbringen zu lassen. Ich befürchte, die gute Maline denkt, wir hätten ihr zumindest die Zorgan-Pocken eingeschleppt.«

»Womit sie nicht gar so unrecht hat«, entgegnete der

Elf. Er breitete sorgsam eine wollene Decke über den nackten, geschundenen Körper der jungen Frau. Mit einem nachdenklichen Blick fragte er: »Sie ist wohl das, was du ›schön‹ nennst?«

Der Skalde grinste. »Ohne all die Scharten und Verbände … ja«, gab er zu, »aber eine Thorwalerin muß nicht ›schön‹ sein. Eure Elfenfrauen sind schöner. Sie gefällt mir, weil sie … echter ist.«

Jelindraél Feenlicht lachte. »Alter Thorwaler! Ich denke, du suchst eine Frau, die dir die Axt nachwirft, wenn du die Schuhe nicht vor der Türschwelle ausgezogen hast!« spottete er sanft.

»Ich suche gar keine Frau«, knurrte Tjalf Sturmlied.

»Na?« Der Elf lächelte. Und ernsthaft fügt er hinzu: »Sie wird es überleben, Tjalf. Sie ist stark genug.«

Die Wirtin des *Nordlichts,* Maline Melders selbst, brachte ihnen Brot, Käse und eine Kanne heißen Tees auf die Schlafstube. Die schmale, rüstige Fünfzigjährige, die das weiße Haar kurz und keck geschnitten trug, begnügte sich mit einem flüchtigen Blick auf die ruhig schlafende Kranke, fragte nach weiteren Begehren ihrer Gäste und wünschte schließlich eine von Boron gesegnete Nacht. Nachdem sie gegessen hatten, legte sich Jelindraél Feenlicht zur Nachtruhe nieder, während Tjalf die erste Krankenwache übernahm.

Der Skalde schloß das Fenster bis auf einen schmalen Spalt und drehte die Flamme der Öllampe herunter. Er nahm Pergament, Feder und Tinte aus dem mit geschnitzten Blütenranken verzierten Federkästchen und setzte sich an den schmalen Tisch der Stube. Aber die Worte des Tiefhusener Liedes, das er mittags auf dem Markt gehört hatte, entglitten immer wieder seinen Gedanken. Eine Weile saß er nur da und blickte in die von dem ruhigen, warmen Licht der Lampe nur wenig erhellte Mietstube. Er sah kaum die vier Betten, die beiden Truhen, den Tisch oder die Hocker. Er sah in seiner Erinnerung das Innere des Jolskrim, daheim in Thorwal, das rauchende, offene Versammlungsfeuer, schlafende Frauen und Männer in den Nischen zwischen den wollenen Vorhängen, die Kinder in ihren Betten aus Stroh auf dem hölzernen, offenen Dachboden darüber, Walla mit ihrer Katze und Iskir mit seinem Hund im Arm. Wie oft hatte er das Gästelager dem eigenen in der schmalen Stube neben der seines Vaters vorgezogen und dort wach gelegen und auf den Atem der Schlafenden gelauscht. Tjalf schüttelte unwillig den Kopf, vertrieb die Bilder, bevor Erinnerungen auftauchen konnten, die nur schmerzen würden. Der Blick des Skalden wanderte durch die Stube, strich über die beiden Schlafenden und blieb auf seinem Freund haften. Das Haar des Elfen war ebenso blond, nur von einer deutlich helleren, weißem Honigwein gleichenden Farbe als das der Thorwalerin. Der Elfenmann war kaum größer und wirkte wie eine zerbrechliche Statuette verglichen mit der Menschenfrau. Seine Gesichtszüge waren feiner, seine Haut war blaß und seine Glieder schienen zu schlank und zu zierlich, um eine Waffe wie die der Thorwalerin auch nur heben zu können. Er war ein *fey,* und daran erinnerten nicht nur die nach einem halben Spann in geschwungenen Spitzen endenden Ohren. Die Fremde wirkte gegen ihn rauh und derb; mußte ein Elf ihren Körper nicht als plump und die bunten Hautbilder als barbarischen Menschenschmuck empfinden?

Die Thorwalerin seufzte leise. Sie fieberte und träumte. Die zitternden Lider und ihre unruhigen Hände ließen einen bösen Alptraum ahnen. Der Skalde trat mit dem Licht neben das einfache Bett, wo er die Öllampe auf dem Betthocker neben der Wasserschüssel und den Leinentüchern abstellte. Vorsichtig setzte er sich auf die Kante ihres Lagers und nahm eines der

Tücher zur Hand. Er tauchte das Stück Leinen in das kühle Wasser und wrang es aus, tupfte schließlich behutsam den perlenden Schweiß von der Stirn der Fiebernden. Lockige Strähnen des blonden Haares klebten auf der heißen Haut. Tjalf strich sie sanft zurück. Im Licht der Öllampe glänzten die weichen Wellen des langen, offenen Haares wie gesponnenes Gold. Es umrahmte ein Gesicht mit hohen Jochbögen und einem energischen, schmalen Kinn, floß auf das flache Kissen und fiel auf die starken Schultern einer kampfgewohnten Frau. Ihre Nase war schmal und gerade, wenn auch ein wenig kurz. Ihre gesprungenen Lippen besaßen den ebenmäßigen Zug eines selten lachenden, ernsten Frauenmundes. Dennoch war er schön, dunkel und sprach von Sinnlichkeit, ebenso wie die mit dem kühnen Schwung von Seemöwenflügeln gezogenen hellen Brauen und die dichten, langen Wimpern, in deren sanfte Biegung das Lampenlicht zitternde, goldene Wellen zauberte. Dort, wo die Decke den Körper nicht verbarg, zeigte sich in durch den Schweiß gleichsam lebendig schillernden, grünen und blauen Farben eines der Hautbilder der Thorwalerin. Es mochte oberhalb ihres Herzens beginnen und endete im Kopf einer sich an die Kehle der Frau schmiegenden Flußnatter. Die rötlichen Augen des Bildes funkelten den Mann giftig an, während er den Fieberschweiß von ihrer Haut wusch.

Der Skalde biß die Zähne zusammen, bis es schmerzte. Das Hautbild mochte vielleicht nicht einmal Schutz vor den Wasserungeheuern dieser Welt bieten, auch wenn so mancher Thorwaler darauf Langhaus und Drachen verwettet hätte. Vor jener Kreatur hatte das Bild sie jedenfalls nicht geschützt. Tjalf dachte an Jelindraéls Frage. Ja, sie gefiel ihm. Wer wäre nicht von der wehrlosen Schönheit dieser eigentlich wehrhaften Frau gebannt? Tjalf schloß die brennenden Augen und wünschte sich, daß so vieles anders, daß er nicht nur seinem Namen nach ein anderer und daß sein Leben und sein Schicksal ein anderes wäre.

»Da! Zwei der mickrigen Verräter!« zischte die hagere, kleine Frau ihrem Thekennachbarn im *Tjolmarer Hof* zu. »Schaut sie Euch an! Goldgierige, blutrünstige, ekelerregende Bastarde. Von den Orks unterscheidet sie nur, daß sie kein Fell haben.«

Der Angesprochene, ebenso klein, aber deutlich fülliger, mit schütterem, kurzgeschnittenem grauen Haar und in ein graues Reisegewand gekleidet, wandte sich um und suchte den Anstoß für solch mißgünstige Worte. Die Jägerin in ihrer oft und sorgfältig geflickten Kleidung und mit breiten, grauen Strähnen im blaßblonden Haar blickte unter bedrohlich zusammengezogenen Brauen und mit verkniffenen Lippen zu zwei Zwergen hinüber, die gerade an einem Ecktisch Platz nahmen. Der gerüstete, schwarzbärtige Zwerg half der rundlich starken Zwergin eben galant auf einen für sie viel zu hohen Wirtshausstuhl und schien sichtlich bemüht, das mißmutige Gemurmel mehrerer menschlicher Gäste in der niedrigen, verrauchten Stube zu überhören. »Hätten sie nicht für Gold die Brücke freigegeben, wäre Tiefhusen heute noch frei«, behauptete die Jägerin mit Zorn und Verachtung in der Stimme. »Jahrhundertelang haben sie den Schutz und die Annehmlichkeiten des Bundes beansprucht. Niemand hat es ihnen verleidet. Und dann das!« Die Frau spuckte angewidert auf die blankgescheuerten Dielen. »Orklandgeschmeiß!«

Der Mann zu ihrer Linken hob den Humpen schäumenden Bieres an die Lippen und trank ihn bis zur Neige leer. »Nun, mag auch einiges gegen sie sprechen, besseres Bier als das der Angroschim werdet Ihr hier kaum finden«, befand er mit einem Seitenblick zu der zornigen Frau. Er stellte den Humpen auf die polierte hölzerne Theke und griff nach seinem Wanderstab. »Hesindes Segen mit Euch.«

Der Mann, Gerinbold Perkun, seines Zeichens *magister extraordinarius* der Halle der Macht zu Lowangen, legte die Münzen für die Zeche neben den leeren Humpen. Nachdem er dem Wirt noch einmal zugenickt hatte, der eilfertig das Geld in den Taschen seiner fettstarrenden Schürze verschwinden ließ, ging er mit der Gelassenheit des selbstbewußten Magiers zu dem Tisch der Zwerge hinüber. »Verehrte Gilda, einen angenehmen Abend wünsche ich Euch«, wandte er sich unüberhörbar an die Zwergin mit den kastanienfarben glänzenden Zöpfen, die sorgsam mit verzierten Goldspangen um ihren Kopf gesteckt waren. »Verzeiht mir die aufdringliche Störung, aber erlaubt mir, ein Wort mit Eurem Begleiter zu wechseln.«

Gilda, Tochter der Gerde, sah auf und erkannte Gerinbold, einen der Gefährten ihres Begleiters. Sie nickte, belustigt lächelnd, und deutete mit kurzem, flinkem Finger auf einen noch leeren Stuhl an ihrem Tisch. »Setzt Euch, werter Magister.«

»Habt Dank, Verehrteste«, entgegnete der Mann, »aber ich möchte Eure Zeit heute nicht über Gebühr beanspruchen. Ein andermal gern.« Gerinbold wandte sich dem Zwerg zu. »Weißt du, wo Lihjana ist«

Sein Freund, Barek, Sohn des Beragam, hob die Schultern und brachte damit das sehr sorgfältig polierte lange Kettenhemd und eine ansehnliche Anzahl an Waffen leise zum Klirren. »Im Wald«, vermutete der Zwergenkrieger mürrisch, »oder sonstwo.«

»Sonstwo?«

»Sie wollte Wirsel suchen«, gab Barek nun doch Auskunft.

»Warum?«

»Jelindraél und Tjalf sind jetzt zwei Tage überfällig. Dabei sind zwei Tage in dieser Gegend wohl kein Grund, sich um die beiden Sorgen zu machen«, spottete der Zwerg. »Die kommen schon noch. Sag, hast du noch von dem Tabak, den du in Lowangen gekauft hast?«

Der Magister lächelte. »Habe ich.« Er blickte zu der verschmitzt dreinblickenden Zwergin. »Verehrte Gilda, gestattet Ihr, daß ich Euch ein wenig von dem würzigsten Kraut anbiete, das zur Zeit nördlich des Finsterkamms erhältlich ist?«

Barek grinste über das ganze wettergegerbte Gesicht. »Meine Liebe«, wandte er sich an Gilda, »darf ich Euch eine Pfeife aus meiner Sammlung zu diesem Zwecke leihen?«

»Ich nehme beide Angebote an«, entschied die Zwergin freundlich und nahm den Tabaksbeutel des Magiers und die zierlich geschnitzte Meerschaumpfeife des Zwerges dankend entgegen. Geschickt stopfte sie sich die Pfeife mit dem duftenden Kraut. Danach reichte Gerinbold Barek den Beutel. »Nicht, daß du mich nachher knausrig nennst.«

»Das fiele mir niemals ein, Gerinbold«, versicherte Barek, dessen Grinsen noch ein klein wenig breiter geworden war.

Wenig später verabschiedete sich Magister Perkun und trat aus der verräucherten Gaststube in die reine, kühle Nachtluft hinaus. Seine Schritte knarrten auf dem überdachten Steg vor dem *Tjolmarer Hof*. Die hölzernen Wege durchzogen den größten Teil Tjolmars, da wegen des schlammigen Untergrundes und der jährlich wiederkehrenden Überschwemmung so gut wie alle Gebäude zwischen dem Svellt und der mitten durch den Ort ziehenden Svelltstraße seit Menschengedenken auf Pfählen errichtet wurden. Die Stege und Brücken bewahrten die Tjolmarer davor, dreiviertel des Jahres durch knietiefen Schlamm waten zu müssen.

Mit einem Blick zu den Sternen hinauf bestimmte der Magier die Stunde. Er seufzte und wünschte sich zum wiederholten Male, daß er die Deutung des sternenkundlichen Horoskopes den tulamidischen Astrologen überlassen hätte. Die Zeichen gefielen ihm nicht – sie waren unheilvoll und vage. Und obwohl er sie als viel zu vage empfand, deutete doch einiges hartnäckig auf unerfreuliche Ereignisse innerhalb des nächsten Mondes hin. Gerinbold blickte, auf seinen Stab gestützt, zum Madamal hinauf. In der gestrigen Nacht hatte es als Rad am Himmel gestanden, heute hatte es bereits einen schmalen Span an seinem unteren Rand verloren. Nachdenklich machte sich Gerinbold auf den Weg zum *Trallopper Riesen*.

»Warum hast du mich nicht geweckt?« Jelindraél war nach Mitternacht erwacht und blickte nun zu Tjalf hinüber, der immer noch an der Seite der verletzten Thorwalerin ausharrte und ihr den Fieberschweiß aus dem Gesicht strich.

»Warum sollte ich?« murmelte Tjalf. »Ich bin nicht müde, und sie ist nicht wirklich wach geworden.«

Der Elf erhob sich von seinem Lager und trat zu dem Skalden.

»Geh schlafen, Tjalf!« bat er. Er legte eine Hand auf die Schulter des Freundes. »Ich werde dich zum Frühstück wecken.«

Um die Praiosstunde des nächsten Tages kam die junge Frau zum erstenmal soweit zu sich, daß sie ihre Umgebung erkannte. Tjalf begegnete dem verwirrten Blick meerblauer Augen und mühte sich um ein freundliches Lächeln.

»Bin ich daheim?« war ihre erste leise Frage.

Der Skalde verneinte. »Nein, immer noch am Svellt. Jelindraél und ich haben dich gestern in den Wäldern um Tiefhusen gefunden und in die Stadt gebracht. Es wird dir bald besser gehen, kleine Heldin. Wer bist du?«

»Jora Eddasdottir der Wellenbrecherottajasko südlich von Olport, Kriegerin der Trutzburg zu Prem«, antwortete sie mühsam, aber dennoch deutlich.

Tjalf nickte, strich über ihre immer noch fieberheiße Wange. »Mich nennt man Tjalf Sturmlied«, erklärte er. »Schlaf noch ein wenig, Joraja! Ich werde über deinen Schlaf wachen.«

Sie trotzte sich ein mattes Lächeln ab. »Schleif meine Axt! Ich werde sie morgen brauchen«, murmelte sie.

»Das werde ich tun«, versprach er sanft.

Dann glitt die Thorwaler Kriegerin wieder in den Schlaf hinüber.

»Du hast den starken Körper einer Thorwalerin«, befand Jelindraél trocken.

»So?« Jora saß in ihrem Bett. Sie hatte den Elfen ihre Wunden begutachten und versorgen lassen. »Zwei Tage in diesem Bett sind zwei Tage zuviel! Das Herumliegen macht mich wahrlich krank«, entgegnete sie ungeduldig.

Tjalf lachte und sah von dem ledernen Jagdhemd auf, das er flickte. »Joraja, soviel Undankbarkeit verdient eigentlich eine Tracht Prügel!«

»Oh, ich bin dankbar. Entschuldige bitte, Jelindraél. Aber ich langweile mich.«

»Versuch aufzustehen«, schlug der Elf gelassen vor.

Die Kriegerin musterte das ruhige Gesicht des Heilers und schlug dann die Decke vollends zurück. Sie schwang die Füße aus dem Bett und erhob sich. Wackelig stand sie da, aber Tjalf schwieg. Er kannte den Eigensinn der Frauen aus Thorwal und ließ ihr ihren Willen. Auch Jelindraél ahnte, daß diese Kriegerin auf die Ratschläge eines Medicus kaum hören mochte, und beobachtete schweigend, wie ihr Stand immer unsicherer wurde.

»Swafnir, sie dreht sich!« rief sie schließlich aus und drohte zu fallen. Der Elf fing sie auf und setzte sie zurück auf ihr Lager.

»Es geht mir gut«, wehrte sich Jora gegen seine Fürsorge.

»Es geht dir noch nicht gut«, stellte Jelindraél klar.

Zornig ließ sich die Thorwalerin in die Kissen zurückfallen. Tjalf setzte sich zu ihr auf die Bettkante und legte ihr die Hand auf den nackten, immer noch zu warmen Bauch. Dort segelte eine Otta, ein Thorwaler-Schiff mit gestreiftem Segel und Drachenkopf am Bug, hinauf zu ihrem rechten Busen. Die gemalten Wellen des Meeres schienen sich unter seiner Hand zu kräuseln, und der pulsierende Schlag ihres Herzens mutete wie das ungestüme Schlagen des Schlangenschwanzes an, der vor dem Kiel der Otta im Wasser verschwand. »Joraja, Jelindraél hat meist recht. Drei Tage brauchst du trotz aller Magie und Heilkräuter noch.« Er deckte sie sorgsam zu.

Die Frau hatte die Augen geschlossen und die zitternden Lippen aufeinandergepreßt. Tjalf nahm seine Laute in die Hände. Nach einigen suchenden Tönen fand er die Melodie und spielte und sang für Jora die Geschichte der Algrid Hermdottir und ihres heldenhaften und erfolglosen Versuchs, den Heiligen Efferdpfeiler von Olport zu besteigen. Jelindraél seufzte und ließ die beiden Thorwaler allein. Skalde hin oder her – der Elf kannte Algrids Sage, und sie war ihm entschieden zu lang.

»Du hast ihn nicht? Du hast ihn verloren?! Du hast den Ring verloren, das einzige, worauf du achten solltest? Jämmerliche Kreatur. Geh mir aus den Augen!«

Die vor unterdrücktem Zorn bebenden Worte zerschnitten drohend die Stille der düsteren Zwergenkammer. Die Schatten in den dunklen Ecken streckten sich neugierig, wohingegen sich die beiden erleuchteten Flecken erschrocken zusammenzogen, als wäre ein kalter Windhauch durch die Flammen des Kaminfeuers und der Grubenlaterne gefahren. Und doch hing die Laterne reglos über dem mit Folianten und Pergamenten, Wachstafeln und Schreibzeug überladenen Tisch. Aber selbst die Wassertropfen, die über die Felsen im tiefsten Dunkel der weitläufigen Höhle rannen, jenseits jeden Lichtes, erstarrten im plötzlichen Frost. Das Dämmerlicht über den Truhen, dem schweren Bücherschrank und ebenso über dem alten Lehnstuhl und dem kargen Bett schien gleichsam beseelt. Es verharrte in seinem unermüdlichen Spiel, als ob es lausche.

Die junge Frau, der die harten Worte des Zwerges galten, krümmte sich wie unter dem Schlag einer Peitsche und kauerte sich zusammen, bis ihre Knie den kalten Felsboden berührten. Ihre magere Gestalt in den zerschlissenen und zerrissenen Kleidern einer Tjolmarer Bauerntochter bebte vor Furcht. Die bernsteinbraunen Augen unter den zusammenwachsenden schmalen Brauen waren groß vor Entsetzen und wagten es doch, um Vergebung zu betteln. »Bitte, Herr«, bat sie verzweifelt, »bitte! Ich hatte ihn. Er war in dem Beutelchen, hier bei den Münzen. Und dann war er fort.«

Der Zwerg, der kaum bis zur Brust der jungen Menschenfrau reichte, wandte sich ruckartig ab, so daß die graue Kutte um die Beine seines stämmigen Körpers schwang. Er schnaufte, starrte blicklos auf seinen Arbeitstisch hinab und hieb unerwartet mit der Faust auf einen dicken alten Folianten. Staub stob glitzernd auf und legte sich nur langsam und widerwillig zurück über Bücher und Pergamente, Federkiele und Tintenfaß. Der lange weiße Bart zitterte vor Wut, ebenso das in zwei dicke Zöpfe geflochtene Haupthaar. Die struppigen Brauen sträubten sich. »Dann lebt sie«, schloß er mit nun gefährlich leiser Stimme. Er starrte gegen die Felswand jenseits des Tisches, wo auf Borden Töpfe, Tiegel und Schalen mit allerlei alchimistischen Substanzen und Ingredienzen standen und zwischen Kamin und uraltem Kleiderschrank getrocknete Pflanzen und eine mumifizierte tote Schlange an gespannten Schnüren hingen. Sein Blick glitt über den Kamin zu der Nische mit dem Tisch, dessen Platte sich unter dem Aufbau seines letzten Experimentes bog. Er musterte düster die gläsernen Kolben und kupfernen Röhren, die eisernen Ständer und silbernen Spiralen und roch den scharfen Gestank des grünschwarzen Pulvers, das für nichts gut zu sein schien.

Er richtete seinen Blick wieder auf die verängstigte Frau. »Dann hast du versagt, Jelle, elendig versagt! Es ist die Magie des Rings«, erklärte er erbarmungslos. Er schüttelte den Kopf. »Und sie muß nun gebunden sein, längst gebunden.« Innerlich bebte er vor Zorn darüber, daß eines der wichtigsten Rädchen seines Plans abhanden gekommen sein sollte. Nach außen hingegen zeigte er nur eisige Kälte. »Und dennoch wird es gelingen«, murmelte er. »Vielleicht ist noch nicht alles verloren. Wer kennt schon die Magie der Alten wirklich? Mardugh sicherlich nicht, dieser Narr!«

Die Frau auf dem Boden hinter ihm schluchzte leise. »Es tut mir leid«, wimmerte sie.

Der Zwerg wandte sich wieder ihr zu. Das silberne Amulett an dem Seidenband um ihren Hals glänzte im Licht der Grubenlaterne auf. Wieder fragte er sich, ob es nicht nur fade, bedeutungslose Erinnerungen waren, die ihn an diesem Menschenbalg Gutes tun ließen. Ohne seine Magie und seinen Schutz wäre es längst in der Wildnis zugrunde gegangen, verendet an den Folgen der Begegnung mit dem alten Werwolf vom Hilval. Kalt sagte er: »Geh! Heul den Mond an! Vielleicht mag der dir verzeihen, undankbares Balg.«

Die junge Frau schlich weinend in die Dunkelheit davon. Sie hätte sich lieber auf ihrem Lager in der dunklen Höhlenecke zusammengerollt und ihre schmerzenden Wunden geleckt, aber sie war gehorsam wie stets.

Der Zwerg hörte, wie die schwere Tür hinter dem ledernen Vorhang behutsam zugezogen wurde. Er lachte eisig, freudlos auf. »Und doch wird es gelingen. Wer sollte mich daran hindern?«

»Was ist geschehen?« Noch schlaftrunken drang die Frage des Elfen durch die dunkle Mietstube.

»Schlaf weiter, Jelindraél! Es ist nur Jora.« Das helle Klicken von Stahl auf Feuerstein erklang, dann erhellte mildes Licht die Dunkelheit. Unverständliche, recht laute Worte und das Knarren eines Bettes, auf dem sich jemand hin und her warf, veranlaßten den Elfen, eilig den Schlaf abzustreifen. Schon war er aus dem Bett und an der Seite der unruhig schlafenden Thorwalerin. Jelindraél Feenlicht schnippte mit den Fingern der linken Hand und ließ eine winzige Lichtkugel erscheinen, die trotz ihrer geringen Größe ein stetigeres und helleres Licht spendete als die Öllampe in den Händen seines Freundes. Der Elf zog Joras Decke fort, um die bis auf die Verbände nackte Frau zu untersuchen. Erleichtert richtete er sich wieder auf. »Sie träumt«, sagte er.

Tjalf neben ihm schüttelte den Kopf. »Was hattest du gedacht?«

»Manchmal wirken die Kräuter nicht«, erklärte der Elf.

»Warum …?« Jora war frierend erwacht und blickte geblendet und verwirrt zu den beiden Männern und deren Lichtern hinauf.

Der Thorwaler drückte seinem Freund die Lampe in die Hand und wandte sich der Frau zu. »Du hast schlecht geträumt«, beruhigte er Jora. »Ich nehme dich zu mir.« Behutsam hob er sie auf seine Arme und trug die Kriegerin mühelos zu seinem Lager.

Der elfische Heiler seufzte und stellte die Lampe auf den Tisch zurück. Tjalf breitete die Decke über die Frau und legte sich zu ihr. Sanft zog er sie an sich und nahm sie in den Schutz seiner Arme. Jora war viel zu schlaftrunken, um darauf, in welcher Art auch immer, zu antworten. Ihre matten Glieder und die geschlossenen Augen zeigten deutlich, daß sie alsbald wieder in Borons Arme gleiten würde.

Jelindraél seufzte. »Tjalf, falls die Kräuter nicht wirken und sie sich in einen Werwolf verwandelt, wird sie dich umbringen«, warnte er den Freund.

»Und wenn schon«, murmelte der Thorwaler mit bereits geschlossenen Augen. »Außerdem – haben deine Kräuter bisher jemals versagt? Umsonst schleppe ich dich doch nicht die ganzen Monde und Götterläufe mit mir herum, alter Heiler.«

»Tjalf … Dann wünsche ich euch einen ruhigen Schlaf und gute Träume.«

»Wenn du noch das Licht löschen könntest … Gute Träume, Jelindraél.«

In die Züge des Elfs stahl sich unwillkürlich ein Lächeln. Er schüttelte den Kopf. Dann drehte er den Docht bis zum Erlöschen herab und ging selbst zu Bett. Das Feenlicht über seiner Hand verging.

Jora schlief in Tjalfs Umarmung und atmete tief und ruhig. Der Mann lauschte auf ihre Atemzüge. Und er roch ihren Körper, dem trotz der sorgfältigen Pflege des Elfen der Geruch nach Wald, Blut und Schweiß anhaftete. Unter den Händen spürte er ihre Wärme und ihren Herzschlag. So sehr er auch fürchtete, sie zu wecken, so stark war doch der Wunsch, sein Gesicht in ihrem Haar zu vergraben und ihren Körper mit seinen Händen zu erforschen. So schmiegte er seine Wange an die Flut ihres Haares und seine Hände streichelten sanft über ihre Haut. Der nackte, warme Frauenkörper mit seinen weichen Rundungen und dennoch starken Gliedern weckte in ihm das Begehren nach weit mehr Zärtlichkeit und Liebe. Tjalf biß sich auf die Lippe, bis es schmerzte. Ohnmächtig gestand er sich ein, daß die göttliche Rahja ihm gerade einen argen Streich spielte. Er, der seit Jahren außer gegen Gold bei keiner Frau gelegen hatte, der bei Swafnir versprochen hatte, niemals eine Gefährtin an seiner Seite zu dulden, um nicht zu verletzen, was er liebte, hielt eine Thorwalerin in den Armen und begehrte sie mit jeder Faser seines Körpers. Zornig stöhnte er auf. Es fiel ihm schwer, dies Verlangen bei solcher Nähe zu bezähmen, aber noch weniger mochte er die ruhig Schlafende aus seinen Armen lassen. So lag er noch lange wach, bis er endlich den Weg in das Reich der Träume fand. Und dort quälten ihn Gesichter und Stimmen, Erinnerungen, die er fast vergessen glaubte.

Lihjana Feensang neigte den Kopf ein wenig zur Seite und gab Magister Gerinbold Perkun so zu verstehen, daß sie nicht seiner Meinung war. »Liebste Freundin, ich bitte dich! Niemals könnte hier ein Untier sein Unwesen treiben, ohne von den Bürgern Tjolmars oder den Orks entdeckt zu werden. Schon gar nicht eines, das unter ihnen einhergeht«, beharrte er auf seiner Überzeugung.

Die Elfe strich eine Strähne ihres langen schwarzen Haares über die Schulter zurück, blickte Barek an. Der Zwerg begegnete ungerührt dem Blick ihrer großen dunklen Augen – die er in unfreundlicher, mißgelaunter Stimmung als *verträumte, blöde Rehgucker* zu bezeichnen pflegte. Obwohl er zugeben mußte, daß in den schräg gestellten Elfenaugen heute von Träumerei keine Spur zu entdecken war. Trotzdem wollte er dem Magier glauben. Der letzte Werwolf, der ihm vor die Klinge gelaufen war, hätte es mit seiner allerschlechtesten Laune ohne weiteres aufnehmen können. Und wenn der Zwerg schlechtgelaunt war, gingen ihm selbst seine engsten Freunde aus dem Weg. »Unsinn. Werwölfe mitten in Tjolmar!« knurrte er.

»*Ein* Werwolf«, berichtigte ihn Lihjana sanft. Sie wandte sich dem Menschen zu. »Gerinbold, ich erkenne ein Werwesen, wenn es in meine Nähe kommt. Du erkennst es und Jelindraél erkennt es. Aber Barek und Tjalf nicht. Ich glaube nicht, daß die Fialgra oder die Taloré sein Wesen spüren. Sie sehen das gerissene Schaf und glauben an Wölfe. Sie wollen an Wölfe glauben, verstehst du?«

Der Magier seufzte. »Sicher, sicher«, bejahte er, »aber geht es uns etwas an?«

Der Blick der Elfe ließ ihn frösteln. »Es trug die Spuren einer Axt«, sagte sie.

»Tjalf Sturmlied, meine Axt an deinen Schädel!«

»Püppchen!« wiederholte der Skalde grinsend die scherzhafte Bezeichnung, die die Kriegerin erzürnt hatte.

»Oh! Wo ist meine Axt?!«

Tjalf lachte Jora über den Tisch hinweg an. Sie stand ihm barfuß gegenüber, angetan mit einem einfachen Leinenkleid, das Haar in einen schweren, langen Zopf geflochten. Sie blitzte den Mann an, fauchte wie eine Wildkatze und lauerte. Ihre Lebendigkeit jetzt stand in keinem Vergleich zu ihrer Hinfälligkeit vor wenigen Tagen. Jelindraél hatte das elfische Wunder vollbracht, die Kriegerin in unglaublich kurzer Zeit genesen zu lassen.

Der Skalde achtete darauf, daß der Tisch zwischen ihnen blieb. Und während er sich beharrlich ihrem Zugriff entzog, bekam er ihre Wurfaxt zu fassen. »Hier ist sie! Fang sie!« rief er.

Die Thorwalerin fing die wirbelnde Axt geschickt, so wie sie es von Kindesbeinen an gelernt hatte, und umgriff sie entschlossen. »Ich werde deine Zöpfe kappen, Katzensänger!« drohte sie mit funkelndem Blick.

»Versuch es!«

Die wilde Jagd um den Tisch, der unter der rauhen Behandlung polterte und ächzte, endete erst, als Jora stolperte und mit der Axt noch in der Hand auf eines der Betten fiel.

Der Skalde lachte und beugte sich zu ihr, um ihr aufzuhelfen. »Gib auf!« riet er ihr.

Die gut gezielte flache Seite der Axt ließ ihn aufstöhnen, fällte ihn für Augenblicke. Bevor Jora sich von seinem schweren Körper befreien konnte, war Tjalf bereits wieder genügend bei Sinnen, um einen Arm um ihre Hüfte zu schlingen und sie fest im Griff zu halten. Die Thorwalerin wand sich schimpfend und lachend, aber noch war Tjalf stärker. Endlich ergab sie sich, lag still da und blickte hinauf in sein lächelndes bärtiges Gesicht.

Tjalfs Hand strich ihr sanft eine blonde Strähne aus der Stirn. Er stemmte sich hoch, um sie von seinem Gewicht zu befreien. Da fuhren ihre Hände über sein Haar. Sie hielt ihn fest, die Finger in geflochtenem Haar verwoben. Sie richtete sich ein wenig auf und zog ihn ein Stück zu sich herab. Sie küßte seine Lippen.

Tjalfs Widerstand zerrann in wenigen schnellen Herzschlägen. Liebkosend strich ihr seine Hand über den Hals, die Schulter, die Brust. Die junge Kriegerin seufzte leise und bog sich ihm entgegen, öffnete die Schenkel für sein Streicheln. Sanft, aber mit einer unnachgiebigen, zärtlichen Gier küßte sie seinen Mund, öffnete diesen mit liebevollem Nachdruck und trank von seinem aufflackerndem Begehren. Ihre Hände spielten geschickt an den Schnüren des ledernen Hemdes. Sie fuhren unter das Leder, streichelten nackte Haut und umkreisten seine Brustwarzen. Ihre Finger zausten sein Körperhaar, neckten seinen Nabel, glitten zu seinem Hosenbund und fanden die Spitze seines Gliedes.

Tjalf spürte es längst hart nach ihrem Körper fordern und zuckte trotzdem unter ihrer zielsicheren Berührung zusammen. PLötzlich hielt er in der Liebkosung der weichen, vollen Brust unter dem hinaufgeschobenen Kleid ein. Er löste sich von der Frau und drehte sich von ihr fort. Er lag auf dem Rücken, die Fäuste geballt. Jora zog ihre suchende, tastende Hand zurück, ließ sie aber auf seiner Brust liegen.

»Bei Rahjas Liebe«, sagte Jora ernüchtert, »warum wehrst du dich?«

Der Skalde sah zu der geweißten Decke über dem Bett hinauf. Er suchte nach Worten, um ihr zu erklären, daß er *das* nicht wollte und nicht durfte. Aber er hatte Angst, sie unbeabsichtigt zu verletzen. Und noch mehr fürchtete er sich, die Zärtlichkeit zurückzuweisen, nach der er sich sehnte. Sein Atem ging in schweren, mühsamen Zügen, fast als weine er.

Die Thorwalerin setzte sich auf. »Tjalf«, bat sie leise.

Er blickte sie an.

Mit fließenden Bewegungen streifte die Frau das Kleid über den Kopf und ließ es zu Boden fallen. Der Skalde musterte ihren schönen und starken Körper. Bunte Bilder zogen sich, miteinander verbunden, über die samtgleich schimmernde Haut, hier und da durch die hellen Linien der Narben längst vergessener Wunden durchbrochen. Er sah in die Züge dieses wunderbaren Gesichtes und in meerblaue Augen. Sein Blick glitt über das volle, aus dem Zopf entwichene Haar, den Schwung ihres Halses und ihre weibliche Brust. Tjalf schloß die Augen. Er mochte sie nicht sehen und wollte diesen Körper nicht begehren. Aber er wehrte sich nicht gegen die Hände, die mit sicheren, sanften Bewegungen die Schnüre seines Hemdes und seiner Hose vollends aufbanden und ihn auszogen. Und er half ihr dabei, unfähig, sich ihr wahrhaftig zu verweigern. Dann spürte er ihre Schenkel um seinen Leib und ihre streichelnde Hand in seinem Schritt. Seine Hände glitten haltlos über ihre Haut, hilflos vor Sehnsucht und Angst.

Er stöhnte auf, als die Thorwaler Kriegerin sein Glied umfaßte und ihre beiden Körper durch eine einzige fließende Bewegung ihres Leibes verband. Sie seufzte leise, bog sich ihm entgegen und biß ihm sanft in die Unterlippe. Fast zu schnell verging der Augenblick, in dem Tjalf sich verlor, in dem er sich aufbäumend um ihren Körper klammerte und heiser aufschluchzte. Schließlich lag er auf den Decken und hielt die Frau in den Armen, die sich zufrieden an ihn kauerte und seine warme Haut liebkoste.

»Joraja«, murmelte er, während er sie behutsam, beinahe ängstlich streichelte, »bei Swafnir …«

»Ja.« Sie sah ihm unerschrocken in das bärtige Gesicht und zupfte ihm lächelnd an dem zerzaustem Bart. »Ich bekomme, was ich möchte«, erklärte sie zärtlich, aber bestimmt.

»Und du weißt nicht, was du bekommst«, entgegnete Tjalf rauh.

»Vielleicht«, gab sie zu und küßte ihn neckend, »aber auch die Erinnerung an ein rahjagefälliges, berauschendes Beisammensein hat ihren Wert.«

»Ich will dir nicht weh tun.«

»Ich weiß, alter Skalde. Ich fürchte, das ist das einzige, was ich wirklich von dir weiß. Du hast Angst davor, mich zu verletzen. Tjalf, ich bin Thorwalerin, Kriegerin. So leicht schlägt man mir keine Wunden.«

»Das mögen die Götter geben!«

Jora richtete sich lauschend auf. »Jelindraél kommt«, stellte sie fest. Sie trennten sich voneinander, hatten aber noch nicht einmal zu ihren Kleidern gegriffen, als der Elf die Stubentür öffnete. Belustigt musterte er sie. Und wortlos griff er sich Bogen und Köcher und ging wieder hinaus.

Jora lachte auf, während Tjalf seufzte. »Elfen«, sagte er.

Die Kriegerin sichtete das, was von ihrer Ausrüstung übrig war. Zwar hatten ihre beiden Retter den Tuchbeutel und die Waffen aufgesammelt und mit nach Tiefhusen gebracht, aber einiges war doch im Wald geblieben – oder hatte vielleicht auch den Besitzer gewechselt. Allem voran fehlte die Geldkatze. Nicht, daß in der kleinen Gürteltasche mehr als einige Heller und Kreuzer gewesen wären – nach den gerade erst vergangenen Orkkriegen hatten sich die Forderungen der Wirte und Händler in dieser Gegend verdrei- bis verzehnfacht –, aber der Verlust verstimmte Jora dennoch. Der Beutel hatte sie seit Prem auf ihren Fahrten begleitet. Was ein Werwolf wohl mit Münzen anfing? Die Kriegerin lächelte grimmig. Womöglich saß er aber auch gerade in diesem Augenblick in seiner menschlichen Gestalt unten in der Wirtsstube und bezahlte einen Krug Bier mit ihren Bronze- und Eisenstücken. Jelindraél und Tjalf hatten in den vergangenen Tagen mehrfach in den Wäldern nach Spuren gesucht, aber nicht den geringsten Hinweis oder gar die verfluchte Kreatur selbst finden können. Auch wußte niemand, den sie befragt hatten, von einem Werwolf oder auch nur von Gerüchten über einen solchen in und um Tiefhusen. Das Untier war aus dem namenlosen Nichts erschienen, hatte Jora Eddasdottir beinahe getötet und war wieder im Nichts verschwunden – so schien es jedenfalls. Fast war Jora bereit zu glauben, daß sie erst in ihren Fieberträumen aus einem Rudel verwirrter Wölfe einen Werwolf ersponnen hatte; aber da blieb immer noch Jelindraéls Überzeugung, daß er sie vor der Lykanthropie, der Verwandlung in ein Werwesen, bewahrt habe. Der Elf hatte ihr erklärt, daß der Biß eines Werwolfes durchaus auch ohne Magie verheilte, aber die Verwandlung in die Werkreatur spätestens zum nächsten vollen Madamal ohne die Heilkraft der Blätter des Roten Drachenschlundes unaufhaltsam gewesen wäre. Jora seufzte und kramte weiter in den Tiefen des geräumigen und inzwischen beinahe leeren Tuchbeutels. Ihre tastenden Finger spürten einen harten, kleinen und fast runden Gegenstand. Mit zusammengezogenen Brauen griff sie das Ding und holte es ans Praioslicht.

»Ach, der Ring«, murmelte sie, einen langen Augenblick in die Betrachtung des seltsamen Schmuckstücks versunken. Dann stutzte sie. Das schwarzschimmernde, weißgeäderte Kleinod, aus einem einzigen Onyx geschnitten und in Facetten mit weichen Kanten geschliffen, hatte sie ihrer Erinnerung nach in ihrer Geldkatze aufbewahrt. Jora schüttelte verwundert den Kopf. Daß der Werwolf ihren Geldbeutel entwendet, ihn durchsucht und dann das sichtlich wertvollste Stück in ihren Tuchbeutel gesteckt, die kleinen Münzen aber behalten hatte, war eine derart abwegige Vorstellung, daß sie dann doch lieber glaubte, daß das Fieber ihr wahrhaftig mehr als gedacht zugesetzt hatte. Allerdings konnte nur Hesinde allein dann noch wissen, ob sie den Ring tatsächlich einem Ork abgenommen hatte. Dieser hatte mit dem Leben und dem Schmuckstück dafür bezahlt, daß er der jungen Kriegerin auf dem Pfad von Enqui in Richtung Tjolmar nach Hab und Gut getrachtet hatte. Ihre Erinnerung an den gerüsteten Ork und seine beachtliche Fertigkeit mit dem säbelartigen Arbach war allerdings klar und deutlich und nicht derart verschwommen wie die Erinnerung an den Werwolf.

Jora fädelte das kostbare Stück auf ein Lederband, das sie sich um den Hals hängte und unter dem Hemd verbarg. Dort mochte er bleiben, bis sich jemand fand, der für diesen außergewöhnlichen Schmuck gutes Gold zu zahlen bereit war.

Der Tuchbeutel war nun leer.

Sorgsam füllte die Frau ihn wieder mit den um sie herum verstreuten Habseligkeiten einer wandernden Thorwaler Kriegerin – viel war es nicht – und ließ nur den Wetzstein neben sich liegen. Schließlich griff sie diesen und nahm ihren Zweihänder auf die Knie. Sie schärfte geübt die lange schwere Klinge und schmetterte dabei laut und nicht immer ganz treu der eigentlichen Melodie ein Lied an die stürmische Rondra. Es war eines der Lieder mit unzähligen Strophen, die die Zöglinge der Trutzburg zu Prem so gerne sangen:

»Rondra, Göttin des Sturmes,
Herrin der Klingen in unserer Hand,
Dir geweiht auf See und an Land!
Rondra segne die Klingen,
auf daß sie singen
das Lied zu Deiner Ehr!
Rondra sei mit uns,
auf daß wir siegen
auf Brechen und Biegen!
Das wohl!

Rondra, Göttin des Krieges,
Herrin der Herzen in unserer Brust,
... «

# 2. Kapitel

*Freunde in deiner Begleitung sind mehr wert als das beste Schwert an deiner Seite.*

Der Wanderer, Geweihter des Aves

»Und was treibt ihr so, wenn ihr nicht gerade angeschlagene Premer Kriegerinnen aufsammelt?« Jora Eddasdottir blickte Tjalf und Jelindraél über den Wirtshaustisch und einen Humpen Met hinweg an. »Heldentaten vollbringen? Ihr wißt schon: verschollene Schätze finden, Drachen befragen und unschuldige Mägdlein und Buben vor dem bösen Schwarzmagier retten.«

Die beiden Männer wechselten einen Blick, in dem etliche ungesagte Worte lagen. Jora lächelte. Märchen geschahen selten, und dann meist den Wanderern, die man nur vom Hörensagen kannte und von denen man nie wußte, ob es sie wirklich gab.

»Mehr oder weniger«, antwortete der Skalde schließlich. »Es ist nicht einfach, das Leben allein durch die Sangeskunst zu bestreiten. Als wir dich fanden, waren wir auf dem Rückweg von Gashok nach Tjolmar. Wir haben einen Händler begleitet, dem unser Geleit einige Goldstücke wert war.«

»Mit Geleitschutz kann man kaum das verdienen, was ihr allein für mich in den letzten Tagen ausgegeben habt«, entgegnete die Kriegerin trocken. »Allerdings geht es mich auch nichts an, woher euer Gold stammt.«

Tjalf erwiderte ihren unverblümt neugierigen Blick mit einem Lächeln. »Ein bißchen Glück gehört dazu«, gab er zu. »Vor einiger Zeit waren wir zu fünft und die Horde Wegelagerer am Brinask nur zu sechst. Wegelagerei scheint trotz all der Not hier ein einträgliches Geschäft zu sein. Jedenfalls stopfte deren Beute die Löcher in unseren Beuteln. Nun wollen wir zurück nach Tjolmar und unsere Freunde treffen. Danach geht es in die Salamandersteine, zu Jelindraéls und Lihjanas Sippe.«

Die Thorwalerin gab sich mit der Antwort zufrieden. Nachdenklich blickte sie durch die am frühen Abend noch leere, für die Gäste ordentlich hergerichtete Schankstube des *Nordlichts*. Die hübsche schwarzhaarige Tochter der Wirtin räumte sauberes Geschirr in die Regale hinter der Theke ein, während ihr ein dicker roter Kater schmeichelnd um ihre Beine strich und um sein Abendbrot bettelte. Auf der polierten Holzplatte der Theke warteten Kerzenleuchter und Aschtöpfchen darauf, auf den Tischen verteilt zu werden. Aus der Küche war das vergnügte Plappern eines kleinen Kindes zu hören.

»In die Salamandersteine? Dann ist Tjolmar doch ein Umweg für euch.«

»Nur aus der Sicht eines Menschen«, entgegnete Jelindraél. Um seinen sanften Mund spielte ein spöttisches Lächeln.

Die Thorwalerin musterte den Elfen mit fragend gehobenen Brauen. Er, in dem Leder seines Jagdzeugs eher wie ein schmalschultriger, großer Streuner als wie ein *fey* wirkend, nahm den Becher mit heißem Honigtee und trank ihr mit lachenden Augen zu. »Kommst du mit?« fragte er, wobei er sich aus seiner und Tjalfs Kanne nachschenkte. Tjalf hielt ihm sein Trinkhorn hin; und während Jora zusah, wie der dampfende, goldbraune Tee in das für Met, Bier und Premer gedachte Horn floß, antwortete sie zögernd: »Ich hatte eigentlich vor, nach Gareth zu wandern.«

»Nun, dann nimmst du die Route über die Salamandersteine. Auch nur ein kleiner Umweg«, scherzte der Thorwaler.

»Ein sehr kleiner«, spottete sie, »sicher, bei Rondra … Aber selbst wenn ich mit euch kommen wollte – außer einem Schmuck, für den hier niemand einen angemessenen Preis zahlen könnte, besitze ich keinen rostigen Kreuzer mehr. Wollt ihr mich bis Tjolmar und darüber hinaus durchfüttern?«

»Nein.« Tjalf schüttelte den Kopf, lächelte. »Aber wenn du bereit bist, für eine Ladung Töpfe und Geschirr deinen Zweihänder zu schwingen, wirst du in Tjolmar vielleicht sogar vier Dukaten mehr im Beutel haben.«

»Ihr habt einen Händler aufgetan, der nach Tjolmar will und Geleitschutz sucht?« mutmaßte die Kriegerin.

»Ja«, bestätigte der Elf. »Sie will mit zwei Fuhrleuten und zwei Wagen nach Norden. Gerade kommt sie aus Lowangen.«

»Pferde stellt Frau Rebaken, und zusammen gibt es ein Dutzend Goldstücke, drei davon im voraus«, ergänzte der Skalde. »Damit wäre deine Geldkatze nicht mehr gar so leer.«

»Wenn ich eine hätte …«, murmelte Jora. Sie warf einen ihrer blonden Zöpfe über die Schulter zurück. »Gut. Ein Stück werde ich euch begleiten. Wann will sie aufbrechen?«

»Morgen, eine Stunde vor Praiosaufgang«, antwortete Jelindraél.

*»So laßt uns reisen«,* zitierte Tjalf, *»denn nur der Reisende erreicht die Ferne.«*

»Nun denn«, Jora hob den Humpen, »dann auf eine Reise mit der Götter Geleit.«

Der Elf lächelte. »Nun, wenn wir einer braven Händlerin Geleitschutz geben, warum sollten die Götter dann nicht auch uns Geleit gewähren?«

»Warum ist eigentlich noch kein Elf bei solch einer Lästerung von Rondra erschlagen worden?« wollte die Kriegerin seufzend wissen.

Tjalf lachte. »Sie hat ihnen bereits die Ohren langgezogen, und wie man hört, hat es wenig geholfen.«

»Dir stünden spitze Ohren auch nicht schlecht«, konterte Jelindraél trocken. Auch er hob seinen Becher. »Auf eine glückliche Reise!«

In den letzten Nachtstunden hatte es geregnet, und nun, in der Stunde vor Sonnenaufgang, lag ein nebliger weißer Schleier in den Gassen Tiefhusens. Der feuchte lehmige Boden und der Nebel dämpften das Rollen der beiden Ochsenwagen und den Hufschlag ihrer Reittiere. Das Knarren des Wagenholzes, das Klirren der Zugketten und das Schnauben der Begleitpferde muteten seltsam unwirklich an, so als zöge der kleine Wagenzug geradewegs über verwunschenen Boden in ein Reich der Feen und Märchen. Die Hütten und Häuser säumten still und wie schlafend die Gassen. Die schmalen Giebel erhoben sich über Wagen und Reiter, wirkten fern und unnahbar. Selbst die ein wenig breitere Hauptstraße des Städtchens war verlassen, und auch das firunwärts gelegene Tjolmarer Stadttor war noch mit schweren Bohlenflügeln geschlossen, obwohl irgendwo jenseits des Nebels die Praiosscheibe bereits ihren Schein über den Rand Deres schicken mußte.

Die Händlerin Tareka Rebaken lenkte ihren kräftigen Rappwallach neben die dunkle Braune der Thorwaler Kriegerin und lächelte einen steifen Morgengruß. Zwar hatte man sich bereits auf dem Hof des *Goldschatzes* miteinander bekannt gemacht, aber während des eiligen Aufbruchs waren kaum mehr als ein paar Worte zwischen den beiden Frauen gefallen. Die zierliche Mittelreicherin war nicht nur einen guten Spann kleiner und wohl auch einen halben schmaler als die hünenhafte Thorwalerin, sondern zählte auch ein gutes halbes Dutzend Götterläufe weniger als sie. Zudem mochte der Anblick der Kriegerin in Kettenhemd und ledernen Beinkleidern, mit Zweihänder, Axt und Säbel und dem deutlich sichtbaren Schlangenbild, kaum zum Plaudern einladen. Tareka trug die gefälligen und sorgfältig gepflegten Kleider einer reisenden Kauffrau, hatte ihr schweres braunes Haar zu zwei Schnecken aufgesteckt und war mit einem schmalen Degen in verzierter Scheide und einem Jagdmesser bewaffnet. Sie wirkte für eine Reise über die Svelltstraße zu jung und viel zu adrett, eben zu städtisch. Was in Gareth als farblos gelten mochte, war hier im orkisch besetzten Land reich, vornehm und weitaus auffälliger, als ihnen recht sein konnte.

»Ich bin froh, daß Ihr Euch entschlossen habt, Eure Kameraden und mich zu begleiten«, wandte sich die Händlerin an die Kriegerin. »Ein erfahrener Schwertarm ist in dieser orkverseuchten Gegend sein Gold wahrlich wert.«

»Du solltest hier noch lauter von der Orkseuche sprechen«, schlug Jora leise vor. »Ein Händel mit den Schwarzpelzen käme mir gerade recht.«

Die junge Frau schaute sich erschrocken um, als wolle sie nach einem orkischen Spion suchen. Noch dämmerte es in den Gassen zwischen den Häusern, und der sich nur zögernd hebende Nebel lag wie ein Schleier in der Dunkelheit, so daß jeder Schatten zwischen den Hauswänden jeglichem zwielichtigen Gesindel beste Deckung gegeben hätte. »Bei Phex! Mein Vater erschlägt mich, wenn ich seine Ware verliere«, behauptete Tareka besorgt.

Jora grinste. »Wohl kaum.« Die Thorwalerin hatte längst an vielen kleinen Dingen erkannt, daß die beiden Fuhrleute auf den Ochsenkarren erfahren und umsichtig ihre Arbeit taten. Und beide, sowohl der schwarzlockige Hüne namens Hane Ahrensmann als auch die kleine starke Mo mit den kecken rotblonden Fransen, trugen ihre Kurzschwerter nicht nur zur Zierde. Der Vater ihrer ebenso hübschen wie unerfahrenen Auftraggeberin hatte sehr wohl bedacht, welche Gefahren hier im Svelltschen lauern mochten. Und er ließ es sich einiges kosten, seine Tochter auf ihrer ersten Fahrt in dieser Gegend so gut als möglich geschützt zu wissen.

»Halt den Beutel bereit«, empfahl Jora der Frau. »Der Ork am Tor wartet bereits.«

Als Tareka Rebaken an den beiden Karren vorbei zum Stadttor blickte, sah sie in diesem Augenblick einen Soldaten der Orkwache vor die Ochsen des vorderen Gespanns treten. Behäbig kamen die schwerfälligen, kräftigen Tiere zum Stehen. In Erwartung des Torzolls suchte der Ork nach demjenigen, der der Herr des Zuges sein mußte. Ein wenig eiliger, als es nötig gewesen wäre, trieb die Händlerin ihr Pferd auf den Wachmann zu.

»Die Kleine ist wahrlich gerade erst aus dem Nest gefallen. Viel kann sie von dieser Welt noch nicht gesehen haben«, vermutete Tjalf. Er ritt hinter Jora und hatte den größten Teil des Gesprächs zwischen den beiden Frauen gehört.

»Ja, aber warst du auf deiner ersten Fahrt klüger?« gab die Kriegerin gleichmütig zurück.

»Sicher nicht. Aber auf jeden Fall ärmer.«

Die Thorwalerin wandte den Kopf und musterte den Skalden. In ihren Zügen lagen Nachdenklichkeit und sanfter Spott. Tjalf hielt diesem Blick nicht stand. Er zügelte seine Stute und blieb einige Schritt zurück, als wolle er auf Jelindraél warten. Während Jora wortlos zu der Händlerin aufschloß, die sich gegen die hohen Forderungen des Orks mit immer sicherer werdender Rede verwahrte, erreichte der zu Fuß gehende Elf seinen Freund. Eine junge Grauschimmelstute folgte ohne Zaum und Sattel; sie wußte den elfischen Wink zu deuten und verharrte geduldig und aufmerksam neben ihm.

Jelindraél sah zu Tjalf hinauf, blickte dann zu den Schemen der beiden Frauen und des Orks, die durch den Nebel trotz des Lichts der Torlaternen nur schwer zu erkennen waren, und musterte schließlich wiederum seinen Freund. »Wäre es nicht besser, es ihr zu sagen, bevor sie es errät?« fragte er.

»Laß das meine Sorge sein!« verlangte der Thorwaler in einem Anflug von Zorn. Der Elf nahm den Unmut sichtlich gelassen hin. Der Skalde fluchte leise. »Ja, ich werde es ihr sagen«, erklärte er schließlich. »Irgendwann muß ich es wohl.«

»Ja.« Jelindraél griff in die Mähne seines Pferdes, schwang sich auf dessen Rücken. Mühelos lenkte er das Tier mit sanftem Schenkeldruck neben Tjalf. »Sie sind sich einig geworden«, stellte er fest.

Langsam setzte sich der Zug in Bewegung. Die Ochsenwagen und Reiter passierten das bewachte Tor und überquerten auf der seit den Orkkriegen nur notdürftig ausgebesserten Torbrücke den Ror, einen schmalen Fluß, der längs der nördlichen Stadtpalisade floß und schließlich nordwestlich zwischen Stadt und Boronanger in den Svellt mündete. Bereits jenseits des Borontempels und der letzten Gehöfte vor der Stadt schmiegte sich die Svelltstraße an den Hang des Tiefhusener Tals und kletterte, vom Fluß gezwungen, den Hang ein Stück hinauf. Dort, über den aufsteigenden Nebeln, grüßte die Praiosscheibe den Wagenzug mit weichem goldenen Licht. Tiefhusen lag noch in dämmrigem Schatten, durch die Nebelfetzen gleichsam dieser Welt entrückt. Nur die Burg auf ihrem Felsen ragte hoch über dem Gewirr der Dächer und Gassen aus dem Nebel und leuchtete in den Strahlen des hellen Morgens. Alle Spuren der orkischen Besatzer wurden von nebligem Schleier verdeckt und schienen nur noch wie eine Erinnerung aus vergangenen Tagen.

»Eines Tages ...« Während Hane Ahrensmann das sagte, sah er in das Tal zurück. Er nickte bekräftigend. »Dann gehört der Bund wieder uns.«

Wenige Meilen nördlich führte der Weg zurück in die ausgedehnten Flußniederungen und wand sich zwischen Ufergestrüpp und sumpfigen Wiesen entlang. Der lehmige Grund war nur in den warmen und trockenen Sommermonaten befahrbar; im Winter und besonders während der Schneeschmelze trat der Svellt fast auf seiner ganzen Länge über die Ufer und verwandelte das Flußtal in einen einzigen Sumpf. Dann blieb jeder schwere Wagen unweigerlich im Morast stecken, so daß die wenigen wagemutigen Händler ihre Waren entweder auf den Rücken von Eseln und Maultieren transportierten oder auf flachen Kähnen den Svellt hinunter brachten. Die Gegend war einsam, und auch schon vor den Orkkriegen fanden zahlreiche Wegelagerer hier ihr Auskommen. Ab und an waren am Wegesrand die Spuren eines Überfalls auszumachen. Meist erinnerten daran kaum mehr als einige Planken der Wagen und selten einmal ein schief stehendes Boronsrad. Die Fuhrleute pflegten beim Anblick einer solchen Stelle eiligst das Zeichen des Praios, den Kreis, mit der Hand zu beschreiben, auf daß ihre Fahrt von solcher Unbill verschont bleiben möge. Tareka Rebaken murmelte ein kurzes Gebet zu Boron, damit er den Toten gnädig sei; auch vergaß sie nicht, Phex still um sicheres Geleit zu bitten.

Am zweiten Tag ihrer Fahrt deutete Jelindraél Feenlicht auf einen wilden Rahjastock, unter dessen grünen Blättern und zartrosa Blüten die neben dem Elfen reitende Jora ein altes, verwittertes Boronsrad entdeckte. »Die Menschen vergessen, daß es nur neues Leben geben kann, wenn altes geht«, sagte der Elf.

Die Thorwaler Kriegerin schüttelte den Kopf. »Auf diese Weise? Für die meisten Toten hier – Boron sei ihnen gnädig – war es ein gewaltsamer und allzu früher Tod.«

Jelindraél lächelte. Er blickte sie von der Seite her an und musterte den Zweihänder in der Sattelscheide, den Säbel und die Axt an ihrem Waffengürtel. »Ihr Menschen habt Schulen, in denen ihr eure Kinder das Töten lehrt, oder nicht?«

»Aber wir lehren sie nicht, andere hinterrücks zu erschlagen!«

»Wenn ein Lebewesen tot ist, hat es kaum eine Bedeutung mehr, wie es gestorben ist.«

»Es hat eine Bedeutung für die, die noch leben«, entgegnete die Frau.

Jelindraél nickte. »Das ist Menschenart. Und wie viele Menschen sind bereits aus Rache und Vergeltung getötet worden? Oder in einem Krieg? Ihr findet immer Worte, die den Tod des anderen rechtfertigen.«

»Es gibt Rechtfertigungen, die falsch sind, da sie vor den Göttern keinen Bestand haben«, sagte Jora, womit sie einen beliebten Lehrsatz Marada Rothelms, der Leiterin der *Freien Kämpferschule von der Trutzburg zu Prem* zitierte.

»Und wer sagt, was ein Gott als Recht gesetzt hat? Sind das nicht wiederum Menschen? Eure Götter mag es wohl geben, aber sie sind der Welt zumeist recht fern, und mir sind sie trotz meiner Jahre unter Menschen immer noch unverständlich.«

»Du bist ein Elf!«

»Ja.« Jelindraél strich mit einem Finger über eines seiner spitzen Elfenohren und schenkte Jora ein schelmisches Lächeln. Ernsthafter fuhr er fort: »Aber ich bin sterblich wie du, auch wenn wir meist älter werden. Und ich habe mehr Lebewesen getötet, als du jemals töten wirst. Diese Welt lebt mit dem Tod. Er gehört zu ihr wie die Geburt und das Wachstum. Aber während ihr davor keine Angst habt, fürchtet ihr euch trotz eures Rabengottes vor eurem Ende. Jora, das *Leben* ist wichtig, und wie man es lebt. Und es gibt nichts Erschreckenderes als ein vergeudetes Leben.«

»Aber sagt man nicht, daß gerade ihr ziellos in den Tag hinein lebt?« wandte die Kriegerin ein.

»Das behaupten jene, die uns nie nach unseren Zielen gefragt haben.«

Jora mußte unwillkürlich lachen. Spöttisch gab sie zurück: »Und wenn ich jetzt fragen würde, bekäme ich eine völlig unverständliche elfische Antwort, nicht wahr? Das ist Elfenart, Jel.«

»Vielleicht.« Das Lächeln neckte sie, so daß sie seufzend den Kopf schüttelte.

Ein wenig göttergefälliger Fluch der rothaarigen Mo unterbrach ihre Unterhaltung. Sie ließ einige äußerst deftige Bemerkungen über das Wetter, den Fluß und die Straßen und nicht zuletzt über das ›blöde dumpfsinnige Ochsengeviechs, das nur ins Licht Praios' getreten ist, um die Menschheit zu plagen‹ hören.

Jora reckte sich im Sattel und erblickte vor den Tieren Wasser, das den Weg überspülte. Die Ochsen waren stur vor dem flachen, in den Strahlen der Praiosscheibe funkelnden Bach stehengeblieben und weigerten sich, die glitzernde Wasserfläche zu betreten. Es war am heutigen Tage das vierte oder gar fünfte Mal, daß genau das geschah, und inzwischen wußte jeder von dem Widerwillen des Gespanns, sich die Hufe naß zu machen. Aber einen anderen Weg als hindurch gab es nicht. Linkerhand fiel nach einem schmalen Grasstreifen eine recht steile, buschbewachsene Böschung zwei Schritt tief zu Ufermorast und mannshohem Schilf ab, während rechterhand ein zwar lichter, aber für die Wagen zu unwegsamer und mit Gestrüpp durchsetzter Wald bis dicht an die Svelltstraße heranreichte.

Die Thorwaler Kriegerin lenkte ihre Stute ins Gras, um an Hanes Karren vorbei der Frau zu Hilfe zu kommen. Als sie kaum zur Hälfte an dem hohen Wagen vorbei war, schrie der Fuhrmann auf: »Phexverflucht! Wegelagerer!«

Jora hörte das gefährliche Zischen von Pfeilen und das Einschlagen der Spitzen in Wagenplanken. Eines der schlanken Geschosse strich dicht über das Verdeck neben ihr, ging auf dem Wasser nieder und trieb den Fluß hinab. Die Kriegerin war sich sicher, daß es ein Langbogenpfeil war. Zu den Reiterbögen der Orks gehörten sehr viel kürzere Pfeilschäfte. Und da die Pfeile ihrer Bögen durchaus die Reichweite menschlicher Langbögen erreichten, gab es kaum einen Ork, der seinen Bogen gegen den eines Menschen getauscht hätte. Es mußten Menschen sein, und der schnellen Folge der dumpfen Einschläge nach mehr als drei.

Jora hatte fast die Höhe des Kutschbocks erreicht, als ein Pfeil ihre Braune scheuen ließ. Die Stute verlor mit den Hinterbeinen den Halt in dem hohen Gras, rutschte ab und rettete sich mit einem mächtigen Satz hinunter zum Flußufer. Die Thorwalerin fluchte und hielt sich nur mit einiger Mühe im Sattel. Zwischen dem knackend brechenden Schilf sank das erschrocken wiehernde Tier bis zu den Sprunggelenken ein. Nach einem erfolglosen Versuch, sich springend aus dem Morast freizukämpfen, gehorchte die Stute schließlich wieder ihrer Reiterin und arbeitete sich mühsam zur Straßenböschung zurück. Vom Weg herunter klang das

Schreien der Angreifer und das Klirren aufeinanderprallender Klingen. Jora sah den Wagenzug schräg über sich stehen. Hane wehrte mit dem Kurzschwert in der Faust und auf dem Kutschbock stehend eine massige Gestalt ab. Hinter den letzten Wagen kämpfte Jelindraél zu Fuß gegen eine hagere große Frau in Lederrüstung. Der Elf und sein Wolfsmesser wirkten weitaus gewandter als seine Gegnerin mit dem Bastardschwert, aber es mochte nur eine Frage der Zeit sein, wann das Schwert die schlanke Elfenwaffe zerschmetterte. Von weit vorn drang Tjalfs brüllende Stimme. Der Skalde war von Joras Standpunkt aus nicht zu sehen, aber in dem wilden Gebrüll lag eine Wut, die sie zur Eile antrieb.

Die Kriegerin fluchte und brachte das Pferd dazu, noch einen Schritt näher an die Böschung zu waten. Doch dort rutschten dem Tier die Grassoden unter den Hufen weg. Das Gras verschwand hinuntergetreten tief im morastigen Boden. Jora fluchte aus ganzem Herzen und schwang sich aus dem Sattel in den Schlamm. Sie sackte bis zu den Knöcheln ein, aber der zähe Grund trug sie weit eher als die Stute. Entschlossen kämpfte sich die Frau den Hang hinauf, wobei sie einem Mann ausweichen mußte, der schreiend an ihr vorbei die Böschung hinabrutschte. Gut. Einer weniger, dachte sie grimmig. Dann reichte Hane ihr die Hand und half ihr das letzte Stück hinauf. Oben angekommen zog Jora ihren Säbel. »Hilf Jelindraél!« rief sie Hane zu und lief selbst nach vorn; sie hatte große Angst, zu spät zu kommen.

Auf Mos zornigen Fluch hin zügelte Tjalf seine Rappstute und wendete sie. Kaum ein halbes Dutzend Schritt war der Bach breit und nicht einen Spann tief, aber die sich glitzernd und funkelnd im fließenden Wasser brechenden Strahlen der Praiosscheibe ließen

Mos Ochsengespann störrisch stehenbleiben. Die Tiere weigerten sich, das ihnen so gefährlich scheinende Wegstück zu betreten. Die rothaarige Fuhrfrau band wütend die Zügel an den Bock und sprang mit der Wagenpeitsche in der Hand auf den schlammigen Boden hinunter. »Bei Phex! Diese Ochsen rauben mir heute noch den Verstand! Hornviecher, blöde. Ihr stinkenden, faulen Mißgeburten, seid so dumm wie mein versoffener Bruder! Oh, …« Unmittelbar vor ihr schlug ein Pfeil in den Boden und blieb mit zitterndem Schaft leicht schräg stecken. Hanes Schrei riß Mo aus der Erstarrung; die Peitsche fiel zu Boden, und mit fester Hand zog die Frau ihr Kurzschwert.

Tjalfs Stute schnaubte erschrocken, als ein Pfeil das Wasser vor ihren Hufen aufspritzen ließ. Nur die besänftigende, energische Zügelhand des Skalden und seine Ruhe zwangen das Tier, solange zu verharren, bis sein Reiter aus dem Sattel gesprungen war. Jetzt, da die haltende Hand fehlte, riß die zitternde Stute den Kopf hinauf, sprang zurück und warf sich zur blinden Flucht herum.

Tjalf wartete, die schwere Axt in beiden Händen und die Stiefel fest in den steindurchsetzten schlammigen Boden unter dem eisigen Wasser gestemmt. Er stellte sich dem Söldner mit Bastardschwert und Rundschild, dessen brüllendem Angriff durch den unsicheren Grund einiges von seiner Wucht genommen wurde. So verschenkte der schlaksige Mann den ersten Schlag an den Thorwaler, der die Zweihänderaxt mit grimmiger Entschlossenheit schwang. Der um sein Gleichgewicht ringende Söldner hatte allerdings Glück und parierte mit dem Schild, dessen Holz ein sprödes Knacken hören ließ. Der Thorwaler wartete nicht mehr. Er setzte einen Schritt nach, wehrte einen schlecht gezielten Hieb des Anderthalbhänders mit der Breitseite der zweischneidigen Axt ab und führte den nächsten Schlag unter der Klinge seines Gegners hindurch gegen dessen Beine. Der Mann sprang zurück und vertat die Gelegenheit, die offene Deckung des Skalden zu nutzen.

Tjalf warf sein Haar mit einem Ruck des Kopfes und einem spöttischen Lachen zurück. Der Schwertkampf war offensichtlich nicht die Stärke des Wegelagerers. Auch war das Kettenhemd schlecht gepflegt und das Unterzeug fleckig und zu groß. Der Mann vor ihm mochte ein Streuner sein, aber niemals jemand, der das Kriegshandwerk erlernt hatte. Er hatte Angst vor dem hünenhaften Skalden, der mit grimmigem Lachen wie ein Fels in der Brandung stand. Auf die nun mit weniger Kraft geführten Schläge der Axt antwortete der Söldner mit mehr als gebührlichem Respekt. Er wich zurück, ja, es sah aus, als halte er nach einer Möglichkeit Ausschau, möglichst ungeschoren aus diesem ungleichen Zweikampf zu entfliehen. Seine Augen blickten suchend hin und her, und die zwei, drei Attacken waren kaum mehr als unbeholfene Versuche, den eigenen Mut nicht gänzlich zu verlieren.

Irgendwo schrie eine Frau vor Schmerz. Der Skalde wehrte den halbherzig geführten Angriff mit geübter Parade ab. Was wollte dieser Wicht? Sich selbst zum Fraß vorwerfen? Ein blitzender Schatten zu seiner Linken warnte Tjalf, und doch reagierte er nicht rasch genug. Das schartige Schwert des bulligen Mannes hieb tief in seinen Schenkel. Tjalf brüllte auf und zuckte unter einem zweiten scharfen Schmerz im rechten Arm zusammen. Der Siegesschrei des Streuners traf den Thorwaler fast noch tiefer. Heißes Blut rann Tjalf den Schenkel hinab, dunkles Blut tropfte in das eisige Wasser. Seine Augen blitzten. Die sonst so tief verborgene und gezähmte Wut des Skalden erwachte. Mit einer Bewegung, die Gerolf Tjalf unter unzähligen schmerzhaften Hieben in die Knochen getrieben hatte, ließ er die Axt durch die ihr eigene Wucht heraufschnellen und mit erbarmungsloser Kraft in die ungeschützte Schulter seines nun unvorsichtigen Gegners beißen. Das rostige Geflecht des Kettenhemdes zerriß mit einem Knirschen. Ein Knochen brach, und Blut floß. Der Streuner taumelte mit einem Aufheulen zurück, und seine Waffe fiel in das aufgewühlte glitzernde Wasser. Doch da war der Bullige und warf sich vor den Gefährten, um den Schlag des Skalden abzufangen, der vielleicht das Ende des Unbewaffneten bedeutet hätte. Tjalf fauchte und brüllte auf. Nur mit Mühe konnte er den folgenden Hieb abfangen, wobei ihm ein unerträglicher Schmerz durch das verletzte Bein fuhr. Er warf den Kopf zurück und schrie. Der wütende Haß, der nach Blut verlangende Wahnsinn, fuhr mit dem brennenden Schmerz in seine Glieder. Die Wut füllte sein Denken aus, ließ keinen Raum für einen anderen Gedanken und führte wie von allein die Hände um die Axt.

Die Waffe schlug zu und traf. Die Swafskari des Thorwalers ließ das scharfe Blatt tief in das Leben seiner Gegner fahren. Er wollte töten. Er mußte töten. Von nun an war es gleich, ob man ihn schlug und verletzte – er kostete den Rausch der Macht und der Kraft; Swafnirs Fluch suchte jene heim, die sich gegen ihn stellten. Er überwand die Gegner oder er starb. Einen anderen Weg gab es nicht.

Tief unter dem Zorn, verborgen und weit fort, war da noch ein Flämmchen peinigender Angst, das erlöschende Licht des grausamen Wissens, daß er erst erkennen würde, welchen Freund er Swafnir geopfert hatte, wenn der Gott ihn aus seinem Dienst entließ.

Als Jora den vorderen Wagen erreichte, sah sie Mo und die Händlerin gemeinsam auf einen kräftigen Ork einschlagen, der zwischen den Frauen keinen allzu guten

Stand mehr hatte. Zwar blutete Tareka aus einer tiefen Wunde am linken Arm, dies hinderte sie aber nicht daran, ihr Rapier mit grimmiger Entschlossenheit zu führen. Tjalf dagegen stand breitbeinig im Wasser des breiten Rinnsals, die Beidhänderaxt schwingend und sich nur noch mühsam gegen zwei der Wegelagerer behauptend. Die Männer führten Schwerter und hatten dem großen Thorwaler bereits schwere blutende Wunden geschlagen. Die mit Wut und Wucht geführte Axt des Thorwalers hatte grausam zurückgeschlagen; aber dennoch war abzusehen, daß Tjalf gegen beide Gegner zugleich nicht mehr lange bestehen konnte. Das glitzernde Wasser zu ihren Füßen war trüb von aufgewühltem Schlamm und rotem Blut.

Jora Eddasdottir brüllte: »Für Rondra!« Sie stürzte auf die kämpfenden Männer zu. Der bullige Wegelagerer ließ sofort von dem schwankenden Thorwaler ab, um der Frau mit erhobener Waffe entgegenzutreten. Er war trotz der Warnung der Kriegerin zu langsam und auch zu ungeschickt. Mit einem einzigen Hieb zerschmetterte diese sein schartiges Schwert. Der Mann schrie auf und warf sich mit dem scharfzackigen Rest der Klinge auf die Kriegerin. Ihre sorgsam und unbeirrt auf seinen Bauch gerichtete Säbelspitze traf und drang nach kurzem Widerstand tief in weiches Fleisch. Das abgebrochene Schwert scharrte durch ihre Ausweichbewegung über ihre Kette, ohne mehr als einige Kratzer zu hinterlassen. Mit einem Ruck zog die Frau den Säbel aus dem taumelnden, sterbenden Körper. Jora kümmerte sich nicht mehr um ihn. Grimmig entschlossen und mit der blutigen Klinge in der Faust wandte sie sich dem zweiten Gegner Tjalfs zu. Der wich einen Schritt zurück, blickte gehetzt zwischen seinem sich nicht mehr regenden Kumpan, dem trotz schwerster Verletzungen immer noch aufrecht stehenden Thorwaler Hünen und der entschlossen nahenden Kriegerin hin und her. Er entschied sich für die Flucht. Tjalf brüllte auf. Mit einer einzigen Hand schwang er die Zweihänderaxt über den Kopf und warf sie dem Flüchtenden nach. Die schwere Waffe traf und fällte den Mann. Dann richtete sich der Blick des Walwütigen auf die Bewaffnete. Der Haß in seinen Augen zeigte deutlich, daß er nicht eher ruhen würde, bis einer von ihnen nicht mehr lebte. Mit seiner linken, noch unverletzten Hand zog er den Säbel, auch wenn er dabei vor Entkräftung und Schmerz strauchelte. Die Thorwalerin kam langsam auf ihn zu, ihren Säbel bereit und vor einem plötzlichen Ausfall auf der Hut. Der Angriff kam. Immer noch beherrschte zornige Kraft den Hünen. Nur waren seine Bewegungen gleich denen eines Trunkenen. Jora trat einen halben Schritt zur Seite und parierte mit Leichtigkeit den Schlag. Ein weiterer schneller Schritt brachte sie an seine rechte Seite. In einer einzigen fließenden Bewegung schlug sie ihm das unverletzte Bein unter dem Körper weg und gab ihm einen derben Stoß vor die Schulter. Der Mann brüllte auf vor Schmerz. Das schwerverletzte Bein trug ihn nicht, und er schlug mit dem Rücken in das schmutzige Wasser. Fluchend, jaulend, unverständliche Schmähungen hervorstoßend, stemmte er sich auf seinem linken Arm in die Höhe. Bei dem Versuch sich zu drehen, fiel er mit dem Gesicht voran in den Schlamm, und nur die Wut gab ihm die Kraft, endlich doch vor Jora zu knien, schwer auf einen Arm gestützt. Der Mann stierte zu ihr auf. Nasses Haar klebte in dem vor Zorn und Haß verzerrten Gesicht, Rinnsale aus Schlamm und Blut entstellten seine Züge und tropften den wirren Bart hinunter. Joras Miene war kalt und hart, als sie ihn mit einem gezielten Schlag ihrer Faust ins Wasser zurückschickte. Mit ihrem gesamten Gewicht, mit Rüstung und Waffen deutlich schwerer als er, warf sie sich ihm ins Kreuz, preßte ihm die Knie in den Rücken und drückte Schultern und Gesicht in den Schlamm. Sie ließ ihn Wasser schlucken, hielt ihn erbarmungslos am Boden und widerstand dem Versuch seiner ungebändigten Kraft, sie von sich zu schütteln. Erst als sich der Körper unter ihr nicht mehr bewegte, ließ sie seine Schultern frei.

Sie kniete sich neben den Regungslosen und drehte ihn um. Behutsam bettete sie seinen Kopf auf ihre Schenkel. Während sie nach dem Herzschlag des Skalden tastete und feststellte, daß er noch atmete, kam Mo keuchend herbei gelaufen. »Bei Rondra«, rief die Fuhrfrau aus, »was …«

Jora sah zu der Frau auf. »Kümmere dich um die anderen!« befahl sie harsch. Die starren Züge der Kriegerin und der scharfe Ton ihrer Stimme ließen die Rothaarige gehorchen. Die Thorwalerin wischte dem Skalden notdürftig den Schmutz aus dem Gesicht und besah sich seine Wunden. Keine würde ihn töten, wenn man sie bald versorgte. »Swafnir, manchmal …«, murmelte Jora leise. Der leichte Schritt des Elfen ließ sie aufblicken. Jelindraél half ihr, den Freund auf ein trockenes Stück des Weges zu bringen. Dort machte er sich daran, die Wunden zu säubern und zu verbinden. »Ich muß nach meinem Pferd sehen«, erklärte Jora und wandte sich ab.

Als sie zum Flußufer hinabgestiegen war, wo die Braune sich in aller Ruhe ein schmackhaftes Mahl aus Entenkraut und Efferdgras einverleibte, kam Mo zu Jelindraél. »Frau Rebaken habe ich die Wunde am Arm verbunden«, berichtete sie. Der elfische Heiler nickte. Er entkorkte Tjalfs kleine Schnapsflasche, um sie an dessen Lippen zu setzen. Unentschlossen sah die rothaarige Frau auf die Männer hinunter und strich sich eine Strähne aus dem Gesicht. Endlich sprach sie es aus: »Sie wollte ihn ertränken!«

Jelindraél schüttelte den Kopf. »Nein.« Und er klang so ruhig und bestimmt, daß Mo nicht weiter fragte.

»Nun, alter Skalde? Unkraut vergeht nicht, nicht wahr?«

Sie hatten in den Ruinen eines Gasthauses ihr Lager aufgeschlagen. Scharten und Schnitte waren längst versorgt, die Tiere ausgespannt oder abgesattelt, gefüttert und getränkt und Hanes Eintopf und das Brot waren gegessen. Nun stand der Helm der Mada bereits zwei Handbreit hoch über dem gebirgigen Horizont. Aus einem sternenübersäten klaren Nachthimmel schickte er silbernes Licht in die mit Gestrüpp und duftenden Blütenranken überwucherten Mauern. Tjalf Sturmlied saß, an einen kaum mannshohen Mauerrest gelehnt und auf seiner Laute spielend, auf einer Decke abseits ihres Lagerfeuers. Jelindraél hatte ihm die Verletzungen verbunden und die tiefe Beinwunde mit seinem magischen Können soweit geschlossen, daß Tjalf morgen wieder würde reiten können. Alles in allem war der Überfall für sie selbst recht glimpflich ausgegangen. Von den Wegelagerern dagegen hatten sie vier zu Boron geschickt, die jetzt neben dem Weg ihre letzte Ruhestätte gefunden hatten.

Jora Eddasdottir breitete ihre Decke neben Tjalf aus und setzte sich. Die Laute in seinen Händen verstummte. Der Skalde blickte sie an. »Danke.«

Jora nickte. »Es mußte sein, und ich habe es getan.«

»Woher hast du es gewußt?« Tjalf musterte das im silbernen Mondlicht zart gezeichnete Gesicht der Premer Kriegerin und versuchte in ihren Zügen zu lesen. Sie lächelte, und das Lächeln ihres schönen Mundes konnte ihre Müdigkeit kaum überspielen.

»Thorn Beornson, Thorwal ist nicht sehr groß«, entgegnete sie.

Tjalf starrte sie eine Weile an. Dann schloß er die

Augen und lehnte sich an die efeuüberwucherte Mauer zurück. War es möglich, daß diese Frau ihn schon vor Tagen als den erkannt hatte, dessen Namen er lieber niemals wieder hören würde? Hatte sie das Lager mit ihm geteilt trotz des Wissens, daß er in seiner unzügelbaren Wut Menschen getötet hatte, die ihm lieb waren? Er schluckte und zwang sich, sie anzusehen. »Und … seit wann weißt du …?«

»Fast von Anfang an. Tjalf, Walwütige sind selten, und schon die kleinen Kinder lernen, ihnen aus dem Weg zu gehen, um sie nicht zu reizen. Und du hast dich in den letzten Jahren kaum verändert.«

»Du hast mit einem Swafnir-Kind Rahjas …«, sagte der Skalde rauh. Dann versagte ihm die Stimme.

»Ich habe mit dir Rahjas Freuden geteilt, ja. Bereust du es?«

»Bei Swafnir! Nein! Aber du sagst selbst, daß bereits die Kinder lernen, solche wie mich zu meiden.«

»Bin ich ein Kind?«

Der Mann lachte rauh auf. »Bei Rondra und Rahja, nein. Du bist eine der begehrenswertesten Frauen, denen ich in meinem Leben begegnet bin. Ich sollte dich von mir fernhalten, wahrlich.«

»Warum sollte ich mich mehr vor dir fürchten als deine Freunde? Wenn mich die Drachen dieser Welt nicht schrecken, warum solltest du mir dann Furcht einjagen? Tjalf, du weißt nichts von mir außer meinem Namen und meiner Herkunft. Du weißt nicht einmal, ob ich nicht vielleicht diejenige bin, die dir im Schlaf die Kehle durchschneidet.«

»Warum solltest du das tun?«

»Aus Rache. Wie viele Menschen aus Thorwal hast du getötet?«

Der Skalde schüttelte den Kopf. Er schauderte unter den Erinnerungen an Blut und Schmerz. »In all den Jahren? Fünf«, antwortete er schließlich mit dem bitteren Geschmack der Schuld. »Fünf Menschen«, murmelte er.

Die Frau beobachtete ihn nachdenklich. »Warum bist du aus Thorwal fortgegangen? Deine Ottajasko hat dich nicht in die Friedlosigkeit verbannt, oder?«

»Kann man einen Sohn Beorns ausstoßen?« fragte Tjalf spöttisch. »Nein, die Ottajasko hat mich nicht davongejagt, selbst nicht nach dem Neujahrs-Hjalding vor drei Jahren. Ich sei beherrscht genug. O ja, ich verliere den Kopf nicht mehr so einfach nach den Jahren in Gerolfs Obhut. Nein, ich erschlage niemanden mehr wegen einer bloßen Beleidigung. Aber kennst du ein Volk, das seine Fäuste so liebt wie unseres? Dessen größtes Vergnügen ein metseliges Fest mit einer gediegenen Prügelei ist? Bei dem selbst die Ehrungen ihres Gottes nur dann als gelungen gelten, wenn man sich wieder einmal wirklich ausgetobt hat? Ich bin Skalde, und ich kenne unsere Geschichte und die Geschichten so vieler Swafnir-Kinder, die ihre Swafskari heimatlos gemacht hat wegen geringerer Taten, als die meinen es waren. Ich wollte nicht darauf warten, bis mich endlich einmal jemand meiner eigenen Ottajasko erschlagen muß, damit ich in meiner Wut einhalte. Joraja, ich habe Angst, dich zu töten, wenn du mit uns ziehst.«

»Das wird dir nicht gelingen«, versprach die Kriegerin mit einem Anflug von Heiterkeit. »Bitte, sing etwas! Das Lied der Asgra Asgordotter.«

»Das Lied der Asgra?« Der Skalde lachte rauh. »Das willst du jetzt hören?«

»Ja, das will ich.«

Tjalf schloß für einige Herzschläge die Augen, um sich auf Melodie und Text des alten thorwalschen Liedes zu besinnen. Schließlich blickte er auf. Seine Stimme klang tief und voll, eingewoben in die hellen Klänge der Laute, und malte der Thorwalerin die Geborgenheit eines Thing ihrer Heimat in die nächtlichen

Ruinen der zerstörten Herberge. Das Lied der Heldin sang von Blut, aber es war ein Stück Thorwals, ein Teil seiner Geschichte und seiner Seele:

»Asgra Asgordotter, blond ihre Zöpfe, stark ihre Hand.
Asgra, strahlende Hetfrau, unbesiegt auf See und an Land …«,

so begann der alte Sang und so endete fast jede der sechsunddreißig Strophen. Die erste erzählte von der Geburt der Asgra auf der Otta *Wellentrotz* vor mehr als vier Jahrhunderten. Der Skalde beschrieb die wütende See und den Zorn der gebärenden Thorwalerin über das nur zögernd den schützenden Leib verlassende Kind. Er berichtete von dem Fluch des Vaters über das Ungeborene, Swafnir möge das Kind für seine Feigheit strafen, und beklagte den Tod der Mutter, noch ehe das Neugeborene den ersten Schrei tat. Asgra erhielt den Namen des Vaters und wuchs im Kreis der Ottajasko auf wie jedes andere Kind, bis es zu dem verhängnisvollen Tag kam, an dem sie mit bloßer Hand den Vater erschlug. So wurde sie in die Obhut einer Swafnirgeweihten gegeben. Unter Swafnild Gerkdotters eiserner Hand übte sie die strenge Selbstbeherrschung der Swafnirkinder und erlernte die Kunst des Kampfes mit der beidhändigen Axt. Asgra wuchs zu einer schönen, starken Frau heran, der es mit Mut und Kraft gelang, die Ottajara zu bestehen, so daß sie trotz ihrer Geschichte nach Hause zurückkehren konnte. In mitreißenden Worten wurden die Fahrten der *Wellentrotz* und die schier unglaublichen Heldentaten der Asgra besungen, die schließlich gar zur Hetfrau gewählt wurde.

Doch eines Tages wurde die Ottaskin von einem Überfall der Güldenländer heimgesucht:

»So krähte auf des Jolskrims First ein gleißend
Roter Hahn,
und der Güldenen Hiebe, geschlagen in gottlosem
Wahn,
hielten blutige, grausame Mahd …«

Asgra konnte nicht verhindern, daß fast jedes Kind, jede Frau und jeder Mann unter den Klingen der Feinde fiel, daß sie die am Strand liegende Otta zerstörten und die Langhäuser verbrannten. Sie stand zuletzt allein, in göttlicher Swafskari wütend, mit tiefen Wunden und gegen eine Übermacht der Feinde. Ihr Bruder erreichte mit seinen Leuten zu spät die Ottaskin, um die ihren zu retten, aber sie brachten den Güldenländern schließlich eine schmachvolle Niederlage bei. Und noch während des Kampfes führte Asgra gegen den eigenen Bruder die Axt:

»… Blind war sie vor heißem, rotem Blut –
schlug den Bruder in ihrer göttlich Wut,
der ihr so der letzte Gegner war.«

Das Lied beschrieb in seinen letzten Strophen den fürchterlichen Zweikampf der Geschwister und berichtete von der flehenden Bitte des Bruders an Swafnir, den unbedachten Fluch des Vaters zu brechen. Schließlich gelang ihm der tödliche Streich, und Asgra starb. So endete der Sang mit den Zeilen:

»Asgra Asgordotter, blond deine Zöpfe, solche gab
es nie mehr.
Asgra, sterbende Hetfrau, gingst ein in Swafnirs
weites, blaues Meer.«

Tjalf ließ die Laute verklingen. Jora sah seinen eigenen tiefen Schmerz widergespiegelt in den sturmgrauen Augen. Sie beugte sich vor, um ihre Hand auf die seine zu legen. »Ich weiß, daß dein Letztes Lied eines sein wird, das von Freundschaft und Liebe erzählt«, sagte sie. »Thorn Beornson, ich liebe dich.«

Der Widerstreit der Gefühle war in den Zügen des Skalden zu lesen. »Jora, nicht«, bat er beinahe unhörbar.

Die Thorwalerin ließ sich nicht beirren. »Doch. Und gerade deswegen.« Sie lachte auf. »Oder auch aus Gründen, die ich selbst nicht verstehe. Aber ist das wichtig? Ich will es.«

Der Skalde barg das Instrument in seiner ledernen Hülle und legte es behutsam zur Seite. Dann wandte er sich der Frau zu. Er hob eine Hand und faßte in ihr geflochtenes Haar. »Du läßt dich vielleicht mit deinem Mörder ein«, erinnerte er.

»Tjalf, du wiederholst dich.«

Er nickte, sandte ein Stoßgebet zu Swafnir, daß er nicht das Falsche tat, und küßte Jora trotz seiner schmerzenden, wunden Glieder.

Jelindraél legte später in der Nacht die Decken über die Schlafenden, fürsorglich und besorgt. Der Elf blickte zu den Sternen hinauf. Warum sorgte er sich um diese beiden Menschen? Die Ahnung von Grausamkeit und Haß mochte nicht den Liebenden gelten. Er wußte es nicht zu sagen. Aber er fror.

## 3. Kapitel

*Wissen und Weisheit bedingen sich nicht gegenseitig, mein Freund.*

Argelion,
Hoher Lehrmeister der Hesinde

Der Untergang der Praiosscheibe zierte den Himmel über Tjolmar mit kristallenen Farben, in denen die zarten Wolkenschleier in lichtem Rot, zierlich gesäumt von blendendem Gelb und schattiert mit sattem Violett, und die ersten Sterne wie Boten einer anderen Welt erschienen. Magister Perkun sah hinauf zu den glitzernden Sphärenlichtern, die ihn mit Unbehagen an seine letzte Sternendeutung erinnerten, und wandte sich grimmig entschlossen der schmalen Gestalt zu, deretwegen er die schützende, warme Gaststube verlassen hatte. Die Elfe stand am Ufer des Svellt und blickte regungslos in den Stom. Dort, auf der Uferstraße, hätten Tjalf und Jelindraél schon vor Tagen um die Biegung des Flusses erscheinen müssen. Lihjana Feensang trug ihren Köcher auf dem Rücken und in der linken Hand hielt sie den Langbogen. Sie wirkte wie eine der in Stein gemeißelten elfischen Kriegerinnen, deren Bildnisse vor gut zwei Götterläufen im Eis der Firunsödnis gefunden worden waren.

»Li«, sprach der Magier sie an. Die Elfe wandte ihm das Gesicht zu. Sie war fast zwei Spann größer als der Mensch. Ihr langes, seidenschwarzes Haar schien wie der Faden zu sein, aus dem der Nachthimmel gewoben wurde. Ihre helle Haut und die dunklen Augen glichen dem, was Tjalf über die Feenkönigin sang: ›*Dunkle Augen, Seen gleich, losgelöst in ihrem Blick, schauen dich aus eis'gem Schnee, verbrennen dich der Motte gleich im gleißend hellen Kerzenschein, verheißen dir das ungekannte Glück.*‹

»Du weißt, daß etwas geschehen ist«, sagte die Frau. In ihrer Stimme lag Gewißheit.

»Wenn etwas geschehen ist, ist es geschehen«, erinnerte der Magier die Elfe an einen ihrer geliebten Sinnsprüche.

Lihjana lächelte über den kleinen, runden, alternden Menschen, der seit Tagen ihre Besorgnis teilte, ohne es zuzugeben. »Ja. Trotzdem frage ich mich, ob es die richtige Entscheidung war, hier zu warten«, entgegnete sie. »Ich weiß, daß Jelindraél nichts zugestoßen ist. Aber er macht sich Sorgen. Und Tjalf erreiche ich mit meinem Soahin'iama nicht. Es ist, als sei sein Dha nicht mehr an die diesseitige Welt gebunden. Und ich habe seltsame Träume. Ich habe von einem Wolf geträumt, der einer Löwin sein Fell über die Tatzen legt, damit sie ihr Haupt zum Schlafen darauf betten kann.«

»Dir bekommen die Orks hier nicht«, vermutete Magister Perkun spöttisch.

»Ach.« Lihjana blickte wieder den Fluß hinauf, ein trauriges Lächeln auf den sanften Lippen. Gerinbold war derjenige, dem die Anwesenheit der *fialgra* am wenigsten hier gefiel. Er stammte aus dem Städtebund, aus einem winzigen Weiler unweit Tiefhusens, und hatte durch die Orkkriege mehr innere Wunden hinnehmen müssen als jeder andere von ihnen. Vor nicht allzu langer Zeit noch war sein Haar nicht grau, sondern von einem erdigen Braun gewesen, und die Kutte hatte sich über einem weit prächtigeren Bauch gespannt.

»Ich werde morgen flußaufwärts ziehen«, sagte die Elfe.

»Fein. Barek wird begeistert sein. Endlich keine langwierigen Brautwerbungen mehr, die ohnehin nie zu einem Bund aus Feuer und Erz führen werden. Er will gerade wieder zu Gilda«, erzählte der Mann.

»Verrate mir, warum du nicht sagst, was du denkst«, bat Lihjana.

Gerinbold Perkun lachte trocken. Dann sagte er ernst: »Weil ich nicht will, daß ein gesprochenes Wort die Dinge benennt, die nicht wahr sein sollen.«

»Sind sie so weniger wahr?« Die Elfenfrau wandte sich vollends zu ihm um.

Der Mensch schüttelte den Kopf. »Erträglicher?« schlug er vor.

Tjalf schlief, auf der Seite liegend, an Joras Rücken geschmiegt und ihren Körper umarmend. Manchmal suchten seine Hände träumend ihre warme Haut, formten seine Lippen unverständliche Worte. Sein Atem strich über ihren Nacken und sein wirrer Bart hatte sich in ihrem offenen Haar verfangen. Jora umfaßte seine Hände, um sich an ihnen zu wärmen. Sie fror trotz der Decke, die Jelindraél über sie gebreitet haben mußte, aber sie wollte sich nicht aus der Geborgenheit der Umarmung lösen; sie wollte den Skalden nicht wecken. Sie dachte an das erste Mal, als sie sich geliebt hatten. Es war ein Spiel, ein berauschendes, schönes Spiel, das sie nicht zum ersten Mal spielte. Bei Rahja, in der Trutzburg zu Prem gab es so viele Knaben wie Mädchen, und noch nie war es gelungen, sie züchtig getrennt zu halten, wenn erwachende Sinnlichkeit und Begierde die jungen Kriegerinnen und Krieger zueinander zogen – ganz zu schweigen von den Liebesabenteuern der Heranwachsenden einer Ottaskin oder einer Dorfgemeinschaft. Die Thorwalerin schmiegte ihre Wange an Tjalfs Arm, die Augen geschlossen. Nie zuvor hatte sie vergessen zu bedenken, was ihre Mutter sie früh gelehrt hatte: Zu welchen Zeiten sie ein Kind empfangen konnte, die Phasen des Madamals und ihren eigenen Körper zu beachten und zu deuten. Und wie man den Geliebten bat und von ihm forderte, ein wenig Geduld zu haben und doch Rahjas Fest zu feiern.

Jora Eddasdottir spürte Tjalf Sturmlieds Hände auf ihrer Haut, über ihrem Leib, und fragte sich ohnmächtig, ob sie bereits das Kind des Skalden trug. Tsas Segen mochte gerade an jenem Tag ihnen zuteil geworden sein. Jora hatte nicht einen einzigen Gedanken an die Zeit verschwendet und nicht einmal das aus tiefem Wissen geborene Unbehagen gespürt, das sie selbst im trunkenen Zustand bereits einige Male vor ihrem eigenen Leichtsinn gewarnt hatte. Sie fragte sich verwirrt, warum sie keine Furcht dabei empfand, dem Kind eines Walwütigen das Leben zu schenken. Und sie fluchte lautlos, als sie sich gestand, daß sie sich ein Kind von Tjalf wünschte. Wo, bei Hesinde, war ihr Verstand nur geblieben?

Die Schmiedegasse Tjolmars war kaum mehr als ein lehmiger Pfad, der vom Marktplatz aus nach Osten in die Marschen hinauf führte und doch war sie eine der ältesten Straßen der kleinen Stadt am Svellt. Wenn sich die Gelehrten auch nicht einigen konnten, ob es denn nun Orks oder Zwerge oder auch die Thorwaler gewesen waren, die an dieser Biegung des Flusses die erste Hütte gebaut hatten, so war doch unumstritten, daß die gedrungenen kleinen Häuser der Schmiedegasse die ältesten der Stadt waren. Nur wenige Schritt höher gelegen als die meisten anderen Gebäude Tjolmars standen sie nicht auf Pfählen und waren statt aus Holz aus dem Gestein des Firunswalls errichtet. Mit niedrigen, breiten Türen, schmalen Fenstern und schweren Läden, den steilen Dächern auf den höchstens zwei Stockwerken, von denen das untere sich in die Erde hineinzukauern schien, waren sie unverkennbar zwergischer Bauweise. Es gab Geschichten, in denen erzählt wurde, daß die Nachfahren der unglücklichen Sippe des Aboralm die Erbauer dieser Häuser gewesen waren. Sie wären vor den Horden der Orks aus dem zerstörten Umrazim hierher geflohen, um ein neues Leben zu beginnen. Die Tjolmarer Zwerge selbst nährten solche Gerüchte, behaupteten sie doch von sich, daß ihre Sippe, die der Aborlom, die Nachfahren der einzigen Überlebenden der Tragödie von Umrazim seien. Barek wunderte sich immer über den Stolz der Tjolmarer, diese Sippe wohl zu ihren Vorvätern zählen zu können. Zwar rühmten die alten Sagen sie als geschickte Handwerker und Künstler, aber nannten sie gleichzeitig auch die habgierigsten und gotteslästerlichsten Angroschim der Geschichte. Aber vieles an den Zwergen in Tjolmar war seltsam und anders. Auch der *Verrat der Tjolmarer Zwerge* mochte nicht zu den aufrechten und starrköpfigen Leuten passen, die weitab jeden Stollens und kaum achtzig Köpfe zählend ein angroschgefälliges Leben geführt hatten. Um eines alten Artefaktes willen den Orks samt ihrem schweren Kriegsgerät die Überquerung des Svellt zu erlauben, war weder sehr aufrecht noch sehr klug, gehörte der Handel im Städtebund doch auch zu der Grundlage des Wohlstandes der kleinen Angroschimgemeinde. Zweimal drei oder auch vier Handvoll Zwerge wagten es nun nur noch, in ihrer Heimatstadt zu verweilen. Auch wenn niemand wußte, ob der Magistrat gezwungenermaßen oder gar freiwillig den Orks den Weg über die Brücke freigegeben hatte, ob die Zwerge wirklich einen Verräter und das von ihm gestohlene Artefakt verfolgten oder eher von den aufgebrachten Bürgern

Tjolmars vertrieben worden waren, so hatte die zwergische Gemeinde doch mehr verloren als gewonnen.

Barek blieb vor einem Haus mit bunt blühenden Blumen in einem schmalen, sorgsam von Bruchsteinen eingerahmten Beet stehen und ließ den Türklopfer wuchtig gegen die steineichene Eingangstüre fallen. Gilda, Tochter der Gerde, an deren Tür er klopfte, hätte ihm sicher einige dieser Rätsel lösen können, wenn sie nur gewollt hätte. Aber die Zwergin wollte nicht. Barek kannte die Goldschmiedin bereits seit vielen Jahren und warb fast ebensolange erfolglos um ihre Hand. Er wußte, daß sie einen der härtesten Dickschädel besaß, die er kannte. Es hatte wenig Sinn, weiter zu bohren, wenn sie einmal ein kurzes ›Nein‹ von sich gegeben hatte. Er kannte die Endgültigkeit in ihrem Ton. Es konnte Jahre dauern, bis sie ihre Meinung änderte. Barek hatte die Zeit und die Geduld zu warten. In seinem Leben hatte es vieles gegeben, das er erst nach langen Jahren des Wartens und Beharrens errungen hatte.

»Tretet ein!« erklang ihre Stimme aus dem ein wenig offenstehenden Fenster zur Linken des Eingangs. Barek drückte die schmiedeeiserne Klinke und öffnete die schwere Tür. Er atmete gleich darauf tief den ganz eigenen Geruch des Goldschmiedehauses ein. Der süße Duft der Blumen vor den Mauern vermischte sich in der niedrigen Stube mit dem des Schmelzofens, rauchig und scharf, und den würzigen Gerüchen der Küche. Wäre Gilda nicht die beste der zwergischen Goldschmiede nördlich Lowangens, wäre sie wahrscheinlich die allerbeste Köchin und Bäckerin dieser Gegend. Barek lächelte schmunzelnd unter dem dichten Gestrüpp seines Bartes. Der in Bierteig gebackene Rollbraten, den er unzweifelhaft roch, war nicht nur ein teures, sondern auch ein traviagefällig schmackhaftes Kunstwerk ihrer Küche.

»Ah, da seid Ihr!« Gilda nickte erfreut und deutete auf einen der breiten, wuchtigen Lehnstühle um den schweren Eßtisch der Stube. »Setzt Euch! In wenigen Augenblicken werdet Ihr etwas schmecken, das seinesgleichen hier im Norden sucht.«

»Angrosch zum Gruße. Ein köstlicher Duft, verehrte Gilda.«

»Nicht wahr?« Die Zwergin lächelte und schenkte ihm einen Begrüßungstrunk aus vergorenen Rondrabeeren in ein dickes, grünes Glas.

Die Nacht war halb vorüber, als Barek den letzten Bissen genoß und Gilda schäumendes Zwergenbier in zwei irdene Humpen füllte. Der Zwerg lehnte sich in den Lehnstuhl zurück und ließ seinen Blick zufrieden über den Tisch mit den Resten einer vorzüglichen Mahlzeit schweifen. Er betrachtete die erlesenen alten Waffen an den getäfelten Wänden rundum, die robusten, teils sehr wertvollen und altersdunklen Schränke, die silberbeschlagene Anrichte und die kunstvoll geschnitzte Truhe auf den abgetretenen sauberen Dielen. Schließlich sah er mit einem Lächeln auf die Zwergin, die mit wenigen Handgriffen das Geschirr zusammenstellte, um es in die Küche hinüberzutragen. Diese Stube, die so sehr einer der Stuben der Hügelzwerge ähnelte, war ebenso Wohn- wie Verkaufsraum Gildas und spiegelte auf ihre Weise das Wesen ihrer Bewohnerin wider. Die meisten Schränke und Regale enthielten hinter Glas oder in kleinen Holzschatullen Arbeiten aus der Werkstatt der Zwergin oder der ihres Vaters. Allein an reinem Gold und Edelsteinen war hier ein Vermögen versammelt. Barek hatte allerdings niemals auch nur gerüchteweise gehört, daß ein Anhänger des listigen Phex versucht hätte, diesen Schatz zu ›bergen‹. Man munkelte von magischen Sicherungen, was zwar ungewöhnlich, aber nicht unmöglich war. Gildas Vaterbruder war ein Herr der Erde, auch wenn das außerhalb der Sippe der Aborlom kaum jemand wußte.

Die Zwergin kehrte aus der Küche zurück, setzte sich an den Tisch und nahm einen tiefen Schluck des würzigen Bieres. Barek trank ihr zu. »Gilda, Herrin meines Herzens, habt Dank für dieses unvergleichliche Festmahl.«

Sie schüttelte lächelnd den Kopf. »Alter Freund, auch wenn ich Euch nicht die Hand zum Bund reichen werde, ist es mir eine Freude, Euch zu Gast zu haben«, winkte sie ab. »Ihr reist morgen ab?«

»Ihr kennt mich wahrlich gut, werte Frau. Ja. Wir werden Jelindraél und Tjalf entgegenreiten. Unsere ›magische Streitmacht‹ befürchtet, daß ihnen etwas zugestoßen sein könnte. Es stünde in den Sternen.« Barek lachte, wobei er versuchte belustigt zu wirken, obwohl er wußte, daß er Gilda seine eigene Sorge nicht verbergen konnte. »Morgen beim Aufgang der Praiosscheibe werden wir Tjolmar verlassen.«

»Ich wünschte, Ihr hättet es nicht gar so eilig. Ich hätte gern noch einige Gemmen mehr von Eurer Hand geschnitten und geschliffen bekommen.«

»Beste, das könntet Ihr kaum bezahlen!«

Sie lachten miteinander. Gold hatten sie in den vergangenen vierzig Jahren kaum getauscht.

»Was mich daran erinnert, daß ich Euer Kleinod fertig habe.« Gilda stand auf und entnahm der obersten Schublade der Anrichte ein würfelförmiges kleines Messingkästchen. Sie reichte es Barek, der es vor sich auf den Tisch stellte und behutsam öffnete. Ein breiter goldener Ring lag auf einem weichen Kissen aus blauem Samt. Diesen zierte ein tropfenförmiger glutroter Rubin, dessen Größe, Reinheit und feinster Schliff in dem ziselierten Runenband den Glanz der Schätze der Altvorderen besaßen. Der Zwerg nahm das Kleinod vorsichtig zwischen die Finger und ließ das Licht der Tischkerzen über die Facetten und durch die Tiefe des Steins huschen, die zarten Linien entlanggleißen. »Wunderschön«, sagte er staunend, »und Eurer wahrlich würdig. Bitte, nehmt ihn als Geschenk und als Erinnerung an einen Mann, der Eurer Aufmerksamkeit und Freundschaft wahrlich unwürdig ist!«

»Barek! Man könnte glauben, Ihr wäret einer jener unsäglichen Brillantzwerge! Ihr solltet mir keine solch wertvolle Gabe bereiten. Ich weiß auch so um Euer liebendes Herz.«

»Ich *bin* einer der Söhne Curobans«, erinnerte Barek schmunzelnd und freute sich an Gildas glänzenden Augen, mit denen sie den Ring an ihrem Finger betrachtete. »Und nun werde ich mich auf den Weg zurück in die Herberge machen. Es ist wahrlich unziemlich spät, um noch im Haus einer solchen Schönheit zu verweilen.«

Wenig später schloß Gilda hinter dem Freund ihre Haustür, drehte den Schlüssel in dem mächtigen alten Schloß von erlesener Schmiedekunst und schob die beiden Riegel vor. Bevor sie die Kerzen löschte, betrachtete sie noch einmal den kostbaren Rubinring. Sie lächelte wehmütig. In diesem einzigartigen Schmuckstück war ihrer beider Arbeit zu einer wunderbaren Einheit verschmolzen. Keiner von ihnen hätte allein etwas von solchem Wert und solcher Schönheit schaffen können. Die Frau ließ das Kerzenlicht in dem roten Stein funkeln. Ja, wenn einiges anders wäre. Aber Angrosch fragte nicht, wenn er seine Gaben verteilte. Er gab und erwartete, daß man ihm dafür dankbar war. Gilda wäre ihm gern dankbar gewesen, aber in den Augenblicken, da sie Barek zurückwies, fragte sie sich nach dem Sinn der Gabe, die sie besaß, aber nicht nutzen durfte und die ihr so vieles nahm, wonach sie sich sehnte.

»Wo bleibt dieser Zwerg?« Magister Perkun blickte ungehalten die Reihe der Holzhäuser entlang und suchte zwischen den wenigen Tjolmarern, die so früh auf den Beinen waren wie sie selbst, die breite, kurze Gestalt des gerüsteten Zwerges. »Es ist doch sonst nicht seine Art, Verabredungen zu vergessen!«

»Er hat es nicht vergessen.« Lihjana deutete nach vorn. Dort bog ein kurzgewachsener Reiter in die Gasse ein. Rechts und links seines Ponys führte er je ein Pferd, starke Bauerngäule, wie man sie hier vor den Karren oder beim Holzrücken sehen konnte. Es war Barek, der fröhlich zu ihnen hinaufrief: »Kommt ihr? Es sind keine prachtvollen Schlachtrösser, aber allemal bequemer als Schusters Rappen.«

Der Magier seufzte. »Was sind wir dir schuldig?« wollte er vor allem anderen wissen. Er kannte den Geiz des Zwerges – denn hielt Barek auch, ohne einen Dank zu erwarten, jedem seiner Gefährten den Rücken frei, um einen Dukaten ließ er sich niemals prellen.

Barek, Sohn des Beragam, grinste. »Einen eurer Steine. Ich denke, das ist angemessen.«

Es war angemessen. Aber Gerinbold hatte bereits gehofft, die Abschrift der *Trilogie der Beherrschung* endlich in seinen Besitz zu bringen, die der alte Foliantenhändler in der Schreibergasse zu Gareth ihm angeboten hatte. Aber sollte der reisende Magier jemals die geforderten siebenhundert Dukaten zusammenbekommen, würde dies äußerst lesenswerte und seltene Werk über die Kunst der Beherrschung mit erstaunlichen Thesen und tiefgehenden Einsichten zu druidischer und satuarischer Beherrschungsmagie ohnehin längst einen anderen Käufer gefunden haben. Gerinbold Perkun, *magister extraordinarius* der Halle der Macht zu Lowangen seufzte und ergab sich seinem Schicksal: Er war wirklich kein Freund von langen und schnellen Wanderungen zu Fuß.

»Au! Bei Rondra, was ist das?«

Jora Eddasdottir ließ den Steigbügel fahren, in den sie den linken Fuß hatte setzen wollen, und preßte die linke Hand unwillkürlich gegen ihren Schenkel. Die Stute blickte sich zu der Frau um, die plötzlich so seltsame Dinge tat, statt endlich in den Sattel zu steigen. Sie wollte den anderen Pferden folgen und ihnen nicht nur hinterhersehen.

Tareka Rebaken wandte sich im Sattel ihrer Rappstute zu der Premer Kriegerin um. »Was habt Ihr?«

Jora knetete den wehen Oberschenkel, wobei der Schmerz langsam abebbte. »Wahrscheinlich hat das Bein gestern doch etwas abbekommen«, vermutete sie. Sie biß die Zähne aufeinander, stellte den Fuß wieder in den Bügel und schwang sich in den Sattel. Als sie sich vom Boden abstieß, fuhr wieder der stechende Schmerz durch ihr Bein. Sie hatte ihn erwartet und verbiß sich jeden Klagelaut. Ihre Braune strebte den anderen nach, kaum daß die Kriegerin im Sattel saß, und schloß zu der Händlerin und ihrer Stute auf. »Es wird eine Prellung sein«, sagte Jora, »nichts weiter.«

Gilda, Tochter der Gerde, musterte die geschnitzte Tür mit dem Anflug von Neugier, die sie immer beim Anblick der alten Zeichen verspürte. Seit Kindertagen wußte sie mit diesen seltsamen Zeichen umzugehen, wenngleich sie ihre Wirkungsweise nicht verstand. Sie berührte die beiden Runen der Öffnung und schob die schwere Tür auf.

Gandresch, Sohn des Garnd, hob den Blick von einem seiner Folianten und ließ über seine Züge ein dürftiges Lächeln ziehen. »Klügste Gilda, welche Freude, Euch zu sehen!« begrüßte er die Eintretende mit einer Freundlichkeit, die seine eisgrauen Augen nicht erreichte. Gilda spürte einen kalten Schauer ihren Rücken hinunterrieseln. Aber war es immer schon kalt in diesen Stollen gewesen, die in ihrer Kargheit so gar nicht mit der Bequemlichkeit ihrer eigenen Stuben vergleichbar waren?

Sie stellte den mit einem Tuch bedeckten Korb auf einen Schemel. »Eure Einkäufe, Oheim«, sagte sie.

»Ah. Danke, mein Kind.« Der Geode nickte, musterte seine Nichte mit scharfem Blick. »Ein neues Schmuckstück?«

»Ja. Eines aus meiner Werkstatt.«

»Nun, Schnitt und Schliff des Steins scheinen mir doch eine Arbeit Eures wandernden Freundes zu sein, liebste Gilda«, äußerte er. »Wahrlich eine Schande, daß er mir zuvorgekommen ist, wollte ich Euch doch einen unvergleichlichen Schmuck unserer Vorväter zum Geburtsfest vermachen. Aber nun, leider wurde er gestohlen. Ja, ja, die Zeiten sind schlimm, nicht wahr?«

Die Angroschna spürte die Kälte der Stollen wie einen eisigen Reif um ihre Brust. »Ja, schlimm sind sie«, stimmte sie ihrem Oheim zu. »Verzeiht, wenn ich nicht bleibe; ein Kunde, Ihr versteht. In diesen harten Zeiten gibt es so wenige, die Gold für mein Handwerk erübrigen können.«

»Ich verstehe, Gilda. Ich verstehe.« Der alte Geode schaute einen Herzschlag lang mit einem kühlen Lächeln fest in die Augen seiner Nichte. »Geht nur, schönes Kind. Geht nur. Ich weiß, daß Ihr kommen werdet, wenn ich Eurer bedarf. Ach, übrigens, Kind, ist Euer Freund abgereist?«

Kälte kroch Gildas Rücken herauf – warum fror sie hier nur so? –, und sie nickte. »Heute morgen.«

»Schade. Ich hätte ihn gern einmal kennengelernt. Nun, Angrosch sei mit Euch!«

»Mit Euch ebenso, Oheim.«

Mit einem schlechten Gewissen wegen ihres allzu kurzen Besuches und mit der Erleichterung, der Kalten Höhle zu entkommen, verabschiedete sich die Goldschmiedin lächelnd und beeilte sich, ihr Pony draußen im Tal des Geodenstollens zu besteigen. Eilig trabte sie gen Osten Tjolmar zu. Warum, so fragte sie sich, konnte sie nicht endlich einmal ihrem Gefühl folgen und Gandresch seine kleinen Bitten und Befehle ausschlagen? Weil er ihr Oheim war – und das, obwohl sie niemanden mehr verdächtigte als ihn, der Dieb des Steins zu sein? Gilda warf ihre Zöpfe zornig über ihre Schultern zurück. Eine Angroschna kannte nichts Bindenderes als die Verpflichtungen ihrer Familie gegenüber. Aber sollte das wirklich auch gegenüber einem Geoden gelten, dem nichts heiliger war als sein eigenes Streben? Und dies war so. Sie konnte es nicht beweisen, aber sie wußte es.

Beim höchsten Stand der Praiosscheibe erreichte der kleine Wagenzug Hilvalla. Tareka Rebaken hatte bei ihrer Abfahrt aus Tiefhusen zwar gehofft, den kleinen Weiler noch am Abend ihres zweiten Reisetages zu erreichen, dankte aber nun Aves, daß sie zwar einen halben Praioslauf später, aber unversehrt und im Besitz all ihrer Ware die umfriedeten Gehöfte erreichten. »Wir halten hier Mittagsrast!« rief sie den Wagenzug entlang. Die Leute von Hilvalla waren alsbald bereit, gegen einige Münzen ein Mahl für die Reisenden zuzubereiten und Weide für die Tiere zu bieten. Eine rüstige alte Bäuerin hieß sie, drei dicke Bretter über wuchtige Steine in dem Hof aus gestampften Lehm zu legen, so daß ein stabiler Tisch und zwei grobe Bänke entstanden. Und so zäh die Alte mit der Händlerin um den Preis für die Suppe gefeilscht hatte, so resolut und streng scheuchte sie zwei junge Burschen, Schüsseln und Löffel zu holen und den Fuhrleuten die Wiese zu zeigen, wo ihre Tiere während der Rast grasen könnten. Ein mageres Mädchen brachte Brot vom benachbarten Gehöft und bot der Alten ihre Hilfe an. »Geh nur, Rike. Hast daheim genug Arbeit«, beschied diese, und mit einem sehnsüchtigen Blick auf die glänzenden Waffen und seltsamen Kleider der Fremden trollte sich Rike gehorsam. Jora, die auf einer der Bänke sitzend die lederne Hose von ihrem schmerzenden Bein streifte, sah es und seufzte.

»Nun, schon vergessen, wie du den Drachen nachgeschaut hast?« fragte Tjalf spöttisch.

»O nein! Aber die Träume von Gold und Ruhm habe ich vergessen. – Sieh dir das an! Bei Rondra, ich kann mich nicht erinnern, da einen Streich abbekommen zu haben!« Die Kriegerin musterte ihren nackten Oberschenkel und den tiefblauen geschwollenen Striemen. »Verflucht! Es tut weh.«

»Sieht wie ein Peitschenschlag aus. Hast du dich mit Mo angelegt?« Er lächelte nicht einmal selbst über diesen Scherz und winkte Jelindraél zu ihnen. Der Elf kam herüber. »Schau!« bat der Thorwaler. »Ich weiß, daß gestern abend noch nichts von einer Verletzung zu sehen war.«

Der elfische Heiler musterte den Striemen, berührte ihn mit den Fingerspitzen.

»He, das tut weh!« wiederholte Jora.

Jelindraél nickte. Er murmelte einige sanfte melodische Worte, starrte auf ihr Bein und zog schließlich die feinen Brauen zusammen. Er blickte auf, um den Freund anzusehen. »Es ist die gleiche Stelle, und er hat die gleiche Größe wie der Schnitt in deinem Bein, bevor ich ihn geschlossen habe«, erklärte er nachdenklich.

Der Skalde schüttelte den Kopf. »Magie?« fragte er verblüfft. »Von den Wegelagerern hat keiner gezaubert, oder?«

Der Elf verneinte. »Ich habe keine Magie gespürt«, gab er zu, »aber ich habe keine andere Erklärung dafür. Und ich habe keine andere Erklärung für das magische Band zwischen dieser und deiner Verletzung. Es ist kaum sichtbar, aber es ist da.«

»Hört auf, solchen Unsinn zu reden«, verlangte Jora zornig. »Ich habe noch genug von den letzten angeblich magischen Verletzungen!«

Jelindraél wechselte einen Blick mit Tjalf. Der Thorwaler hatte die Hand auf Joras Schulter liegen und schüttelte den Kopf. »Später«, bat er den Freund. Der Elf nickte.

Er kramte aus seiner Umhängetasche einen kleinen Tiegel hervor. »Die Salbe wird dir helfen«, versprach er Jora. Behutsam trug er das grünschimmernde Fett auf die verfärbte, geschwollene Haut auf. »Laß sie erst trocknen, bevor du dich anziehst. Sie sollte den Schmerz betäuben und das Blut zurücklaufen lassen«, erklärte er. Sorgfältig verschloß er den Tiegel wieder mit einem hölzernen Keildeckel und band ein Wachstuch darüber, bevor er die Salbe zurück in seine Jagdtasche steckte. Die Thorwalerin nickte.

Die Bäuerin trug die Suppe auf. Bald nachdem die letzte Schüssel geleert war, drängte Tareka zum Aufbruch. Jora streifte die Lederhose über, wobei sie sich den Schmerz verbiß, den sie wieder im Bein verspürte. Tjalf sah es. Und er machte sich Sorgen. Der Blick der Kriegerin begegnete dem seinen. Sie schüttelte stumm den Kopf. Er seufzte und kam zu ihr.

»Laß dir wenigstens aufs Pferd helfen!« bat er.

»He! Das ist ein Kratzer, kein Beinbruch. Außerdem steigst du auch allein auf, oder?«

»Joraja …«

»Nein.« Die Frau funkelte ihn an. »Oh, ich weiß genau, was du denkst! Vergiß es! Ich bin hier, weil *ich* hier sein möchte. Und du kannst mich davon nicht abhalten, solange *ich* das will.«

»Joraja, ich habe nicht …« Tjalf stutzte, sah die Tränen in ihren Augen glänzen, bevor sie über ihre hohen Wangen glitten. Die Kriegerin wischte sie zornig mit dem Handrücken fort und wandte sich ab.

»Bei Swafnir, warum das?« murmelte der Skalde verwirrt, während er ihr nachsah.

Als sie ihr Abendlager an dem langgestreckten kleinen See auf halber Strecke zwischen Hilvalla und Norhus aufschlugen, war der Schmerz in Joras Bein zu einem sanften Ziehen geworden. Die Kriegerin wollte nicht mehr an den Striemen und noch weniger an die Besorgnis in Jelindraéls Zügen denken. Nachdem die Tiere versorgt waren und die Praiosscheibe kaum mehr eine Handspanne hoch über dem Horizont stand, zog Jora Tjalf Sturmlied zum See hinunter. Ihre Kleider blieben unter einem blühenden wilden Apfelbaum vor dem breiten Schilfgürtel zurück. Gute zwei Steinwürfe entfernt lag eine Gruppe sonnenbeschienener kleiner Felsen inmitten des schimmernden kalten Sees, lockte sie hinaus und lud zum Hinüberschwimmen ein. Schließlich im seichten Wasser zwischen den flachen Felsplatten stehend, entflocht die Thorwalerin ihre Haare und wusch sich Staub und Schmutz der Straße fort. Tjalf tat es ihr gleich. Und wie die Kinder an den Stränden Thorwals nutzten sie das gemeinsame Waschen, um sich mit Wasser zu bespritzen, zu necken und zu balgen, bis ihnen der Atem schnell und schwer ging und sie vor Lachen Wasser schluckten. Dann lagen sie nebeneinander auf einer von den letzten roten Praiosstrahlen erwärmten Felsplatte. Sie blickten zum endlosen Himmel hinauf, an dem die ersten Sterne funkelten. Jora erinnerte sich an den Himmel über Olport, an den Geruch der Feuer in den Langhäusern, am Hang unter ihr liegend, an die Schreie der Möwen und Mauersegler vor den hohen Steilklippen, an den Blick auf ein graublaues Meer, auf dem sie eine einzelne Otta wie ein winziges geschnitztes und bunt bemaltes Kinderspielzeug ausmachen konnte.

»Glaubst du, daß es die Götter wirklich kümmert, was hier unten geschieht?« fragte sie.

Tjalf musterte das herbe Profil der Thorwalerin, ihre Augen, die in eine andere Zeit, zu einem anderen Ort sahen. »Ja«, sagte er. »Allerdings frage ich mich manchmal, ob wir wirklich ihre Schützlinge oder doch eher ihr Spielzeug sind.«

»Spielzeug?« Die Kriegerin streckte eine Hand aus, als versuche sie, einen der Sterne zu fangen. Dann drehte sie die offene Handfläche in den lauen Wind. Ihre Hand sank herab. »Vielleicht. Meine Mutter ist mit Foggwulf gesegelt, auf dieser Wettfahrt. Sie glaubt an das Sein von vier Elfengöttern, an die die meisten Elfen nicht einmal glauben. Ihre Geschichten sind abenteuerlich, phantastisch … und verführerisch. Und Foggwulfs Leute haben gelitten in diesen Wochen. Sie haben gekämpft, waren krank, haben gehungert, gedurstet, haben sich erniedrigen lassen, und zurückgekehrt sind kaum die Hälfte derjenigen, die mit ihm aufgebrochen sind. Sie sind von einem göttlichen Orakel zum nächsten gezogen. Eine göttliche Queste – und niemand weiß, warum. Ein uralter Elfenkönig ist heimgekehrt, ein sterbender Elf. Das war das Ende der Fahrt. Warum brauchten die Götter dazu die Hilfe Foggwulfs und all der anderen? Warum die Toten? Mein Vater ist auf dieser Fahrt gestorben. Heldenhaft, heißt es. Für Götter, die er vorher nicht einmal dem Namen nach kannte. Ist das recht? Ist das Praios' Gesetz?« Sie schwieg, starrte zu den Sternen hinauf, die Zähne aufeinandergepreßt.

»Ich weiß es nicht«, sagte Tjalf leise. »Ich weiß es nicht, obwohl ich fast alle unsere Lieder kenne, unsere Geschichte, die Gesänge Swafnirs. Ich weiß nicht einmal, ob meine Wut ein Geschenk oder ein Fluch Swafnirs ist.«

»Und wenn die Swafskari nicht von Swafnir kommt?«

»Würde es etwas ändern?« fragte der Thorwaler bitter.

Die Frau wandte sich ihm zu und legte ihm die Hand auf die nackte Brust. Der Blick des Skalden ließ sie schweigen. Sie beugte sich zu ihm, um seine Lippen zu küssen. Seine Hände streichelten sie, griffen nach ihrem Körper. Ihre körperliche Liebe sprach in ihrer Heftigkeit von Zorn und Leid und dem starken Verlangen, alles andere auszulöschen, das es jemals außerhalb ihrer Sehnsucht gegeben haben mochte. Später rann Blut über Joras Lippen, das in Tjalfs Brusthaaren versickerte. Der Skalde hielt die Kriegerin mit beiden Armen, die Hände in ihrem Haar vergraben. »Bei Swafnir«, flüsterte er heiser, »ich will dich nicht mehr gehen lassen. Joraja ...«

Sie lachte rauh.

Bevor sie sich auf den Rückweg machten, streifte sich die Thorwalerin das Lederband mit dem Ring aus Onyx über den Kopf und reichte es dem Thorwaler. »Er sei dein«, sagte sie. Tjalf nahm den Schmuck wortlos, zerriß das Band und steckte den Ring an den Finger. Die silberne, mit einem eingravierten Band springender Delphine verzierte Spange, die er um den rechten Oberarm trug, nahm er ab und bog sie für ihren Arm zurecht. Jora nahm die Gabe an.

»Bei Swafnir und Travia«, sagte er entschlossen, »ich weiß nicht mehr, ob es Recht ist oder Unverstand. Und ich habe Angst. Aber ich habe noch mehr Angst, dich wieder zu verlieren.«

Sie nickte. »Schwimmen wir zurück. Sie werden uns für die Wache brauchen.«

Jora Eddasdottir wußte, daß sie schlief. Irgendwo auf einer Decke zusammengerollt, dicht an Tjalf geschmiegt, seit sie ihre Wache beendet hatten und Jelindraél mit Mo um das kleine Lager streifte. Es konnte nicht sein, daß sie auf den Felsen des Sees stand und zu der Otta hinübersah, die stolz und prächtig aus dem Nebel des Svellt südwärts auf sie zu kam. Auch war der Fluß hier kaum tief genug, um ein Schiff der Größe der *Seelöwin* passieren zu lassen. Doch das goldene Segel blähte sich im steten sanften Wind des Sees. Die Ruder bewegten sich mit leisem Plätschern und Tropfen auf und ab, vor und zurück und zogen das Schiff voran. Leiser Rudergesang wehte zu ihr. Eine starke Stimme, die einer Frau, gedämpft durch den feinen Nebel, sprach thorwalsche Worte. Jora lauschte, stand da und schaute. Sie kannte diese Stimme, sie hatte Furcht vor ihr und sie liebte sie. Sie wagte nicht aufzuwachen, auch wenn sie spürte, daß sie hier nicht bleiben mußte. Sie hatte die Wahl. Sie wählte das Verweilen.

Der Drachenkopf näherte sich den Felsen, mit weit geöffneten Fängen, spielender Zunge und glitzernden Augen aus Bergkristall. Die Bugwand, sein Leib, schlank und aus meeresdunklem Holz, überragte die Kriegerin. Die Ruder glitten in die Höhe, wurden eingeholt. Das Schiff verharrte. Es wurde still. Nur ein leises Wehen kündete von einem nahenden Winter. Mit einem plötzlichen Krachen legte sich die Laufplanke vor die Füße der Träumenden. Eine wortlose Aufforderung. Sie nahm sie an. Ihre Schritte klangen hell durch den Nebel, hohl auf dem Deck.

Eine Frau erwartete sie. Eine große Frau, stark und hoch, mit goldblonden Zöpfen und einem schmalen blassen Gesicht. Der weite pelzverbrämte Umhang, der silberne Gürtel sprachen von Reichtum, die nietenbesetzte Krötenhaut, die Zweihänderaxt von harten

Kämpfen, die seegrünen dunklen Augen von Jahren, die niemand mehr zu zählen vermochte. Die Züge der fremden Thorwalerin schienen jung. Aber sie waren hart und streng und wie durch ein langes Leben geformt.

Zu ihren in gebundene Pelzstiefel gehüllten Füßen lag Tjalf Sturmlied und schlief.

Jora tauchte ein in seinen Traum.

Sie sah sich auf den Planken eines Schiffes liegen. Sie sah ein Kind mit blondrotem Haar in ihren Armen. Sie sah Tjalf mit der Axt, von deren Schneide ihr Blut und das des Kindes schwer auf das Deck der Otta tropfte. Sie hörte den endlosen Schrei des Skalden wie den letzten Ton einer unendlichen Totenklage. Sie spürte *etwas* frohlocken.

Ihr eigener Wehlaut ließ den Traum wie sprödes Glas zerspringen. Die alterslose Thorwalerin hielt den Kopf des Skalden in ihren Schoß gebettet. Schneeflocken wirbelten um sie herum. Jora fror.

Sie verstand die Worte, ohne sie zu hören, ohne daß die Frau sie mit den Lippen formte.

Ein Vers:

*›… und als das Licht über den Strand fiel,*
*war es dunkler als die Flammen ihrer Wut …‹*

Eine schwere Hand legte sich auf die Schulter der Kriegerin. Langsam wandte sie sich um. Sie stand ihrem Vater gegenüber. Eiskristalle hingen in seinen wirren Locken, in seinem langen Bart. Sein Haar war schneeweiß. Der Umhang war aus weißem Pelz und die Lederrüstung aus weißem Leder.

*›… keiner, der die Wut kennt,*
*hat jemals Rahjas Kelch geleert …‹*

Beorn der Einäugige stach ihrem Vater den Dolch in den Rücken. Dichtes Schneetreiben bedeckte in wenigen Augenblicken die zu Boden gesunkene Leiche des Thorwalers. Beorns Lachen verklang zwischen den wirbelnden Flocken.

Jora war allein. Sie stand auf den Felsen, um sie herum der gefrorene See, tief unter weichem Neuschnee verborgen. Über ihr der eisige Himmel einer Firunsnacht.

*›... und endlos ist der Fluch*
*und ewig die Strafe ...‹,*

flüsterte es.

»Nein.« Jora stieg von dem Felsen hinab, machte sich auf den Rückweg. »Nein!« schrie sie. Sie lief durch den kniehohen Schnee, rutschte und schlitterte dem Ufer entgegen – und es schien ihr so fern wie die Küsten des verlorenen Hjaldingards.

# 4. Kapitel

*Es gibt solche und solche ›alte Bekannte‹ …*

Silana von Ask,
Mondschattin des Phex

Golden floß das Licht der aufgehenden Praiosscheibe über den schroffen Felsen und schnitt den in steilen Stufen ansteigenden Gebirgshang aus dem dunklen Blau des westlichen Himmels. Die dünne Rauchfahne stieg steil in die bewegungslose Kälte des Morgens, begleitet von den Stimmen der nördlichen Gebirgsvögel und den rauhen Worten eines alten Gebetes der Angroschim. Wenig mehr war nun übrig als ein ovaler niedriger Hügel aus Asche, feiner schwarzer Asche.

»Du hast den Orks deutlich gezeigt, wo wir sind«, sagte die schmale hohe Gestalt, die mit untergeschlagenen Beinen auf einem Felsvorsprung saß. Stundenlang hatte die Elfe reglos dort verharrt und dem monotonen Totengebet des Zwerges gelauscht, hatte das Spiel der blauen Flammen und die Bewegungen der Schatten der Nacht mit ihren wachsamen, ruhelosen Augen verfolgt.

»Bis sie hier sind, sind wir fort.« Der weißbärtige Zwerg zog die Kapuze der braunen Kutte von den langen weißen Haaren und blinzelte in das helle Morgenlicht. »Gehen wir!«

Der zottige Berghund hinter ihm erhob sich auf

seine großen Pfoten, schüttelte seinen dichten weißen Pelz und gähnte. Die Elfe nahm ihren Bogen zur Linken und richtete sich geschmeidig auf. Sie strich ihr silbern glitzerndes langes Haar zurück und wartete auf den Gefährten, der sich umständlich mit seinen Beutelchen und der Felltasche bestückte und endlich nach seinem langen knorrigen Wanderstab griff. Zu dritt stiegen sie ostwärts in das karg bewaldete Flußtal hinab.

*anderenorts …*

Finsternis und in dieser Finsternis die winzigen Schimmer der Flechten, die sich in Fugen und Ritzen der schwarzen Mauern klammerten. Gestank und Feuchtigkeit, gewachsen in Jahrhunderten ohne Licht und Wärme. Einsamkeit und das Wispern einer Zeit, die hier nicht vergessen war. Schatten dessen, was gewesen, taumelten unsichtbar über die Quader, geisterten die Gänge entlang, verloren sich in weiten Hallen. Sie suchten das Leben, das einmal durch die Dunkelheit geflossen war. Sie fanden Flechten und Ratten, bleiches Wuchern und blindes Vegetieren und selten einmal einen von jenen, die das alles fraßen. Huschende Stille, stickige Leere. Ein Hauch wie der eines schlafenden Atemzugs strich durch das Nichts. Und ein leises Singen wehte wie längst verklungene Strophen eines lange vergessenen Liedes heran. Eisige Kälte regte sich. Starres Verharren reckte sich. Ein Klirren wie das Zerspringen zerschlagener Eiszapfen, ein Brechen wie zerschmetternd fallendes Firunseis. Und ein Atem wie das Fallen zarter Ifirnssterne.

Das Lied der Angroschim zog weiter, verging in dem Schweigen der Stollen. Vielleicht vergingen Jahrhunderte, bis wieder Stimmen durch die Finsternis drangen. Vielleicht ein Jahrtausend. Vielleicht zwei.

Jelle lief durch den Wald. Leichtfüßig und geschmeidig suchte sie sich ihren Weg zwischen den Stämmen alter Tannen und den hohen Wedeln dichten Farns, sprang über gestürzte Bäume und einen schmalen Bach und duckte sich unter den Ästen der alten Feenweiden hindurch. Ihr Atem ging nur um ein geringes schneller, als sie das Ufer des Snierd erreichte. Hier, ein Dutzend Meilen vor seiner Mündung in den Svellt, war der Gebirgsfluß behäbig und breit. Sein Wasser war klarer als das des größeren Flusses und auch immer um einiges kälter. Jelle schöpfte sich eine Handvoll von dem kühlen Naß und trank. Dann lief sie weiter, den alten Orkpfad flußaufwärts, immer auf der Hut vor einem der pelzigen Besatzer. Zwar stand sie unter dem Schutz Gandreschs, aber nicht jeder der Schwarzpelze mochte das wissen. Und sie hatte nicht vergessen, wie sich die schmalen Lippen über den Hauern Kerrghs zu einem Grinsen verzogen hatten, als sie ihm das letzte Mal begegnet war. Mochte er sich auch ›Hauptmann‹ nennen – eine verführerisch männliche Gestalt gab der krummbeinige, braunstruppige Orkkrieger in den Augen der jungen Frau wahrlich nicht ab. Jelle nahm die Witterung auf. Der letzte Zug Orks war vor gut zwei Tagen den Pfad entlanggekommen. Sie mußte vorsichtig sein.

Sie hatte linkerhand den Fluß und die ersten schroffen Hänge des Firunswalls, rechterhand den dichten Waldrand und in ihrem Rücken die wärmende Scheibe des Praios; so kam sie gut voran. Weit vor der Zeit erreichte sie die Stelle, an der der Dorellabach in den Snierd floß. Dort sollte sie auf das Floß warten, das um den höchsten Praiosstand kommen mußte. Jelle suchte sich eine starke Eiche mit weiter Krone und kletterte in den Schutz ihres dichten Laubes hinauf. Dort saß sie, eine schmutzige schmale Gestalt in den Lumpen einer Bauerntochter, und ließ die nackten Füße baumeln. Ihr langes braunes Haar war zerzaust und hatte sich mit abgebrochenen dürren Reisern und trockenen Blättern unentwirrbar verflochten. Ihre bernsteinfarbenen Augen unter den zusammengewachsenen Brauen spähten ruhelos und mißtrauisch den Weg hinauf und hinunter, den Fluß und den Bach entlang. Sie hatte Hunger. In einer Rocktasche fand Jelle die Reste des Kanten Brotes, den der Geode ihr morgens zugeworfen hatte. Der Geschmack sagte ihr nicht mehr zu. Es hatte sich so vieles geändert, seit sie …

Ein Hase, zappelnd und lebendig, warm und nach Wald und Blut duftend, wäre ihr willkommener. Abends würde sie nach ihren Schlingen sehen. Sie kaute unlustig das noch weiche Brot. Gehungert hatte sie vorher auch. Das hatte sich nicht geändert. Fast wünschte sie sich, daß Gandresch sie wieder einmal hinausschickte, um zu töten. Allein der Gedanke an eine Jagd, an den Rausch des Hetzens und an das in ihrer Brust bis zum Zerspringen klopfende Herz, wenn sie mit starken Zähnen die Beute riß, ließen ihre Hände zittern. Aber der alte Zwerg duldete es nicht, daß sie ohne sein Wissen und seine Zustimmung jagte. Und Jelle wagte es nicht, ungehorsam zu sein. Er hatte ihr ein Stück ihres Menschseins zurückgegeben, die Verwandlung innehalten lassen und ließ sie in seiner Nähe hausen. Ja, er und die seltsamen Dinge, die er tat, die Kreaturen, mit denen er sich umgab, ängstigten sie zuweilen, aber er sprach mit ihr, nahm sie wahr und gab ihr einen Platz zum Schlafen. Und wenn das Madamal in vollem Rund am nächtlichen Himmel stand, bändigte er ihren Drang nach Blut. Immer noch hatte sie Angst davor, Menschen zu töten. Manchmal träumte sie von der blonden Seefahrerin, die sie sterbend zurückgelassen hatte. Sie war so schön gewesen in dem glänzenden Kettenhemd und mit den geflochtenen Zöpfen. Wie eine der Heldinnen aus den Geschichten, die im Wirtshaus erzählt wurden. Und Jelle wußte, daß sie selbst wie eines der Ungeheuer aus den Geschichten aus den Büschen hervorgesprungen war, um die ahnungslose Frau zu Boden zu reißen und zu töten. Und auch wenn Gandresch böse deswegen war, so hoffte Jelle doch, daß die blonde Frau wirklich noch lebte. Damals zählte nur ihr Hunger, ihre Lust an der Jagd und der Rausch heißen pulsierenden Blutes, das ihre Lippen liebkoste und ihre Kehle benetzte.

Stimmen und der Geruch eines Hundes ließen Jelle aus ihren Gedanken aufschrecken und horchen. Vorsichtig streckte sie sich, um zwischen Ästen und Blättern der Eiche den Orkpfad hinaufzuspähen. Aus westlicher Richtung kamen zwei Wanderer in Begleitung eines großen Hundes in Sicht.

Das Spiel des weißzottigen Hundes fesselte Jelle auf eigentümliche Art: Er stöberte neugierig zwischen den Büschen und Bäumen des Waldrandes, schnupperte da an einem Grasbüschel, stupste dort mit der Pfote einen Ast an, sprang einmal gar über eine vor Schreck erstarrte Kröte, die er nicht zu berühren wagte. Trotz seiner Größe wirkte das Tier verspielt und ausgelassen wie ein Welpe, kümmerte sich scheinbar nicht um seinen Herrn, war aber sofort aufmerksam zur Stelle, wenn der weißhaarige Zwerg einen Blick in seine Richtung schickte. Dann schaute der Hund für einige Herzschläge aus sanften dunklen Augen, trottete vielleicht einen Schritt in die Richtung der Wanderer, hörte oder sah aber gleich wieder etwas, das ihn neugierig in eine andere Richtung zog. Der Zwerg ließ ihn gewähren, und die in Leder gekleidete silberhaarige Elfe beachtete ihn anscheinend kaum. Jelle war gebannt vom Spiel des Tieres, und sie spürte die Sehnsucht, es ihm gleichzutun. Sie lachte lautlos über sein täppisches Treiben, verfolgte seine Schritte und schrak aus ihrer Versunkenheit, als der Hund unter ihrer Eiche angelangt war und neugierig zu ihr heraufsah. Sein Blick fing den ihren ein, während er hechelnd unter ihr stand, den zottigen Kopf zurückgelegt, die Ohren ihr zugewandt. Jelle hielt den Atem an; ihr Herz schlug hart gegen ihre Brust, als wolle es ausbrechen. Sie las in den sanften Augen des Hundes, daß er erkannt hatte, was sie war. Regungslos stand er da und musterte die junge Frau. Dann setzte er sich, hob eine Pfote und winselte leise.

»Oh, bitte, geh weiter!« flüsterte Jelle voller Angst. Der Zwerg in der braunen Kutte blieb stehen, stützte sich auf den knorrigen, von langem Gebrauch wie poliert glatten Wanderstab und blickte in ihre Richtung. Ängstlich kauerte sie sich auf dem Ast zusammen. Sie flehte alle Götter an, daß der Zwerg sie nicht entdecken möge – alle Götter, die noch bereit waren, ein Stoßgebet von ihr zu hören. Aber da schien keiner zu sein.

»Aya, schau, was Tark gefunden hat«, sagte der Zwerg zu ihr hinaufschauend und mit einem Lächeln auf dem zerfurchten alten Gesicht. Jelle wimmerte leise. »Komm zu uns herab, Mädchen!« Die ruhige dunkle Stimme ließ ihr keine Wahl, sie mußte gehorchen. Sie kletterte aus dem Baum, stand dann geduckt und voller Angst vor den beiden Gefährten, tief in ihrer Kehle leise knurrend. Der Hund schnupperte neugierig und freundlich an ihr und bellte dann gedämpft.

»Gandreschs Mündel«, sagte der Zwerg. »Welch göttergefälliger Zufall.«

Die Elfe nickte, wandte sich mit einem Lächeln dem verängstigten Mädchen zu. »Bian bha la da'in, Menschenkind, saniama. Feydha Ayalamone«, grüßte sie es mit melodischem, magischem Klang, »hab keine Angst! Setz dich zu uns und sag uns deinen Namen.«

Jelle wußte nicht mehr, warum sie diese beiden

Wanderer gefürchtet hatte. Erleichtert, sie zu sehen, näherte sie sich ihrer neuen Freundin. Sie setzten sich gemeinsam mit dem seltsamen Zwerg in den Schatten der Eiche. Während Jelle erzählte, kraulte sie Tarks Kehle. Dabei teilten sich die vier ungleichen Geschöpfe eine Mahlzeit aus dunklem Brot, getrocknetem Fleisch und dem Wasser des Snierd.

Erst als das Floß das diesseitige Ufer des Snierd erreichte und Jelle ohne Zweifel die Zwerge erkannte, die sie erwartet hatte, trat sie auf den Orkpfad hinaus. Der kleinste und stämmigste der drei Flößer sprang von den schwankenden und wenig vertrauenerweckenden Stämmen in das Ufergras herüber. Der Schwarzbärtige warf der jungen Frau einen Beutel vor die Füße, der zwei Maß fassen mochte, prall gefüllt war und augenscheinlich einige Stein wog. »Mehr gab's nicht«, erklärte er.

Jelle nickte. Sie nestelte ihrerseits einen leichten aber ebenso wohlgefüllten Beutel von ihrem Gürtel los. »Das schickt er«, sagte sie.

Der Zwerg, dessen Gestank nach Erde und Schweiß wie ein Banner angreifender winziger Pikeniere in Jelles Nase stach, fing den Tabaksbeutel auf und schnupperte daran. »Gut«, befand er, »gut. Sag ihm, Angrik, Sohn des Angrasch, ist nicht zurückgekommen. Wohl in seine eig'ne Grube gefallen.«

»Ich sage es ihm.«

Der Zwerg drehte sich grußlos um. Kaum war er auf das dümpelnde Floß zurückgesprungen, stießen seine beiden gleichfalls verwahrlost wirkenden zwergischen Begleiter das schwerfällige Gefährt vom Ufer ab. Mühevoll stakten sie gegen die Strömung zurück in die Mündung des Dorellabaches, wo sie alsbald hinter einer Biegung verschwanden. Jelle sah noch einmal den Fluß und den Orkpfad hinauf und hinab, bevor sie selbst lautlos zwischen den Büschen des Waldrandes verschwand.

Ayalamone Silberstreif bewegte sich und löste so den Zauber, der sie mit dem Stamm der Eiche gleichsam hatte verschmelzen lassen. »Abrolek war noch nie sehr gesellig, aber heute war er wirklich unausstehlich – und stank schlimmer als ein Fialgra«, bemerkte sie spöttisch, während sie sich nach dem Freund umsah, der mit Tark hinter dem alten Baum hervorkam.

Xenos, Sohn des Xoniosch, nickte nachdenklich. »Ich frage mich, auf welche Weise Gandresch es fertigbringt, sie für sich arbeiten zu lassen«, überlegte er. »Wenn die Gerüchte stimmen, die der Wind wispert, wenn er mit Mardugh gemeinsame Sache macht, stehen wir Magie aus den dunklen Stollen Umrazims gegenüber.«

»*Tand vergangener Jahrtausende* hast du sie einmal genannt. Was nutzen ihm Artefakte, wenn er die in ihnen gebundene Macht nicht versteht?«

»Ich fürchte, er hat einen Schlüssel zu dieser Macht gefunden.« Xenos strich sich über den langen weißen Bart, blinzelte zu der beinahe noch im Zenit stehenden Scheibe des Praios hinauf. »Und ich fürchte, meine Nachsicht damals hat uns nun einen nicht zu unterschätzenden Gegner beschert. Ich muß mehr wissen, bevor wir ihn aufsuchen. Aya, was hältst du von einem Besuch bei der bezaubernden Gilda, Tochter der Gerde?«

»Honigkuchen mit Walberg-Nüssen?« scherzte die Elfe.

»Wohl kaum. Aber da am Svellt einige sehr schmackhafte und nichtbeseelte Nußarten wachsen, mag es auch Honigkuchen mit Nüssen geben. Ich denke ja eher an ihre Hirseküchlein mit gebackenen Kirschen …«

Unbekümmert von den zu erwartenden Köstlichkeiten aus Gildas Küche schwärmend, setzten sie ihren Weg in Richtung Tjolmar dem Orkpfad folgend fort. Tark trottete hinterdrein, die feine Nase und die aufmerksamen Ohren wieder mit all den Dingen am Wegesrand beschäftigt.

Die stattliche Gestalt des Zwergensöldners wirkte in Gandreschs unübersichtlichem Durcheinander fehl am Platze. Ähnlich einer lebenden Statue thronte er auf dem schmiedeeisernen Dreibeinhocker: Das glänzend polierte Kettenhemd stammte aus zwergischer Werkstatt, Kriegshammer und Axt, deren Schneiden und Spitzen auf das Sorgfältigste geschliffen waren, ebenso. Der weite Umhang aus dunklem Leder mit einem Saum aus schimmerndem silbergrauen Biberpelz mochte den sichtlich wohlhabenden Zwerg ein kleines Vermögen gekostet haben. Allerdings hatte Turven, Sohn des Turgai, keinen einzigen Dukaten für das Kleidungsstück bezahlt; es stammte aus der Beute der Schlacht um Tiefhusen und hatte einmal einem reichen Händler der svelltschen Stadt gehört. Der Tabaksbeutel und auch die Goldbörse an seinem Gürtel waren aus dem Teil des Umhangs gefertigt, der sich damals als zu lang erwiesen hatte. Denn trotz seiner sieben Spann und dreieinhalb Finger messenden Körpergröße – für einen Zwerg ein schier unglaubliches Maß – mochte der Händler ihn um einen ganzen Kopf überragt haben. Nun, das hatte diesen nicht davor bewahrt, nach dem Fall Tiefhusens sein Haus bis auf den letzten Kreuzer von Orks und ihren Verbündeten geplündert vorzufinden. Der zwergische Söldner wiegte besorgt den Kopf, auf dem der goldfarbene Drachenhelm Großväterchen Garturs eindrucksvoll das Licht des Feuers widerspiegelte. Der Angroscho strich über seinen rotbraunen Bart und steckte ihn hinter dem Gürtel zurecht.

»Gandresch, du solltest vorsichtiger sein!« fuhr er fort, während er einen Humpen Bier mit einem dankenden Nicken entgegennahm. »Wenn Mardugh Orkhan erfährt, daß du im Firunswall herumstöberst und nach verlassenen Minen suchst, wird er dir nicht mehr derart gewogen sein wie in den letzten Jahren.«

»Warum sollte er unsere einträgliche Zusammenarbeit wegen solcher Nichtigkeiten trüben oder gar beenden?« Gandresch setzte sich in seinen Lehnstuhl und trank bedächtig einen Schluck des schäumenden Gebräus. »Er hat immer das bekommen, was er wollte. Und er bekommt den Teil des Goldes, den wir ausgehandelt haben. Bei Angrosch, Turven, hast du diesen einfältigen Orkhäuptling wirklich nicht soweit in der Hand, daß er seine Augen von diesem kleinen Gebiet fernhält?!«

»Dieser einfältige Orkhäuptling, wie du ihn nennst, ist ein Erwählter des Angrosch und damit unserem Gott näher als du«, gab Turven zornig zurück. »Und es kann wahrlich niemand behaupten, daß der Frondienst gottgefällig ist, zu dem du die unseren ... verpflichtet hast.«

»Wären sie hiergeblieben, hätten die Tjolmarer sie längst ersäuft«, widersprach der Geode kalt. »Und du scheinst zu vergessen, daß es unser gemeinsamer Plan war und ist, Umrazim zu finden und seine Geheimnisse zu nutzen. Umrazim ist unser und gehört niemals diesen pelzigen Raubbrennern. Ich dachte, darüber seien wir uns einig.«

»Wir waren uns darüber einig, die Schätze unserer Vorväter zu retten, ja. Aber inzwischen hat es mehr Angroschim das Leben gekostet als jemals vorauszusehen war. Wer wird übrigbleiben, um die Halle Umrazims zu bevölkern? Eine Handvoll wird nicht hinreichen, um die Orks davon abzuhalten, die Stollen wie damals zu überrennen. Daß sie kämpfen können, haben sie bewiesen. Wenn sie auch stinken wie die Wühlschrate und kaum bessere Manieren haben.«

»Sie werden Umrazim nicht nehmen. Wir werden mit ihnen handeln, wie schon immer: Sie geben uns ihr Stillhalten dafür, daß sie von uns etwas bekommen, das sie hoch schätzen.«

»Was könnte ihnen so wertvoll sein, daß sie dafür eine ganze Stadt in ihrem Gebiet dulden, in den Stollen, die einigen von ihnen Reichtum und Macht gegeben haben? Sieh dir Mardugh an! Ohne das Gold aus den Stollen der Tiefzwerge und das Goldauge wäre er weder Häuptling, noch hätten die Orks Tiefhusen nehmen können.«

»Für Mardugh habe ich ein Geschenk, das ihn sehr zufriedenstellen wird.«

»Und was wäre das, Vetter?«

»Etwas, das sein Ansehen gegenüber den anderen Orkführern steigen lassen wird: eine Frau, der sich sonst keiner rühmen kann.«

»Mardugh gehört jede Orkfrau im Umkreis von hundert Meilen um Rorkwell«, knurrte Turven ungehalten.

»Laß das meine Sorge sein. Bisher habe ich uns gut beraten, und so wird es bleiben. Umrazim wird wieder leben, das habe ich geschworen. Geh du zurück und bring dem großen Mardugh Orkhan sein Gold und meine unterwürfigen Grüße! Und halt ihn von den Stollen fern. Er schätzt dich, und er braucht dich. Nach den drei verflossenen Jahren werden Menschen und Orks unruhig. Er wird gerade jetzt auf dich als Schmied und Kommandant kaum verzichten wollen.«

»Das mag sein. Aber trotzdem: Bedenke, was du tust, und unterschätze Mardugh nicht! Ich werde jetzt reiten und ihm deine Grüße bringen. In einem halben Mond komme ich wieder.«

»So sei es. Angrosch begleite dich, Turven, Sohn des Turgai.«

»Und Er segne dein Tun, Gandresch, Sohn des Garnd.« Mit dem selbstsicheren Schritt, der Turven zu eigen war, verließ der gerüstete Schmied den Stollen des Geoden. Die Tür fiel schwer hinter ihm ins Schloß.

»Welch ein Narr du doch bist. Welch ein göttergefälliger, hochmütiger, kurzsichtiger Narr.«

Jelle war die einzige, die diese Worte und das Gespräch zuvor gehört hatte. Sie verstand nur wenig Rogolan, aber immerhin genug, um zu begreifen, daß die beiden Vettern wieder einmal gestritten hatten. Manchmal schien es ihr, als könne der alte Zwerg mit niemandem wirklich gut Freund sein. Und es war ihr ein Trost, daß er nicht nur zu ihr so ruppig war. Vielleicht kannte er nichts anderes als harsche Worte. Jelle überlegte, daß Gandresch sie wohl doch ein wenig mochte. Warum sollte er sie auch sonst bei sich aufgenommen haben?

An den freundlichen Zwerg und die liebreizende Elfe am Ufer des Snierd erinnerte Jelle sich nicht mehr. Sie hatte die Wanderer bereits vergessen, bevor das Floß auf dem Dorellabach erschienen war. Und nur manchmal dachte sie mit einem vergnügten Lächeln an den weißen Hund, den sie irgendwo beim Spielen beobachtet hatte.

Das abendliche Tjolmar lag vor ihnen, jenseits des Flusses und von einer tief in ihrem Rücken stehenden Praiosscheibe mit warmem Licht übergossen. Die kleine Stadt schmiegte sich an den ostwärts vom Svelltufer gemächlich ansteigenden Hang. Die Ansammlung hölzerner Hütten und gedrungener Häuser schien in der strauchbewachsenen, von Wasser und langem Gras schweren Flußniederung kaum mehr als ein braungrauer, gelbgesprenkelter Schmutzfleck zu sein. Die Bewohner setzten den Widrigkeiten der Marschen und dem jährlich alles überschwemmenden Svellt eine starrsinnige Beharrlichkeit entgegen. Jedes Frühjahr rissen die Fluten einen Teil der hölzernen Bauten ein, und jeden Sommer bauten die Menschen Tjolmars dies Stück Stadt wieder auf, wenn auch ohne jeden Plan und mit offensichtlicher Freude an allem Krummen und Schiefen. Gerade die auf Pfählen errichteten Hütten der Unterstadt waren ein eigenes und sehr vergänglich scheinendes Labyrinth, begehbar durch ein filigranes Gewirr aus Stegen und Anlegeplätzen für Flöße und kleine Kähne. Eine steinerne Brücke verband die Stadt mit dem anderen Flußufer, wo der schmale, kaum begangene Orkpfad endete, der aus dem Firunswall kam. Die Rampen, die beidseitig des Svellt zur Brücke hinaufführten, wurden von uralten kleinen und dennoch trutzigen Festen gesichert. Die Brücke selbst, die zwei Gespannen nebeneinander Platz bot, war ein Überbleibsel aus einer Zeit, als der *Lange Weg* noch den nördlichen Firunswall mit den Walbergen verband – aus einer Zeit, an die sich niemand mehr erinnerte, der heute in Tjolmar lebte. Jetzt, im Praios des Jahres 22 Hal, war die Brücke mit der bösen Erinnerung an den Verrat behaftet, der den orkischen Truppen gestattet hatte, den Svellt mit ihrem schweren Kriegsgerät zu überqueren. Die beiden Orkkrieger, die gelangweilt dem Zwerg und der Elfe entgegensahen und die wie ihre Kameraden inzwischen zum alltäglichen Bild im Svelltschen Städtebund gehörten, ließen durch ihren Anblick den bitteren Geschmack des Geschehenen wie ein hartnäckiges Bauchgrimmen immer wieder aufsteigen, so daß ungezählte Götterläufe vorübergehen mochten, bis die Menschen der Svelltschen Städte vergessen und vergeben würden.

»Habe ich dir erzählt, daß die Brücke einen alten Vers trägt?« fragte Xenos seine Gefährtin, während er den Brückenzoll aus seiner Geldkatze kramte.

»Nein.«

*»Steine über Wasser, gegründet in Erde, hinaufragend in Luft, gebaut von Angroschs Kindern, ist es nur das Eis, das sie dereinst zerstören wird.*

Die Angram-Runen sind firunwärts in die Krone des mittleren Pfeilers gemeißelt und kaum mehr zu entziffern. Ich glaube nicht, daß Gandresch diese Zeilen kennt. Und doch scheint es, als hätte er es sich zur Aufgabe gemacht, die Prophezeiung wahr zu machen. Kein Bauwerk verfluchen die Menschen seit den Orkkriegen mehr als diese Brücke.«

»Oh, dieser Fleck sähe ohne diese Ansammlung von menschlicher Gegenwart deutlich gesünder aus«, gab Ayalamone zu bedenken.

»Vielleicht. Tjolmar ist eine alte Stadt der Angroschim, nicht der Menschen. Auch wenn die Thorwaler behaupten, Tjolmar vor fast anderthalb Jahrtausenden gegründet zu haben. Tjorlmarsch ist der alte Name, Tor des Marschlandes. Sie ist fast so alt wie die Stollen von Umrazim.«

# 5. Kapitel

*Nur ein Traum, sagt Ihr?*

Seine Hochwürdigste Erhabenheit
Amir Honak

Von weit her, von irgendwo jenseits des Ufers, jenseits des verschneiten Waldes, ja sogar jenseits dessen, was ihre Augen sahen, von einem Ort aus, an dem die Praiosscheibe hinter dem im Morgendunst verschwimmenden Gipfel des Rorwhed ihren Lauf begann, wo Tau auf sommerlichem Gras funkelte wie die Tränen der Feen, wo es Wärme gab ... von dorther rief jemand ihren Namen, die Koseform ihres Namens. Jora blieb stehen, bis zu den Knien im tiefen Schnee ihres Traumes versunken, blinzelte gegen die unbarmherzige Helle der Firunsöde, zitterte vor Kälte und versuchte, sich in den Tönen des Rufes zu wärmen. Warum nur hatte sie ihren gefütterten Umhang nicht übergeworfen? Die Mutter schalt nicht, das tat sie nie. Sie blickte nur auf von ihrer Tätigkeit und schaute die Tochter an. Die Mutter wartete. Worauf wartete sie? Jora spürte, daß sie es hätte wissen müssen, aber sie wußte nicht, was es war. Sie schlang die Arme um den Körper. Ihr war kalt, so erbärmlich kalt.

»Joraja!«

Wer rief sie? Warum kam ihr der Ruf so bekannt vor? Sie wollte dieser Stimme lauschen, wollte hören, wie sie für sie sang. Sturmlied, Sturmlied der Skalde.

Eine Stimme, dunkel, warm wie eine Sommernacht am Feuer des Thing. Sie gehörte zu der Geborgenheit, nach der sie sich sehnte. So verzweifelt sehnte.

»Tjalf.«

Jora war wach. Die Praiosscheibe stand schon eine gute Handbreit über dem bewaldeten Rorwhed. Sie fröstelte, setzte sich auf und zog die Decke enger um den Körper. Tjalf Sturmlied kniete neben ihr, das zerzauste Haar glühte rot im Morgenlicht. Und da war etwas im Blick seiner sturmgrauen Augen, das sie nicht deuten konnte.

»Du hast schlecht geträumt«, sagte er.

Jora sah ihn an, wobei sie die Bilder des Traumes davonwehen spürte. Sie blickte sich um, über den im sommerlichen Schein des Praios gleißenden See. »Eben lag hier noch überall kniehoher Schnee«, erinnerte sie sich. »Bei Swafnir. Ich war tot.«

»Erschlagen«, fügte Tjalf hinzu. »Ich habe im Traum dich und unsere Tochter erschlagen.«

»Hör auf! Bei allen Göttern, hör auf!« Die Thorwaler Kriegerin hatte diese Worte so laut hervorgestoßen, daß die am Feuer werkelnde Mo zu ihnen herübersah und der sich am See waschende Jelindraél einen Herzschlag lang in Regungslosigkeit verharrte.

Leiser fuhr die Frau fort: »Bitte, hör endlich auf, dir einzureden, daß alles nur mit Blut enden kann! Niemals wird es geschehen, hörst du? Niemals! Ich werde es nicht zulassen. Bei Rondra, das schwöre ich!«

»Dann kehr um und reite nach Gareth oder nach Thorwal zurück! Aber bleib nicht bei mir. Bitte, Jora. Ich liebe dich. Ich liebe dich so sehr, daß es schmerzt.« Der Skalde lachte zornig und bitter vor Hilflosigkeit auf. »Ich werde deinen Tod nicht überleben, Joraja. Ich sollte mir die Kehle zerschneiden, um dich zu schützen. Ich fürchte nur, dazu fehlt mir der Mut.«

»Thorn Beornson, du bist ein verdammter Thorwaler Querschädel! Ein Holzkopf, der aus einer Steineiche geschnitzt ist, die dort wuchs, wo der Steineichenwald am finstersten ist. Das ist dir aufs Gemüt geschlagen! Du bist so gräßlich von deiner eigenen Wahrheit überzeugt, daß du vergißt, daß es noch etwas anderes gibt als deine eigene Niederhölle! Und wenn du dich aufmachst, über das Riesland ins Güldenland zu ziehen: Du wirst mich nicht los! Ich werde an dir kleben wie Premer Birkenhonig. Gib auf! O Swafnir, gib mir einen blühenden Birkenzweig!«

»Wie bitte? Jora, du bist verrückt! Es gibt keine verheirateten Swafnirkinder.«

»Willst du kneifen?« Herausfordernd funkelte die Kriegerin den Skalden an. »Thorn Beornson, hast du Angst davor, die Namensgebung an mich zu verlieren?«

»Nein.« Der Thorwaler schüttelte den Kopf. »Nein, wahrlich nicht. Auch wäre es mir lieber, sie trüge deinen Namen. An meinem Namen klebt Blut.«

»Weißt du, was ich in meinem Leben bereits getan habe? Warum glaubst du eigentlich, nur du hättest ein Recht auf Tragik und Leid?«

»Das macht sich gut in der Geschichte eines Skalden«, spottete Tjalf.

»Gleich setzt es Prügel! Bei Rondra, du bist …« Ihr fehlten die Worte.

Der Skalde lächelte. »Ja?« fragte er. Er blickte in ihre Augen, in denen im Blau eines tiefblauen Meeres Zorn und Zuneigung miteinander fochten. Sanft strich er eine ihrer blonden Haarsträhnen zurück und streichelte ihr nachdenklich, liebkosend über die Wange. »Ich weiß wenig von dir«, gab er zu, »viel zu wenig. Und doch kenne ich dich besser als jeden anderen Menschen. Ich kann deine Gefühle sehen und beinahe deine Gedanken lesen. Manchmal erschreckt es mich, wie vertraut du mir bist. Jelindraél sagte gestern abend, daß irgend etwas hier nicht mit rechten Dingen zugeht. Vielleicht hat er recht. Es ist mir gleichgültig. Selbst wenn wir uns streiten, ist es, als täten wir das schon seit einem Jahrtausend. Ich liebe dich. Und es ist mir völlig einerlei, was du getan oder gelassen hast. Das Hier und Jetzt ist wichtig. Ich möchte, daß du gehst, bevor etwas geschieht, das wir beide nicht wollten.«

»Bevor *was* geschieht? Daß du mich zu erschlagen versuchst?«

»Das auch. Auch wenn es für dich wahrlich kein Grund zu sein scheint, mich zu meiden. Nein. Daß wir ein Kind zeugen.«

Jora lachte leise auf. »Ist es nicht ein bißchen spät, sich darüber Gedanken zu machen? Und wenn du wahrhaftig meine Gefühle und Gedanken lesen kannst: Bist du wirklich sicher, daß ich nicht ein Kind von dir möchte?«

»Niemand weiß, ob der Fluch nicht auch das Kind eines Swafnirkindes trifft.«

»Und niemand weiß, ob es überhaupt ein Fluch ist«, hielt die Thorwalerin ihm entgegen. »Swafnir, dieser Mann will es schwierig haben! He, alter walwütiger Skalde, wo bleibt die Schicksalsergebenheit eines Swafnirkindes? Wo ist dein Glaube daran, daß das geschieht, was unabwendbar sein wird?«

»Ich kenne keine einzige Geschichte, in der ein Swafnirkind einen Traviagefährten und Kinder hatte. Es gibt ein altes Lied: *... keiner, der die Wut kennt, hat jemals Rahjas Kelch geleert ...*«

»Was ...?« Die Thorwaler Kriegerin spürte Kälte nach ihr greifen, so plötzlich wie eine Bö über windstiller Eisöde. Sie kannte diese Worte. Sie machten ihr angst. Ein Dutzend harte Herzschläge lang starrte sie den Skalden an und versuchte zu begreifen, warum sie Angst vor diesem Vers hatte.

Der Traum, es waren die Worte aus ihrem Traum. Über Joras Rücken lief ein kalter Schauder. Während Tjalf fragend die Brauen hob, schloß die Thorwalerin die Augen, um sich diese Worte ins Gedächtnis zurückzurufen. ›*... und endlos ist der Fluch und ewig die Strafe ...*‹ erinnerte sie sich. »Was hat Jelindraél gesagt?« fragte sie rauh. »Daß es nicht mit rechten Dingen zugehe? Bei Swafnir, vielleicht ...« Sie öffnete die Augen. »Dieser Vers ... ich habe von ihm geträumt. Kann ich ihn auf einem Thing gehört haben?«

»Kaum. Es ist ein langes, trübes und viel zu wahres Lied von einem Swafnirkind aus der Zeit der Priesterkaiser. Aber möglich ist es schon.«

»So etwas habe ich noch nicht erlebt«, stellte Jora fest. »Es ist ... beängstigender als die Swafskari.«

»Ja. Und trotz des Gefühls, daß etwas nicht ... wirklich ist, bin ich mir sicher, dich wahrhaftig zu lieben. Ich glaube nicht an einen Liebeszauber oder einen Liebestrank. Du bist eine Frau wie aus einem unserer alten Lieder – nur hätte ich dich wie einen Traum nie berühren dürfen. Bei Efferds unergründlichem Ratschluß! Ein Swafnirkind lernt früh, daß es besser ist, allein zu bleiben.«

Jelindraéls ruhige Stimme fügte mit dem ihr eigenen sanften Spott hinzu: »Und das ist der Fluch eines Gottes, dem die Geselligkeit über alles geht.« Der Elf stand unerwartet neben ihnen und blickte auf die beiden Thorwaler hinunter. »Und ihr Menschen behauptet, die Gedanken eines Elfen seien fremd und seltsam. – Kommt! Mo hat bereits zum zweiten Mal zum Frühstück gerufen.«

»Oh, ich liebe es, durch die wilden Lande zu reiten, immer in der Angst, daß irgendein Rorwhed-Ork Hunger auf meinen Gaul verspüren könnte.« Magister Gerinbold Perkun versuchte, im Sattel herumrutschend, eine andere, bequemere Haltung zu finden, in der ihn nicht der Rücken, das Sitzfleisch und überhaupt alles schmerzten wie von einer Tochter Satuarias verflucht. »Meine Knochen tun weh, mein Kopf hat ohne Zweifel einen orkischen Kriegshammer abbekommen, und mein Hintern ist ein Stück rohes Fleisch. Und die von den Göttern verfluchten Krabbeltiere sind in der letzten Nacht bannerweise über mich hergefallen! Wer von euch hatte eigentlich den Einfall, nicht in Tjolmar im *Trallopper Riesen* einfach zu warten?«

»Ich«, antwortete Lihjana Feensang leichthin. Anmutig saß sie mit untergeschlagenen Beinen auf ihrem ungesattelten schweren Wallach. Sie hielt ihre Handharfe im Schoß und musizierte. Das tat sie bereits, seit sie am Morgen die winzige Siedlung Norhus auf der Svelltstraße gen Osten verlassen hatten. Das gutmütige Tier trottete mit durchhängenden Zügeln den Weg entlang, immer dicht hinter dem buschigen Schweif des rot-weiß gescheckten Zwergenponys her, und schlug weder unwillig gegen die Mücken und Bremsen mit dem Kopf, noch erschrak es vor auffliegenden Wildgänsen oder aufspringenden und hakenschlagend davonflitzenden Orklandkaninchen. Es tat all das nicht, womit die Stute dem Magier schon seit Stunden den Ritt zu einer Qual machte. Wenn Gerinbold nicht gewußt hätte, wie sinnlos es wäre, hätte er längst um einen Tausch der Reittiere gebeten. *Jedes* Reittier schien so zahm zu werden, sobald die schwarzhaarige Elfe es ritt. Der Magier beherrschte etliche Hellsichtszauber, aber keine Magie hatte ihm je verraten können, wie Lihjana das zuwege brachte. Ihre durchaus bereitwilligen und geduldigen Erklärungen hatte er ebensowenig verstanden wie das Lachen Jelindraéls, wenn die Sprache auf diese ›unbegreifliche Art der Tierbeherrschungsmagie‹ der Elfen kam. Und das ihm, dem *magister extraordinarius* Gerinbold Perkun, der nur deswegen nicht Spektabilität der Halle der Macht zu Lowangen war, weil sich dort die Magie der Hexen und Druiden kaum studieren ließ. Er seufzte. Wahrlich, er war einer der wenigen Schulmagier, die ohne Zweifel ein nicht unerhebliches Wissen über diese Spielarten der Magie hatte. Wenn er sich in einen Spruch jener Herkunft versenkte, gelang es ihm, die astralen Linien tatsächlich so zu weben, wie es dem jeweiligen Ursprung des Spruches entsprach. Die Töchter Satuarias wie auch die Druiden hatten ein so gänzlich anderes Verständnis als ein Akademiemagier davon, wie die von Mada freigesetzten Sphärenkräfte wirkungsvoll zu beeinflussen wären. Aber sie waren zumeist Menschen und deren Magieverständnis war ihm damit nicht völlig fremd. Elfenmagie dagegen hatte er nie wirklich verstanden. Eine Lichtkugel mochte er noch mit Leichtigkeit hervorbringen, aber er wußte inzwischen nur zu gut, daß selbst die Haussprüche der Lowanger Beherrschungsmagie nicht mehr viel mit der wahren Natur der elfischen Zauber gemein hatten, aus denen sie dereinst hergeleitet worden waren. Ein *Bannbaladin,* den er sprach, war in seinem astralen Aufbau deutlich von dem *bian bha la da'in* zu unterscheiden, den seine elfischen Gefährten wirkten. »Verschnörkelte Spielerei«, hatte einer seiner Lehrmeister einmal abfällig erklärt, »unwissenschaftlich, zufällig und damit äußerst gefährlich. Mit einem Wort: Feenspiel.« Nun, *Feenspiel* mochte Gerinbold es nicht nennen. Feen gehörten in eine andere Welt, die Anderwelt eben, und in ein Feenspiel zu geraten, war noch von weit anderer Qualität als die Zauberei der Elfen. Feenspiele waren eigensinnig, unberechenbar und dabei äußerst betörend. Sie konnten einen Menschen um seinen klaren Verstand bringen. *Gefährlich* konnte Elfenmagie dagegen durchaus sein. Zwar waren die meisten Zauber entstanden, um das Leben in einer

Wildnis ohne Reichsstraßen und befestigte Dörfer oder gar Städte zu ermöglichen, aber es war ihnen zum Teil eine verheerende Wirkung eigen, wenn ein Elf sein Leben und seine Freiheit bedroht sah. *Unwissenschaftlich* waren die Elfen, die er kannte, mit ihrer Zauberei allesamt. Ihrer Sprunghaftigkeit ließ das langjährige Studium eines exakt definierten Dinges kaum zu. Und gerade darauf beruhte das Wissen und Können der Gildenmagier: auf der Beharrlichkeit ihrer Forschungen. Aber trotz allem: *Zufällig* mochte er Elfenmagie wirklich nicht nennen. Lihjana liebte es, auf Reisen in gemächlichem Schritt von einem gutmütigen Pferd durch eine unwegsame Gegend getragen zu werden und dabei ihre Musik zu spielen. So war es sicherlich kein Zufall, daß jedes Pferd, das sie bisher geritten hatte, brav und folgsam war und blieb. Dabei konnte sie auch – so es nötig sein sollte – reiten wie einer der wilden Novadi. Wie ihr diese Bezauberung gelang, war dem Magier ein Rätsel. Vielleicht, ja vielleicht war es gar keine Magie im Sinn einer Beherrschung, sondern eine Art von Verständigung? Gerinbold nickte nachdenklich. Aber auch ein Verständigungszauber bildete sich im astralen Gefüge der Welt ab. Der Magier seufzte. Nun, daß ihm noch die Jahre blieben, um dieses Geheimnis zu enträtseln, bezweifelte er. Dem Zustand seines Rückens nach fühlte er sich alt, sehr alt – auf jeden Fall älter als die einundvierzig Götterläufe, die er zählte.

»Hilgerds Heim«, vermeldete in diesem Augenblick Barek. »Was haltet ihr von einem kräftigen Mittagsmahl?«

»Mit Vergnügen!« entgegnete Gerinbold. Er schaute nach den gastlichen Palisaden des kleinen Handelspostens und lebte sichtlich auf. Tatsächlich lag das befestigte Anwesen nun kaum mehr als eine Meile entfernt. Die aufsteigende schlanke Rauchsäule mochte bereits die des Kochfeuers sein. »Mit größtem Vergnügen«, bekräftigte er, in Gedanken an eine gute Suppe und ein Stück herzhaften Brotes lächelnd.

Tareka Rebaken zügelte ihren Wallach und wartete, bis die Thorwaler Kriegerin aufgeschlossen hatte. »Hane meint, wir könnten bis Mittag einen kleinen Handelsposten erreichen«, erklärte sie.

Jora Eddasdottir sah nach dem Stand der Praiosscheibe und nickte. »Obwohl du damit rechnen mußt, in Hilgerds Heim Rorwhed-Orks zu treffen, die so etwas wie Zoll haben möchten.«

»Ich hatte eigentlich erwartet, schon viel eher Wegzoll zahlen zu müssen«, entgegnete die junge Händlerin. »Mein Vater hat hier einmal in zwei Tagen sechs Orktrupps nacheinander bezahlt – bestochen wohl eher, damit sie nicht die Ware nahmen. Aber das ist vor gut zwei Götterläufen gewesen.«

»Kurz nach ihrer Niederlage bei Gareth war hier mit keinem Ork gut Kirschen essen«, erzählte die Kriegerin. »Heißt es jedenfalls.«

»Warst du dabei?«

»Wo? Auf den Silkwiesen? Ja.«

»Bei Rondra!« Der offene Blick der jungen Händlerin war anerkennend und voller Neugier auf die Kriegerin gerichtet. »Bei diesem Sieg mitgefochten zu haben!«

»Nun, der Sold war jedenfalls nicht der Rede wert«, spottete Jora. Tareka hoffte einen Augenblick lang auf eine Schlachtenerzählung Thorwalscher Art – unterhaltsam und lang, ausgeschmückt und vor Heldentaten strotzend –, aber die Premer Kriegerin verlor kein weiteres Wort über die *Schlacht auf den Silkwiesen*. Nun, nachzufragen traute sich die Händlerin nicht. Die Thorwalerin mochte ihre Gründe haben, über die Kämpfe zu schweigen, und reizen wollte Tareka sie nicht. Wenn diese Frau schon mit ihrem Liebsten ständig lautstark und am Rande einer Prügelei stritt, wie würde sie dann erst auf die Neugier einer Fremden reagieren?

Auch die unmittelbare Umgebung der Svelltstraße war von den Orkkriegen nicht verschont worden. Von den ehemals wohl sieben Blockhäusern standen nur noch vier – und von diesen waren zwei neu errichtet. Von den anderen zeugten zumeist nur noch niedrige, brandgeschwärzte Grundmauern. In einem Geviert blökten Schafe, ein anderes hatten Orks dazu benutzt, ein einfaches aber durchaus wetterbeständig wirkendes ›Zelt‹ aus alten Balken, Leder und Tuch zu errichten. Die Kastanie vor dem zweistöckigen Schankhaus zeigte nur dort sommerliches Grün, wo aus dem verkohlten Stamm lange schlanke Schößlinge wuchsen. Von Norden her kommend, wirkte die auf einem Erdwall errichtete Palisade mit dem Torturm unversehrt und mächtig; spätestens allerdings beim Durchschreiten des Tores war schwerlich zu übersehen, daß nach Süden hin auf einem guten Stück die Pfähle fehlten. Und es sah nicht so aus, als denke man an einen Wiederaufbau der Befestigung. Die schon vor den Orkkriegen hier ansässigen Khierach-Orks nutzten den Zugang, um von ihrem kleinen Zeltdorf zu ihrem neuen Gemeinschaftshaus zu gelangen. Dort spielten Orkkinder; Hühner und ein aufmerksam die Neuankömmlinge musternder Hahn suchten nach Würmern und Käfern. Wenn nicht bald etwas dagegen geschah, würden die nächsten Palisadenpfähle aus dem Erdreich gekratzt und gescharrt sein, bevor dieser Sommer sein Ende fand.

Magister Perkun stieg aufatmend von seiner Stute ab, stützte die Hände in die Seite und streckte seinen unerträglich schmerzenden Rücken. Dann sah er in den wolkenlosen Himmel hinauf. »Praios«, murmelte er, »warum das?« Seinen Nacken mit einer Hand massierend, musterte er das mittägliche Bild auf dem staubigen Hof des Handelspostens. Vor der Schenke waren ein großes braunes Maultier und ein altes weißes Paavipony mit stumpfschwarzer Mähne und zerrupftem Schweif angebunden. Beide Tiere trugen Packsättel und dösten in der Sonne. Kaum, daß einmal ihre Muskeln zuckten, um eine Flußbremse zu vertreiben. Hilgerds Köter, ein großer Olporter, lag auf der hölzernen Veranda und schlief. Auch die Orks schienen im Schatten Mittagsruhe zu halten. Außer den unermüdlich spielenden Kindern und einem alten Orkweib, das die Kinder im Auge behielt, war keiner der Schwarzpelze zu sehen.

»Gehen wir hinein«, murrte Barek. »Ich habe Hunger.«

Hilgerd stellte den nächsten irdenen Humpen auf den feuchten Abtropfrost unter den Hahn des großen Bierfasses und ließ starkes dunkles Bier fließen, bis der Schaum den Humpenrand erreichte. Sorgsam stellte er den gefüllten Krug beiseite, um den ersten der fünf noch halb leeren Bierkrüge mit der Linken zu greifen und unter den Hahn zu stellen.

»Eh, du. Warrum du nicht ferrtick?« knurrte es ungehalten aus orkischer Kehle hinter ihm.

Der einarmige Wirt wandte sich um und blickte den Anführer der Orkstreife mit der ihm eigenen Geduld an. »Weil es seine Zeit braucht«, antwortete er freundlich. »Ihr wollt ein gut gezapftes Bier, Hauptmann Kerrgh, nicht wahr?«

»Ein gutes Bierr, ja. Eil dich, H'lgrrd!«

Geruhsam zapfte Hilgerd das erste Bier zu guter Höhe und mit gefälliger Krone zu Ende und stellte es schließlich vor den großen Ork. Kerrgh knurrte und nahm den Humpen in die starken breiten Hände. In dem beschlagenen Leder und mit der Unzahl an gut geschärften Waffen wirkte er trotz des schütteren dunkelbraunen Fells wie ein knapp durchschnittlich großer und überaus breiter Söldner. Erst wenn er grinsend die breiten Lippen verzog und seine für einen Ork recht kurz geratenen Hauer entblößte, mochte sich der menschliche Betrachter schaudernd fragen, wie er jemals den Ork für einen Menschen hatte halten können. Die vier jüngeren Kämpfer in seiner Begleitung waren weit offensichtlicher orkischer Abstammung und sprachen auch weitaus schlechter den knappen Garethi-Dialekt des ehemaligen Städtebundes. Niemand wagte, es laut auszusprechen, aber hinter seinem Rücken mutmaßten selbst seine Kameraden, daß in Kerrghs Adern zumindest ein Teil Menschenblut floß. Und die Menschen, denen er im Krieg begegnet war, fürchteten ihn darum um so mehr. Seine tiefblauen Augen funkelten mit einer gefährlichen Wachheit und einem Maß an Mißtrauen, das seinesgleichen unter den orkischen Kriegern suchte. Hauptmann Kerrgh hob den Humpen an die Lippen und trank in tiefen Zügen. Als er das tönerne Gefäß halb geleert und deutlich hörbar auf die Holzplatte des Tresens zurückstellte, grinste er über beide Hauer hinweg den Wirt breit an. »Gutes Bierr.«

Hilgerd nickte nur und brachte Kerrghs Leuten das Bier an ihren Ecktisch. Mit einem Blick über die wenigen besetzten Tische der Schankstube versicherte er sich, daß gerade niemand mehr etwas zu bestellen wünschte.

Die beiden Khierach-Orks Tarr und Kziran spielten wie beinahe jeden Mittag mit ihren abgegriffenen Knochenwürfeln ein Spiel, das aus ständigen Streitereien über die Regeln und deren Auslegungen zu bestehen schien. Manchmal erinnerte es Hilgerd an Paschok, aber daß die beiden versuchten, einander geschickt über die Höhe ihrer Würfe zu täuschen, konnte man nicht beobachten. Die Auseinandersetzungen begannen meist sofort und heftig nach einem Wurf. Die beiden orkischen Händler bezahlten ihren Met willig mit Pelzen wie die meisten seiner Gäste, manchmal auch mit Kräutern und Früchten, so daß er sie zu seinen besten Stammgästen zählte. Sie wohnten mit den anderen Khierach in den Zelten außerhalb der Palisaden und hatten dem alten Hilgerd sogar das eine oder andere Mal geholfen, wilde Tiere und Diebesgesindel von dem kleinen Handelsposten fernzuhalten. Der ehemalige Jäger, der den Posten gegründet hatte, nachdem er seinen rechten Arm im Kampf mit einem Bären verloren hatte, wußte ihren Beistand zu schätzen und achtete im Gegenzug darauf, daß innerhalb seines kleinen Reiches die Schwarzpelze so gut wie jeder andere Jäger oder Reisende behandelt wurden. So waren sie mit den Jahren einander gute Nachbarn geworden und auch trotz der Orkkriege geblieben.

Der alte Thelak schlürfte, allein an seinem Tisch sitzend, gedankenverloren eine dünne Suppe. Der Fährtensucher, der zu jeder Jahreszeit in Leder und Pelze gekleidet war und ein fast mythisches Alter erreicht haben mußte, schien mit seinen hellen Augen an einen Ort und in eine Zeit zu blicken, die niemand außer ihm sehen konnte. Ihn störte der freundschaftliche Streit der beiden Khierach ebensowenig wie das lautstarke Hin und Her der Orkkrieger – er war schon seit Jahren so taub wie eine Kvillotter.

Am runden Tisch nahe des Kamins, der in dieser Jahreszeit nur kalte Asche barg, saß Wolpert und spielte mit sich selbst Karten. Die schmalen, kräftigen Hände des Bogenbauers hielten die verstärkten Pergamentkärtchen mit großer Behutsamkeit, als wären sie ein liebgewonnenes Kleinod, und mischten sie mit geschickten Fingern. Dieses Spiel schien stets seinen Höhepunkt zu finden, wenn er eine der Karten zog und zu den anderen auf die polierte Tischplatte legte. Der dunkelhaarige Mann, der etwa ein halbes Jahrhundert zählen mochte, ließ seinen Blick durch die halbgeschlossenen Lider flink über die ausgelegten Kartenreihen huschen, als zähle er etwas oder als lese er eine Geschichte aus ihnen.

Hilgerd verharrte kurz neben dem Tisch des Freundes und blickte auf die schlicht gezeichneten bunten Bilder hinunter. »Hm«, sagte er.

Wolpert nickte. »Ja«, antwortete er einsilbig und legte eine weitere Karte. Der alte Jäger ging weiter und nahm hinter dem Tresen seine Arbeit wieder auf. Der Bogenbauer dagegen musterte die letzte Karte, schüttelte den Kopf. Er sammelte sein Kartenspiel wieder ein, nahm die Rahja zuerst, die Sternenleere zuletzt, und verstaute sie alle sorgfältig in einem unscheinbaren hölzernen Kästchen, das seinen Platz in der ledernen Tasche neben seinem Stuhl fand. Dann saß der Mann schweigend da. In seinen durch ungezählte Lachfältchen immer ein wenig schmunzelnd wirkenden Zügen war eine stille Erwartung auf das Kommende zu lesen. Geruhsam leerte er seinen Humpen Bier und gab Hilgerd schließlich durch einen Wink zu verstehen, daß er nachschenken solle.

Neue fremde Gäste betraten die Schankstube: ein grauhaariger Magier, eine hübsche dunkelhaarige Elfe und ein gewappneter Zwerg, die sich zur Mittagsrast an einem freien Tisch niederließen. Abenteurer, Wanderer ganz offensichtlich, die es zudem wagten, ihre Bewaffnung hier im Herzen der orkisch besetzten Lande sichtbar zu tragen. Weder mit den Elfen noch mit den Zwergen lagen die Orks in offener Fehde, und so lange sich ein einzelner Wanderer dieser Völker in den Streit mit den Menschen nicht einmischte und seinen Rücken freihielt, konnte er ungeschoren durch das Gebiet des ehemaligen Städtebundes ziehen. Obgleich Kerrghs düsterer und bierschwerer Blick auf die neben ihrem Tisch abgelegten Habseligkeiten der Fremden genügend Begehrlichkeit verriet, um die Vorahnung des Bogenbauers zu stärken.

Hilgerd grüßte die kleine Reisegruppe, bot ihnen Eintopf und Brot zu den üblichen Preisen an – auch wenn der ehemalige Jäger es sich leisten konnte, kaum mehr als das Doppelte dessen zu nehmen, was er vor dem Orkensturm gefordert hatte. Die Pelze und das Wildbret, mit denen er handelte, sorgten für sein Auskommen, und da diejenigen, die ihm dieses lieferten, auch seine häufigsten Gäste waren, war er darauf bedacht, ihnen auch zu einem haltbaren Preis eine Mahlzeit und ein Nachtlager bieten zu können. Auch von den seltenen Wandereren wollte er nicht mehr nehmen, brachten sie ihm doch Nachrichten aus der Welt jenseits der Niederungen des Svellt. Und die gerade eingetroffenen Fremden schienen weit gewandert zu sein.

Sie bestellten Tee und Bier, für jeden einen Teller Eintopf und eine gute Schnitte Brot und baten um Wasser für ihre Pferde. Hilgerd schickte seinen Knecht, nach den Pferden der Herrschaften zu sehen, und brachte selbst alsbald die Getränke und das Essen an den Tisch. Nachdem die Gefährten gegessen hatten, bot Gerinbold dem Wirt etwas Tabak für dessen Pfeife und ein Schwätzchen an. Schließlich war nicht nur der Wirt auf Neuigkeiten gespannt: Die Fremden waren ihrerseits erpicht, von der Güte der Straße zu hören, von Überfällen in der Gegend und dem nächsten traviagefällig gastfreundlichen Haus. Der Magier hoffte zudem, vielleicht einen Hinweis auf den Verbleib ihrer vermißten Freunde zu erhalten. Der ehemalige Jäger ließ sich den Tabak nicht zweimal anbieten, rief eine

Magd aus der Küche in die Schankstube, damit sie die nach Bier verlangenden Orks bediente, und ließ sich am Tisch der Reisenden nieder.

Die vier Gefolgsmänner Kerrghs ließen sich von ihrem lautstarken Disput und den gefüllten Humpen auch von der orkischen Schankmagd nicht ablenken. Anders ihr Hauptmann, der in rüdem Ton einen Kjech bestellte, und auf ihre freundliche Entgegnung, daß dieser orkische Schnaps aus sei, einen Schwall kehliger Worte über der Frau ausgoß. Diese wich unsicher einen Schritt vor dem zornig gestikulierenden, schimpfenden Krieger zurück und schaute stumm und hilfesuchend nach dem sich lachend unterhaltenden Hilgerd. Aber erst als Hauptmann Kerrgh mit wütendem Schnaufen seinen Humpen nach ihr warf, dieser gegen den Pfosten der Küchentür prallte, zerbrach und sie dabei mit dem Rest des klebrigen Gerstensaftes überschüttete, drehte sich Hilgerd zu ihnen um. Das Klirren des zerbrechenden Kruges und der erschrockene, wenn auch durch Furcht gedämpfte Schrei der Magd waren für niemanden überhörbar gewesen. Die grobe Leinenbluse der Orkin und ihre stranggeflochtenen steifen Zöpfe zeigten deutlich Spuren des Bieres. Das kurznasige breite Gesicht mit den dunklen Augen ließ ängstliche Unterwürfigkeit erahnen. Die schmalen Lippen zitterten sichtlich über den kleinen Hauern der jungen Orkfrau. Zwischen Hilgerds buschigen Brauen entstand eine scharfe Zornesfalte.

»Bei Travia!« polterte der einarmige Jäger. »Kerrgh, Ihr seid hier nicht in Euren Zelten!«

»Aahch, nicht?« grollte der Ork bereits, während er sich umwandte. »H'lgrrd, das alles Ork-Land hierr! Und all Orkfrau Frrau von Mardugh Orkhan! Ich Krrieger von Mardugh!«

Hilgerd blickte aufmunternd seine Magd an. »Rohrra, kehr bitte die Scherben auf!« verlangte er ruhig. Die schwarzpelzige Orkin nickte sofort und eilte in die Küche, um von dort Kehrblech und Besen zu holen. Dann widmete sich der Jäger wieder dem Hauptmann. »Ich sprach von dem zerbrochenen Krug! Hauptmann, woraus wollt Ihr Euer Bier trinken, wenn Ihr jedesmal einen Krug zerschlagt?«

Aus Kerrghs Kehle drang ein zorniges Knurren. Er war sich sichtlich unsicher darüber, was er von der Rede des Wirtes halten sollte. Seine Augen funkelten gefährlich. Er mochte diese Unsicherheit nicht, gerade gegenüber Menschen nicht. Zornig stand er auf, wobei er den Hocker unwirsch zurückstieß und ihn dabei umwarf. Der große Ork schwankte sichtlich. Er war betrunken, da er mehr als üblich von dem starken Gerstensaft genossen hatte. Die starke Hand am Heft seines Arbachs, durchquerte er den Schankraum und war sich der ungeteilten Aufmerksamkeit aller Anwesenden sicher. Selbst der taube Thelak sah von seiner Suppenschüssel auf.

Drohend baute Kerrgh sich vor dem Wirt auf. »Du!« fauchte er. Hart griff er das Hemd des Menschen und zog ihn an sein vor Bier stinkendes Gesicht heran. »Kerrgh Hauptmann. Wichtiger Mann. Auch für dich! Und zerrschlagen Krrrüge so grroße Zahl, wie Kerrgh wollen!« Plötzlich ließ er den Wirt los, stieß ihn auf den Hocker zurück. »Merrke das!«

Der Wirt enthielt sich einer Antwort. Die beiden Khierach-Händler murmelten grollend miteinander und musterten besorgt abwechselnd den betrunkenen, bedrohlichen Krieger, seine abwartenden Männer und den erstaunlich ruhigen Hilgerd.

Der Ork sah in die Runde der aufmerksam dem Geschehen folgenden Fremden, bemerkte durchaus die Hand des Zwerges an der Axt und die angespannten Gesichtszüge des Mannes in der Kutte. Die schwarzhaarige Elfe begegnete seinem Blick mit einem belustigten Lächeln, das ihm riet, kein falsches Wort zu sagen. Kerrgh knurrte zornig und bellte seinen Leuten einen harschen Befehl zu. Dann spie er Hilgerd vor die Füße. »Brazoragh überr dich!« verabschiedete er sich böse und herausfordernd grinsend. Er stapfte zur Tür, gefolgt von seinen hastig ihre Ausrüstung zusammenklaubenden Männern. Er zog die schwere Bohlentür auf, als wolle er sie aus den Angeln reißen, und polterte hinaus.

Der blonde Elf vor der Tür, der ihm bereitwillig den Weg freigab, sah dem Orktrupp einen Herzschlag lang nach, bevor er selbst eintrat und in singendem Isdira die Elfe fragte: »Hast du ihm etwa ein Lächeln geschenkt, Lihjana?«

Tjalf Sturmlied tauchte hinter Jelindraél Feenlicht in der Tür auf. »Einen ›Bannbaladin‹«, vermutete er mit breitem Grinsen. »Freunde, Tjolmar war euch wohl zu langweilig?!«

»Bei allen guten Göttern, unsere Streuner, unerwartet und gesund!« Gerinbold lachte über das ganze Gesicht, ganz offensichtlich erleichtert. »Li hat euch von Werwölfen zerfleischt und verwandelt gewähnt und uns schließlich zur Abreise genötigt.«

»Die Werwölfe scheinen nicht gar so weit hergeholt zu sein«, bemerkte Barek mit einem kritischen Blick auf den silbernen Dolch in Tjalfs Gürtel. »Wo hast du das Stück denn erstanden?«

»In Tiefhusen. Wir haben eine verletzte Thorwalerin in den Wäldern gefunden. Jel ist davon überzeugt, daß es ein Werwolf war, der sie angegriffen hat. Wir haben allerdings nicht einmal ein Ohr von ihm gesehen.«

»Hm. Zeig einmal!« Bereitwillig zog der Skalde die schlanke silberne Waffe mit dem lederumflochtenen Griff aus der Scheide und reichte sie dem Zwerg. Der begutachtete sie fachmännisch. »Nun ja, Gilda kann dir aus diesem Zahnstocher wenigstens eine hübsche

Gewandnadel schmieden«, brummte er schließlich. »Es ist Silber, aber die Verarbeitung ist gottlos stümperhaft. Wieviel hast du bezahlt?«

Der Thorwaler grinste. »Zuviel, mein Freund. – Gibt es hier Bier?«

»Ja, und kein schlechtes. Setzt Euch!« Hilgerd machte den Stuhl frei, um ihn den Neuankömmlingen anzubieten. »Seid Ihr allein gereist?«

»Nein. Mit einem kleinen Wagenzug«, antwortete der Skalde. »Wir haben alle Hunger und Durst. Wenn Ihr für sechs Leute ein kräftiges Mahl bereiten könntet?«

»Es wird mir eine Freude sein«, versicherte der Wirt lächelnd und überließ die Freunde ihrer herzlichen Begrüßung, um sich eilfertig in die Küche zu begeben.

»Die Latala'jah hat euch begleitet?« fragte Lihjana.

Jelindraél nickte. »Ja. Tjalf mag sich von ihr gar nicht mehr trennen. Sie ist Thorwalerin und Meisterin im Skaldenzähmen.«

»Aha«, ließ Gerinbold schmunzelnd vernehmen. »Und *sie* ist die hübsche Frau hinter dir?«

Die Thorwaler Kriegerin nickte dem Magier zu. »Ich denke schon, daß das Spitzohr mich meint«, sagte sie.

Der Elf schenkte der starken Frau ein verschmitztes Lächeln. »Und für ein Rosenohr aus Thorwal ist sie bemerkenswert zahm.«

Jora streckte zufrieden ihre langen Beine unter dem Tisch aus, kippte mit dem Stuhl gegen die Wand in ihrem Rücken und trank einen herzhaften Schluck des nach Waldhonig und rauchigem Wein schmeckenden Mets. Für heute sollte die Fahrt trotz der recht frühen Nachmittagsstunde zu Ende sein, war doch abzusehen, daß das Feilschen um Tarekas Ware und die Pelze Hilgerds sowie jene der Khierach-Orks noch eine Weile andauern würde. Hane, Mo und der

Knecht des Handelspostens hatten alle Hände voll zu tun, das irdene Geschirr und die metallenen Töpfe, Lowanger Kleidung und Stoffe aus dem Mittelreich zum Beschauen und Tauschen hervorzuholen und die eingetauschten Waren zu sortieren. Auch der Bogenbauer war vor einiger Zeit nach draußen gegangen um zu schauen, ob sich die Händlerin nicht bereitfand, ihm ein neues Paar Stiefel gegen einen seiner Bögen zu geben. Die Premer Kriegerin hatte dem regen Treiben auf dem Hof des Handelspostens eine Weile zugesehen, bis die heißen, grellen Strahlen der Praiosscheibe und die aufkommende Schwüle sie zurück in die kühle Wirtsstube getrieben hatten. Jelindraél war ihr auf dem Weg zurück zusammen mit Lihjana begegnet. Er hatte völlig versunken den leisen, melodischen Worten seiner Gefährtin gelauscht. Jora hatte den beiden Elfen noch nachgesehen und sich gefragt, warum Jelindraél nie von seiner Geliebten gesprochen hatte. Die Begrüßung der beiden Elfen war nach den ersten Worten für die Freunde eher still, beinahe geheimnisvoll gewesen: ein sanftes Berühren von Händen und Blicken, einige Worte, deren Melodie von einer sehr tiefen und vertrauten Liebe sprach. Es hatte nichts gemein gehabt mit dem polternden Wortgeplänkel zwischen dem Zwerg, Tjalf und dem Magier, in das sie Jora nach wenigen Atemzügen mit einbezogen hatten. Jora Eddasdottir spürte deutlich, daß die Gefährten trotz aller äußeren Unterschiede mehr verband als das zufällige Zusammentreffen. Sie besaßen eine gemeinsame Geschichte. Die Kriegerin hatte in ihrem Leben immer wieder einmal einen Kampfgefährten an ihrer Seite gewußt, dem sie ohne Zögern ihr Leben anvertraut hätte. Und dennoch war sie kaum je einmal solch ein Teil eines Ganzen gewesen, wie diese Wandernden es untereinander waren. Für einige Herzschläge war da wieder dieses Gefühl, tief und verletzend, das Wissen, fern einer solchen Verbundenheit zu sein. Sie durchstreifte Aventurien bereits so lange Jahre und war meist fremd dort gewesen, wo sie ihren Sold verdient hatte. Und auch die Kameraden einer Schlacht, sofern sie überlebten, waren keine thorwalsche Ottajasko, die Kaiserlich-Garethische Informations-Agentur nicht einmal irgendeine Schiffsgemeinschaft. Jora fragte sich zum ungezählten Male, warum sie nicht längst diesen Dienst quittiert hatte. Aber so war ihr wenigstens ein Ort geblieben, an den sie jederzeit zurückkehren konnte. Und doch, von denen, die damals nach der Schlacht auf den Silkwiesen von Oberst Dexter Nemron, Baron von Ulmenhain, rekrutiert worden waren, lebten nicht mehr viele. Die heimatliche Vertrautheit einer Ottajasko hatte sie lange hinter sich gelassen. Als Edda und Thobald mit Phileasson in See gestochen waren, hatte ihre Zeit der Unbeschwertheit ihr Ende gefunden. Man setzte in sie als Tochter zweier Helden Erwartungen, denen sie sich nicht gewachsen sah. Bald war sie aus Olport geflohen. Fort von ihrer stolzen Schwester, der jähzornigen Großmutter, dem besitzergreifenden Hetman. Sie hatte sich nicht damit abfinden können, daß andere über ihr Leben bestimmten, daß sie über sie verfügten als Teil einer Gemeinschaft, die ihr nach dem Leben auf der Trutzburg klein und belanglos erschien. Sie hatte ihre Freiheit gewonnen, aber dafür vielleicht zuviel verloren. In diesem kurzen Augenblick, in dem sie ausgeschlossen war aus dem Kreis der Gefährten, hatte Jora wieder gespürt, wie sehr sie die Ottajasko vermißte und wie allein sie war. Tjalfs Lachen, sein Arm um ihre Schulter und die stolzen Worte, mit denen er sie seinen Freunden vorstellte, hatten ihre Einsamkeit gelindert. Und doch kam es ihr wie ein Unrecht vor, in ihre Gemeinschaft einzudringen. Sie liebte ihn, aber hatte sie sonst etwas, das sie mit ihm teilte? Er wußte wirklich kaum etwas von ihr; er hatte sie nicht einmal danach gefragt, was sie hier ins Svelltsche führte. Es war ihr schwergefallen wie selten zuvor, ihre Schwermut abzuschütteln, um mit ihren neuen Freunden zu lachen, zu sprechen und Tjalfs Nähe zu genießen. Jetzt aber, als der süße, rauhe Met ihre Kehle hinabrann, der Skalde die Laute schlug, dazu der Zwerg brummend sang und angesichts des lesenden Magiers und der geruhsamen Traviastunde verbannte sie die düsteren Gedanken und das Heimweh.

Der Skalde sah die Thorwalerin über die Laute hinweg an, lächelte und spielte eines der Lieder, die man im Liedschatz eines Thorwaler Spielmanns kaum erwartet hätte. Es war eines der Minnelieder, die auf einem Liebfelder Schloß oder einer Mittelreicher Burg zu Ehren der Liebsten gedichtet wurden. Ein Thorwaler besang seine Zuneigung wahrlich anders, nicht selten sogar mit den Fäusten; ein Liebeslied erhielt auf einem Gelage nur dann Beifall, wenn es erschreckend derb oder zu Tränen rührend war. Der bemühte Dichter der *Ode an die Löwinnengleiche Ritterin* hätte für seine Kunst kaum mehr als einige gelangweilt geworfene Gemüseabfälle geerntet.

»Rahjagleiche, Herzensliebste,
verzeih den unbeholfen Sang;
Rondraholde, Wunderschönste,
trägt er doch der Liebe Klang.«

Jora nahm mit einem leisen Lachen den Spott des Skalden in seiner Stimme wahr und hörte sehr wohl in dem Spiel der Laute die Melodie des ›*Auf! Laßt uns Liebfelder Damen beim Spielen besuchen!*‹ heraus. Wie ging es da weiter? ›*Sind sie doch schlauer und nehmen's genauer mit Gold und Geschmeide als anderswo.*‹

»… und doch steh ich in deinem Solde,
jetzt und auf ewig immerdar«,

sang dagegen Tjalf, um zwischen den Strophen mit keckem Spiel die Thorwaler Klänge fließen zu lassen. *›Stolze Brüste, mit Spitze geschmückt, und pralle Steven, mit Wonne gebückt, vor den degenbewehrten Herren Liebfeldens.‹*

»Strahlend, gleißend Heldin,
einmal schenk mir einen Blick! …«

*›Seht sie nur ringen und ihre Fächer schwingen, um das Mannsbild zu umgarnen!‹*

»Ich bitt dich, tapfre Streiterin,
erweich dein hartes Herz …«

*›Hört die Galane singen und ein hübsches Ständchen bringen, um die Holden zu betören!‹*

»Spür der Herzen wehen Klang,
ich fleh dich an, mein Lieb,
erhör den bittend bitt'ren Sang,
den allein für dich ich schrieb!«

klang der Liedtext aus.

*›Auf! Laßt uns fahren und das bewahren, was ein Thorwaler* Liebe *nennt!‹*

Die Kriegerin sah das amüsierte Aufblitzen in den Augen des Skalden, als er den Beifall der Gäste mit einer bescheidenen Verbeugung entgegennahm. Was mußte es erst für ein Vergnügen sein, diesen Beifall am Hofe eines Liebfelders zu ernten!

# 6. Kapitel

*Ein Kind ist ein Geschenk der Göttin.*

Tsawehr Storchenfeld,
wandernder Geweihter der Tsa

Es geschah lange nach Einbruch der Dunkelheit, daß die beiden Thorwaler zusammen mit dem Zwerg die Schankstube verließen, um zum Schlafen in das Gästehaus hinüberzugehen. Die Wagen der Händlerin standen eng beisammen unter dem vorgezogenen Dach des zweistöckigen Holzhauses; und da Hilgerd ihnen versichert hatte, daß eher ein Phexjünger in den Praiostempel zu Gareth gelangen würde als an den Khierach vorbei in den Hof, hatte Tareka auf die üblichen Wachen verzichtet und für alle Schlafkammern gemietet. Seit Mittag war es immer schwüler geworden und die schwere, feuchte Luft versprach für die Nacht ein heftiges Gewitter. Noch allerdings zog sich trotz des leichten Dunstes ein klarer Sternenhimmel von Horizont zu Horizont über das Svelltal. Das Dererund lag schwitzend und sich nach Abkühlung sehnend in dem silbernen Licht der Mada, die als schmaler Helm über dem Gebirge im Osten stand. Barek, Sohn des Beragam, suchte nach einem Gruß zur Nacht seine Kammer auf. Kaum später konnten Tjalf und Jora durch die dünne Trennwand ihrer winzigen Schlafstube das gleichförmige Schnarchen des Zwerges vernehmen. Die Thorwalerin hatte sich draußen am Brunnen zur Erfrischung mit einigen Eimern Wasser überschüttet und rieb sich nun mit einem harten Leinentuch trocken, so daß sich ihre Haut zusehends rötete.

»Jelindraél und die Elfe sind noch nicht wieder zurück, oder?« Sie hatte die beiden seit deren Fortgehen nicht mehr gesehen.

Tjalf blickte in dem Licht der einen Laterne von seinen Decken auf, die er über den nach frischem Stroh duftenden Sack breitete. »Sie werden nicht vor Tagesanbruch zurück sein«, vermutete er. Er lächelte der Frau durch das unstete Licht der einen Öllampe zu. »Mach dir keine Sorgen. Elfen sind vielleicht weltfremd, aber in der Wildnis wahrscheinlich sogar weitaus sicherer als zwischen festen Wänden.«

»Mache ich mir Sorgen?« Jora hob die schön geschwungenen Brauen.

Der Skalde nickte. »Ja, du machst dir Sorgen. Kleine Kriegerin, nicht jeder braucht dein Schwert zu seinem Schutz.«

Seine Stimme hatte einen liebevoll-spöttischen Klang, der die Frau dazu verleitete, mit dem Tuch nach ihm zu werfen. »He! Ich bin nicht kleiner als du!« schimpfte sie.

Tjalf lachte. »Ach? Hab ich dich etwa mit mir verglichen?«

»Mit wem dann?«

Tjalf musterte die Gefährtin einige Herzschläge lang nachdenklich. Ernst fragte er: »Mit Edda Thorrensdottir?«

Die Thorwalerin begegnete seinem Blick, spürte die Hitze in ihre Wangen steigen und die Kehle eng werden. Sie kannte diesen Mann kaum einen halben Mondwechsel, und doch schien er sie zu durchschauen, als wäre sie ein zerbrechliches Gebilde aus feinstem Ifirn-Glas. Und sie wußte, daß Tjalf ihr nicht weh tun wollte. Er bemühte sich darum, sie zu verstehen. Er wollte begreifen, was diese starke Frau aus seiner Heimat an seiner Seite hielt. Jora warf den Kopf zurück, als ein kühler Schauer ihren Nacken hinablief. Und immer noch war da dieser sanfte, fragende Blick des Skalden. Er wartete auf eine Antwort. Fast ahnte sie, daß er besser als sie selbst wußte, was sie aus Thorwal vertrieben hatte, warum sie in der Schiffsgemeinschaft nicht mehr hatte bleiben wollen. In ihren nackten Lenden zog es plötzlich beinahe schmerzhaft vor Begehren, vor Sehnsucht nach seiner Berührung, seinem sanften, tröstenden Kuß. Sie tat die wenigen Schritte, die sie trennten, stand dicht vor ihm, roch ihn, roch Leder, Tabak und Schweiß.

Die Nähe des Mannes wirkte wie ein Zauber. Die Frau atmete schwer und fragte sich im Schwindel heißer Lust, ob die Schöne Göttin oder Magie ihren Schoß berührte. Tjalfs Hände auf ihren Hüften ließen sie die schwüle Hitze der Nacht heiß und feucht spüren. Ihre Haut brannte. Der Skalde blickte in ihr erhitztes Gesicht, ihre glitzernden Augen und las darin die stumme Bitte nach Nähe, eine Aufforderung, eine Verheißung und auch eine Spur von Angst. Sein Atem strich heiß über die Haut ihrer Wangen, seine Lippen streichelten ihren Mund. »Joraja«, murmelte er, »stolze, starke Kriegerin, wilde Frau. Ich liebe dich.« Die Frau preßte ihren Körper mit einem kaum hörbaren Aufschrei an den seinen. Sie suchte mit den Lippen seinen Mund und mit den Händen seinen Nacken. Seine Arme umfingen sie. Er kam dem Kuß entgegen und trank nach Met schmeckendes Begehren, lachte seufzend in ihr dichtes, aufgelöstes Haar. Seine Finger griffen in dieses Haar, glitten um ihren Nacken.

Der Skalde erkannte verwirrt, daß er nicht mehr Herr seines Willens war. Jemand – *etwas* – verlangte ihre Vereinigung. Unerbittlich und von dämonischer Gier war das Verlangen; es trieb ihre Lust zu unerträglichem Schmerz. Tjalf wußte einen Herzschlag lang, daß er ihr Genick *jetzt* zerbrechen mußte, oder es gab keinen anderen Weg mehr als den der Lust. Seine Finger spannten sich bebend um ihren Nacken – und glitten streichelnd weiter. Er konnte sie nicht töten. Und er vergaß den eisigen Schrecken in einem weiteren Wimpernschlag.

Pulsierende Magie strömte mit ihrer beider Blut durch ihre Adern. Mit jedem Schlag ihrer Herzen floß sie gleich feuriger Glut tiefer in ihre Körper. Jeder Atemzug fachte die Flammen der Begierde weiter an und machte sie unerträglicher. Im Nu war die nackte Haut Joras wiederum von feinen Perlen salzigen, betörend prickelnden Schweißes bedeckt. Tjalfs männlicher, scharfer Geruch vermischte sich mit ihrem. Kaum hatte er die Kleidung abgelegt, verband sich ihr Schweiß zu einem sinneverwirrenden Trank herber, süßer Lust. Er schmeckte ihnen wie Tharf, geweiht der Göttin der liebenden Lust. Die salzige Essenz verlieh ihnen das Begehren des Heiligen Weines und die Sinne, die jede Berührung eines Haars zum lustpeinigenden Stich werden ließen. Dieser Schmerz kannte nur eine Heilung, und wären sie von ungleicher Körperkraft gewesen, hätte einer von ihnen diesen wahnsinnigen Rausch vielleicht mit dem Leben bezahlt. Zu einem unerbittlichen Kampf wurde ihre Liebe, zum Schmieden eines Bundes auf dem Amboß eines grausamen Krieges. Schmerz und Wollust waren die Funken, geschlagen aus ihren Leibern. Und die Lust, das Blut des anderen zu trinken und das eigene selbst zum Trank zu geben, endete erst in der zornigen, hilflosen Umklammerung, in der sie starben, für einen äonenlangen Seufzer nicht mehr waren.

Wund und verletzt fielen sie auseinander, lagen nebeneinander und rangen nach Atem für ihre schmerzenden Körper, nicht mehr zwei Wesen, sondern eines. Die Frau stöhnte auf, spürte den Körper immer noch in lustvoller Erinnerung zittern, schmerzen, atmete tief ein und tastete nach dem Mann neben sich. Seine Hand schloß sich um die ihre. Sie hörte seine wirren, fragenden Gedanken, seine keimende Angst, sein Entsetzen und spürte sanft die Befriedigung in seinen Lenden pulsieren. Mit weit offenen Augen blickte sie in die Dunkelheit hinauf, spürte ihren eigenen schmerzenden Leib warm und satt, spürte das leise, wohlige Beben, das Zurückfließen des Blutes aus der Härte ihres Gliedes. Die Frau zitterte vor Entsetzen und vor Wollust. Sie tastete nach ihrem eigenen Schoß, wo sie warme Feuchtigkeit und die weichen Lippen zwischen ihren Schenkeln fand. Sie war weiblich und doch spürte sie das Männliche in ihr so greifbar, daß sie es unter den Fingerspitzen hätte fühlen müssen. Ihre Hand glitt über den Schenkel des Wesens neben ihr, spürte zitternd die Berührung auch auf ihrer Haut und zuckte zusammen, als sie sein entspanntes Glied fand, bei dessen Berührung ihr wohlige Schauer durch den eigenen Körper glitten, als wäre es auch das ihre. Es war ein sanftes, wildes Gefühl, ein nie gekanntes. Und ihre Angst und ihre neu erwachende Gier waren auch seine Furcht und sein Verlangen. Sie dachten, spürten und wußten dasselbe, verwirrend, nah, untrennbar. Ihr Wissen um den anderen war vollkommen, alle Gefühle des anderen waren auch die eigenen, ihre Körper waren eins. Sie lebten nicht mehr das Leben zweier getrennter Seelen, sondern das eines einzigen Wesens. Und dessen Lust an diesem einen, einzigen Körper schien ohne Grenze.

Der heisere Schrei des Wesens endlich war lautlos, durch den brüllenden Zorn eines Speers Rondras erstickt. Und erst nach dem endgültigen letzten Beben, der Zeugung neuen Lebens, lösten sich die magischen Fesseln. Der Dämon öffnete seine Klauen und richtete sich mit triumphierendem Keuchen auf. Dann streckte er seine Glieder aus, um das endgültige Muster zu weben. Über den nahezu bewußtlosen, ineinander verschlungenen Körpern erklang ein heiseres, underisches Kichern.

»Hm ...« Wolpert musterte im flackernden Licht der beiden Kerzen das Muster, in dem die Karten sich zueinander fügten. Sorgfältig hatte er sie auf der groben Tischplatte seiner Werkstatt ausgelegt, in Gedanken an das seltsamste Thorwaler Paar, das je seinen Weg gekreuzt hatte. *Etwas* war mit ihnen, etwas Erschreckendes – etwas, das mit Magie durchwoben war, und der Bogenbauer konnte nicht sagen, ob sie gut oder schlecht sein mochte. Die Karten vor ihm bedienten sich in dieser Nacht einer unverständlichen Sprache. Für gewöhnlich waren sie ihm nur ein kurzweiliger Zeitvertreib. Seine Gabe war zu gering, um stets zu fließen, und zudem launisch und zuweilen widerspenstig. Aber nie war er so sicher gewesen, daß die Karten und die Macht in ihnen ihm etwas sagen *wollten,* er aber keinen Weg fand, ihre Sprache zu verstehen.

Wolpert seufzte und erhob sich, um in den tönernen Becher Tee aus der Kanne nachzuschenken, die er in der Nähe des Herdes warmgestellt hatte. Mit dem Becher heißen Gebräus in der Hand stand er in seiner Stube, regungslos und in seine Ahnungen versunken. Er blickte zu dem Tisch hinüber, wo die bunten Kartenbilder im huschenden Licht der blakenden Kerzen etwas Lebendiges bekamen. Wie die vor Kraft pulsende Skizze eines alten Magiers zitterten Farben und Formen, unstet, beredt und unverständlich.

»Hesinde und Tsa«, murmelte Wolpert, »warum ist es wichtig? Warum soll *ich* es verstehen? Sie haben einen Magier an ihrer Seite – und zwei Elfen. Ich bin Bogenbauer. Ein Bogenbauer, der nicht lesen und schreiben kann. Und *ich* soll das dort verstehen? Hesinde, gib mir einen Wink, wenn es so wichtig ist!«

Er trat wieder zum Tisch hinüber und blickte auf die Karten hinunter. Die Sternenleere als Nabe des großen Rades. Er hatte versucht, über die Form des *Großen Schicksalsrades* den Weg der beiden Thorwaler zu bestimmen, und hatte als bindendes, grundlegendes Element diese Karte gelegt, zum zweiten Mal am heutigen Tag. Das gelbfleckige Stück Pergament, das als einziges keine Zeichnung trug, schimmerte stumpf wie die Haut eines toten Menschen. Eine grausame Karte und eine der unverständlichsten des gesamten Spiels. Ihre Bedeutung lag im Widerpart zu den Zwölfgöttern, war es nun der eine, dessen Name genommen war, oder waren es die Sphären der Dämonen und ihre Widerwärtigkeiten. Sie zeigte Hoffnungslosigkeit, Zerstörung, Verrat. Sie war die einzige Karte unter den einhunderteinundzwanzig, der nichts Gutes innezuwohnen schien. Sie fiel selten, und wenn, dann nicht zweimal am gleichen Tag. Wolpert seufzte, setzte sich und stellte den Becher ab. Er strich die Karten sorgsam zusammen und schichtete sie übereinander, um sie erneut zu mischen. Seine Gedanken formten ein Gebet an Hesinde, die Göttin der Weisheit und der Magie, während seine Hände die pergamentenen Stücke des Spiels durcheinanderwirbelten. Drei Karten wollte er ziehen. Drei Karten, je eine für jede Silbe im Namen der Göttin. Eine für den Beginn, eine für den Weg und eine letzte für das Ziel.

Er zog und legte die drei. Seine Hände zitterten: Sternenleere, Erzdämon, Das gebrochene Rad.

Durch Jelindraéls schlanke Finger flossen die schwarzen Haarsträhnen seiner Gefährtin wie das Wasser eines nachtschwarzen Teiches. Das silberne Licht des schmalen Mondes setzte silberne Funken auf jedes einzelne Haar und erweckte sie gleichsam zum Leben. Lihjanas Atem strich über seine nackte Haut, und ihre rechte Hand ruhte auf seiner Brust. Sie lag an ihn geschmiegt, warm, ruhig, und ihre Nähe ließ die kleine Lichtung des Waldes unweit Hilgerds Heim zu einem Ort des Friedens werden, nach dem es dieses Menschenland unter orkischer Besatzung dürstete, dieses Land des Hasses und des Unverständnisses. Der Elf lauschte ihrem schlafenden Körper, den Träumen, dem Wind, der träge durch die Äste der Birken strich, und dem Rascheln und Flirren der kleinen Tiere, die in ihrer Gesellschaft auf das nahende Gewitter warteten. Weit in der Ferne grollte es und kündigte so die Erlösung von der schwülen Hitze an.

Jelindraél richtete sich ein wenig auf, während er Lihjana sorgsam hielt. Er bettete ihren Kopf an seiner Schulter und weckte sie mit einem sanften Streicheln seiner Hände und Lippen. Lihjana hob ihm das Gesicht entgegen und lächelte. Ihr Traum leuchtete aus ihren dunklen Augen und war auf ihren Lippen zu schmecken. Schweigend streiften sie ihre Kleidung über, um lautlos auf die Gebäude der Menschen zuzuwandern. Das Licht des Madamals und die dunklen Schatten des Waldes begleiteten sie, und der schwüle Wind rieb sich an ihnen. Der erste ungestüme Windstoß traf sie unweit der Palisade und zerrte kühl und verheißungsvoll an ihren offenen Haaren. Sie rochen den Regen, der fallen sollte. Sie hörten den Donner heranrollen und sahen den Widerschein der noch fernen Blitze in den heranrasenden Wolken. Alles um sie herum wartete mit angehaltenem Atem und voller Spannung. Die Sterne über ihnen verschwanden hinter schweren grauen Wolken, der Helm der Mada krönte einen Lidschlag lang ihren zerfaserten Rand und erlosch. Die ersten schweren Tropfen fielen staubspritzend auf den trockenen Boden, als die beiden Elfen das Palisadenrund erreichten. Sie hatten erst wenige Schritte durch die Dunkelheit des Hofes getan, als mit einem grellen Gleißen ein Blitz aus den Wolken fuhr und mit zorniger Wut den toten Stamm der Kastanie traf. Der ohrenbetäubende Schlag traf den Boden im gleichen Herzschlag, begleitet von allen Wassern des Himmels, so daß das grelle Feuer den Stamm kaum zünden konnte, bevor es bereits wieder wütend zischend erlosch.

Jelindraél hielt die Hand seiner Gefährtin, blinzelte geblendet durch den dichten Vorhang des herabstürzenden Regens und versuchte durch das Rauschen und beständig blitzende Krachen den Laut zu hören, der zu leise war, um in diesem Unwetter gehört zu werden, und dessen Ruf er dennoch deutlich vernahm.

»Leh'dha mandra! Bha thar'tala khariél salar Tjahlf!« hörte er Lihjana an seiner Seite rufen. Ihre Augen blickten aus blassem Gesicht groß und angstvoll zu dem Haus hinüber, vor dem die beiden Wagen der Händlerin standen. Der Heiler nickte, sagte aber kein Wort. Seine Gedanken glichen dem Sturmwind, der den Regen über den Hof peitschte.

Magister Gerinbold Perkun schlug den schweren Folianten zu. Sorgsam knotete er die Lederschnüre des Einbandes zusammen und steckte die – zugegebenermaßen schlechte und auch unvollständige – Abschrift des *Zauberstern und Silberhaar* in seine Hülle zurück. Für heute abend wollte er seine Studien beenden. Die Schwüle, Vorbote des nahenden Gewitters, war so unerträglich geworden, daß ihm unter dem Reisegewand allmählich klebriger Schweiß in juckenden Rinnsalen den Körper hinablief. Seufzend wischte sich der Magier mit einem linnenen Tuch das feuchte Gesicht. In solchen Nächten hatte er schon oft darüber nachgesonnen, ob Rondra die Kräfte der Sphären in den Wolken sammelte, ballte, um sie schließlich in gleißenden Blitzen zum Dererund herabfahren zu lassen. War doch ihr Effekt häufig dem eines *Ignifaxius* vergleichbar. Doch wäre die Rondrakirche wenig erbaut gewesen von solchen Gedanken, galten die gleißenden, scheinbar spinnenbeindünnen Feuerlinien doch als die Speere Rondras, die sie in ihrem göttlichen Zorn auf die Welt der Menschen herabschleuderte. Nach der Lehre der Rondrakirche stand die Göttin im Kampf der Magie streng ablehnend gegenüber. Und wenn das Donnern hinter den Wolken kurz nach solch einem Wurf über die Welt rollte, war es ihm, als könne er die blitzenden Räder des Donnersturms sehen und das Schnauben der Rösser hören, von ihrer Herrin zu rasender Fahrt getrieben. Wer mochte da an dem göttlichen Ursprung der Gewitterblitze zweifeln?

Gerinbold wußte nicht, warum ihm eng um die Brust war, aber im Verlangen nach frischer Luft trat er an das weit geöffnete Fenster der kleinen Mietsstube. Noch schienen die Sterne, noch stand das Madamal als schmale Sichel beinahe im Zenit, jedoch wuchs die Wolkenwand am südlichen Horizont unaufhörlich. Dort wetterleuchtete es in dem finsteren Wall aus aufgetürmten Wolken und Dunkelheit. Seine Wut sollte das Gewitter sicher hier austoben, gefangen zwischen dem Rohrwed und dem Firunswall, bis es weniger ungestüm als schwerer Regen in die Ebenen des nördlichen Svellt gleiten konnte. Der Magier kannte das Wetter der Gegend. Schon als Junge war er ruhelos durch die Städte und das Land des Bundes gestreift, erst mit seinem Oheim, dem Scherenschleifer, schließlich allein, bis ihn ein glücklicher Zufall und die strenge Hand der Mutter zum Zögling der Magierakademie zu Lowangen bestimmten. Hatte er damals die unnahbare und kühle Händlerswitwe, seine Mutter, auch dafür gehaßt, daß sie über seinen Kopf hinweg entschieden hatte, war er ihr doch heute von Herzen dankbar für ihre Unnachgiebigkeit. Er mochte sich gar nicht ausmalen, welches Unheil seine magische Gabe hätte anrichten können, wenn nicht fähige Erzieher und Magister ihn mit Geduld und Strenge unterrichtet hätten. Ja, der kleine Perkun war nicht nur unflätig und schmutzig, sondern auch störrisch und gedankenlos gewesen. Er konnte von Glück sagen, daß seinem damaligen ungelernten Umgang mit beherrschenden Blicken und Gesten nur manchmal ein – sehr zweifelhafter und geringer – Erfolg zu eigen gewesen war. Die strenge Praiosgeweihtenschaft und die Richter des Städtebundes hatten zu keiner Zeit irgendein Verständnis für Hexer und Borbaradianer gezeigt – wobei ihre Auslegung gesetzeswidriger Magie sehr weit gefaßt war.

Gerinbold sah den Mada-Helm hinter den eilig heranrückenden Wolken verschwinden. Es war wohl an der Zeit, die Fensterläden zu schließen, damit der zu erwartende Regen nicht in die kleine Schlafstube hereinprasseln konnte. Der füllige kleine Mann mußte sich weit strecken, um die Haken der hölzernen Läden aus ihren Ösen zu schieben. Hinausgelehnt und in dem spärlichen Licht der letzten Sterne über das Holz tastend, erblickte er das helle Schimmern der Elfenhaare Jelindraéls. Bevor er jedoch dem Freund und der fast mit der Dunkelheit verschmelzenden Lihjana zuwinken konnte, trafen ihn die ersten dicken Regentropfen und schlug ein Speer Rondras feurig, heiß und blendend in den schwarzen toten Stumpf der Kastanie ein – kaum ein Dutzend Schritt von dem zusammenfahrenden Mann entfernt. Hatte er den Blitz auch nur aus den Augenwinkeln gesehen, fuhr ihm doch dessen züngelndes weißblaues Licht grell in den Schädel, blendete sein linkes Auge schmerzhaft und vollständig. Die Hitze streifte seine Wange, die Kraft sträubte sein schütteres graues Haar und durch den Schreck und eine plötzliche kraftvolle Windbö taumelte er vom Fenster zurück in die kleine Stube, wobei er über irgend etwas stolperte und zu Boden fiel.

Während des einen Herzschlags, zwischen dem feurigen Niederfahren des Blitzes und dem knallenden, ohrenbetäubenden Donnern, nahm Gerinbold mit seltsam wachem Sinn das Fließen von Magie wahr, von wilder, ungezähmter Magie, von erschreckend zorniger Macht, ungeordnet und doch gebunden.

Er spürte die bis zu ihm sprühende Nässe des heftig einsetzenden Gewittergusses sowie das ungestüme Wehen des Windes kaum und saß wie erstarrt dort, wo er gestürzt war. Er mußte keinen Zauber sprechen, bedurfte keiner Konzentration, und nicht einmal seine eigene Kraft war es, die ihm mitteilte, daß die Macht sich ballte, weitete, sich vereinigte und fort war. Verschwunden. Sie hatte etwas bewirkt. Sie lebte in ihrer Auswirkung weiter. Sie hatte das Gefüge der Welt verändert, wie es jedem Zauber zu eigen war, und ihre Kraft an diese Veränderung geknüpft. Aber nicht das allein verwirrte und erschreckte den Magier derartig. Es war die dämonische Präsenz, die er gleichsam eisig geschmeckt und bitter gerochen hatte. Für die Dauer eines Wimpernschlages. Nicht länger.

Barek, aus dem Schlaf gerissen, war der einzige der Gefährten, der den Schrei über den Donner hinweg hörte. Mit dem Zwergenschlägel in der Hand, barfüßig, aber im Kettenhemd, stürzte er auf den dunklen Flur, sah Gerinbold aus seiner Kammer treten und die beiden Elfen die Stiege heraufeilen.

»Tjalf und Jora!« rief Jelindraél dem Zwerg zu. »Wo sind sie?« Der fuhr herum und deutete auf die Tür neben der seinen. Die hastige, ungewohnt schrille Stimme des Magiers warnte die Freunde: »Es ist ein Dämon!«

Der Zwerg schnaufte zornig auf. »Drauf und dran!« knurrte er. Er war als erster an der Tür, die er ohne Zögern und mit Wucht aufstieß. Aber er ließ dem Elfen den Vortritt, der mit gezogenem Wolfsmesser und angehaltenem Atem in den Raum glitt. Dann drückte sich Barek an dem Türpfosten vorbei, den Zwergenschlägel gegen sein kurzes Schwert auswechselnd. Ein grauenhafter Gestank schlug ihm entgegen und eine eisige Kälte traf seine blanke Haut. Es roch nach gärender Fäulnis, nach Exkrementen, Schweiß und Körpersäften. Eisiger Reif glitzerte im Schein der erstickend blakenden Lampe, an den Wänden, auf dem Boden, über den Körpern des regungslosen Paars. Der Raum schien auf den ersten Blick bis auf die beiden Menschen und ihre stinkende Lagerstatt leer.

Jelindraél hatte bereits mit wenigen Schritten die Kammer durchquert und das Fenster aufgestoßen. Lieber ließ er Gewitterregen und böigen Wind ein, als diese niederhöllischen Ausdünstungen ertragen zu müssen. Er blieb mit dem Rücken an der Wand neben dem Fenster stehen, die Waffe noch in der rechten Faust, und schnippte die helleuchtende Kugel eines kleinen *Flim Flam* über die linke Handfläche. In dem magischen Lichtschein offenbarte sich der wabernde Umriß des Dämons. Einem kaum einen Schritt durchmessenden schwarzen Rad ähnlich, das sich gleichsam in Qual und irrer Lust wand und mit Tentakeln in wirrem Tanz durch die Luft peitschte, hing die dämonische Wesenheit unter der Decke über den regungslosen Körpern ihrer Freunde.

Dem durch magische Kraft geschleuderten Flammenstrahl des halbblinden Magiers wich das Ding mit einem gezierten Kichern aus. Das lodernde Feuer prallte gegen die Wand, und das Holz ging knisternd in Flammen auf. Eine Stelle des schillernden Dämonenkörpers beulte sich in Blitzesschnelle zu einer von innen heraus rotglühenden Kugel aus. Der Dämon drehte sich wie ein grotesk verzerrtes Wagenrad um sich selbst und schleuderte aus der aufplatzenden Beule seine ekelhafte eitrige Substanz dem Magier entgegen. Der schwarzviolett schillernde stinkende Klumpen zerplatzte an der aufgleißenden Schutzkuppel des Magiers zu einem schmutzigbunten Farbenregen und überzog den weißen Reif mit übelkeitserregenden bunten Sprenkeln. Dieser Angriff auf Gerinbold verschaffte Jelindraél die Gelegenheit, sich zum Zauber zu sammeln und der niederhöllischen Kreatur einen mitleidslosen unsichtbaren Hieb entgegenzuschleudern, gelenkt durch schmerzend laute elfische Worte. Underisches Kreischen übertönte selbst den grollenden Donner und den prasselnden Sturzregen des Gewitters. Der Dämon veränderte zuckend seine Gestalt, wurde zu einem verwirrenden Knäuel aus sich windenden Fäden, die gleich lebenden Peitschenschnüren auf den Magier, den Elfen und den Zwerg zuschossen. Barek ließ sein Kurzschwert mit einem Ruf zu Angrosch durch die eisige Luft schneiden. Die Fäden, die an ihm zerrten, zerrissen mit peitschendem Knall unter der geweihten Klinge. Ihre abgetrennten Enden schrumpelten zu flüssigen, ölig schillernden Tropfen, die sich schmerzhaft in die nackte Haut seiner Hände und Füße ätzten. Der Zwerg ließ sich davon nicht beirren und führte erneut einen Schlag gegen die zuckenden Tentakel. Auch Jelindraél schwang seine Klinge mit unerschütterlicher Entschlossenheit trotz des beißenden dämonischen Regens. Der antimagische Kreis Gerinbolds dagegen erwies sich als wirkungsvolle Schranke, in deren Schutz Lihjana Feensang ihre Magie sammelte und als unsichtbaren und tödlichen Pfeil in das Knäuel dämonischer Fäden schickte. Der vergehende Dämon wandelte sich zu ätzendem, stinkendem Regen, der sich als schmieriger Belag auf Wänden, dem Boden, den Möbeln und den Anwesenden niederschlug. Wo die Wand durch den Flammenstrahl des Magiers brannte, fraß sich das Feuer gierig in die dämonische Substanz, und innerhalb von wenigen Herzschlägen war das Zimmer von blauen und gelben Flämmchen erfüllt, die mit beißendem Rauch die Gefährten zu ersticken drohten.

Dem Magier standen Schweißperlen auf der Stirn, während er in unverständlichem Zhayad Worte eines Spruches formte, den er kaum beherrschte und vorher nie in ähnlicher Situation gewagt hatte. Gerinbold sammelte seine Gedanken und preßte die Hände fest aufeinander. Am Rande seiner Wahrnehmung hörte er den gepeinigten Schrei der Thorwalerin und sah Barek in den Raum hineinlaufen. Lihjana hinter ihm rief entsetzt elfische Worte, die er nicht verstand. Jelindraél war hinter dem dichten beißenden Rauch verschwunden.

Magister Gerinbold Perkun der Halle der Macht zu Lowangen riß die Hände weit auseinander. Der Qualm, der Gestank verschwanden auf einen Schlag. Die dämonengezeugten Flämmchen erloschen. Das Feuer an der Wand hinter dem Lager der Thorwaler verging. Die blakende Kerze der Laterne erstickte. Eine grausame Stille setzte urplötzlich ein. Jelindraél ging nahe beim Fenster lautlos in die Knie und faßte sich an die Kehle. Bareks Miene verzerrte sich in ungläubigem Entsetzen, während er auf das Lager der Thorwaler zu stolperte. Dann stürzte durch das Fenster regenschwere, kalte, reine Luft in die Schlafkammer.

Der Magier zitterte vor Erschöpfung. Er taumelte

vor Anstrengung und lehnte sich gegen den nahen Türrahmen. Vor seinen Augen flimmerte blitzdurchzogene Dunkelheit und nahm ihm für kurze Zeit vollständig jedes Sehvermögen. »Hesinde sei Dank!« murmelte er dennoch aus tiefstem Herzen und versprach seiner Göttin für ihren Tempel in Tiefhusen einen getreuen Reisebericht über die Zeit seit Ende der Orkkriege bis jetzt.

Jora Eddasdottir spürte jede Faser ihres Körpers überanstrengt, gepeinigt zittern. Die Thorwalerin saß nackt und vornübergebeugt auf einer Decke. Vor Übelkeit und Schwindel wagte sie nicht, sich zu regen, während sanfte Hände ihre schmerzende Haut salbten. Vor ihren Augen tanzten bunte Lichter in seltsam silbern schimmernder Schwärze, und das Herz schlug ihr verzweifelt gegen die Brust, als wolle es aus ihr hervorbrechen. Tjalf lag neben ihr. Sie wußte, daß er lebte, obwohl sie nicht in der Lage war, den Kopf zu heben, ohne daß ein pulsierender Schmerz sie durchfuhr. In ihren Ohren hallte ein betäubendes Rauschen wie von einem donnernden Wasserfall. Unnachgiebig und dennoch behutsam wurde ihr etwas zwischen die Lippen gestrichen, und sie schmeckte Bitteres. Nahezu umgehend erbrach sie sich krampfhaft. Der Brechreiz hielt an, bis sie nur noch bittere grüne Galle hervorzuwürgen vermochte. Den Becher verdünnten Weines mit dem feinen Geruch nach Perainetee hielt sie dann bereits selbst mit kraftlosen Händen, trank ihn mit geschlossenen Augen langsam Schluck um Schluck und spürte dankbar, wie er ihren revoltierenden Magen besänftigte, ihr rasendes Herz beruhigte. Nach einer Weile gelang es ihr aufzublicken.

Jelindraél saß vor ihr, strich lächelnd über ihr strähniges aufgelöstes Haar. »Sanyasala nurdraya, feyiama«, sagte er. »Willkommen im Leben, Freundin.« Jora begann zu weinen. Der elfische Heiler nahm sie in die Arme, streichelte und wiegte sie, als wäre diese große, starke Frau ein verängstigtes kleines Kind. Er murmelte unverständliche leise Worte, deren einziger Sinn es war, sie zu beruhigen.

Seine elfische Gefährtin hatte Tjalf soweit zu sich gebracht, daß der Skalde den heilenden Tee trinken konnte, auch wenn er kaum die Kraft hatte, die Augen offen, geschweige denn den Becher zu halten. Lihjana Feensang nahm ihre Handharfe, die Gerinbold gebracht hatte, und lächelte zu dem Magier hinauf. »Es hat sie Nurdra gekostet«, erklärte sie, »mehr nicht.«

Der Magister der Halle der Macht zu Lowangen nickte. Er hatte sich bereits vorhin mit einem Spruch der *Magica Clarobservantia* die astralen Muster des noch bewußtlosen Paares sichtbar gemacht und wußte, daß die Elfe im Grunde recht hatte. Sie waren rechtzeitig gekommen. Der Dämon hatte sichtlich an den ihnen eigenen *matrices* gezerrt, war aber nicht imstande gewesen, ein neues dämonisches und dauerhaftes Muster zu knüpfen. Die seltsamen magischen Stränge der Verbindung, einem starken Muster der *Magica Communicatia* nicht unähnlich und doch anders, da wie Fesseln geschlungen und von unscheinbarer, ja, gewachsener Webart, waren in Auflösung begriffen. Offensichtlich bestanden sie bereits länger als nur einige Stunden. Gerinbold hatte zudem etwas gesehen, das einer Beherrschung ähnelte und im tiefsten Selbst beider Menschen ankerte, eine Art von *Bannbaladin* sehr fremder Weise – vielleicht ein geodischer Befehlsspruch. Aber er war sich nicht sicher, da sich der Zauber der *Magica Controllaria* an die natürlichen astralen Linien beider Thorwaler anzuschmiegen schien. Geoden gingen, soweit er die

Lehre kannte, selten so fein vor. Einen geometrisch sich abbildenden Zwang hätte er eigentlich von einem geodischen Zauber erwartet. Aber die Bindung an den Onyx-Ring, den Tjalf an der Hand trug und den Barek ohne jedes Zögern als Arbeit eines zwergischen Gemmenschneiders bezeichnete, schien darauf ebenso hinzuweisen wie die mehrfach zu findende Struktur eines sich selbst verschlingenden Kreises, eine Form, an die sich Gerinbold im Zusammenhang mit einem *Ring des Lebens* erinnerte, dem Artefakt der Geoden, das sie bei der Weihe als goldene Schlange um den Hals gelegt bekamen, die ihr eigenes Ende verschlingt. Allerdings zeigten auch die Schlangenhalsbänder der Hesindegeweihten diese Form, und zudem biß sich die Eidechse der Tsa, der Göttin von Geburt und Neubeginn, ebenfalls in den eigenen Schwanz, so daß er sich über den Ursprung wahrlich nicht sicher sein konnte. Und all diese Erkenntnisse und dieses Wissen sagten ihm nicht, warum die beiden Thorwaler Ziel dieser Magie geworden waren, was sie bezwecken sollte – und ob es eine Möglichkeit gab, ihr entgegenzuwirken. Ihnen selbst fehlte hier und heute jegliche Kraft für solch eine contramagische Handlung. Lihjana ließ gerade den spärlichen Rest ihrer *mandra* in das Lied fließen, das sie spielte und sang, Jelindraél hatte in den letzten beiden Wochen so gut wie jedes Quentchen zur Heilung der verletzten Gefährten aufgewandt, und Gerinbold selbst hätte wohl noch für kurze Zeit einen leuchtenden *Flim Flam* wirken können, aber mehr würde ihm die Göttin kaum gewähren. Der Magier seufzte. Mit dem quälenden Gefühl der eigenen Unzulänglichkeit lauschte er dem Lied der Elfe, die ihm durch einen Blick ihrer großen dunklen Augen zu verstehen gab, daß sie auch für ihn sang. Die Worte hatten einen tröstenden Klang, auch wenn der Magier in den elfischen Worten wie schon so oft die ihnen eigene tiefere Bedeutung nur erahnen konnte:

»A'dao sanya ehli'ja, di asha thar'biahn,
Niunde li'dir sala dehn, aha dir fifra fey.
Mada mandra eh'sanya, di shadoh ke le'ear.
Nurd! A'dao valva sal, lyr e'denja dir …«

# 7. Kapitel

*Die inquisitio ist unverzichtbarer Teil*
*der Wahrheitsfindung.*

Baron Dexter Nemrod der
Kaiserlich-Garethischen Informations-Agentur

»Komm, Täubchen! Komm!« Jelle streckte ihre Hände unter schmeichelnden Lockungen nach dem grauweißen Täuberich aus, der sie aus ruckartig hin und her blickenden kleinen schwarzen Augen mißtrauisch beobachtete. »Komm, mein Süßes! Hier, Brotkrümel. Komm, Schatz, ich weiß, daß du sie liebst.« Die Taube gurrte und streckte forschend ihren Hals. Aber noch war sie nicht gewillt, ihren sicheren Platz auf dem Ast der alten Eiche aufzugeben. Das Mädchen seufzte. Im morgendlichen Licht der Preaiosscheibe war die kleine Kapsel am rechten Bein der Taube deutlich auszumachen. Die Hülse aus Messing, mit einem fein gearbeiteten Deckel, ein Stück aus Turvens Werkstätten, war mit einem Lederband an das Bein geknotet und bot einem eng zusammengerollten Stück feinen Pergaments genügend Raum. Die Orks aus dem Rohrwed nutzten die Tauben aus Gandreschs Schlag, wenn besondere Eile vonnöten war. Aber sollte die dumme Taube nicht bald von ihrem Ast herunterkommen und Jelle den Zettel dem Geoden bringen können, würde die heute morgen sowieso schon äußerst schlechte Laune ihres Herrn in gefährlichen Zorn umschlagen.

Die junge Frau fürchtete diesen Zorn. Der Zwerg behandelte sie meist schlecht, wenn er sich über etwas geärgert hatte. Und eines wußte Jelle: War sie auch noch schuld an dem Ärgernis, würde ihre Strafe um so empfindlicher ausfallen.

Endlich erbarmte sich der Vogel und flatterte auf den Arm des Mädchens herab, um sich den Brotkrumen zu holen. Geschickt und geübt faßte Jelle die Taube, um schnell die Kapsel zu öffnen, den kleinen Zettel zu entnehmen und den winzigen Deckel wieder zu schließen. Für einen Augenblick noch streichelte sie die Taube und bot ihr Futter an, damit sie sich auch das nächste Mal von ihr einfangen ließ. Dann setzte sie das Tier auf das Flugbrett des Taubenschlages, der in einer Nische der Felswand geschützt und verborgen hinter einer Brombeerhecke auf seinem hohen Pfosten stand, und lief in die Höhle hinein, um Gandresch so schnell wie möglich den Zettel zu überbringen. Die Nachricht zu lesen, wäre ihr niemals in den Sinn gekommen – schon da sie selbst nie lesen gelernt hatte.

Gilda, Tochter der Gerde, wischte nun schon zum dritten Male mit einem Zipfel ihrer Schürze durch die peinlich saubere Teetasse und blickte in immer größerer Verwirrung zwischen dem so unverhofft am gestrigen Abend zu Besuch erschienenen Geoden und der in ihrer Stube so fehl am Platze scheinenden Elfe hin und her. Aus ihrem gutmütigen runden Gesicht war aller Glanz gewichen, der ihr sonst zu eigen war, und hatte einer seltsamen Blässe Platz gemacht.

»Bitte, liebe Gilda, gib mir die Tasse und setz dich wieder!« bat Xenos mit beruhigend dunkler Stimme. Die Goldschmiedin ließ sich auf ihren Stuhl sinken und stellte die kostbare, mit blauen Mustern verzierte Tasse vor sich auf den Tisch. Sie griff nach der Teekanne. Ayalamone stand auf, nahm der Zwergin die

Kanne mit dem heißen Gebräu aus den zitternden Händen und goß ihnen allen von dem belebenden Perainetee ein.

Gilda schlug die Hände vor das Gesicht. »Bei Angrosch...« Ihre Stimme ging in einem haltlosen Schluchzen unter.

Die Elfe und der Zwerg tauschten einen Blick; Ayalamone nickte. »Ich bringe Tark einmal hinaus«, erklärte sie leichthin. Sie lockte den zottigen großen Hund, der anscheinend froh darüber war, der gedrückten Stimmung der Zwergenstube entrinnen zu können, und verließ mit ihm das Haus durch die Gartentür der Küche.

Xenos räusperte sich. »Gilda, niemand macht dir einen Vorwurf«, erklärte er sanft, »am wenigsten ich. Ich hätte wissen müssen, daß Gandresch und Turven den Verlockungen Umrazims nicht ein Leben lang widerstehen konnten.«

Die Frau ließ die Hände sinken, um in ihrer Schürzentasche nach einem Schnupftuch zu suchen. Dabei schüttelte sie derart energisch den Kopf, daß ihr die schweren kastanienfarbenen Zöpfe zornig um die Schultern schlugen. Endlich schneuzte sie sich, und ihre Tränen versiegten. »Es macht mich so wütend, daß ich so blind gewesen bin!« brach es aus ihr hervor.

»Tochter, Blindheit ist ein erschreckendes Gebrechen, da magst du recht haben. Aber deine Blindheit ist nicht selbstverschuldet. Hier, erkennst du diese Runen?« Xenos nahm einen kleinen Lederbeutel aus einer verborgenen Tasche seiner Kutte und schüttelte daraus einige Opale auf den Tisch. Gilda blickte auf die rundgeschliffenen Steine, wobei sie *wußte*, daß sie genau diese schon gesehen hatte. Allerdings erinnerte sie sich nicht mehr an den Ort und an die Zeit. Sie nahm einen Stein in die Hand, um ihn näher zu betrachten. »Angrosch schütze uns!« murmelte sie, als sie das Zeichen sah und seine Bedeutung erahnte. Es war eine alte Rune des bildhaften Angrams. Eine Rune, die eine unheimliche und verwirrende Aura besaß. Die Zwergin legte den Stein hastig zu den anderen zurück und suchte den Blick des Geoden. Ihre Miene stellte wahrlich mehr als nur eine Frage.

»Die Rune eines niederen Dieners des dämonischen Herrn der Illusionen«, erklärte Xenos, wobei sein Tonfall deutlich Abscheu und Zorn verriet. »Sie soll verwirren und den Geist betäuben, Zweifel ersticken. Aya und ich haben neun davon in deinem Haus gefunden. Gandresch läßt es sich einiges an Macht kosten, dich stillzuhalten, Gilda.«

Der Mann schob die Edelsteine mit Hilfe seines Obsidiandolches in den Beutel zurück und trug sie zu dem Kachelofen hinüber. Er öffnete die Klappe – ohne dabei das Tuch zu benutzen, das Gilda dort immer bereitliegen hatte, um sich die Finger an dem heißen Metall nicht zu verbrennen – und schüttete die Runensteine in die Glut des Ofens. Es bedurfte nur einiger gemurmelter Worte des Geoden, und alle neun glühten auf, sprühten leise knisternd Funken und zersprangen mit einem plötzlichen Knall. Ein kalter Hauch schien durch die Stube zu wehen, kaum wahrnehmbar, wie eine Täuschung der Sinne. Gilda atmete auf. Ihr schien es so, als habe jemand einen Stein von ihrer Seele genommen – ohne daß ihr vorher die Last bewußt gewesen war.

»Und Ihr sagt, Gandresch hat sie gemacht?« fragte sie tonlos. Sie wußte nicht, ob sie zornig auf ihren Oheim sein sollte oder traurig ob der schrecklichen Wahrheit.

Der Geode nickte. »Und du solltest dich fragen, warum er es getan hat. Schließlich hätte er dich jederzeit einfach an deine Pflicht der Familie gegenüber erinnern können, und du hättest geschwiegen.«

»O ja! Ich hätte geschwiegen! Aber ich hätte keinen Finger mehr für ihn gerührt! Was er tut, lästert Angrosch!« brach es aus der Zwergin hervor. »Und mein Herr Vater hat ihn immer als den hellsten Kopf unserer Familie verehrt!«

»Gilda, er ist der klügste Kopf eurer Sippe«, beschwichtigte Xenos sie, »aber nicht weniger der verirrteste. Er hat nie den Tod seines Zwillings überwunden. Du weißt, wie schmerzhaft der Tod des Rogars ist. Und er hat sich damals nicht nur der Magie, der Beherrschung all dessen verschrieben, was er für den Tod Xandreschs verantwortlich machte, sondern auch der Gier nach der Macht über das Schicksal. Er ist kein Freund Sumus, er ist ein Herr der Erde. Nicht jeder Herr der Erde hat gleich ein verderbtes Herz, aber Gandresch tut sein Bestes, um solch bösen Gerüchten einen wahren Kern zu verleihen.«

»Er hat unserer Sippe während der Orkkriege mehr Schaden zugefügt, als wir überstehen werden! Sie haben sechzehn der Unsrigen hingerichtet! Ist es ihnen zu verdenken gewesen? Und die Verfolgung Angriks hat wohl noch einmal fast einem Dutzend das Leben gekostet. Wenn er jetzt die Stärksten und Geschicktesten in den Stollen schürfen läßt, bis aus ihnen jämmerliche Tiefzwerge geworden sind, gibt es nichts mehr, das in Tjolmar eine Angroschim-Sippe genannt werden kann! Schon jetzt verfallen Häuser und Keller. Und Gorban hat seit einem Mond keine Feuermesse mehr feiern lassen. Und mein Herr Vater verbringt seine Zeit als Hauptmann einer Angroschimtruppe in Mardugh Orkhans Diensten!«

Der Geode lächelte über den erwachten Zorn der Frau, unterbrach sie aber dennoch an dieser Stelle. »Dein Vater weiß es zwar nicht, aber damit trägt er nicht unerheblich zum Frieden zwischen Rohrwed und Blutzinnen bei. Die Orks sind hier die neuen Herren. Und es ist in Tjolmar deutlich leichter mit ihnen zu leben als an anderen Orten am Svellt, glaube mir. Aber du hast natürlich recht: Es tut deiner Sippe nicht gut, durch Gandreschs Pläne und Taten derart geschwächt und unglücklich gemacht zu werden. Das ist zwar nicht der Grund meines Hierseins, aber ein Vorhaben wie das meine kann nie nur eine Auswirkung nach sich ziehen. Wirst du mir helfen, Gilda? Ich denke, es ist an der Zeit, Gandresch in seine Schranken zu weisen.«

Die Angroschna schluckte. Dann nickte sie zögernd. Gandreschs Antworten, mit denen er ihren Fragen stets ausgewichen war, kamen ihr nun hohl und sinnlos vor. Sein Gebot, allein zu leben, weil sie eine unschätzbare Begabung habe, die sie der Tradition willen aber nicht zeigen dürfe, hatte sie immer widerspruchslos befolgt. Und dennoch hatte die Frage nach dem Warum ihr oft den Schlaf geraubt. Nur hatte sie nie geglaubt, daß ihr Oheim etwas anderes als ihr Wohl im Sinn habe. Wenn Xenos auf seinen Wanderungen zu einem seiner seltenen Besuche in ihrem Heim eingekehrt war, hatte sie selbst ihn nie nach der Bewandtnis all dessen gefragt. Hätte sie es doch getan! So nahm sie jetzt all ihren Mut zusammen und stellte die Frage, die untrennbar verbunden war mit der Sehnsucht, ihre Gabe so nutzen zu können, daß daraus für die Ihren Gutes erwuchs: »Verehrtes Väterchen, Xenos, ich weiß, daß Ihr nie die Zeit habt, lange zu bleiben, aber ...« Gildas Wangen färbten sich noch röter, als sie es ohnehin schon waren. Unter dem abwartenden Blick des Geoden wurde ihr heiß. Sie spürte, daß er längst wußte, was sie ihn fragen und worum sie ihn bitten wollte – und daß er ihr keinen einzigen Schritt entgegenkommen würde. »Ich ... Gandresch sagt, ich hätte ... nun, eine gewisse Begabung. Wegen dieser hat er mir ja auch von der Verbindung mit ... vom Bund mit einem Angroscho abgeraten. Ich meine, also ... Ich denke ... Oh, ist es gerecht, daß ich unverheiratet bleiben soll, aber nicht einmal an Zauberei denken darf?« platzte es endlich aus ihr heraus. Sofort schämte sie sich ihres unbeherrschten Ausbruchs. »O bitte! Es tut mir leid. Und natürlich helfe ich Euch.«

Der Geode schenkte der Zwergin ein warmes Lächeln. »Liebe Gilda, es braucht dir nicht leid zu tun«, beruhigte er sie, »aber du brauchst genausowenig eine Schulung, wie du gattenfrei und kinderlos bleiben sollst. Warum, denkst du, hat noch nie ein Dieb dein Haus beehrt, da doch wahre Schätze aus deinen Werkstätten hier zu finden wären? Trägt nicht jedes deiner Kleinode deine Rune? Und steht über deiner Tür nicht ein wirksamer Schutz vor diebischem Gesindel und Geistern? Du kennst die Gedanken deiner Lieben und weißt mit deiner Hände Arbeit wahre Wunder zu schaffen, sei es zum Geschmeide, zum Gewand oder zum Festmahl. ›Zaubern‹ hat für dich nichts mit dem Aufsagen magischer Sprüche zu tun. Deine Magie liegt in der Sorgfalt, mit der du deine Kunst ausübst, deine Runen setzt und die Deinen liebst. Deine Macht ist nicht sehr groß – verglichen mit manch anderem Geoden –, aber sie ist untrennbar mit dir verbunden, und daran wird auch ein Bund aus Feuer und Erz nichts ändern. Ich kann dir nichts beibringen, weil du nichts dergleichen lernen mußt. Öffne die Augen und betrachte dich über die letzten einhundertvierundzwanzig Jahre! Aber verlerne dabei nicht die einfache und dir von Angrosch so nah ans Herz gelegte Art und Weise, mit der du deine Gabe nutzt. Für mich ist sie die einzige, die deiner Person entspricht. Und solltest du heiraten wollen, so tu es. Es ist dein Recht, dich für oder gegen einen Bund zu entscheiden. Und gerade Gandresch sollte sich kein Urteil darüber anmaßen, was gut für dich ist.«

Gilda blickte den Geoden verwirrt, überrascht an, schüttelte schließlich den Kopf. »Ihr meint …?« Xenos nickte ernst. Die Zwergin lachte leise. Seltsam berührt fragte sie: »Und warum hört sich das aus Eurem Mund so einfach und richtig an?«

Xenos, Sohn des Xoniosch, lächelte. »Wenn du so alt sein wirst wie ich, wirst du auch das verstehen«, versprach er verschmitzt, »aber bis dahin bleiben dir noch einige Jahrhunderte der Unbeschwertheit.«

Dann wurde er ernsthafter. Er faßte zusammen, was er bereits wußte oder ahnte: »Mardugh Orkhan hat etwas in den alten Stollen gefunden. Und er hat es wohl Turven gezeigt. Dein Vater ist doch bereits vor dem Orkeinfall in den Dienst Orkhans getreten, nicht wahr?« Gilda nickte. »Hm. Turven fand dieses Stück aus Umrazim derart bedeutungsvoll, daß er Gandresch darauf aufmerksam machte. Man beschloß gemeinsam, einen Handel mit ihnen zu machen: Die Orks gaben das Artefakt heraus, und dafür wurde ihnen die Überquerung der Brücke mit ihrem schweren Belagerungsgerät gestattet. Gab es damals eigentlich niemanden, der Gandresch und deinem Vater die Stirn bot?«

Die Angroschna lächelte traurig. »O doch. Aber die meisten wollten in erster Linie Frieden für Tjolmar, und andere sagten, daß es vernünftiger und gewinnbringender sei, sich mit den offensichtlich Stärkeren dieses Krieges zu einigen, als auf die Verlierer zu setzen. Ich weiß nicht, wie viele von ihnen die Bedeutung der Brücke begriffen haben. Um die Menschen und ihre Antwort auf diesen ›Verrat‹ hat sich niemand gesorgt. Es war hier schon immer so, daß man wenig miteinander zu tun haben wollte. Und Streit gab es sowieso andauernd.«

»›Tjolmarer Querschädel‹ nennt man euch *und* die Menschen anderswo«, entgegnete Xenos ungerührt,

»und das scheint mir nicht allzuweit von der Wahrheit entfernt. Dann habt ihr alle schließlich diesem Handel zugestimmt und ihn mit Mardugh selbst abgeschlossen. Hast du das Artefakt einmal gesehen?«

Wieder antwortete Gilda nur mit einem knappen Nicken.

»Wie sieht es aus?« verlangte der Geode zu wissen.

Die Goldschmiedin erinnerte sich an das Juwel, das Mardugh selbst Turven ausgehändigt hatte und das sie ein einziges Mal hatte betrachten können. »Es ist ein rund geschliffener Edelstein, ein lichtgrüner Smaragd, kaum größer als ein Zwergentaler«, erzählte sie. »Ein Reif aus Silber umfaßt und schützt den Stein. Kleine Silberhände bilden die Fassung, vielleicht ein halbes Dutzend davon. Eine herrliche und meisterhafte Schmiedearbeit! Der Reif selbst hat eine verzierte Öse, wie um eine Kette daran zu befestigen, und ein Einlegeband aus – vermutlich aus Arkanium. Ich habe den Stein nur kurz gesehen. Vielleicht sind in das Band Runen geprägt, aber es könnten genausogut auch Kratzspuren und Kerben gewesen sein.«

»Du hattest den Reif nie in der Hand?« vergewisserte sich der Geode. Gilda verneinte. Der Zwerg schien erleichtert. »Gut. Hat Angrik das Juwel Turven oder Gandresch entwendet?«

»Weder noch. Mein Herr Vater erteilte Angrik, dem Sohn des Angrasch, seinem eigenen Schwager, den Auftrag, das Kästchen mit dem Stein zu Gandresch in den Geodenstollen zu bringen. Doch anstatt es abzuliefern, ist Angrik damit verschwunden. Ich weiß nicht, was er sich davon versprochen hat. Väterchen erzählte, sie hätten ihn tief im Firunswall gefunden, weitab jeglicher Ortschaft, fast ohne Vorräte und entsprechend kleinlaut. Gandresch habe da den Stein gleich an sich genommen. Er müßte ihn noch haben. Auf dem Rückweg dann sind etliche aus dem Suchtrupp ›unglücklichen‹ Zufällen und Unfällen zum Opfer gefallen. Ich habe meinem Herrn Vater geglaubt. Aber jetzt habe ich meine Zweifel, was die Zufälligkeit angeht. Väterchen, es ist schrecklich, Vater des Mordes verdächtigen zu müssen!«

Der Geode schüttelte bedächtig den Kopf. »Ich denke, dein Vater glaubt selbst an ein übles Schicksal, das den Toten widerfahren ist. Gandresch ist Meister der Beherrschung, und Turven, Sohn des Turgai, war noch niemals kundig genug, die Auswirkung von Zauberei zu erkennen. Das zeugt nur davon, mit welchem Mißtrauen viele unseres Volkes der Magie gegenüberstehen. Auch wage ich zu vermuten, daß die Berührung des Artefaktes die Gier nach diesem und seiner Macht weckt. Es ist ein gottloses, verdammtes, dämonisches Ding, von einem Volk gefertigt, das von Angrosch selbst gerichtet wurde.«

»Ihr scheint Euch sehr sicher zu sein, es zu kennen«, vermutete Gilda.

Xenos nickte. »Deine Beschreibung läßt kaum einen Zweifel zu. Mardugh Orkhan hat irgendwo in den verfallenen Stollen Umrazims das legendäre Goldauge gefunden.«

Nachdem der Geode und seine Begleiterin das Haus der Zwergin verlassen hatten, um den Angroschgeweihten Gorban, Sohn des Garnd, und damit den einzigen noch lebenden Bruder Gandreschs aufzusuchen, holte Gilda aus ihrem Bücherschrank ein schweres ledergebundenes Buch. Es waren die *Sagen und Mythen der Kinder Angroschs*, ein wunderschön mit Schmuckbändern und Stichen verziertes Werk in altem Angram, das einmal ihrer Mutter gehört hatte. Sie fand *Die Sage Umrazims* und begann zu lesen:

*Die Sage Umrazims*

*Tief in der Geschichte des Volkes der Angroschim wurzelt die Geschichte des Stammes Aboralms. Es heißt, und an mancher Sage mag Wahrheit sein, daß es die Krone des Königs Ordamon, des Verdammten, gewesen ist, die das Herz der eitlen Aghira, Tochter der Aghna aus dem Stamme des Aboralm, mit Hochmut, Gier und der Sehnsucht nach der Macht einer Göttin vergiftete. Wer kennt nicht die Berichte vom Tage des Zorns, als der Bewahrer der Kraft zu Xorlosch, der ehrwürdige Xuragosch, Sohn des Xergos, von ihren Brüdern und ihr selbst erschlagen ward, um das Kleinod zu wahren? Von dem Tag, an dem der erste Angroscho durch einen Angroscho gemordet ward und die Angroschim die reine Kraft des Heiligen Feuers verloren? Um ihrer Strafe zu entgehen, zogen die Geschwister und die Ihren, der Stamm Aboralms, in den Norden hinauf, in die Gebirge des von den Orken bewohnten Landes. Mit sich führten sie den Smaragd der Krone Ordamons. Der Reif selbst blieb in den Hallen Xorloschs und fand der Sage nach seinen Weg zurück zum Hort des Drachengottes, des unheilvollen Pyrdacor, wo Calaman, Sohn des Curthag aus dem Volk des Curoban, sie einst als Brautgabe errungen und König Ordamon sie einst verloren hatte. Der Drache war es zufrieden, mit Reif und Smaragd Zwietracht zwischen den Stämmen der Angroschim gesät zu haben, und lachte, feist auf seinem Hort sitzend, wußte er doch um die zukünftigen Tage der unglücklichen Kinder Aboralms.*

*Der Stamm Aboralms gründete eine Stadt und erkor sie sich zur neuen Heimat. Gewaltig war die Stadt Umrazim, mächtig die Mauern der Feste und tief und ertragreich die Stollen ihres Volkes. Ihr Ruf ist Legende. Sie fanden die größten Schätze unter den Stämmen der Angroschim und waren die Geschicktesten und Besten, die Metalle und Steine zu formen, zu schmieden und zu schleifen. Nur selten sah die Welt wieder einen Meister solcher Kunst, wie es in Umrazim sie zu Dutzenden gegeben hat!*

*Aber ihre Herzen waren vergiftet von der unheiligen Macht des dem Drachen geraubten Steins. Es verlangte sie nach mehr Schätzen, als der Gott aller Angroschim ihnen zugestand. Ihr Tribut wurde von Jahrzehnt zu Jahrzehnt geringer, wohingegen ihr eigener Reichtum wuchs. So wollte Angrosch seine Kinder warnen, verführt, wie sie waren, und nahm ihnen ihren Sinn, das Gold der Erde zu spüren, und ließ sie blind werden in ihren Stollen. Doch statt ihren Frevel zu erkennen und zu bereuen, hieß die Gier ihrer Herzen sie, die Macht des Gottes mit Mißachtung zu verkennen. Sie gingen zu einem Herrn der Erde, der von ihrem Stamme war, und baten ihn, etwas zu schaffen, damit sie die Schätze der Erde wieder fänden.*

*Und Frathag, Sohn des Ferin, nahm einen Smaragd von vollendetem Schliff und fügte in ihn Kräfte, die der Erde genommen, und Macht, aus dämonischen Gefilden geschickt. Er wirkte Monat um Monat, bald einen Jahreslauf lang, aß nicht, trank nicht, schlief nicht. Und in seinem Herzen wohnte die Kälte, so wie sie die Seinen vergiftete. Schließlich aber war das Werk getan, dem Gott unwiderruflich gelästert. Er nannte die smaragdene Linse, den Fokus, der die Erde zu durchdringen vermochte auf der Suche nach wertvollstem Metall und kostbarem Stein, Goldauge und gab es König Adbrag in die Hände.*

*Fortan glaubten die Kinder Umrazims sich mächtig wie der feurige Gott und unüberwindbar. Ohne einen einzigen Funken von Einsicht und Maß nahmen sie den Bergen ihre Schätze und traten allen anderen Angroschim ob ihres Glaubens an den mächtigen Gott Angrosch mit Hochmut und Härte entgegen. Die Orken, die vormals mit Umrazim gehandelt, wurden ihre Sklaven und galten ihnen weniger als jedes Tier ihrer Ställe.*

*Da erboste sich Angrosch, denn wenn er die häßlichen Pelzigen auch in Umnachtung aus der Essenz des Lebens geschlagen, so waren es doch seine Geschöpfe und ihm ergebener als die gierigen Angroschim Umrazims. Er erschien einem der Orken, Korogh mit Namen, der allein in seinem Stamm der Zunge der Angroschim mächtig war, und gebot ihm, an seiner Statt die Kinder des Stammes Aboralms zu strafen. Göttliche Macht und Schutz für diese Schlacht gebe Er ihnen, und sie sollten einen guten Teil der Schätze ihr eigen nennen dürfen, so sie Ihm gaben, was Ihm gehöre. Und die Orken hörten auf den Ruf des Gottes und kämpften nach Seinem Gefallen. Stollen um Stollen fiel an die Pelzigen. Und auch die Mächtige fiel, Umrazim selbst, nach Tagen und Wochen im Angesicht der scheußlichen Feinde, um die Gunst des strengen Herren ringend. Aber Er hatte ihnen den Rücken gekehrt und hörte sie nicht, nahm ihre Gaben nicht und ließ sie allein. So eroberten die Orken die Strahlende und nahmen Gold und Geschmeide der Angroschim, zerstörten Stollen und Häuser und die Feste. Die letzten der Bewohner des einstmaligen Umrazims trieben sie nackt hinaus. Mit ihrem Schicksal hadernd, verkrochen diese sich in den Ruinen ihrer tiefsten Stollen, und bald aßen sie Erde und verloren allesamt ihren Verstand. Nicht einer von ihnen überlebte den Zorn des gerechten Gottes.*

*Das Goldauge aber war verschollen. Und an dem Orte, wohin das verfluchte Werk eines gottlosen Stammes verschwunden, möge es ruhen auf ewig, denn grauenhaft ist sein Wirken.*

Gandresch, Sohn des Garnd, legte das Stück Pergament mit dem unsicheren, die Unkenntnis des Schreibers in rechter Schreibung anprangernden Schriftzug zur Seite. Der Geode sann einige Herzschläge lang nach, die harten Augen in die Dunkelheit der Höhle gerichtet. »Ja«, murmelte er leise, »vielleicht.« Er hob den Blick. »Jelle?« Die junge Frau kam aus einer der dunkelsten Ecken hervorgekrochen. Sie erinnerte den Zwerg an einen um Aufmerksamkeit winselnden Hund – an einen Hund, in dessen Augen die mühsam gezähmte Gier des Wolfes steckte. Bald kommt deine

Zeit, dachte er grimmig, warte nur noch ein Weilchen, dummes Menschenbalg. Aber noch bist du mir hier von größerem Nutzen, wahrlich. »Hol mir eine Taube der Norhuser!« Die junge Frau nickte eilfertig und lief davon.

Gandresch stellte sich an sein Schreibpult und suchte nach Pergamenten. Ärgerlich stellte er fest, daß er den kleinen Zettel sauberschaben mußte. Er hatte nicht einen einzigen geeigneten Fetzen mehr, den er hätte beschreiben können. Die Versorgung mit alltäglichem Studienbedarf war im hohen Norden immer schon schlecht gewesen, seit der Orkherrschaft aber war sie eine Katastrophe für jeden, der Tinte, Pergamente und dergleichen mehr benötigte. Der Zwerg wünschte, er könne, wie unter Geoden üblich, das geschriebene Wort meiden und verachten, aber seine Forschungen und Unternehmungen ließen dies nicht zu. Zuviel Wissen ließ sich nur über Folianten erfahren, Berechnungen brauchten zumindest Wachstafeln und die Orks waren einfach unfähig, selbst die einfachste Botschaft, auf andere Art überbracht, zu verstehen. Wenigstens konnten einige von ihnen leidlich lesen. Trotzdem mühte er sich, für Kerrgh einen einfach gesetzten Text niederzuschreiben. Der orkische Hauptmann war nicht dumm, aber mit dem Geschriebenen hatte er größte Mühe, auch nach Monden der Unterweisung bei einem der Männer aus Turvens Meute. Doch Gandresch wollte, daß der Ork-Hauptmann diesmal seinen Auftrag so verstand, wie er gedacht war.

Jelle brachte die Taube. Sie hielt das Tier, während der Geode das Stück Pergament in das Röhrchen steckte und es verschloß. »Laß sie fliegen!« befahl er. »Dann kommst du wieder her. Du wirst eine Botschaft in den Stollen bringen.«

*anderenorts …*

»Die Stützbalken sind morsch. Wir werden sie ersetzen.«

»Glaubst du wirklich, daß hier Lohnendes zu holen ist? Es riecht nach Wasser und Basalt.«

»Wenn ich dir sage, daß dort etwas ist, ist dort etwas. Meine Nase riecht es.«

»Deine Nase! Daß ich nicht lache! Bei Angrosch, die Ausbeute des letzten Mondes war armselig.«

»Jetzt sind wir tiefer als jemals zuvor. Hier hat niemand mehr seit den Tagen Umrazims geschürft! Bald sind wir am Ende der Stollen, und dort werden wir mehr finden, als wir allein fortschaffen können!«

»Bei Angroschs Bart! Es wäre auch Zeit. Mir gefallen diese Berge nicht.«

»Gewöhn dich daran. Das hier ist unsere Zukunft.«

»Deine Zuversicht läßt jeden Wetterschlag einen Umweg machen, Abrolek. Holen wir das Holz.«

Die schweren Schritte entfernten sich, verhallten in den dunklen Stollen, die allzuschnell den Klang ihrer Stimmen und das Licht ihrer Laternen vergaßen. Gefrorene Kälte suchte ihre Wärme, schabte an den Wänden mit eisigen Klauen. Ein Wehklagen ließ das Eis schaudernd über schwarzen Felsen klirren, nur hörbar im Knirschen eines einzigen Strahls wärmender Freiheit. Vergangen. Vergessen. Unendlichkeit. Und ein Hunger von grausamer Gewalt.

Gorban, Sohn des Garnd, der Angroschgeweihte Tjolmars, öffnete selbst dem wandernden Zwerg und der Elfe seine Tür und bat sie verwundert einzutreten. »Wanderer so hoch im Norden?« grüßte er sie fragend, als er die Tür schloß. »Welche Ehre widerfährt mir, Gorban, dem Sohn des Garnd, daß Ihr mein bescheidenes Heim zu besuchen wünscht?«

Der Geode neigte den Kopf zum Gruß. »Xenos,

Sohn des Xoniosch, und meine Begleiterin Ayalamone Silberstreif, Hüter der Flamme. Erinnert Ihr Euch nicht an uns? Wir bitten um Euren Segen für unsere Wanderschaft.«

»Oh.« Der Geweihte versuchte ein Lächeln, aber seine basaltgrauen Augen drückten deutlich Verwirrung aus. Unruhig strich seine Hand über den zottigen grauen Bart. Nicht nur auf den ersten Blick wirkte der Zwerg in der grauen Kutte schlecht genährt und krank. »Verzeiht, edle Wanderer, ich erinnere mich nicht. Und auch um den Segen solltet Ihr lieber bei einem der Priester des Angrosch bitten. Ich würde ihn Euch sicher nicht versagen, wäre ich nicht nur ein einfacher Holzschnitzer. Mit Löffeln und Schüsseln kann ich Euch wohl dienen, auch mit einem einfachen Mahl, wenn Ihr mit wenigem zufrieden seid. Habt Ihr Euch vielleicht im Haus geirrt, werte Fremde?«

Xenos lächelte mitleidig, hob die Hand und berührte die Stirn des sichtlich alten Zwerges. »Nein, Väterchen«, sagte er sanft, »aber Ihr solltet Euch ein wenig hinlegen. Der Tag war sehr anstrengend, nicht wahr?«

»O ja, woher wißt Ihr das? Die Schnitzerei will mir nicht so recht von der Hand gehen. Es ist so mühsam. Ach, fühlt Euch doch hier wie in Eurem Haus und verzeiht, wenn ich mich zurückziehe.«

»Geht nur, Väterchen, geht.«

Mit hängenden Schultern schlurfte der Zwerg aus der Stube und verschwand hinter einem Vorhang, der einen Flur abtrennte, von dem die Schlafkammer abgehen mochte.

Ayalamone betrachtete ruhig den Zorn in der Miene ihres Gefährten. Mit der sanften Stimme der Vernunft schlug sie vor: »Es wäre gut, Gilda zu bitten, ihm etwas Stärkendes zuzubereiten.«

Xenos nickte. »Aya, das ist Mord«, sagte er schließlich.

Die Elfe nickte. »Er stirbt.«

Der Geode schüttelte den Kopf. »Warum hat Er das zugelassen? Warum durfte Gandresch dies tun? Gorban war nie einer der hellsten Hüter der Flamme, aber gutherzig und harmlos. Und er ist Gandreschs eigener Bruder!«

»Bist du sicher, daß es Gandresch war?«

»Ja, ich bin mir sicher. Sehr sicher. – Komm, wir bitten Gilda hierher. Zumindest liebevolle Fürsorge und ein würdiger Tod sollten ihm nicht versagt bleiben.«

Die Karten hatten ihr Gesicht nicht geändert. Wolpert bettete sie in ihre Hülle und legte sie an ihren Platz auf dem Bord über seinem Nachtlager. Draußen erhob sich die Praiosscheibe. Die Fremden waren längst zu Bett gegangen und schliefen sicher noch, nachdem der Brand die beiden Thorwaler beinahe das Leben gekostet hätte. Aber trotz der Geschehnisse der vergangenen Nacht war der Bogenbauer sich sicher, daß sich ihr Schicksal, das er in den Karten zu sehen glaubte, noch nicht erfüllt hatte. Dem Mann kamen die Worte in den Sinn, die ihm der Greis mit seinem Kartenspiel als Erbe hinterlassen hatte:

»Hüte dich vor der *Sternenleere,*
denn sie ist die Finsternis.
*Der Dämonenmeister* sei dir Zuversicht und
Verzweiflung,
denn nur er herrscht über die Mächte jenseits
deiner Vorstellung.
*Das gebrochene Rad* ist der Tod
und schafft Raum für neues Leben.«

# 8. Kapitel

*Rahjas Liebe aber ist unbezwingbar.*

Ascandear,
Hoher Geweihter der Rahja zu Baburin

Die weite Halle wurde durchströmt von den duftenden Lichtern Tausender brennender Kerzen und erfüllt von dem Lachen und Flüstern vergnügter und zärtlicher Stimmen. Die Gäste des Festes lustwandelten, speisten und spielten, angetan mit schillerndem Tuch und flutendem Haar, gekrönt mit dem Duft betäubend schöner Rahjablüten und Orchideen. Weißer Marmor, rosig geädert im Muster strömend pulsierenden Blutes, kühlte unter nackten Sohlen die Hitze der Nacht. Lauer Wind, von den Sternen herabfallend, umschmeichelte nackte Haut, geschwungene Linien und geschmeidige Beweglichkeit. Weiche duftende Kissen betteten sie zur Ruhe und zur Liebe. Roter Wein erquickte die rauhen Kehlen und schenkte ihnen Labsal und Vergessen. Töne perlten von den Saiten der Harfen und Lauten, und einmal glaubte Jora, einen bärtigen Musikanten zu kennen. Doch war Tjalf an ihrer Seite und in berauschender Liebe mit ihr verbunden.

Der Fremde blickte auf. Sein Blick drang in ihre Seelen, und seine Augen, in denen ein Meer stürmte und der Wal schwamm, griffen in ihre Herzen und fesselten sie. Die Musik seiner Hände war Qual und Versprechen und glitt wie die prickelnden Schauer stürmischer Brandung um ihre nackten Körper.

Sanftes Lachen und liebkosende Worte, tanzende Schleier und prachtvoll gleißende Pokale voll des süßen Weines trennten sie. Wogendes Haar und schwellende Lippen, funkelnde Augen und geschmeidige Leiber voll der süßen Liebe fesselten sie. Sie wurden verschlungen und kosteten die Hingabe an das, was nur ein Traum war.

Und sie erwachten mit dem Kuß der Schönsten auf ihren Lippen.

Lihjana Feensang schlief. Sie saß auf dem Fensterbrett, an den hölzernen Rahmen des Fensters gelehnt. Die Beine hatte sie dicht an den Körper gezogen und hielt sie mit den Armen umschlungen, die Wange lag auf die Knie gebettet. Gegen das graue Dämmerlicht war die Elfe nicht mehr als ein lebender Schattenriß.

Der Skalde spürte das Erwachen der Thorwalerin an seiner Seite. Sanft ebbten die Wogen ihres Traumes ab. Sie glitt in das Wachsein hinüber und in die erschreckende Erinnerung der vergangenen Nacht. Tjalf zog ihr die Decke über die fröstelnden Schultern, streichelte ihr verschlafenes Gesicht und küßte ihre Stirn. Jora zog die Nase kraus, weil der Bart sie kitzelte, und brummte unverständliche Worte, deren Sinn er dennoch deutlich vernahm. Nur langsam zeigten sich in ihren Augen das Verstehen, die Verwunderung und schließlich die Furcht.

»Es ist noch nicht vorbei«, erklärte der Mann statt eines morgendlichen Grußes leise.

Die Frau nickte. Sie forschte in den sturmgrauen Augen, obwohl sie diese nicht sehen mußte, um seine Gedanken und Regungen zu kennen. »Vielleicht wird es nie wieder so sein wie … zuvor«, befürchtete sie.

Tjalfs Hand strich durch ihr wirres blondes Haar.

»Das wäre es nie«, sagte er leise. »Wir haben ein Kind gezeugt.« Die Lippen der Frau zitterten, und der Mann spürte, wie Übelkeit in ihr aufstieg. Er legte seine Hand schützend über ihren Leib. »Ich glaube nicht, daß wir eine Wahl hatten«, murmelte er bitter.

Jora fing seine streichelnde Hand ein, hielt sie fest und kämpfte gegen den Krampf in ihrem Bauch an. Sie schloß die Augen. »Ich liebe dich, und ich wollte dieses Kind«, murmelte sie, »bei Rahja und Swafnir! Ich liebe dich. Und auch wenn ich jetzt nicht mehr weiß, wieviel von diesem Wollen aus mir selbst kam, werde ich dieses Kind lieben«, versprach sie ihm. Sie sah ihn an. Ihr schön geschwungener Mund versuchte sich in einem Lächeln, das nicht über die Angst in ihren Augen zu siegen vermochte. »Ich habe die Ahnung von grauenhaften Dingen, die noch geschehen werden, bevor unser Kind diese Welt sehen wird«, gestand sie leise.

Tjalf spürte die streitbaren Empfindungen in ihrem Herzen. »Jora, diese Unkerei ist mein Teil, nicht deiner«, bat er leise.

Seine Worte entlockten ihr ein kleines Lächeln. »Nein?« fragte sie.

Er lachte. »Püppchen!« neckte er sie.

Sie rangen spielerisch miteinander um einen Kuß, bis der Skalde sie unter sich gefangen hielt, zwischen ihren Schenkeln lag und durstig und hungrig aus ihrem Mund trank. Die Thorwalerin spürte ihr eng miteinander verknüpftes Sein nach dem rauschhaften Vergessen verlangen, strich ihm über die Schläfen, die bartüberwucherten Wangen und zwang ihn, sie anzublicken.

»Tjalf«, flüsterte sie heiser, »ist es Rahjas Gabe oder der Fluch eines Dämons?«

Der Skalde küßte ihre Hände, blickte sie schließlich sinnend an. »Du hast mit mir geträumt, nicht wahr?«

fragte er. »Ich glaube nicht an einen Dämon, der mir eine Gefährtin schenkt, die mich so liebt wie du.«

»Wenn das alles Täuschung ist?«

Tjalf lachte sanft. Er berührte mit seinem Mund ihre Lippen, preßte seinen Leib sehnsuchtsvoll an den ihren, spürte ihre beiden Körper in einem Schauer gespannter Erwartung zittern. »Ist das Täuschung oder Wirklichkeit?« fragte er ernst.

»Ein unheimliches Begehren, eine Verbundenheit, die uns in den Wahnsinn treiben kann«, entgegnete Jora, während ihr Herz bis in den Hals hinauf schlug.

»Vielleicht. Aber wir werden gemeinsam leben oder gemeinsam sterben«, murmelte Tjalf und küßte ihre dargebotene Kehle. »Jora, ich liebe dich.«

Engumschlungen lagen sie, während sie mit der Angst und der Nähe ihrer Gedanken rangen. Mit dem zunehmenden Licht der über den Horizont steigenden Praiosscheibe kam ihnen all das Geschehene wie ein böser Traum vor. Und als wolle der Götterfürst jetzt den Dämon in seine Schranken weisen, verlor die bedingungslose, erstickende Nähe mit zunehmendem Licht der Praiosscheibe an Gewicht und Schrecken. Als Lihjana erwachte, von vorwitzigen Lichtstrahlen gekitzelt, hatten sich die beiden Seelen der Thorwaler wieder auf die Körper besonnen, die Tsa einst für sie bestimmt hatte. Die so enge Verbindung zu lösen schmerzte und war dennoch wie ein Geschenk der Götter. Und es blieb ein Band, ein festes, unzerreißbares Geflecht aus Liebe und Magie.

»Thorwaler haben wahrlich eine unverwüstliche Natur«, befand Magister Gerinbold Perkun, als Jora und Tjalf in der Schankstube erschienen und, noch bevor sie saßen, Hilgerd ihre Wünsche für ein kräftiges Frühstück zuriefen. Der Magier musterte die Gefährten über die Reste seines Mahls und zwei leere

Teetassen hinweg. »Wie fühlt ihr euch?« wollte er wissen.

»Besser als ein alternder Zauberer kurz nach dem Aufstehen«, behauptete der Skalde grinsend.

Jora warf Tjalf kopfschüttelnd einen tadelnden Blick zu. »Besser als erwartet«, gab sie Gerinbold Auskunft, »aber mir ist es lieb. Wir haben Tareka zugesagt, ihr Geleit bis Tjolmar zu geben.«

Der Magier nickte. »Jelindraél sagte dergleichen. Barek und ich haben eure Verpflichtung gegenüber Frau Rebaken bestätigt – und hätten euch vertreten, wenn es nötig gewesen wäre«, erklärte er. »Ich denke, wir werden gemeinsam nach Tjolmar reisen. Euch möchte ich ungern in nächster Zeit allein wissen, und auch Lihjana scheint nicht gewillt zu sein, Jelindraél so bald wieder aus den Augen zu lassen.«

»Hat Lihjana so etwas tatsächlich gesagt?« fragte Tjalf verblüfft nach, während er zu den beiden Elfen blickte, die, gerade eingetreten, Rohrra um ein Frühstück baten und sich zu ihnen setzten. »Du neigst sonst nicht zu solcher Anhänglichkeit.«

»Ich bin nicht anhänglich«, die Elfe sah ihn aus ihren großen, dunklen Augen an. Ihr Blick war – wie so oft – still, tief und undeutbar, was den Skalden seit jeher gefesselt hatte. »Ich bin beunruhigt durch Träume und Ahnungen, die ich mir nicht erklären kann. Vielleicht wäre es leichter, euch allein ziehen zu lassen, aber ich möchte bei euch sein, *wenn Eis auf Feuer trifft*.«

Tjalf hob fragend die Brauen. »Wovon sprichst du?«

»Oh, Wolpert hat mir heute morgen seine Karten gezeigt. Und er bat mich, sie zu legen. Das ist das ›Ereignis naher Zukunft‹«, erklärte die Elfe unumwunden.

»Du hast in deinem Leben doch noch nie irgendwelche Karten zur Prophezeiung benutzt«, bemerkte Tjalf widerstrebend und mit einem seltsam unwohlen Gefühl.

»Ich hätte es nicht getan, wenn er mich nicht darum gebeten hätte. Diese Karten sind … Taubra.«

»Zauberei? Li, hier gibt es auf Hunderte von Meilen kein Eis. Und noch dazu haben wir Hochsommer!«

»Nun«, ergriff der Magier das Wort, »das Eis steht auch für eine bestimmte Art des Geistes.« Er legte die Stirn gedankenvoll in Falten, beugte sich vor, stützte die Ellenbogen auf die brotbekrümelte Tischplatte und ließ in einer lehrerhaften Geste die Fingerspitzen beider Hände sich berühren. Erst als er sich sicher war, daß ihm seine Gefährten ihre ungeteilte Aufmerksamkeit schenkten, fuhr er fort: »In der Alchimie, so wie sie Paramanthus gedeutet hat, ist es das Element der Marbo, der Tochter Borons, und steht ebenso für Uthar, den Gefolgsmann Borons, der den unwiderruflichen Pfeil schießt, um den Frevler zu fällen. Eis steht für die Klugheit, allgemein auch für eine Antwort oder ein Ziel. Im Geodischen ist das Eis der Tod, unvergleichlich machtvoll und vernichtend. Das Feuer wiederum ist ein Zeichen Kors, des Sohns von Rondra und dem löwenköpfigen Alten Drachen Famerlor, dem Gott der Söldner. Aber auch der Held selbst ist eine Entsprechung nach Paramanthus, auch der Mut und die Farbe Rot – die wiederum die Farbe der schönen Göttin Rahja ist. *Wenn Eis auf Feuer trifft* scheint mir ein Fall höchster Bedeutung zu sein, schließt er doch zum einen die Möglichkeit der Antwort auf all unsere Fragen nach dem Geschehenen ein – wobei er aber auch beinhalten mag, daß sich Eis und Feuer gegenseitig vernichten, wie es die Natura dieser Elemente ist, selbstverständlich nur nach der Lesart der Tulamiden. Entstehen sollte dabei Wasser, das, wiederum nach Paramanthus, als Inbegriff des Nandus angesehen wird, also der Weisheit an sich. Eine sehr bemerkenswerte und nicht minder begrifflich durchaus sinnvolle Karten-Prophetis, nicht wahr?«

Tjalf blickte andächtig an die rauchdunkle Decke der Schankstube. »Gerinbold, du fragst uns wirklich, was wir davon halten? Bei allen Göttern! Sind wir wirklich allesamt solch abergläubische Narren, daß wir Karten legen müssen, um unsere nächsten Schritte zu tun? Ja, es klingt wie eine großartige Prophezeiung, alter Freund, aber ist nicht jeder Kampf in irgendeiner Art und Weise das Aufeinandertreffen verschiedener, einander unverträglicher Elemente?«

»Aber du weißt, daß etwas Wahres darin steckt«, sagte Jora trocken. »Gerinbold, welcher Dämon hat uns da beehrt? Und woher kam er?«

Der *Magister extraordinarius* der Halle der Macht zu Lowangen seufzte. »Liebe Jora, ich habe nicht die geringste Ahnung. Ich verstehe mich kaum auf die Daimonologia. Es war sicherlich ein niederer Diener, sonst hätten wir ihn nicht derart leicht besiegt. Er hatte augenscheinlich keine feste Gestalt. Die Störungen eurer astralen Muster wirkten unvollendet – Praios sei Dank! – und waren nur flüchtig, soweit es den dämonischen Einfluß betraf. Ich kann weder sagen, warum er kam, noch seinen Ursprung erahnen. Aber ich wage zu vermuten, daß der Einfluß des Ringes und das Erscheinen des Dämons ein gemeinsames Ziel verfolgten.«

»Dieser Ring?« Der Skalde hob die Hand, an deren Ringfinger der meisterlich geschnittene Onyx sanft schimmerte. Der Gefährte nickte. Als Tjalf ihn abnehmen wollte, schüttelte der Magier den Kopf. »Das ändert nichts mehr«, erklärte er, »und es sind nur noch schwache Spuren von gewirkter Magie in seinem Gewebe zu erkennen. Er ist ein entleertes magisches Artefakt.«

»Gerinbold, *was* hat der Zauber des Rings mit uns gemacht?« wollte die Kriegerin leise und eindringlich wissen. Sie fesselte den Magier mit ihrem Blick, ließ sich auch nicht durch Rohrra stören, die Brot und Rübenmus, Käse und Tee brachte.

Gerinbold wartete, bis die Orkfrau außer Hörweite war, antwortete dann: »Er hat euch verbunden. Ich weiß nicht, ob es seine Absicht war, aber er hat wie ein starker Liebeszauber gewirkt und gleichzeitig Möglichkeiten der Verständigung zwischen euch gesponnen, die sonst nur magisch begabten Personen offenstehen. Und es scheint mir, als sei diese Wirkung andauernd.«

Tjalf spürte Joras Anspannung, wußte nicht, ob sie vor Angst oder Wut erbleichte, und legte eine Hand auf ihre geballte Schwertfaust. Er sagte, dem Magier zugewandt: »Die Tiefe dieser Verbindung zwischen Jora und mir ist ständig gewachsen, seit wir sie gefunden haben. Gestern nacht haben wir ... wir *wissen*, daß Jora seit dieser Nacht ein Kind trägt. Wir waren wie *ein* Wesen. Und dieses Gefühl verschwand nur allmählich. Bei Sonnenaufgang waren wir wieder zwei Seelen in zwei getrennten Körpern. Und trotzdem glaube ich nicht, daß ich Jora nur deswegen liebe, weil dieses ... Ding mir diese Neigung aufgezwungen hat!«

»Ich fürchte aber, daß es so ist«, entgegnete der Magier.

Der Thorwaler spürte Zorn in sich aufwallen – und Schmerz. Er blickte Jora an, deren Miene wie der weiße Marmor der Traumgestalt war, die ihnen Trost gespendet hatte. Die Gefährten schwiegen. Jeder verfolgte seine eigenen Gedanken, versuchte einen Sinn, einen Plan zu entdecken oder ein tröstendes Wort zu finden.

Jora schüttelte nachdrücklich den Kopf. Ihre Stimme war heiser vor Anspannung, leise, als sie sagte, ohne jemanden anzublicken: »Das Kind ist der Grund. Alles geschah um des Kindes willen. Und der Dämon wollte es. Aber warum? Gerinbold, ist dem Kind etwas geschehen?«

In ihrem Blick lag soviel grausame Kälte, daß es den Magier plötzlich fror. Während er noch nach Worten suchte, weil er es nicht wußte, antwortete Lihjana auf die Frage der Thorwaler Kriegerin: »Ich habe nur das gesehen, was sich auch bei einem Dhaofey'ahba zeigen würde. Seine Nurdra ist rein und gesund, und sein Mandra war im Wachsen.« Die Elfe begegnete dem Blick der Menschenfrau mit einem Lächeln. »Euer Kind ist gesund, Jora, und noch bar des Badoc.« Joras Blick irrte zu Jelindraél, dessen schalkhaftes Lächeln sie bereits zu beruhigen vermochte. Der Elf nickte. »Übersetzt heißt es, daß es dem Kind gutgeht.« Er wechselte einige elfische Worte mit Lihjana. »Und daß es mit der Fähigkeit zur Zauberei gesegnet ist«, setzte er hinzu.

»In meiner Familie hat nie jemand gezaubert!« verwahrte sich die Premer Kriegerin sofort, »und in Tjalfs Familie ebenfalls nicht!«

»Wie willst du das gesehen haben?« wandte Gerinbold verblüfft gleichzeitig ein.

Die dunklen Augen der Elfe blickten unerschütterlich. »Euer Dhao war gestern nacht so verletzlich und offen wie bei einem Blick im hellen Sonnenschein von einem Berg aus in ein Auental. Ihr wart bereit für jegliche Taubra, und so habe auch ich mit meinem Lied mehr gesehen und gespürt, als ich sonst sehen und spüren kann. Und es bedurfte weniger meines Mandra, eure Wunden zu heilen. Euer Kind wird sein Mandra spüren, und es wird lernen, damit zu leben, dessen bin ich gewiß. Es bereitete dir Angst. Warum? Es ist eine Gabe, ohne die sich ein Fey nicht lebendig fühlt.«

»Ich bin keine Elfe«, gab die Frau zurück. Sie holte tief Luft. »Obwohl es wirklich Schlimmeres gibt.«

Jelindraél lachte leise, sanft. »Wahrlich«, sagte er mit freundlichem Spott.

Tjalf sagte aus seinen Gedanken heraus: »Kann ihm noch etwas geschehen?«

»Nicht mehr und nicht weniger als jedem anderen Ungeborenen auch«, entgegnete sein Freund. Die Elfe nickte, und der Magier stimmte ebenfalls nach kurzem Zögern zu.

»Gut. Dann haben wir eine Sorge weniger.« Trotzdem war Jora immer noch beunruhigt. »Irgendwie kann ich nicht glauben, daß dies alles gewesen sein soll«, sagte sie. »Mir sträuben sich immer wieder die Nackenhaare, als lauere uns irgendein Ungeheuer auf.«

Gerinbold nickte. »Die sternenkundlichen Berechnungen, die ich vor einigen Tagen angefertigt habe, deuten darauf hin, daß zum Zeitpunkt des Neumondes irgendein Ereignis stattfindet, das unter keinem guten Stern steht. Außerdem ist immer noch nicht geklärt, welcher Werwolf dich angefallen hat.«

»Die Nacht der Toten und Wiedergeborenen Mada ist übermorgen«, murmelte Jelindraél. »Dann sollten wir Tjolmar erreicht haben.«

»Tjolmar ist ein verschlafenes Nest, in dem es kaum mehr als einige griesgrämige Zwerge und noch griesgrämigere Menschen gibt«, warf Jora ein. »Kein Ort für eine Tragödie.«

»Es gibt dort laut Lihjana zumindest einen Werwolf. Und den Zwist zwischen den Menschen und den Zwergen Tjolmars, nachdem die Zwerge während des Krieges die Orks über die Brücke ließen«, widersprach der Magier. »Angeblich ging es da um ein altes zwergisches Artefakt aus den verlassenen Orklandbingen. Was ist, wenn es eine Verbindung zwischen dem Ring und diesem Artefakt gäbe?«

»Wie das? Ich habe den Ring einem Ork weit nördlich des Rohrwed abgenommen«, erzählte die Kriegerin, »und das Artefakt selbst sollen die Orks den Zwergen gegeben haben, denen es wiederum gestohlen wurde.«

»Behauptet man. Vielleicht weiß Barek mehr. Er hat eine Freundin in Tjolmar. – Wo steckt unser Zwerg eigentlich?«

»Bei den Pferden«, erklärte Tjalf. »Und wir sollten uns fertig machen, bevor Tareka doch noch ohne uns fährt.«

»Ein Angroscho als Pferdeknecht«, sagte Jelindraél belustigt. »Barek überrascht mich immer wieder.«

»Er stammt aus den Beilunker Bergen«, erinnerte Gerinbold. »Dort züchten die Angroschim sogar Pferde und hüten sie fast so eifersüchtig wie ihre Edelsteine und Frauen. Nun, beeilen wir uns. Eßt euer Brot, ich werde derweil zahlen!«

»Nein, nein«, beeilte sich Gerinbold Perkun der Händlerin eiligst zu versichern, »nennt es eine Reisegesellschaft, werte Frau Rebaken. Unser Weg führt uns in dieselbe Richtung wie Euch, so daß wir gern mit Euch reisen würden. Sollten uns Wegelagerer begegnen, so seid versichert, daß wir in gleicher Not mit Euch streiten werden. Ihr schuldet nur den Sold, den Ihr unseren drei Freunden in Tiefhusen zugesagt habt.«

»Nun gut, es ist mir also eine Freude, Euch in unserer Begleitung begrüßen zu können.« Tareka Rebaken lächelte. »Dann werden wir jetzt aufbrechen, wenn Ihr bereit seid.« Sie sah an den Wagen entlang, auf deren Kutschbänken Mo und Hane saßen und scherzende Wort mit den beiden Thorwalern und dem Elfen tauschten, erwiderte den Gruß des auf seinem Pony thronenden hochgerüsteten Zwerges und gab mit erhobener Hand das Zeichen zum Aufbruch.

Wolpert, der Bogenbauer, sah es und beeilte sich,

noch einmal bekräftigend zu nicken. »Bitte, Lihjana, der Bogen ist ein Namensbogen, und er wird niemandem etwas nützen außer dir. Nimm ihn! Ich fürchte, du wirst ihn brauchen.« Die Elfe verharrte einige Herzschläge lang regungslos und suchte in Wolperts bittenden Augen nach dem Grund für ein solch wertvolles Geschenk. Der Mann war in Sorge um ihr Wohlergehen. Daß auch ein Wesen außerhalb des engen Kreises ihrer Gefährten das kommende Unheil spürte, erleichterte sie beinahe. Sie fühlte sich dadurch weniger allein. So nahm sie das Geschenk des Mannes an. Als ihre Hände sich um das schlichte polierte Holz des Bogens schlossen, spürte sie die Magie der Waffe. Und sie sah die gewundene Kerbe, in die sorgfältig ein schwarzes Haar eingelegt war. Wolpert lächelte, als sie mit einem Finger nachdenklich und erstaunt die Kerbe nachzog. »Dein Haar lag neben den Karten. Vielleicht war es eine Aufforderung der Götter, für dich diesen Bogen zu fertigen«, erklärte er.

Lihjana lächelte. »Danke, Wolpert Bogenbauer. Ich dachte nicht, daß ein Mensch sich auf diese Tharmandra versteht. Eines Tages werde ich zurückkehren und dir die Geschichte des Bogens erzählen, die in deinen Händen begonnen hat.«

»Es wird mir eine Freude sein, sie zu hören. Die Götter mögen deinen und den Weg deiner Freunde behüten, liebe Lihjana.«

»Dir ein freudvolles und langes Leben, Wolpert Bogenbauer!« Damit schwang sie sich auf den Rücken ihrer Stute und folgte dem Wagenzug der Händlerin. Jelindraél erwartete sie am Tor, und nach einem letzten Gruß verließen sie gemeinsam Hilgerds Heim.

»Nun, alter Freund, ein bezaubernd schönes Wesen, nicht wahr?« wandte sich Hilgerd schmunzelnd an Wolpert. Der nickte. Der alte Jäger schlug dem Freund auf die Schulter. »Gehen wir an die Arbeit. Ich werde eine Weile brauchen, um die Kammer der Thorwaler wieder in einen Zustand zu versetzen, in dem man sie vermieten kann ...«

Der große Ork nickte und lenkte sein Pony mit einem groben Ruck am Zügel in die Deckung des lichten Wäldchens zurück. Die Händlerin und die Gruppe Fremder waren gemeinsam von Hilgerds Heim aufgebrochen und dem Weg in Richtung Tjolmar gefolgt, so wie er es vermutet hatte. Er gab dem struppigen Pony die Sporen zu spüren und ließ es gen Norhus laufen. In gieriger Vorfreude bleckte er im Wind des heiteren Tages die Lippen über den scharfen Hauern. Lange war es her, da sich die Seinen im Kampf hatten beweisen dürfen. Es wurde Zeit, den Menschen einmal wieder zu zeigen, wer die Herren des Svellttals waren.

»Skalde, sing uns ein Lied!« Mo blinzelte gegen das Licht der Praiosscheibe zu dem neben ihr reitenden Thorwaler hinüber.

Tjalf Sturmlied neigte lachend den Kopf. »Verehrte meines Herzens, nach welcher Art von Vortrag gelüstet es Euch?« scherzte er.

»Etwas Altes. Eine Geschichte! Aus dem Svelltschen?«

»Laßt mich überlegen, schönste Mo. Alt und von hier soll es sein. Ah, ich weiß! So hört!« Mo lächelte und deutete mit gespieltem, huldvollem Wink ihrer Hand die Erlaubnis zum Vortrag an, so wie sie es einmal bei einer leibhaftigen Baronin während der Singspiele zu Lowangen gesehen hatte. Tjalf lächelte ihr zu, beugte dankend den Kopf. Im Sprechgesang, ab und zu durch einen wie zufällig fallenden Ton seiner Laute begleitet, trug er vor:

»Vor langer Zeit, Äonen her, geschah, von dem ich Euch berichten will. Die Kunde selbst erhielt ich einst von einem bärt'gen alten Manne, dessen Lebenspanne nicht wie die unsrige nach Jahren, sondern nach Jahrhunderten zu messen war. Doch höret her und lauschet dem, was die Mär uns kündet:

Zum Lande gegen Firun war's, da eine Stadt gelegen. Es heißt, der Zwerge war sie einst, gebaut mit aller Kunst, der dieses Volk gerühmt. Ing'rimm war der Gott der Stadt und herrschte dort mit Feuer und mit Kraft. Sein Haus war groß und prächtig und lag tief im Schoß der Erde, wohl gehütet. Alle Häuser waren auf seinem Tempel selbst gegründet, und ein jedes Zwerglein wußte, daß keine Stadt zu keiner Zeit prächt'ger war als dort die ihre.

Doch als die Binge, Umrazim genannt, vom düst'ren Ork geschleift, weil sie des Gottes Zorn erweckt, traf's auch die Stadt dort hoch im Norden. Ihr Untergang, der schien besiegelt, als Horde über Horde der schwarz Bepelzten über Berg und Tal und Flüsse gleich einem Strome flossen.

Doch eine Brücke gab's, über die führte der Weg des Feindes. Zur Schlacht um jene Stadt konnte er nicht anders gelangen. Die Brücke war zu jener Zeit bereits uralt, von Giganten wohl erbaut mit zwei Festen hier und dort. In jeder Feste war ein Banner der besten Krieger dieser Stadt, die stolz und zum Kampfe wohl bereit dem Ansturm mutig harrten. So prallte Zwergenaxt auf Arbach, Wutgebrüll auf Schmerzensschrei im tobenden Kampf um Fußesbreiten. Als das Antlitz Praios' senkte sich zum Dererund hernieder, war der Fluß von blut'gem Toben rotgefärbt und aufgewühlt, doch war noch niemand Sieger.

Die Nacht zog auf, die Sterne kamen und vergingen, es blitzte dort und gleißte da im wilden Schlachtgetümmel. Das Glück der Schlacht zog hin und her, es zog von Zwerg zu Ork, vom Schwarzpelz zu den Zwergen, und niemand schien die Kraft zueigen, den Siegeskranze zu erringen für die Seinen.

Doch dann, der Morgen graute, erhob sich in den Häusern dort der schönen Stadt im Norden eine liebliche Stimme laut und rief die Schar der Zwergenfrauen, um den Kriegern ihrer Sippe mit Mut und Liebe beizustehen.

Wie soll ich's euch beschreiben, der Alte wußte es gar trefflich zu berichten, und wenn ihr es für reine Lüge und nicht für wahr erachtet, so war es doch unglaublicher, als ich es selbst hätt' je gewagt zu dichten.

Die Frauen nun, Mütter, Schwestern, Töchter, die blickten über Brücke, Feste, Feld, sahen ihre Männer, Väter, Brüder, stehen und nicht weichen, doch auch keinen Fußbreit Bodens für sich selbst gewinnen. Da nahmen die Frauen die blut'gen Schwerter aus den Händen der Gefallenen und stürmten, von göttlichem Zorn geleitet, auf das Schlachtfeld wie die Flammen der ungezähmten Berge Ingerimms. Die Orken blickten dem entschloß'nen Feind entgegen und wußten, daß es kein Erbarmen gebe vor dem Zorn der Streiterinnen. Die Schwarzpelz'gen wichen, sie liefen, sie rannten und gaben den Sieg verloren, noch ehe die erste Zwergin den ersten Ork gestellt.

So gelang den holden Zwergenfrauen, was niemand heute hier mir glauben mag: Sie jagten den Ork zurück in die Berge und gewannen mit drohendem Blick und entschlossen gereckter Faust die Schlacht um die Brücke und damit den Krieg um die Stadt dort oben im Norden.«

Mo klatschte in die Hände und verlangte, die Ballade noch einmal zu hören, während Barek den Kopf schüttelte. »Eine sehr menschliche Verdrehung der Ereignisse«, brummte er in seinen Bart. Aber er verzichtete darauf, den Skalden zu belehren. Dieser wußte selbst gut genug einzuschätzen, was von solch volkstümlicher Dichtung zu halten war. Und es gab wahrlich schlimmere Schanddichtungen der Menschen über die Geschichte der Angroschim als dieses harmlose Lied über die Schlacht an der Tjolmarer Brücke – von der selbst die Zwerge nicht mehr als sagenhafte Erzählungen kannten.

# 9. KAPITEL

*Vergeßt niemals, daß Swafnirs Fürsorge so grenzenlos ist, wie sein Zorn zerstörend!*

JURGE SWAFNIRSGREHD,
ERWÄHLTER DES SWAFNIR ZU PREM

Am Nachmittag erreichte die kleine Reisegesellschaft den Weiler Norhus. Sie machte nur kurz halt, um die Tiere zu tränken und zwei Stein Kirschen zu erstehen. Lange nachdem die letzte der saftigen roten und süßen Früchte verzehrt war, schickte sich die Praiosscheibe an, ihren Lauf für diesen Tag zu beenden. Vor ihnen führte der Weg zwischen Svellt und lichtem Hügelwald hindurch in die Ebenen der Tjolmarer Marschen. Immer noch mochte die kleine Stadt fünf Meilen entfernt sein, obgleich im Nordosten bereits deutlich schnurgerade aufsteigender Rauch aus Dutzenden Kaminen zu sehen war. In kaum einer Stunde würde das Praiosrund hinter den nördlichen Hügeln des Firunswalls untergehen. Das weiche Abendlicht verwandelte die vor ihnen liegenden Marschen in eine sanft gewellte, goldene Ebene, durchzogen und durchbrochen von silbernen Fäden und Flecken glitzernden Wassers. Zum Süden umrahmte der Bogen von Rohrwed und Firunswall das Marschland, zum Norden hin reichte es bis zu einem im Dunst verschwimmenden Horizont, hinter dem man das ewige Eis Firuns trotz des Sommers zu ahnen vermeinte. Tjolmar, das *Tor des Marsch-*

*landes,* schmiegte sich in eine Biegung des Svellt, der eine Schleife um das Vorgebirge des Firunswalls zog und irgendwo hinter der Stadt in den Brack und fast hundert Meilen weiter schließlich in den Golf von Riva mündete; dort, wo die seit dem Jahre 17 Hal thorwalsche Stadt Enqui ein ärmliches, unruhiges Leben zwischen Hafen, Pelzhandelsplatz und Flüchtlingslager fristete. So weit sollte die Reise der Händlerin nicht gehen. Sie gedachte, ihre noch verbliebene Ware in Tjolmar gegen Pelze und Schnitzereien einzutauschen und dann den Rückweg anzutreten. Bisher war sie mit dem Ertrag ihrer Fahrt mehr als zufrieden. Sollte der Rückweg ebensogut verlaufen, hatte sich Phex wahrlich seinen ihm versprochenen Zehnt verdient. Tareka Rebaken hatte ihm im Tempel von Lowangen eine nicht unbeträchtliche Gabe in Aussicht gestellt, wenn er sich ihr gewogen zeigen sollte. Anscheinend war der Listige auf ihren Handel eingegangen, und dieser Gedanke entlockte ihr beim Anblick der rauchenden Tjolmarer Herdfeuer ein Lächeln.

»Wir fahren ohne Halt weiter, dann müßten wir kurz nach Einbruch der Dämmerung die Stadt erreichen!« rief sie den Wagenzug entlang. Die zustimmenden Mienen und das Lachen der Leute zeigten, daß keiner so kurz vor dem Ziel ein Nachtlager in der Wildnis hatte aufschlagen wollen. Fünf Meilen, und dies auf der hier nahe Tjolmar recht guten Straße, waren wahrlich keine Entfernung mehr.

»Kruahg? Rrech karegh Brazoragh!«

Die Orks waren vor ihnen, tauchten zwischen den Büschen der Hügel und hinter der Böschung des Flusses auf, schnitten hinter den Wagen jeden Rückzug ab. Es schien wie ein Spuk, so lautlos und plötzlich begann der Überfall. Nicht der Hauch einer Vorahnung, kein Knacken, kein leises Klirren von Rüstung und Waffen, nicht einmal der Anflug ihres strengen Körpergeruchs, der jetzt den Elfen empfindlich in die Nasen stach, hatten die Reisegesellschaft gewarnt. Die orkischen Krieger erschienen wie aus dem Nichts. Hauptmann Kerrgh stand kaum ein Dutzend Schritt vor dem Zug im Straßenstaub, die Fäuste in die Seiten gestemmt und den Blick höhnisch funkelnd auf die überraschten Fuhrleute und ihre Begleitung gerichtet. Die Ochsen aus Mos Gespann trotteten unbeirrt weiter und hielten erst an, als ihre Nüstern gegen die Rückwand des plötzlich haltenden Wagens vor ihnen stießen. Verärgert und verblüfft versuchten die Zugtiere, wieder einige Schritte zurückzuweichen, und verursachten dadurch einige Verwirrung unter den Reitpferden. Schließlich kam der Wagen schräg auf dem Weg zum Stehen. Kerrgh wartete ungerührt, bis letztendlich alle Fuhrwerke standen und nichts mehr die Aufmerksamkeit der Überfallenen von seiner drohenden, einschüchternden Erscheinung ablenken konnte.

»Ihrr hierr auf Ork-Land!« erklärte er trotz des orkischen Knurrens in der Stimme laut und verständlich. »Mardughs Gesetz hierr! Ihr Diebe und Mörrderr. Ihr im Arrest!«

Gerinbold sah zu Jora hinüber, die kaum einen Schritt entfernt auf ihrem Pferd saß, und murmelte leise: »Wie lange er wohl gebraucht hat, um *das* Wort zu lernen?«

Die Thorwalerin gab ebenso leise zurück: »Unterschätz die Orks nicht! Wir sitzen hier in einer gemeinen Falle. Wo steckt ihr verdammter Schamane?!«

»Ein Schamane?« Der Magier seufzte fast unhörbar. »Natürlich. Jora, wir haben gerade so gut wie keine magischen Kräfte!«

»Ihrr da! Maul!« fauchte der orkische Soldat hinter ihnen und hob drohend seinen mit Federn und

Fellstücken verzierten und vor allem wurfbereiten Yagrik.

Die Kriegerin wandte nicht einmal den Kopf. Sie hatte nicht vor, den Ork zu einem unbedachten Angriff zu reizen. Ich weiß, dachte sie nur spöttisch, während sie die Lage abzuschätzen versuchte. Es waren elf in Leder gerüstete Orks: zwei zu Kerrghs Seiten, zwei hinter den Wagen und je drei an jeder Flanke des Zuges. Die Mehrzahl trug einen Arbach kampfbereit in der Faust, den breiten orkischen Krummsäbel mit gezackter Klinge. Die anderen waren mit zweischneidigen Byakka-Äxten oder breitblättrigen orkischen Wurfspeeren bewaffnet. Hinzu kamen drei Schützen mit gespannten, auf sie gerichteten Reiterbögen.

»Werr Anführer? Du?« Der Ork-Hauptmann war drohend einen Schritt auf den an der Spitze des Zuges auf seinem Pony sitzenden Zwerg zugeschritten.

Barek hob bei dieser Frage kurz die Brauen. Er sah sich zu den Gefährten hinter ihm um, blickte in das regungslose bleiche Gesicht der Händlerin und sah Tjalfs angedeutetes Nicken. Der Zwerg wandte sich wieder dem Ork zu. »So könnte man es sehen«, bestätigte er.

Die Premer Kriegerin bemühte sich um eine taktische Einschätzung und die verschiedenen Möglichkeiten, die das Geschehen nehmen könnte, und fluchte innerlich über ihr Unvermögen, *mit analysierendem und kühlem Verstand einen Überblick zu gewinnen und aus einer Vielzahl sich bietender Handlungsmöglichkeiten diejenige Taktik auszuwählen, die es ermöglicht, mit der höchsten Wahrscheinlichkeit den größtmöglichen Erfolg bei gering zu haltenden Verlusten zu erzielen*. Oberst Orlando hatte sich wirklich alle Mühe gegeben, dabei nur nie bedacht, daß eine Thorwalerin, auch wenn sie in der Trutzburg zu Prem zur Kriegerin geschult worden war, immer eine Thorwalerin bliebe, die mit weitaus größerem Erfolg eine Entscheidung aufgrund ihrer Eingebung als ihres Verstandes traf. Während die Kriegerin sich noch an die Worte des kahlen, alten Lehrers der KGIA erinnerte, fing sie den Blick des Skalden ein. Sie spürte seine Besorgnis und wußte, was er dachte: die Wagen durchbrechen zu lassen, solange sie noch auf den Kutschböcken und in den Sätteln saßen. Sie waren beritten, die Orks dagegen zu Fuß. Jora dachte daran, wie schwer die Ochsen dazu zu bewegen waren, aus ihrem Trott in eine schnellere Gangart zu fallen. Tjalf schlug vor, mit etwas Geplänkel den Gespannen einen Vorsprung zu erkämpfen. Es dämmerte, und die Tore Tjolmars waren kaum mehr eine Meile entfernt. Es mußte möglich sein. Allerdings blieb die Frage, ob die Stadt vor den Orks Flüchtende aufnehmen oder sie nicht viel eher bereitwillig an die Schwarzpelze ausliefern würde. Keiner der beiden Thorwaler wußte, wie weit der ungeschriebene Vertrag der Einwohner Tjolmars mit den orkischen Herren ging.

Barek hatte sich nicht von der Stelle gerührt, blickte auf den Hauptmann hinunter und bat gerade freundlich darum, die ›vollständige und korrekte Anklageerhebung‹ zu erfahren. Drei Schritt hinter dem Pony stand Hanes Wagen. Zu seiner rechten Seite lehnte Jelindraél an der Schulter seiner Grauschimmelstute. Dem Fluß zugewandt, nun beinahe in Höhe des zweiten Gespanns, wartete die Händlerin, die mit starrem Gesicht und unruhigen Händen ihren ebenso unruhigen Wallach auf der Stelle zu halten versuchte. Der Wagen Mos stand mit seiner Rückseite schräg gegen den Fluß, aber doch so, daß ein kräftiger Ruck der Zugtiere ihn geraderichten und vorwärts ziehen sollte. Lihjana barg gerade sorgfältig ihre Harfe im Futteral und wartete am rechten Wegrand auf ihrem gelangweilt grasenden Pferd, etwa in Mos Höhe, den Fortgang der Dinge geruhsam ab. Die Thorwalerin erinnerte sich schaudernd an Greuelgeschichten, in denen Orks aus purem Haß gefangene Elfenfrauen nur so lange am Leben ließen, wie sie ihren ›Spaß‹ mit ihnen haben konnten. Die Kriegerin hatte genügend Grausamkeiten mit eigenen Augen gesehen und am eigenen Leib erfahren und bezweifelte nicht, daß an solchen Geschichten etwas Wahres sein könnte. Sie riß sich von diesen Gedanken los. Jora selbst und der Magier bildeten den Schluß. Durch den plötzlichen Halt waren sie neben die rechte Bordwand des hinteren Wagens geraten. Und Mo sah sich just in diesem Augenblick ratsuchend zu der Kriegerin um. Wir müssen es versuchen, dachte sie und wußte, daß Tjalf sie verstanden hatte.

Mit einem gellenden Kriegsschrei zog die Kriegerin ihren Säbel und fing nur einen Wimpernschlag später mit ihrem kleinen Rundschild einen Pfeil ab, der für ihre Kehle bestimmt war. Tumult ringsum, Schreie und orkisches Gebrüll. Pferde wieherten, und endlich erbebte die staubige Erde unter den Hufen der Zugochsen und der durchgehenden Pferde. Mos und Hanes anfeuernde Rufe waren zu vernehmen, das helle Klirren aufeinandertreffender Waffen, rollende eisenbeschlagene Räder. Staub war plötzlich ringsum und nahm ihnen Sicht und Atem.

Jora zwang ihre unruhige Braune in die Nähe Tjalfs, der seine Zweihänderaxt mit einer Hand schwang – um die Orks zu beeindrucken und an der Verfolgung der in einer dichten Staubwolke davonrumpelnden Fuhrwerke zu hindern. In der anderen Hand hielt er eisern die Zügel seines Pferdes, das sich aufbäumend und voller Angst den flüchtenden Ochsen anschließen wollte, um sich biß und keilte. An einen Kampf zu Pferd war also wahrlich nicht zu denken. Lihjanas schwerer Wallach hingegen teilte mit Wucht und Treffsicherheit Tritte aus und trug seine Reiterin zügellos, als hätte er sein Lebtag nichts anderes getan. Die große schlanke Elfe kämpfte ebenso konzentriert mit ihrem Wolfsmesser und griff weniger an, als daß sie gewandt die Schläge der zornigen Orks abfing, wobei sie darauf bedacht war, auch ihr Pferd zu schützen. Der Beistand seiner beiden Artgenossen beruhigte Tjalfs Roß gerade soweit, daß es seinen verzweifelten Widerstand gegen die energische Zügelhand aufgab.

Die Kriegerin schlug einem Ork den Arbach aus der Hand und versuchte, Kerrgh ausfindig zu machen. »Wo ist der verdammte Orkbastard?« schrie sie Tjalf zu.

»Auf einem der Wagen!« brüllte der zurück.

Jora fluchte. Während sie einen Angreifer abwehrte, der den Versuch unternahm, sie mit hartem Griff aus dem Sattel zu zerren, schätzte sie die Zahl ihrer Gegner ab. Sechs. Wo waren die anderen vier? Der Ork stürzte zurück in den Staub, krümmte sich ob des pulsierend blutenden Schnittes in der Seite zusammen und preßte die Hände auf die Wunde. Die Kriegerin wartete auf den Schlag des nächsten Kämpfers, den Schild vor die Brust gehoben, den Säbel gesenkt. Ihre Stute zitterte am ganzen Körper vor Anspannung, aber sie stand. Der Ork-Krieger vor ihr fauchte die Frau mit gebleckten Zähnen an, während er die Waffe drohend von einer Hand in die andere und wieder zurückwechselte. Er bellte ihr orkische Worte entgegen, die Jora kaum ein Lächeln abrangen. Grollend spuckte sie ihm eine weit schlimmere orkische Beleidigung entgegen. Der Kämpfer erbleichte und stürmte schreiend auf sie zu. Sein Arbach hieb in ihren Schild, und ihr Stiefel traf ihn hart und erbarmungslos vor die Brust, so daß er taumelnd gegen Tjalfs Pferd prallte und mit der freien Hand nach dem erstbesten Halt griff. Die Stute der Kriegerin wieherte gepeinigt unter dem scharfen Ruck am Zügel auf. Der Säbel ihrer Reiterin schlug über den Hals des Tieres hinweg auf den Ork ein und traf glücklich den Spalt zwischen Nackenschutz und Schulterleder. Jora spürte die Waffe tief in weiches Fleisch schneiden. Der Arbach fiel zu Boden. Der Kämpfer taumelte, krallte sich um die Zügel ihres Pferdes und brach in die Knie. Ein beschlagener Huf zerschmetterte dem Unglücklichen den Schädel, das Pferd war wieder frei.

Plötzlich nahm ein heftig schmerzender Schlag in den Rücken der Kriegerin den Atem. Sie kippte vornüber und fing sich mit dem schildbewehrten Arm nur mühsam auf der Mähne ab. Mit zusammengebissenen Zähnen beherrschte sie den Schmerz, der in ihre Waffenhand schoß, und hielt den Säbel umklammert. Lodernde Wut schoß in ihr auf. Wer wagte es, ihr in den Rücken zu fallen? Welcher niederträchtige Dämonenhund kämpfte, indem er Rondra derart lästerte? Fauchend drehte sie sich im Sattel um, zwang die Stute, unbeherrscht in die Höhe zu steigen und sich auf den Hinterbeinen herumzuwerfen. Noch bevor die Vorderhufe ihres Pferdes wieder auf dem staubigen Boden aufschlugen, sah sie den Ork, der aus kurzer Entfernung dem Skalden den Wurfspeer in den Rücken geschleudert hatte. Dieser war aus dem Sattel in den Staub gestürzt und versuchte, auf die Beine zu kommen. Der Yagrik war gebrochen, und auch das Blatt lag im Staub der Straße. Blut aus einer Wunde unterhalb der rechten Schulter rann über das nietenbesetzte Leder des Skalden und tropfte dunkel zu Boden.

Die Kriegerin brüllte zornig auf wie eine gereizte Bärin, ließ die Stute aus dem Fall heraus vorwärtsschießen und preschte dem Feind entgegen. Ihr Säbel beschrieb einen weiten Bogen, mit aller Wucht und tobender Wut geführt. Kopflos stand der Krieger noch einige letzte Herzschläge da, um schließlich tot und schwer zu Boden zu fallen. Die Frau schrie auf – vor Triumph und brennendem Schmerz gleichermaßen – und zügelte die Stute mit verzerrtem Gesicht. Das pulsierende Reißen in ihrem Rücken war beinahe unerträglich. Wabernde rote Schatten nahmen ihr die Sicht. Und die Wut, die sie nicht kannte, der jähe Zorn, der ihr so fremd war, drohte ihre Gedanken, drohte jede klare Überlegung zu ersticken.

Sie sah über die Schulter zurück und erkannte nur undeutlich den Thorwaler. Er stand mitten auf der staubigen Straße, schwang die Axt und zerschmetterte Orkleiber. Er brachte den Tod unter die Angreifer, ein Walwütiger ohne Schmerz und Mitleid. Er schlug keine Finten. Er achtete nicht auf seine Deckung. Er hieb mit unmenschlicher Wucht die schwere Axt in das Leben seiner Feinde. Und er sang dabei das Lied des wütenden Gottes, ein Gebet aus wildem Schrei, Zorn und tierischem Gebrüll. Der Schmerz seiner Wunden trieb ihn vorwärts. Er dachte nicht mehr, er kämpfte. Er *war* Kampf, eine urtümliche Kraft, unüberwindbar und grauenhaft. Jora sah den letzten Ork fallen und wußte, daß Tjalfs Wut erst endete, wenn nichts Lebendes mehr den Sieger verhöhnte. Sie wußte, daß sie der Stute die Fersen in die Flanken treten sollte, um zu fliehen und ihm den Sieg zu überlassen. Sie konnte es nicht. Seine Augen, die sie suchten, sie bannten, sie herausforderten auf Leben und Tod, waren wie das sturmgepeitschte, geliebte Meer. Sein Zorn brandete über ihr zusammen wie das Wasser im grundlosen Mahlstrom. Sie rutschte vom Pferd und zerrte ihren Bidenhänder aus der Sattelscheide. Ihre Schmerzen, die seine Schmerzen waren, ließen sie aufstöhnen. Er spürte sie nicht mehr, war in der Swafskari ein Golem aus erbarmungsloser Stärke und Stumpfheit. Die Kriegerin schüttelte den Kopf, um den roten Nebel zu lichten, sandte ein Stoßgebet zu Rondra. Sie stand und wartete, bebend vor unterdrückter Wut und zitternd vor Angst. Die letzten Schritte sprang er vorwärts, die Axt beidhändig und mit tödlicher Wucht geschwungen – und verfehlte die ausweichende Frau. Er brüllte auf, während sein Schwung ihn vorwärtsriß und die Breitseite ihres schweren Schwertes seine Seite traf. Er taumelte und stürzte, rollte über den Boden, bis der tote Körper eines Orks ihn in einer Welle des Schmerzes aufhielt, die wie flüssiges Feuer auch durch den Körper der Gefährtin pulsierte. Doch dann stand er bereits wieder wie ein fauchendes Raubtier auf den Beinen.

Irgendwo schrie eine melodische helle Stimme ein elfisches Wort. Es prallte wirkungslos an den beiden Thorwalern ab, die aufeinander einschlugen. Funken sprühten zwischen zweihändigem Schwert und zweiblättriger Axt, Schneide und Stiel verkeilt für den Hauch einer Ewigkeit. Sturm und Meer, graue Tiefen, blinde Wut und sehender Schmerz begegneten sich in ihren Blicken. Und Jora stieß ihren gellenden, lautlosen Ruf tief in die Wut hinab, wie ein schlankes Schwert, tief, tiefer, und stach in sein gefesselte Herz, während ihrer beider Waffen miteinander rangen. Tjalf taumelte durch ihren Stoß geschleudert zurück, die Augen in grauenhaftem Entsetzen weit geöffnet, durch ihren Blick gebannt. Und doch hob er die Axt zum erneuten Schlag. Die Klinge des Bidenhänders schimmerte rötlich im Widerschein der Dämmerung, mit kundiger Hand und Leichtigkeit geführt, und bot der in ihrer Wucht zögernden Axt die Parade. Die Waffe des Walwütigen zerbrach, das Blatt wirbelte davon und schlug tief in den Stamm eines Baumes. Der Skalde brüllte ein einziges Wort, ein Gebet um Erbarmen an seinen Gott. Er rief Swafnir und spannte sich wie das Holz eines zerbrechenden Bogens. Und in einer wahnwitzigen Attacke mit dem Stumpf der Axt und doch mit all seiner Kraft stürzte er sich Jora entgegen, in ihre Klinge. Warmes, helles Blut schoß aus der tiefen Wunde in seiner Flanke. Jora spürte das Pulsieren, das Versickern seines Lebens heiß über ihre eigene Seite rinnen, und fühlte die ungebändigte Wut der Niederlage. Das Ende kam schnell und gefror ihr Sein wie ein eisiger Wind aus der Firunsöde.

Tareka Rebaken ließ die Wagen vor dem erstbesten Wirtshaus in Tjolmar halten und kümmerte sich nicht um die neugierige Menge, die den Zug umringte. Eilig sprang sie von ihrer Stute, um sich um Mo zu kümmern. Als die kleine starke Frau gewahr wurde, daß die Händlerin zu ihr auf den Kutschbock geklettert kam, versuchte sie zu fluchen, aber der Pfeil in ihrer Schulter ließ ihre Stimme deutlich zittern. Der linke Ärmel der Leinenbluse war blutgetränkt, vom verstärkten Leder der Schulter bis zur Hand hinunter. Schwere dunkelrote Tropfen fielen zäh auf das Holz der Sitzbank.

»Es tut scheußlich weh«, schimpfte die Fuhrfrau mit Tränen in den Augen.

»Wir haben es geschafft, Mo«, sagte die Händlerin aufmunternd. »Es wird alles wieder gut.«

Mo nickte nur. Tareka blickte sich um, suchte eine helfende Hand. Es war der grimmig blickende Zwerg, der sie seit Hilgerds Heim begleitet hatte, der sein Pony neben ihnen zum Stehen brachte.

»Bringt sie in den *Trallopper Riesen* hinüber«, schlug er vor. »Ich zeige Eurem Fuhrmann einen Platz für Wagen und Ochsen und hole einen Heiler.« Die Händlerin stimmte dankbar dem Vorschlag zu. Der Zwerg rief einen Burschen an: »Heda! Du bist doch der Knecht aus dem *Riesen,* nicht wahr? Statt dreinzuschauen wie ein Meckerdrache, könntest du den Frauen in die Herberge hinüberhelfen!«

Der kräftige junge Kerl errötete unter der Schelte des kleinen Mannes, nickte und kam eilig heran. Sehr behutsam machte er sich mit der Händlerin daran, die verletzte Fuhrfrau zu bergen. Barek band derweil sein Pony an den Wagen und schwang sich schließlich selbst auf den Kutschbock. Er rief Hane zu, wohin die Fahrt gehen sollte, und ließ die Peitsche knallen, um die müden Ochsen noch ein letztes Mal für diesen Tag in Bewegung zu setzen. Kaum waren sie um den *Trallopper Riesen* herum in dessen Hof eingebogen und hatten die Wagen vor dem Stall zum Stehen gebracht, bestieg der Zwerg wieder sein Scheckpony und ritt weiter in die Stadt hinein, um einen Heiler für Mo zu holen. Er trieb das Tier im eiligen Trab durch die Gassen Tjolmars, so schnell, wie das erschöpfte Tier es vermochte. Jelindraél hatte sie kurz vor Tjolmar verlassen, nachdem er den orkischen Hauptmann mit einem gutgezielten Pfeil von Hanes Wagen geschossen hatte. Der Elf würde den Gefährten zu Hilfe eilen – oder zumindest ihre Spur verfolgen, solange diese noch frisch war. Und Barek hatte ebenfalls nicht die Absicht, geduldig und untätig in dieser Stadt auf ihre Rückkehr zu warten.

»Ihr sucht einen Heiler?«

Barek zügelte sein Pony, überrascht und kaum drei Straßen weit gekommen. Als er zu dem Brettersteg hinaufsah, von dem herunter er in seiner eigenen Sprache angesprochen worden war, und den Zwerg in Begleitung eines weißen Berghundes erkannte, nickte er. »Oheim, Ihr habt eine sonderbare Gabe, zur rechten Zeit zur Stelle zu sein«, stellte Barek, Sohn des Beragam, Enkel des Xonasch, trocken fest.

Xenos, Sohn des Xoniosch und Neffe des Xonasch, lächelte. »Väterchen wirft mir dennoch grobe Vernachlässigung meiner Pflichten der Sippe gegenüber vor –

das wird sich kaum geändert haben, nicht wahr, Barek? Aber einer Eurer Gefährten sei verletzt, trug das Lauffeuer der Gerüchte zu mir. Wollt Ihr mich nicht zu ihm führen?«

»Nichts lieber als das, werter Oheim. Mögt Ihr im Sattel meines Ponys Platz nehmen?«

»Gewiß nicht. Die alten Knochen werden den Weg durch Tjolmar allemal noch in angemessener Eile bewältigen können. Reitet nur voraus, Barek! Tark und ich werden Euch folgen.«

Der *Trallopper Riese* war ein zweistöckiges Gebäude auf mächtigen, kurzen Pfählen am Rande des Platzes, den die Tjolmarer *Marktgeviert* nannten. Er lag an der Kreuzung der Svelltstraße von Tiefhusen, der Piste nach Riva und der Tjolmarer Hafenstraße, die von der Brücke zum Zwergenviertel hinaufführte. Die Herberge gehörte zu den größten Gebäuden am Markt und lag an dessen flußabgewandter Seite bereits so hoch, daß es selten einmal von den alljährlichen Überschwemmungen zur Zeit der Schneeschmelze erreicht wurde. So nutzte man den Raum zwischen den Pfählen als Lagerstätte, Kleintierstall und Schlafplatz für weniger wohlhabende Reisende. Der trockene, windgeschützte Pferdestall im Hinterhof war über eine zwischen starken Mauern aufgeschüttete breite Rampe zu erreichen. Mit einem Fundament aus Pfählen und Flußgestein sollten Hof und Stall selbst dem Gewicht eines schweren Trallopper Riesen samt gerüstetem Ritter standhalten. Auch gab es dort genügend umfriedeten Platz für zwei bis drei Wagen mit kostbarer Fracht. Das, die ordentlichen Schlafräume im ersten Stock und die bekanntermaßen gute Küche der Familie Marschelk hatten vor den Orkkriegen dem *Riesen* den Ruf der besten Herberge der kleinen Stadt eingebracht. Auch nach dem Krieg stiegen die wenigen gut betuchten Reisenden und fahrenden Händler zumeist hier ab. Die Küche war einfacher, eine Mahlzeit und die Übernachtung für Mensch und Tier waren teurer, die Familie und die Anzahl ihrer Knechte und Mägde kleiner geworden. Und dennoch gab man sich alle Mühe, dem zahlenden Gast einen erholsamen Aufenthalt in der Stadt am Svellt zu bieten. Und es gehörte zu den Grundsätzen der alten Tjolmarer Familie, die zumindest in den letzten zweihundert Jahren immer eines der Magistratsmitglieder gestellt hatte, jedem zahlenden Gast – ob Mensch, Zwerg, Elf oder Ork – die gleiche Zuvorkommenheit und Achtung entgegenzubringen. So genügte der Wirtsfrau Mutter Ola auch ein einziger Blick auf die gute und bis auf den Straßenstaub ordentlich gepflegte Kleidung der Händlerin, die mit Hilfe des Knechtes eine verletzte rothaarige Söldnerin in die Gaststube hereinführte, um sogleich hilfsbereit die Treppe voran hinaufzueilen und nach ihrer Tochter Yppa zu rufen, damit diese Tücher und heißes Wasser bringe. Auch verstand sie sich als Mutter von einem halben Dutzend Kindern und Wirtin in einer Stadt, die Scharen von Flüchtlingen Durchzug gewährt hatte, soweit auf die Kunst der Heilung, daß bei Ankunft des Geoden die Wunde bereits mit Hilfe Tarekas von Leder und Leinen befreit, der Pfeil gekappt und ein Aufguß schmerzstillender Kräuter bereitet war. So blieb Xenos nur die Aufgabe, die Spitze aus der Schulter zu schneiden und die Wunde mit Wirselkraut und einem blutstillenden Verband zu versorgen. Dem Tee gab er einige Tropfen aus einem gläsernen, blauen Fläschchen hinzu und hieß Mo trinken und schlafen. Tark folgte neben der Tür sitzend dem Tun seines Herrn mit aufmerksamen Augen und lauschenden Ohren. Der Hund sah dem Geoden schwanzwedelnd entgegen, als dieser sich vom Lager der Kranken erhob.

»Laßt sie ausschlafen, dann wird sie morgen bereits wieder ihren Arm benutzen können«, erklärte der Zwerg der Händlerin, während er über den Kopf seines vierbeinigen Gefährten streichelte. Tareka nickte. »Und spendet dem ansässigen Tempel des Ingerimm eine Summe, die in Euren Augen für meine Hilfe angemessen erscheint«, setzte der Geode lächelnd hinzu. »So, und nun habe ich Durst, als hätte ich einen Tag an der Esse Ingerimms den Blasebalg treten dürfen. Wo ist Barek? Ich wollte mit Euch und ihm einen guten Humpen Gerstenbräu trinken.«

»Er ist vor die Stadt geritten, um nach unseren Begleitern Ausschau zu halten«, gab die Händlerin Auskunft. »Sie hatten uns den Vorsprung erkämpft, den wir brauchten, um die Stadt zu erreichen.«

Der Geode nickte und blickte sinnend auf Tark hinunter, der den Kopf hob und leise winselte. »Ich fürchte, mir ist gerade etwas eingefallen, das mich doch aus Eurer Gesellschaft reißen wird«, sagte der Mann nachdenklich. »Sagt, Ihr kamt die Svelltstraße von Tiefhusen herauf?« Auf ihr Kopfnicken hin fuhr er fort: »Gut. Dann rate ich Euch, die Stadt nicht zu verlassen, bis wir zurückgekehrt sind. Ich fürchte, die Orks werden sich mit Eurem Entkommen nicht abfinden.«

»Ich wollte zwei Tage bleiben, um Waren zu tauschen und zu kaufen.«

»Das trifft sich gut. Sollte sich unsere Rückkehr etwas verzögern, bitte ich Euch, auch ein wenig länger zu bleiben. Ich werde Euch eine Nachricht zukommen lassen, sobald es mir möglich ist. Ach, wenn Ihr hier einer guten Freundin bitte ausrichten wollt, daß ich eilends fort mußte. Ihr werdet die Angroschna Gilda, Tochter der Gerde, im Haus des hiesigen Ingerimm-Geweihten finden – rechter Hand des Tempels. Seid Ihr so gut? – Danke. Angrosch sei mit Euch, werte Frau.«

Ayalamone Silberstreif reichte Xenos seinen Reisebeutel. »Ich habe Proviant besorgt«, berichtete sie.

Der Zwerg nickte. »Gehen wir. Wir haben keine Zeit zu vergeuden.« Tark bellte, als wolle er seinem Herrn zustimmen.

»Ja«, antwortete der Geode mit einem Streicheln über den haarigen Hundekopf, »wir sind wieder einmal auf der Reise. Seien uns die Götter gnädig, daß es nicht die letzte ist. Es herrschen wahrlich Zeiten unheilvoller Zeichen. Wie sagt man hier am Svellt? *Weht ein Wind über das Wasser, so bilden sich Wellen.*«

## 10. Kapitel

*Jedes Leben entsteht zu seiner Zeit, wird eine Zeitlang bewahrt und zum Ende seiner Zeit wieder genommen.*

Quelina vom Salmfang,
Meisterin des Flusses zu Albenhus

Er starb. Pulsierend und heiß floß das Leben aus seinen Wunden. Das Blut des Lebenden hüllte ihn ein wie ein Leichentuch und wärmte seine erkaltenden Glieder. Angetan mit dem roten Umhang des Todes, müde vom Kampf und mit seltsam leicht anmutendem Herzen stand er am Rand einer weißen Ebene, gefrorener Ödnis, unter einem weiten, endlosen Sternenhimmel. Tief unter ihm brach das Eis in einen schwarzen Ozean ab, der weißschäumend und entfernt brüllend gegen die gefrorenen Gestade prallte. Schwankende Lichter zogen am Horizont in langsamer Fahrt über das Meer, und er wußte, daß es Schiffe auf ihrer letzten Fahrt waren. Auf dem unruhigen Meer, noch weit fort, tauchte aus der Dunkelheit ein schlankes Boot auf. Ruder hoben und senkten sich in lautlosem Tanz, ohne daß ein einziger Rudersmann oder eine einzige Ruderfrau auf den leeren Bänken zu sehen war. Nur eine Frau, hochgewachsen und mit geflochtenem weißen Haar, stand vorn im Bug, das Gesicht ihm zugewandt, regungslos wartend, während die Otta sich in Windeseile näherte. Der Pelz um ihre Schultern bauschte sich im Wind des Meeres, das weiße Gewand schmiegte sich an ihre schlanke Gestalt. Die Otta verschwand hinter der Kante des Eises, und der Skalde wußte, daß sie an der unwirtlichen Küste anlegen und auf ihn warten würde. Es war sein Totenschiff, das seine lebende Seele fortbringen würde von der Schwelle des derischen Seins. Eisige Schneekristalle berührten seine kühle Haut, und ein schneidend kalter Wind umschmeichelte seine Wangen. Er spürte keine Trauer, keinen Verlust. Nur ein wenig Wehmut über den Abschied und Erleichterung darüber, allein zu sein. Die Liebe seiner Gefährtin war in seiner Hand, war ihm Schutz und Zuversicht auf dieser letzten Reise in das ferne Reich der Götter und ihrer Himmel.

Er kannte den Grund nicht, warum er es tat, aber er hob die linke Hand und öffnete sie. Eine kristallene Rose, zart, zerbrechlich und mit den Dornen einer Rondrablume, lag darin. Sie stand in voller Blüte, weit geöffnet und strahlend. Und in ihrem Licht war ein Funke geborgen; tief im Herzen ihrer Blütenblätter zitterte dieser wie das Flämmchen einer jungen Glut. Er erinnerte an einen Funken aus dem Feuerstein, der nicht weiß, ob er stark genug sein wird, um den Zunder in Brand zu setzen und zum lodernden Brand zu werden. Jeder Windstoß mochte ihn zum Erlöschen bringen, bevor sein Leben beginnen konnte.

»Thorn.« Die Stimme war warm und machtvoll. Der Skalde hob den Blick. Vor ihm stand die Reisende der geisterhaften Otta, eine Frau von aufrechter, starker Gestalt. Ihr Antlitz spiegelte die Züge des Thorwaler Volkes in anmutiger, sanfter Weise wider, und ihr Lächeln weckte verloren geglaubte Erinnerungen aus einer Zeit, da es für ihn in Thorwal noch ein Zuhause gegeben hatte. In ihren schwarzen Augen lebten das heiße Feuer der Thorwaler Recken und das wärmende Feuer einer liebenden Mutter. Sie kam zu ihm. »Thorn Beornson, schau!« Sie zeigte ihm ihre Hände, in deren zarter lebender Schale ein Pflänzchen wuchs, ein kristallenes Wesen, eine Rose voller Schönheit und Magie, Stärke und Zerbrechlichkeit. »Deine Tochter, Thorn.« Und er blickte für die Dauer eines Wimpernschlags in das blasse Gesicht einer jungen Frau, in ihre tiefen, ruhigen Augen von der Farbe des Meeres kurz vor einem Sturm, grau, ruhig und doch wütende, mächtige Kraft verheißend. Rotblondes Haar ringelte sich über ihre Stirn und um ihre hohen Wangen, zurückgehalten durch ein Stirnband in den Farben und Mustern der Wellenbrecherottajasko. Ihre herbe Schönheit war die ihrer Mutter, ihre schlanke Gestalt war die seine in fraulicher Form, und die Macht in ihr war die ihrer Liebe. Liebe, Stolz und Sorge brannten in Thorn mit einer plötzlichen schmerzhaften Lebendigkeit.

»Sie wird leben, wenn du lebst«, sagte die Gestalt, schloß die Hände. Das Bild verging. »Sie wird sterben, wenn du stirbst.«

Die kristallene Rose in seiner Hand zersprang mit einem seufzenden Klirren, wehte als glitzernder Regen scharfer Eissplitter in die Dunkelheit davon. Glanz und Funke gleißten auf und verloren mit jedem Atemzug des firunkalten Windes an Kraft und Sein. Sie öffneten das Tor zu einer verzweifelten Leere. Tjalf schrie auf, fing die letzten Splitter in den Fäusten, spürte sie aufglühen und zitternd verweilen, warten, flehen. Er barg sie, barg das Leben der beiden Menschen, die er liebte. Er wollte sie bewahren und hatte Angst, sie zu zerstören. Ihre Zerbrechlichkeit schmerzte. Tjalf weinte. Er brach in die Knie, hinunter in den eisigen Schnee, dessen Kälte er nicht spürte, die Fäuste an die Brust gepreßt. Blut sickerte zwischen seinen Fingern hervor und mischte sich mit dem salzigen Wasser seiner Tränen. Alles, was er war, schrie nach der Kriegerin jenseits der eisigen Wüste.

Da riß jemand seine Arme auseinander und in die Höhe. Schmerz durchflutete seinen Körper wie eine ertränkende Welle und nahm ihm den Atem. Aus seinen Fäusten rann Blut die Arme hinab und verbrannte ihm die Haut. Eisige Kälte umhüllte ihn, und der Trank, der ihm die Kehle hinablief, schmeckte nach Galle und saurem Wein. Spott traf ihn wie die Schläge einer neunschwänzigen Katze und riß ihn in die Welt der Lebenden. Langsam glitt er in die Bewußtlosigkeit zurück, bereitwillig vor der Qual fliehend und wissend, daß die Otta noch dieses eine Mal allein über das Nirgendmeer zurückfahren würde.

Es war eisig kalt, und diese Kälte gefror den Atem und quälte mit jedem Atemzug die nach Luft ringende Brust. Aber sie kühlte das Fieber, das sich lähmend zwischen den schmerzenden Schläfen und in den tauben Armen und Beinen eingenistet hatte und kalten Schweiß aus dem Körper trieb. Jora Eddasdottir hob stöhnend die Wange von dem frostigen Boden. Sofort preßte ihr Herz das Blut mit pochendem Schmerz bis unter die Schädeldecke. Sie schmeckte salziges, rostiges Blut auf der Zunge und den Lippen. Die Kriegerin bettete den Kopf auf den eisigen Fels zurück und versuchte erst gar nicht, die brennenden Augen zu öffnen. Sie zwang sich, das *Gebet der Löwin* Wort für Wort in ihrem Geist aufzusagen, um ihren Herzschlag zu beruhigen. Das Denken und das Erinnern fielen grausam schwer, aber eine Thorwalerin ist zäh – um so mehr, wenn sie Abgängerin der Trutzburg zu Prem ist! Zwar kehrten Leben und Wärme nur langsam und schwerfällig zurück, zwar stach und zog es in jedem einzelnen Knochen und Gelenk, aber sie kam langsam wieder zu sich. Als Jora endlich etwas anderes wahrnahm als den rauschenden Schmerz im bleiernen Kopf und als sie einen Blick durch die zitternden Lider wagte, hörte sie leises Gemurmel und das Schleifen von Stoff über Fels, sah das unruhige Licht einer Fackel und roch brennendes Pech. Sie mühte sich um scheinbar schlafende, langsame und stete Atemzüge, während sie sich verzweifelt fragte, wo sie sein mochte und wie sie hierhergeraten war.

»Du kannst die Augen öffnen, Jora«, nahm sie da die müde Stimme Gerinbold Perkuns wahr, »außer uns ist keiner hier.«

Die Thorwalerin wandte den Kopf und schloß gequält die Augen, durch das Licht einer Fackel geblendet. Die Kriegerin blinzelte die Tränen fort und sah den Mann schließlich kaum drei Schritt von ihr entfernt an der zerklüfteten Höhlenwand sitzen. Lihjana Feensang lag eingerollt wie eine frierende Katze neben ihm, den Kopf auf ein Stück seines Reisegewandes gebettet. Die Elfe schlief, auch wenn sie sich bisweilen unruhig regte und ihre Lippen beinahe unhörbare Worte formten.

Jora richtete sich mühsam auf. Ihr Körper schmerzte, wie sie es bisher nur einmal erlebt hatte: Als die Jungen sich nachts zu einer üblen Prügelei gegen die Mädchen versammelt hatten, um sich für die Niederlage bei einem der jährlichen Segelwettbewerbe zu rächen, den die jungen Kämpinnen der Trutzburg nur mit Hilfe einer kleinen und zugegebenerweise wirklich gemeinen List gewonnen hatten. Das Feld der unentschieden endenden Schlacht im Schlafsaal der Abgängerklasse war mit den Trümmern der Betten, Federn und Wollfetzen und gründlich durchgewalkten jungen Kämpfern beiderlei Geschlechts ein Spiegelbild vollendeten thorwalschen Stolzes und Starrsinns gewesen. Jora erinnerte sich daran, als eine der letzten gestanden zu haben, weil Laske und sie sich – mit einer Faust aufrecht und mit der anderen schlagend – gegenseitig auf den Beinen gehalten hatten. »Bei Swafnir, welch eine Prügelei!« stöhnte die Frau, als sie endlich saß.

»Nein, das sind die Nachwehen des Zaubers, der euch davor bewahrt hat, euch gegenseitig zu erschlagen«, widersprach Gerinbold, »fast müßte man ihm …«

»Bei allen Göttern!« unterbrach Jora den Magier. »Wo ist Tjalf?«

»Dort drüben.« Mit dem Kinn deutete der Magier der Kriegerin die Richtung, in der der Skalde zu finden war. Taumelnd kam Jora auf die Beine. Sofort meldete sich der pulsierende Schmerz in ihrem Schädel zurück, und wallender Nebel legte sich vor ihre Augen. Sie mußte sich an die eisige Höhlenwand lehnen, weil sie kaum Unten von Oben, geschweige denn Links von Rechts zu unterscheiden vermochte. Nur langsam wich der Schwindel. Das Bild des aufrechtstehenden Skalden blieb dennoch unscharf und auf sonderbare Weise glänzend, und da begriff Jora, daß eine Wand, durchsichtig wie kristallenes Glas, sie von dem Mann trennte. »Was ist das?«

»Eis«, klärte der Magier sie auf. »Unser Gastgeber scheint sich auf dieses Element gut zu verstehen. Es ist eine Wand aus dünnem, hartem Eis. Erinnerst du dich an die Karten?«

»Nein, doch, ja. Eis und Feuer. Aber hilft uns das jetzt? Verdammt … was ist mit Tjalf?« Sie ging die wenigen Schritte wie eine Trunkene, berührte die Wand und zog die Fingerspitzen vor der brennenden Kälte eilig wieder zurück. Sie versuchte, trotz des irreführenden Licht- und Spiegelspiels den Skalden auf der anderen Seite zu erkennen. Aber deutlich sah sie nur, daß er regungslos dastand, und ihnen den Rücken zuwandte. Sein rotblondes Haar fiel wirr und lang vom Scheitel bis zur Taille hinab. Beide Arme hielt er nach oben gestreckt. Dann begriff sie. Er hing an einer

Praiosstange, einer Vorrichtung, an die ein Inquisitor die Handgelenke der zu befragenden Person in Eisenbändern festzuschließen pflegte und an der üblicherweise zwei Ketten oder Stricke hinauf und über eine Rolle zu einer Wandhalterung liefen, um bei Bedarf den Delinquenten schmerzhaft auf die Zehenspitzen oder auch höher hinauf zu ziehen. Ein wirksames Mittel, den Gefangenen handlungsunfähig zu machen und dabei während eines Verhörs leicht und schnell zwischen Qual und Erleichterung wählen zu können. Eine grausame Art der Wahrheitsfindung.

»Tjalf«, murmelte Jora. Sie ließ sich mutlos vor der Wand aus Eis nieder. »Wie lange sind wir bereits hier?« fragte sie mit rauher Stimme.

»Ich weiß es nicht. Ich bin seit einiger Zeit wach. Drei Stunden? Vier? In diesen Stollen könnte wahrlich nur ein Zwerg die Zeit spüren. Außer uns habe ich bisher kein lebendes Wesen gesehen oder gehört. Vielleicht legt man keinen Wert darauf, uns Gesellschaft beim Sterben zu leisten.«

Die Premer Kriegerin lachte bitter. »Nein«, widersprach sie, »nein, Gerinbold, sie wollen etwas von uns. Sonst hätten sie sich nicht die Mühe gemacht, Tjalf dort an die Stange zu hängen. Aber *was* wollen sie?« Sie preßte sich die Handballen gegen die pochenden Schläfen. »Rondra, das kann nicht das Ende sein!« flehte sie ihre Göttin an. »Ich weiß nichts mehr von dem Augenblick an, als Tjalf sich … als er sich in mein Schwert stürzte«, sagte sie. »Was ist geschehen? Er verblutete. Aber er lebt …. Gerinbold, er lebt doch?« Sie erwartete keine Antwort. Sie schloß die Augen, biß sich auf die zitternden Lippen im Bemühen, das Band zwischen ihnen zu finden und zu nutzen. Für wenige Herzschläge spürte sie seine Schmerzen und erlebte seine verwirrenden und unzusammenhängenden Gefühle, fiebrig vor Hitze und Sehnsucht. All das berührte sie kaum mehr als ein fallendes Blatt in lauem Herbstwind, aber es war da, und es gehörte in diese Welt, in die Welt der Lebenden. Tjalf lebte. Er lebte! Vor Erleichterung stiegen Jora die Tränen in die Augen.

»Ich denke schon. Er hat sich einige Male bewegt«, versuchte Gerinbold die Freundin zu beruhigen. »Und ich weiß kaum mehr als du. Es war, als hättest du ihn tödlich getroffen, da wehte ein eiskalter Wind und ihr … Ja, es war, als wäret ihr innerhalb zweier Herzschläge zu Eis gefroren. Und seitdem … ich bin hier wieder zu mir gekommen.«

»Barek und Jelindraél sind nicht da«, murmelte Jora, die Tränen unwirsch fortwischend. »Hoffentlich geht es ihnen nicht noch schlechter als uns.«

»Das glaube ich nicht. Lihjana hätte es gespürt, wenn unserem Elfen etwas zugestoßen wäre.«

Die Thorwalerin nickte und zwang sich zu einem Lächeln. »Gut. Dann stellt sich jetzt die Frage, wie wir von hier entkommen.«

Der Magier erwiderte müde ihr Lächeln. »Du bist herzerfrischend zuversichtlich, liebste Jora. Unser Kerkermeister ist wahrlich um einiges im Vorteil.«

»Aber er ist zur Zeit nicht hier. Und das ist unser Vorteil.« Die Kriegerin lachte zornig und mit einem erwachenden Funkeln in den Augen. »Ich denke nicht daran, tatenlos zu warten, während irgend jemand über unser Schicksal Entscheidungen fällt, ohne uns zu fragen.« Entschlossen erhob sie sich – und mußte sich schwindelnd und haltsuchend an der eisigen Mauer abstützen. Das Eis verbrannte ihr die nackte Haut der Finger, so daß sie diese mit einem Schmerzenslaut zurückzog. »Bei Ifirn! Was *ist* das?«

»Eine elementare Wand«, erklärte der Magier bereitwillig, »eine reine Incorporatio des Elementes Eis.«

Jora starrte die Wand feindselig an. »Und doch …«, murmelte sie nachdenklich.

Während sich Bareks geschecktes Pony unverdrossen durch das raschelnde hohe Gras den nächtlichen Hügel hinaufmühte, musterte sein Reiter die schmale hohe Gestalt mit dem schimmernden Haar, die regungslos im Schatten des tiefdunklen Waldrandes stand und ihn erwartete. Der Elf wirkte wie eine Statue, wie eine lebendige Schnitzerei, die ein Bildhauer hier zu Ehren der Götter oder zur Wacht über den Wald zwischen die steil aufragenden schlanken Stämme der Fichten und Tannen gestellt und mit lebendigen, sehenden Augen bestückt hatte. Der Angroscho brummte einige Silben Angram in seinen Bart. »Lichtgesindel, zauberisches«, murmelte er im Gedanken an den feinen Spott, der so gern aus Jelindraéls Zügen sprach, wenn er sich an ihn wandte, an ihn, den Kleineren – und Jüngeren. Barek war alt, älter als seine menschlichen Gefährten wußten oder ahnten; er zählte zweihundertdreiundvierzig Jahre. Der Elf hatte einmal in beifälligem Ton erwähnt, welch eigensinnige Frau Bareks Großmutter Krima doch gewesen sei – und hatte dem Freund damit zu verstehen gegeben, daß er Jahrzehnte vor ihm den Boden Deres betreten hatte. Zwar mußte Jelindraél einen Gutteil der Zeit davon in der Anderwelt, der Welt der Feen jenseits der Grenze, zugebracht haben, so daß die Jahre, die er erlebt hatte, weitaus geringer an Zahl sein mochten; dennoch wurmte dieser elfische Seitenhieb den Zwerg.

Barek zügelte seinen kräftigen kleinen Schecken erst, als er neben dem Gefährten in den dunklen Schutz des Waldes eingedrungen war. Jetzt sah er auch die Grauschimmelstute, die hinter dem Elfen geduldig das lange zarte Gras zupfte, das auf dem nadelbedeckten Grund zwischen den weißen Sternen der Waldblumen wuchs. Der Zwerg stieg aus dem Sattel des Ponys, ungeachtet der Blumen, die er dabei mit den schweren Stiefeln zertrat.

»Du hast ihre Spur?« fragte er den Elfen brummig.

Jelindraél nickte. »Jenseits des Waldes beginnt unwegsames, steiles Gelände. Eine Stunde zu Fuß hinauf liegt ein Höhleneingang. Man hat einen guten Überblick von dort auf den Pfad hinunter.«

»Orkisch?«

Der Elf verneinte. »Unsere Thorwaler Freunde haben kaum einem Ork das Leben gelassen. Es sind Angroschim. Und ein Geode, dessen Magie eine eisige Kälte spüren läßt. Eine tödliche Magie.«

»Der Oheim.« Der Angroscho nickte nachdenklich. »Gildas Onkel. Von einem anderen Geoden hier in der Gegend wüßte ich nicht. Er soll wunderlich sein.«

Jelindraél schüttelte den Kopf. »Er ist … Ein Elf würde sagen: Zerza'feygra, ein unheilvoller Zerstörer. Und ich denke, er hält genug Macht in den Händen, um uns ernsthaft in Schwierigkeiten zu bringen.«

*»Ein Elf würde sagen«*, knurrte Barek. »Und was bist du, Spitzohr?«

Der Elf lächelte. »Badoc, Barek.« Er wandte sich um, schritt auf die Stute zu und schwang sich mühelos auf ihren Rücken. »Komm! Ich will dir den Höhleneingang zeigen, bevor der Helm der Mada hinter den Bergen versinkt.«

*anderenorts …*

Wärme, lebendige Wärme, übervoll der verzehrenden, nährenden Glut des pulsierenden Lebens. Kälte, eisige Kälte, hütend und verderbend, bannend die vergessene, schmerzvolle Zeit. Sich winden im Schmerz des Hungers, im Verlangen nach dem Verbotenen. Ein Klagen, weit getragen in die Dunkelheit und doch unhörbar, sich in die Herzen der Lebenden als Furcht und Alptraum wühlend, rufend, bettelnd und befehlend und doch hoffnungslos verloren in der Einsamkeit der Finsternis.

»Und doch. Es mag mir von Nutzen sein. Ja, das wird es sein.« Gandresch lächelte ein kaltes Lächeln. Er blickte in die Finsternis, ohne zu sehen, was es dort gab, aber mit dem Wissen um das, was Abrolek ihm bleich vor mühsam gezähmter Furcht hatte zeigen wollen. Der Schein der blakenden Fackel vermochte kaum die nächsten fünf Schritt des eisüberzogenen, abfallenden Ganges zu erleuchten. Die alten Stützbalken hatte der ewige Frost erhalten seit den Tagen, da die schürfenden Angroschim Umrazims mit ihnen den brüchigen, von eisigen Adern durchzogenen Fels abgestützt hatten. Wie tief die Höhle noch sein mochte, war nur zu schätzen. Vielleicht eine halbe Meile, wahrscheinlich weniger. Die lebende grüne Flamme innerhalb der Facetten des Goldauges in Abroleks zitternder Hand deutete unmißverständlich voraus, strahlender, als die magische Linse ihnen jemals vorher Edles und Wertvolles versprochen hatte.

Gandresch nahm Abrolek die gefaßte Linse aus der Hand. Der Zwerg bot in abgewetztem Leder und mattem Kettenhemd, mit schmutzstarrendem Bart und ungepflegtem Haar eine erbärmliche Erscheinung. Aber darauf achtete der Geode ebensowenig wie auf den Protest, der durch kundige Beherrschungsmagie zu einem jämmerlichen Gewimmer erstickt wurde.

Gandresch hob das Artefakt vor das Auge, blickte hinein und hindurch. Er versenkte seinen magischen Sinn in die Struktur des verzauberten Smaragds, sammelte seine Kraft und seine lenkenden Gedanken, um die Linse zu zwingen, ihm zu zeigen, was sie dem Zauberunkundigen nur durch ihr Flammenspiel offenbarte. Abroleks Blick heftete sich voller Mißtrauen auf den Geoden und das Artefakt. Der Zwerg nahm selbst nicht wahr, daß seine Hand sich um den Griff des Dolches im Gürtel schloß. Gandresch, Sohn des Garnd, Herr der Erde, ließ sich dadurch wahrlich nicht stören. Mit eisiger Miene und kühler Zielstrebigkeit brach er den Widerstand des lebenden Artefakts. Zwar stand selbst ihm der Schweiß auf der gefurchten Stirn, als er es endlich sah, aber er sah, was ihm die Linse zeigen konnte: eine Höhlung, deren Wände aus schillerndem Reichtum bestanden. Erze und Kristalle lagen dort unberührt und in einer Menge, die selbst den Übertreibungen der kühnsten Geschichtenerzähler Hohn sprach. Das Bild war von kristallener Schärfe und verführerischer Pracht. Jedoch wurde es verdüstert durch einen Schatten, dessen Hunger und Gier eisig durch die Kaverne des uralten Bergwerkes strichen. Unruhig zog die Kreatur hin und her – wie ein Wachhund an einer Kette. Gandresch stellte mit Bedauern fest, daß das Wesen – soweit er dem Abbild des Artefaktes trauen konnte – selbst zu mächtig war, um sich leicht zum Dienst zwingen zu lassen. Nun, er würde sich später entschließen, ob er den Versuch der Beherrschung wagen wollte oder ob er einen anderen Weg wählen mußte, um den Reichtum zu ernten. Daß dieses Ding ihn nicht daran hindern konnte, sein Ziel zu erreichen, stand völlig außer Frage. Dafür waren seine Verbündeten zu machtvoll und zu bereitwillig bemüht, ihren Vertrag zu erfüllen.

Der Geode gab dem wimmernden Abrolek die Linse zurück, der mit gierigen Händen nach dem Artefakt griff und es eilig unter seinem Wams barg. Gandresch spürte eine tiefe, eisige Verachtung. Es kam langsam die Zeit, da er die Verbindung zwischen dem Goldauge und dem Angroscho lösen mußte, um Abrolek, Sohn des Abrom, an einer unbedachten und unsinnigen Tat zu hindern. Zudem war der Dienst des Zwergs getan, wenn er, Gandresch, Sohn des Garnd, den Reichtum jener Höhle erst in den Händen hielte.

*nah …*

Die Einsamkeit der Finsternis nach der Berührung von Leben und Macht war grausamer als die Jahrhunderte des Wartens. Der Funke einer Hoffnung erstickt in bösartiger Stille. Geweckter Hunger ohne das Versprechen von Erfüllung. Der Schrei, qualvoll, unhörbar, aber für die zu spüren, die das Dunkel kannten, brachte den Fels zum Seufzen. Eis zersprang, Luft gefror. Und ein mächtiges altes Herz aus Blöcken geformten unsterblichen Eises schlug mit dem Schmerz unerfüllter Rache.

In einer Ecke der Höhle, die das Licht des Feuers nicht mehr erreichte, sehr wohl aber der brummende, trunkene Zwergengesang, begleitet von dem dröhnenden Schlag einer tief gestimmten Beckentrommel, versuchte Jelle in den Schlaf zu fliehen. Sie war müde, die schäbige Decke hielt kaum die Kälte der Höhlen fern, und ihre wundgelaufenen Füße schmerzten. Gandresch dagegen war kaum drei Stunden nach ihrer Ankunft wie nach einem kurzen Spaziergang selbst in den Stollen erschienen, hatte die Zwerge in eilfertige Geschäftigkeit versetzt und ihnen seine neuen *Freunde* zur Verwahrung überlassen. Wie es seine Gewohnheit war, hatte er sich nicht über den Grund der wohl kaum freiwilligen Anwesenheit der drei Menschen und der Elfe geäußert; die junge Frau verspürte ihrerseits auch nicht den Drang, den bei seiner Ankunft sichtlich schlechtgelaunten Zwerg danach zu fragen.

Nun, da Gandresch mit Abrolek tiefer in die Stollen vorgedrungen war und sie nicht mehr zu brauchen schien, wollte sie nur noch schlafen. Davon sollten sie weder die singenden Zwerge noch der strenge Duft des Krautes abhalten, das diese sich in ihre Pfeifen stopften und rauchten. Die muffige Decke entschlossen über den Kopf gezogen und den fröstelnden Körper eng zusammengerollt, schlief Jelle schließlich ein.

Silbernes Licht schnitt sich tief in die Dunkelheit des Waldes. Es formte spielend scharfe Schnitte aus Schwärze und Glanz, die in einem träge spielenden Nachtwind wie ein lebendiges Ganzes huschten und raschelten. Die menschliche Wölfin fühlte Geborgenheit, Wärme. Jelle schaute verwundert zum vollen Rad des Madamals hinauf. Etwas in ihrem Innern sagte ihr, daß gestern noch ein hauchzarter Helm der Mada am Himmel gestanden hatte und daher in dieser Nacht das Mal kaum so prachtvoll leuchten konnte. Ein Strahl des silbernen Lichtes kitzelte ihre Nase, und sie nieste herzhaft. Jelle schüttelte ihr dichtes zottiges Fell und bleckte die scharfen Zähne voller Freude. Mochte der Mensch in ihr sich wundern! Diese Nacht war schön. War das nicht genug? Mit der geschmeidigen Anmut des Raubtiers warf Jelle den Kopf zurück und heulte den Mond an. Sie lauschte, blinzelte in die silberdurchwirkte Dunkelheit. Und sie stutzte, als sie den Schatten wahrnahm, der sich aus der Dunkelheit formte. Es war, als verdichte sich ein Traumbild, als zögen sich Tausende von Ahnungen zu einer Erkenntnis zusammen und als sammle sich Kraft zu einem machtvollen Spruch. Jelle winselte. Sie wollte fliehen, aber die menschliche Neugier hinderte sie daran. Einem Standbild gleich stand die silberne große Wölfin inmitten des Waldes und wartete. Sie harrte auf die Regung des Schattens. Angst und Mut zerrten an ihren wilden Gedanken und Gefühlen, menschliches Wissen und wölfische Ahnung stritten sich. Verwirrt schüttelte sie den schweren Kopf, und da fühlte sie die Berührung. Sie sah nichts, sie witterte nichts, aber sie spürte *etwas* ihre Stirn berühren, über ihr Fell streichen, über den Kopf der Wölfin streicheln. Wieder erstarrte sie zum Abbild des Tieres. Ihr Herz schlug wie das Trommeln eines warnenden Rotpüschels, aber zu fliehen vermochte sie nicht. Eine singende Stimme wob sich in das Rascheln des Windes, eine sanfte Stimme, die sie kannte und liebte. Jelle lauschte. Zitternd schmiegte sich das wilde denkende Tier unter die Liebkosung der elfischen Hand. Und wie ein Welpe fiepte es, und wie die Wölfin knurrte es. Jelle wußte, daß *sie* sie nicht um ihren Lohn betrügen würde, aber auch ohne das Versprechen der leuchtenden Schattengestalt und die ruhige Zuversicht des brennenden kleinen Mannes dort zwischen den Bäumen hätte sie alles getan, um sich *ihrer* wert zu erweisen!

Turven, Sohn des Turgai, Schmied und Hauptmann im Solde Mardugh Orkhans, knurrte den verwundeten Ork an und überschüttete ihn mit einem Schwall orkischer Schimpfworte. Der Zwerg beendete seinen Ausbruch, wie es ein Ork getan hätte: Er schmetterte eine wohlgezielte Faust in den Magen seines Gegenübers und wartete mit funkelnden Augen auf den Gegenangriff. Kerrgh krümmte sich. Seine Antwort bestand nur aus einem beinahe unverständlichen Knurren, das Turven dazu bewog, den verletzten – und ranggleichen – Hauptmann bei der Brust zu packen, von der harten Holzbank im kleinen Haus der Norhuser Orkwache hochzuzerren und sein schmerzverzerrtes Gesicht vor das eigene zu ziehen. Kerrgh war um bald anderthalb Köpfe länger als der Zwerg und mochte in etwa gleich schwer sein, aber mit den gebrochenen Rippen und dem durch die Pfeilwunde unbrauchbaren rechten Arm war er wahrlich kein gleichwertiger Gegner mehr. Durch die rüde Behandlung brach die Armwunde auf, und ein blutiger Fleck wuchs zusehends auf dem schmutzigweißen Verband.

»Hör mir zu, du weibischer Bankert einer Orkin und eines Tiefzwerges«, knurrte der Angroscho, »deine Dummheit hat dafür gesorgt, daß ganz Tjolmar glauben wird, Mardugh habe den Vertrag gebrochen. Für die Svelltstraße gilt Waffenruhe, und wenn es schon unumgänglich ist, diese zu brechen, dann läßt man sich dabei nicht erwischen. Verstehst du das?« Kerrgh verstand nichts, das war ihm deutlich anzusehen, aber um nichts auf Dere hätte er dies zugegeben. Turven wußte selbst, daß der Ork nur wenig Rogolan verstand. Unwillig wiederholte er in gebrochenem, aber unmißverständlichem Orkisch: »Du dumm! Auf Straße Friede, Vertrag! Tjolmarer böse. Mardugh zornig.«

Ein deftiger Schwall gut gezielten Speichels und Kerrghs gesunde Faust trafen mit plötzlicher Wucht das Gesicht des Zwerges, der stoisch mit einer harten Ohrfeige konterte. »Benimm dich!« fauchte Turven in schönstem Rogolan, und diesmal war es der Ton, der den orkischen Hauptmann zum Einlenken brachte.

»Nicht dumm! Zauberzwerg-Befehl«, rechtfertigte er sich.

»Verdammt.« Turven öffnete die Faust und ließ den Verwundeten auf die Sitzbank zurückfallen. Mit einem großen bestickten Schnupftuch wischte sich der Schmied und Mechaniker sorgfältig den Speichel des Ork aus dem zornig geröteten Gesicht. »Gandresch, das war ein Fehler.« Sein Vetter überschätzte seine Macht. Mardugh Orkhan besaß durchaus die Möglichkeiten, einen einzelnen Geoden aus seinem Gebiet zu entfernen, wenn ihm daran gelegen war. Nicht nur seine eigene Geweihtenschaft mochte ihm dazu verhelfen, auch Drughai als sein ihm ergebener Tairachpriester und Schamane sowie dessen Wut und Mißtrauen gegenüber jeglichem Nichtork mochten das schneller zustande bringen, als sein Vetter zuzugeben bereit war. Turven kannte das empfindliche Gleichgewicht zwischen Siegern und Besiegten ebenso wie die internen Machtkämpfe am Hof des Häuptlings, von denen kaum ein Mensch oder Zwerg etwas ahnte. Mardugh Orkhans Einfluß zu schmälern, hieß, Mardughs Feinde zu stärken, statt Freiheit zu erlangen. Und das konnte für Menschen und Zwerge im Svelltal entsetzliche Folgen haben.

Der Zwerg ging zu den Satteltaschen seines Ponys hinüber und entnahm ihnen ein sorgsam in Stoff eingeschlagenes Fläschchen. Er brachte es zu dem Orkhauptmann, öffnete den versiegelten Verschluß und reichte es ihm. »Das gut. Wir reiten«, erklärte er mit Entschlossenheit in der Stimme.

Kerrgh zögerte nur einen kurzen Blick lang. Nun, Mardugh vertraute diesem seltsamen kleinen Mann. Und der Zwerg war zur Zeit und hier der Stärkere. Der Ork zweifelte nicht daran, daß der Hauptmann ihm den Trank mit Gewalt einflößen würde, wenn er ihn nicht freiwillig zu sich nahm. So griff er knurrend nach dem zerbrechlichen Kristallgefäß, schüttete sich den klaren Inhalt in den Mund und schluckte. »Wasser«, fauchte er gleich darauf und schleuderte die Flasche von sich, so daß sie auf dem Boden zersprang. Der Schmerz kam plötzlich und unvermutet. Gequält stöhnte er auf, als die gebrochenen Stücke seiner Rippen sich den Weg zurück an ihren angestammten Platz suchten. Der Zwerg wandte sich von dem erschrocken wimmernden Ork ab, um seine wenigen Habseligkeiten für die Reise in den Satteltaschen zu verstauen. Eile war geboten, und er gedachte nicht, Zeit zu verschwenden.

»Dein Ring, du Held« – der Geode hielt den weißgeäderten schwarzen Ring in das Blickfeld des Skalden –, »wertloser Plunder! Sieh mich an, Thorwaler! Weißt du überhaupt, welche Magie ihr da sinnlos vergeudet habt? Der Wert dieses Onyx mißt nun kein Gran Gold mehr, verglichen mit der Macht, die in ihm geborgen war, als deine Hure ihn meinem Boten gestohlen hat. Wie wollt ihr diese Schuld jemals abtragen in eurem jämmerlichen Leben?« Tjalf Sturmlied hätte vielleicht eine Antwort gegeben, wäre er in der Lage gewesen, den Kopf zu heben. So, wie er an der Praiosstange hing, mit kaum verheilten Wunden und Prellungen, ausgezehrt durch die blindwütige Swafskari und durch die Kälte der Höhlen wie erstarrt, war es ungewiß, ob er die Worte des Zwerges überhaupt wahrgenommen hatte. »Nun, gar so wild wie bei unserer ersten Begegnung scheint er wahrlich nicht mehr zu sein. Abrolek!« Gandresch gab seinem Begleiter einen Wink.

Die Ketten rasselten durch die Rollen und ließen den schweren Körper des Mannes auf den eisigen Boden hinab. Abrolek öffnete die Ringe um die geschundenen Handgelenke. Dann zog er ohne Umstände den Menschen an den Haaren zu der Wand aus Eis hinüber. Der Schmerz drang in den Geist des Thorwalers, entlockte ihm aber nicht mehr als ein gequältes Stöhnen. »Gut. Laß ihn dort liegen. Und laß uns allein.«

Jora Eddasdottir kauerte dicht an der Wand, starrte aus ihrer Dunkelheit in die nur durch den unsicheren Schein einer fernen Fackel erhellte Dunkelheit jenseits des eisigen Vorhangs. Ihre Hände waren zu Fäusten geballt. Sie wünschte sich inbrünstig, den Zwerg mit der eisigen Stimme ihre Fäuste spüren zu lassen, auch wenn ein Zauberer über solch einen Angriff nur lachen mochte. Aber es würde sich erweisen, wer hier den längeren Atem hatte! Gerinbold Perkun neben ihr nagte an seiner Unterlippe und schien verzweifelt einen entfallenen Gedanken zu suchen. Und Lihjana

Feensang saß wartend und still in der feindlichen Kälte, alle Sinne gespannt, um sich keinen Laut, keinen Schimmer einer Hoffnung entgehen zu lassen.

Ein spöttisches Lachen griff nach ihren Herzen und ihrer Hoffnung, und sie zitterte vor Kälte. »Hier ist es zu spät, um sich zu wehren«, ließ sich die Stimme im Garethi des ehemaligen Städtebundes vernehmen. »Hier bin ich derjenige, der das Schicksal bestimmt. Arme Kreaturen. Hofft nicht auf eure Freunde! Sie werden den ersten Schritt in mein Reich nicht überleben. Umrazim ist seit jeher eine Festung, die nur ein Gott stürzen kann. Und die Götter sind beschäftigt, glaubt mir.«

Der Magier versuchte eine bittere Entgegnung, aber nicht einmal den Mund konnte er öffnen. Wie gefroren waren seine Glieder und seine Zunge. Ein Lachen voller Hohn schnitt in seine Seele. »Du hättest an deiner Akademie bleiben sollen, Scharlatan. Aber weißes Haar an sich bedeutet kaum Weisheit, nicht wahr? Seit die Orks den Städtebund betreten haben, ist dein Lebensweg eine einzige Demütigung gewesen. Das unrühmliche Ende in den Stollen Umrazims wird die Krönung deines glanzlosen Lebens sein. Elfenfreund, dein Tod wird mir mehr Freude bereiten als der der zwei Spitzohren. Um die beiden Thorwaler würde es mich beinahe dauern, wenn sie mir nicht mehr schuldig wären, als sie je bezahlen können. Jora Eddasdottir, Kriegerin der Schule zu Prem, Tochter unvergleichlicher Helden aus Olport, der größte Fehler in deinem Leben war der Raubmord an meinem Boten. Ihr habt die Kraft des Ringes verschwendet, kurzsichtig und engstirnig, wie von tumben Thorwalern zu erwarten. Welchen Preis bietest du mir, um meinen Verlust gutzumachen? Deine Schwerthand brauche ich wahrlich nicht, gibt es doch hier weit folgsamere Kämpfer in Fülle. Wie ist es, Jora, Geliebte eines Walwütigen, du trägst ein Kind? Wie wäre es, das Balg gegen eurer beider, vielleicht auch die Freiheit deiner beiden Gefährten zu tauschen? Es mag dir sogar Erleichterung sein, dich nicht um ein unberechenbares Ungeheuer in Menschengestalt sorgen zu müssen.«

Jora wußte, daß sie hätte antworten können. Aber sie hätte sich eher die Zunge ausgerissen, als auch nur ein Wort zu sagen. Ihr Leib zog sich angstvoll um das ungeborene Kind zusammen. Ihr Magen verkrampfte sich schmerzhaft und drückte das sauer brennende Mittagsmahl herauf, mühsam zurückgehalten durch ihren eisernen Willen, dem Gegner diese Schwäche, diesen wunden Punkt nicht zu zeigen. Auf ihrer kalten Stirn stand eisiger Schweiß.

»Nun, du hast die Zeit, dir dies zu überlegen. Noch ein wenig Zeit. Es ist die einzige Möglichkeit, eurem Balg und euch das Leben zu retten. Die einzige Möglichkeit, meinen Zorn über den Verlust ein wenig zu mildern. Und laß es dir gesagt sein: Mein Zorn übertrifft den deines Liebsten bei weitem. Ich werde wiederkommen, und dann will ich eine Antwort hören. Andernfalls werde ich mir nehmen, was ich will, und zwar ohne großzügige Gegenleistung.«

Die Worte verklangen und vergingen in dem leisen Rieseln, mit dem die Eiswand in unzählige Kristalle zersprang und in sich zusammensank. Jora wollte bereits zum Sprung ansetzen, aber das, was sie sah, ließ sie wieder verharren. Kaum eine Handbreit hinter der Gestalt des Skalden erhob sich eine neue glitzernde weiße Wand aus gefrorenem Eis. Die Kriegerin schob sich auf den Knien an Tjalfs Seite, um mit zitternder Hand sein aufgelöstes langes Haar und seine blasse Wange zu berühren. Seine Haut war kalt und feucht. Aufstöhnend vor innerem Schmerz zog sie den regungslosen Körper in ihre Arme, bettete ihn an ihren Körper und umschlang ihn wärmend mit Armen und

Händen. Lihjana trat zu ihnen, um ihren Umhang um Tjalfs Schultern zu legen. Jora verbarg ihr Gesicht in den Haaren des Skalden, bemüht, nicht zu weinen, obwohl die Tränen in ihren Augen wie heißes Feuer brannten.

»Wer immer das war, er erscheint mir nicht im mindesten des Vertrauens würdig, ein Kind überantwortet zu bekommen«, ließ sich Gerinbold grimmig vernehmen. »Ein Kobold wäre ein besserer Ziehvater.«

Die Kriegerin nickte, stumm vor Schmerz, und in lautlosem Gebet bewegten sich ihre bebenden Lippen:

»Heilige, geliebte Frau Rondra, strahlende Göttin,
gib mir Mut und Kraft, Mut und Kraft der Leuin,
damit Deine Macht in meinem Herzen lebt.

Heilige, geliebte Herrin Rondra, strahlende Göttin,
schenk mir Deinen zornigen Blick, den Blick der Leuin,
damit Dein Zorn aus meinen Augen schaut.

Heilige, geliebte Herrin Rondra, strahlende Göttin,
gewähr mir Deine Liebe, die Liebe der Löwin,
damit ich nicht fehlgehe und Deinem Weg folge.

Denn Dein sind mein Schwert und mein Leben, solange mein Herz schlägt.
Sei mit mir, Strahlende, damit dereinst der Ruf an
Deine Tafel mich ereilen mag.«

# 11. Kapitel

*Nur wenn Erz durch Kraft und Verstand*
*auf Feuer und Wasser trifft,*
*wird das Schwert zwischen Hammer und Amboß geschmiedet,*
*wie es einem Meisterschmied geziemt.*

Bewahrer der Kraft,
seine Erhabenheit Xolgorim, Sohn des Xaraf

»Wieviel Zeit mag vergangen sein?«

»Ich weiß es nicht, Jora. Niemand von uns weiß es.« Gerinbold nahm besorgt den müden Klang in der Stimme der Premer Kriegerin wahr. Jeder erdenkliche Versuch war gescheitert, dem kalten Element beizukommen, das sie gefangenhielt. Ihre Fackel war bereits vor Stunden erloschen, als sie sich abgemüht hatten, mit der Flamme das Eis zu schmelzen. Das Licht jenseits des Vorhangs war vor einiger Zeit erloschen, und nur das seltsam unwirkliche schwache Glühen, das aus den Wänden sickerte, zeigte ihnen die eigenen Umrisse als lebendige Schatten. Der Magier fühlte nicht nur Durst und Hunger in den Eingeweiden, sondern auch eine zunehmende Besorgnis über die Machtfülle ihres Kerkermeisters. Angesichts der Undurchdringlichkeit und Beständigkeit der Eiswand hatte er in den letzten Stunden einige unangenehme Rückschlüsse gezogen. Die Wand war zum einen gute fünf Schritt lang und an die drei Schritt hoch. Gerinbold Perkun wußte nicht genau, wie kräftezehrend die Erschaffung eines solchen Hindernisses war, aber er ging davon aus, daß ein zudem gleich zweimaliges müheloses Errichten einer solchen *Incorperatio* entweder auf einen gut ausgeruhten Zauberkundigen schließen ließ, der einiges an Erfahrung besaß und zudem für die nächste Zeit keine kräftezehrenden Versuche plante, oder auf jemanden, der Hilfe für solches Wirken erhielt. Eiselementare standen zwar nicht in dem Ruf, besonders leutselige Geschöpfe zu sein, aber eine Ahnung sagte dem alternden Magier, daß sie auch nicht von so einfachem Gemüt waren, als daß sie sich freudig in den Dienst eines solch finsteren Herrn begäben. Die bittere Erfahrung eines unruhigen Wanderlebens dagegen warnte ihn, daß dort, wo *ein* Dämon zum Dienst gerufen wurde, auch ein zweiter lauern mochte. Die niederhöllische Kälte dieser Höhlen bestärkte ihn noch dazu in derart finsteren Gedanken. Und das Schimmern der Wände bereitete ihm Kopfschmerzen. An einen erholsamen Schlaf war an diesem Ort nicht zu denken. Einige Male war er eingenickt und jedesmal nach kurzer Zeit aus wirren Alpträumen aufgeschreckt, an deren Inhalt er sich kaum mehr erinnerte. Es waren unangenehme, befremdliche und bedrohliche Szenen an einem Ort voller Kälte und Dunkelheit gewesen. Er hatte … *Dinge* gesehen, die nicht ohne Grund in seinen Träumen aufgetaucht waren.

Lihjana Feensang ging leichten Schrittes zu den beiden Thorwalern hinüber und setzte sich dicht neben der Kriegerin auf dem kalten Boden nieder. Tröstend umschlang die Elfe die starke Menschenfrau mit den Armen und schmiegte ihre Wange an deren breite Schulter. »Jora«, sprach sie ihr leise Trost zu und fuhr in singendem Isdira fort, »Zeit ist ein Wort, das ihr Menschen erfunden habt, wohl weil die Spanne eures Lebens gegenüber der des Elfenvolkes so kurz bemessen ist. Ich weiß nicht, wie viele eurer Stunden vergangen sind, aber ich spüre, daß die Mondlose Nacht begonnen hat. Und sie wird nicht vorübergehen, ohne daß etwas geschieht, das für unser aller Schicksal Bedeutung haben wird. Es ist nicht der siechende Tod. Gerinbold und ich haben die Vorzeichen eines Kampfes gesehen, der schrecklich sein wird und den wir vielleicht verlieren werden. Aber behauptet ihr Krieger nicht, daß eine Schlacht bereits verloren ist, wenn schon vor dem ersten Schwertstreich Furcht in die Herzen gesät ist? Er will, daß wir uns fürchten, daß wir unsere Hoffnung verlieren und schließlich bereit sind, auf seine grausigen Forderungen einzugehen. Er frohlockt, wenn wir weinen. Er wird stark, wenn wir schwach sind. Und er wird versuchen, unsere Schwäche zu seiner Stärke zu machen. Wir werden unsere Kraft nur selbst vernichten, wenn wir ihm nicht die Stirn bieten. Tjalf lebt. Euer Kind lebt. Wir leben. Und ich weiß, daß dort jenseits der Finsternis Jelindraél nach uns sucht, daß wir Freunde haben, die uns erst dem Schicksal überlassen werden, wenn wir in das Licht jenseits dieses Lebens eingegangen sind. Laß die Dunkelheit nicht in dein Herz! Jora, du bist stark. Und wir brauchen deine Stärke.«

Die Thorwalerin schüttelte den Kopf. Sie starrte blicklos in die Dunkelheit, spürte die Verzweiflung gegen ihren Mut und ihren Stolz anrennen wie Belagerer gegen eine Stadt, deren Mauern schon länger als gehofft standgehalten haben, die nun aber brüchig sind und von kaum einem Streiter mehr bemannt. Sie hatte nur wenig von den elfischen Worten verstanden, wußte aber nur zu gut, das Lihjana ihr Hoffnung auf die Entsatztruppen machen wollte. »Li, ich verstehe eure Sprache kaum«, entgegnete die Kriegerin bitter, »und noch weniger verstehe ich eure Gedanken.« Jora zögerte, wandte den Kopf, konnte aber nicht mehr sehen als ein Glänzen der großen Elfenaugen. »Ihr zweifelt nicht. Ihr scheint keinen Haß und keinen Neid zu kennen. Ihr trauert kaum um eure Toten.« Sie schluckte ob der schmerzhaften Enge in ihrer Kehle und fuhr leise fort: »Ich weiß, daß du mich trösten willst, aber verstehst du den Schmerz, der einen Menschen zerbrechen kann, wenn er das verliert, was er in seinem Leben nur einmal finden wird? Wie kurz sind diese wenigen Jahre! Die Götter sind grausam.«

»Es sind eure Götter«, sagte Lihjana in der Sprache der Mittelreicher. Sie lächelte in das bösartige Schimmern der Höhle. »Und ich weiß, daß du mich verstehst, Thara, auch wenn du das Isdira nicht sprichst. Ihr Menschen seid gefangen in eurem kurzen Dha, und ihr begreift nur selten, welches Geschenk das sein kann. Es ist eure Stärke, mit Zerza'jah Seite an Seite leben zu müssen. Ein Fey hat Zeit, viel Zeit, bis das Kahrjanda ihn findet. Ihr sucht euer ›Schicksal‹. Ihr könnt es besiegen, weil in euch die Nurdra der Zerza lebt. Ein Fey empfindet ein solches Dha als grausam und vielleicht sogar als sinnlos, aber für euch ist es ein Weg, zu euch selbst und zu euren Göttern zu gelangen.«

»Li«, murmelte Tjalf in Joras Armen, »liebe Lihjana, uns fehlt eure Geduld und eure Leichtigkeit. Ein Mensch kann eine Elfe nicht begreifen. Und ich weiß nicht, ob ihr uns begreifen könnt, ohne *badoc* zu werden. Ich liebe dich, Kriegerin«, fuhr er sehr leise fort, »und ohne dich wäre ich jetzt nicht hier und am Leben. Bitte, Joraja, sei stark! Li hat recht: Wir werden die Thorwalerin in dir brauchen. Ich will die Heimat wiedersehen – mit dir und unserem Kind an meiner Seite.«

Jora nickte kaum merklich. »Gut«, sagte sie, »es soll sein. Tjalf, versprich mir einen Kuß unter einem blühenden Birkenzweig!«

Tjalf Sturmlied seufzte leise, schmerzhaft und mit einem zaghaften Lachen. »Das wohl! Es ist wohl kaum mehr unser eigener Wille. Wenn wir hier draußen sind, lebend, soll es sein. Aber erst einmal müssen wir dieser Kälte entkommen.«

»Wir werden einen Weg finden.«

Eine hastige Bewegung Lihjanas unterbrach sie. »Es kommt jemand«, flüsterte die Elfe. »Oder etwas.«

Die Praiosscheibe würde ihren Lauf für diesen Tag in kaum mehr als einer Stunde beenden. Noch berührten die goldroten Strahlen die Gipfel des aufragenden ersten Höhenzugs des Finsterwalls. Das hügelige Vorgebirge im Osten lag nun in tiefem, bläulich durchwobenem Schatten. Fern waren die Umrisse des Rohrwed zu erkennen, hinter dem bereits die ersten Sterne auf dunklem Himmelszelt aufblitzten. Die Felsen mühten sich, von der Wärme des Tages abzugeben, während die Kühle der nahenden Nacht von den Sphären herabfiel. Es war still. Nicht einmal ein Vogel wagte einen Ruf, nicht ein Windhauch strich singend über die schroffen, kahlen Hänge. Jelindraél Feenlicht löste seinen Blick von dem fernen Horizont, hinter dem er die Salamandersteine wußte, und ließ ihn zu Barek schweifen, der bereits seit Stunden seine Waffen säuberte, schärfte und zurechtlegte.

»Kennst du das Gefühl der Angst?« fragte der Elf, während er zusah, wie der Angroscho nun sorgfältig jede Waffe, jeden Bolzen und jedes Messer an der dafür vorgesehenen Stelle seiner Kleidung und Ausrüstung befestigte.

»Hm?« Barek blickte überrascht auf. »Du brichst deine stundenlange Regungslosigkeit, um mich das zu fragen?« spottete er.

Jelindraél bejahte. »Wir müssen auch aufbrechen«, setzte er hinzu.

Barek nickte. »Natürlich kennt ein Angroscho Angst. Nur nicht so wie ihr, ihr Hasenfüße. Und er kann sie vergessen – während ihr noch herumsteht und jammert, ob es nicht besser wäre, nichts zu tun und nur mit großen Augen zuzusehen.« Der kleine starke Mann blickte nach Südosten und zog die Brauen nachdenklich zusammen. »Was werden die Spitzohrigen tun, wenn das Hereinbrechen des Dunklen Zeitalters mehr als ein Gerücht sein sollte?«

»Ich weiß es nicht. Große Augen?« Der Blick des Elfen neckte den Zwerg, der dies aber geflissentlich übersah. Jelindraél wandte sich nun ernsthaft der Frage zu: »In die Wälder fliehen und warten, nehme ich an. Zuerst. Was dann käme … Ich gehöre zu sehr in die Welt der Menschen, um das zu tun.«

»Und Li?«

»Es ist für sie zu spät, nach Hause zurückzukehren und unbeschwert leben zu können. Und sie wird sich nicht von mir trennen wollen.«

»Elfen«, knurrte Barek und stieß als letztes sein Zwergenschwert in die Scheide. »Komm, gehen wir!«

Der Elf griff nach seinem Bogen und folgte dem Zwerg.

Turven, Sohn des Turgai, zügelte sein Pony. Kerrgh hinter ihm knurrte unwillig über den erneuten Halt, wollte er doch allmählich den Ritt hinter sich wissen und endlich erfahren, was der zwergische Vertraute des Mardugh Orkhan hier in den Bergen zu tun gedachte. Auch schmerzten seine erst vor einigen Stunden durch den Heiltrank zusammengefügten und vom stundenlangen Ritt durchgerüttelten Rippen, und der Hunger stellte die Geduld des Orkhauptmanns ebenso auf eine allzu zwergische Probe. »Wohin?« verlangte er zum ungezählten Mal mißmutig zu wissen.

Der Zwerg deutete auf einen in der Abenddämmerung kaum zu erkennenden Pfad, der hinauf zum steilen, felsigen Hang führte. »Dort oben muß der Eingang zu der Mine liegen«, erklärte er. »Und wenn das stimmt, was du mir erzählt hast, sind Gandresch und seine Gefangenen dort oben. Und die Angroschim, die für ihn schürfen«, setzte er leise hinzu.

Hauptmann Kerrgh betrachtete den schmalen Pfad, der sich dicht neben einem wilden Bergbach steil durch den Fels nach oben wand. Weit oben, sicher eine gute Stunde entfernt und unter einem Überhang verborgen, erkannte er eine dunkle Stelle, die der Höhleneingang sein mochte. Dort stürzte das Wasser über den Vorsprung herab und mußte sprühend sowohl jegliche Wache verbergen als auch den Pfad mit feuchter Glätte überziehen.

»Pferde hier«, murrte er und sprang aus dem Sattel seines zottigen Graufalben. »Weg steil und rutschig. Pferd laut.«

»Du hast recht, Kerrgh. Binden wir sie dort unter den Bäumen an. Gibt es wilde Tiere hier?«

»Tiere, die fressen Pferde?« Kerrgh lachte mit gebleckten Zähnen, nickte und schüttelte den Kopf. »Schau! Orks klug.« Er kramte aus dem Beutel von seinem Rücken einen hölzernen Tiegel und löste den geschnitzten Stopfen. Ein kaum wahrnehmbarer, in stärkerer Konzentration sicher zumindest üble Magenkrämpfe auslösender Gestank entwich dem Gefäß. »Tun auf Kinderfüße. Auch für Pferde. Vertreibt Wolf und Harpyie.« Und während der Ork die Salbe auf die Beine der Pferde strich, murmelte Turven: »Elfen bestimmt auch.«

Nachdem sie die beiden Ponys an einer geschützten Stelle unter den letzten Tannen des Gebirgswaldes angebunden und eine Fackel entzündet hatten, machten sie sich gemeinsam an den Aufstieg.

Die stinkenden kleinen Männer schliefen. Allesamt lagen sie zusammengerollt auf ihren Fellen und unter ihren Decken in der Höhle mit dem großen Kaminschlot, schnarchten und träumten. Jelle witterte in die große Höhle hinein, durchdrang mit allen Sinnen das dämmernde Licht der Felsen, das ihren Augen genug Helligkeit gab, damit sie sicher zwischen den Schlafplätzen der Zwerge hindurch auf die andere Seite des Gewölbes schleichen konnte. Dort begannen ein halbes Dutzend mit Lederstücken verhängte Stollen, die zumeist weiter in den Berg hineinführten. Die junge Frau lächelte, als sie zurückblickte. Sie war leise, sie war gewandt, und ihre Nase, ihre Ohren und Augen waren schärfer als die der kleinen Männer. Es war einfach gewesen, ungesehen und ungehört hierher zu gelangen. Und wie klug war sie doch, alle metallenen Waffen einzeln einzuwickeln, bevor sie sie in den Tragebeutel steckte. Sie lächelte zufrieden. Es war ein schönes Gefühl, etwas richtig gemacht zu haben.

Die Schritte schreckten sie auf. Schlief er noch nicht? Sie hatte gehofft und gebetet, daß er in dieser Nacht schlief. Aber er schlief nicht, sie kannte seinen Schritt und den ihm anhaftenden seltsamen Geruch. Jelle huschte durch den Ledervorhang und preßte sich gegen die kalte Felswand. Das Herz schlug ihr bis in die Kehle herauf. Und wenn er sie jetzt sah? Nein, sehen konnte er sie nicht. Riechen konnte er sie auch nicht. Seine Nase war nicht fein genug. Aber vielleicht benutzte er seinen magischen Spürsinn, um sie zu finden. Sie wußte, daß er das konnte. So hatte er sie schon einige Male gefunden, am Anfang, als sie noch dachte, sie könne sich vor ihm verstecken. Jelle betete zu allen Göttern, die sie hören mochten, daß er nur hinaus wollte, um sein Wasser abzuschlagen oder zum ummauerten Kochfeuer inmitten des Saales, um sich aus dem großen Topf etwas von dem faden Brei oder aus den Kübeln mit scharfem Schnaps etwas zu trinken zu holen.

Die Schritte querten den Raum, wurden lauter und verharrten. Jelle wagte nicht zu atmen. Der Riemen des Köchers schnürte ihr die Brust ein, und das Gewicht des Beutels in ihrer Hand wurde immer schwerer und zog an ihrem Arm, und plötzlich hatte sie die schreckliche Vorstellung, der Stoff könne ihr entgleiten und mit allen Waffen auf dem Felsboden aufschlagen. Das mußte er dann hören! Und er würde sie strafen. Sie wußte, daß sie ungehorsam war. Jelle spürte ihre Hand zittern und krallte die Finger tiefer in den Stoff des Beutels. Nein! O bitte, ihr Götter, laßt ihn mich nicht hören! Laßt den Sack in meiner Hand! Laßt ihn wieder zurückgehen! Und was wäre, wenn er sich hierher begab? Wenn er das gleiche Ziel hatte wie sie selbst? Der Schweiß brannte in ihren Handflächen, rann ihr den Rücken hinab und biß ihr in die Augen. Sie schloß die Lider und hörte nichts anderes mehr als ihr laut schlagendes Herz. Bitte, ihr Götter, ich verspreche euch … Die Schritte entfernten sich. Jelle wagte erst nach etlichen weiteren, schnellen, schmerzhaften Herzschlägen, nach einer ganzen Anzahl flacher, mühsamer Atemzüge, die Augen wieder zu öffnen. Danke, dachte sie. Mit bebenden Gliedern tastete sie sich weiter in die Dämmerung des Berges hinein.

Es währte nur wenige Augenblicke, Augenblicke, in denen vollkommene Finsternis, erdige Schwere und felsige Härte sie umgaben. Sie traten hindurch, ohne die Elemente zu berühren, und dennoch waren diese um sie herum wie ein sich sanft anschmiegendes magisches Kleidungsstück, das weder Gewicht besaß noch die Bewegung der Glieder beengte. Die Elemente Humus und Fels, durchzogen von Erzen, waren ihre

Träger und Führer auf dem Weg, den sie selbst nicht ohne diese Hilfe beschreiten konnten und auf dem sie blind waren. Und wie von gierigen kleinen Händen wurden ihre Kleidung, die Taschen, alles, was sie trugen und mit sich führten, selbst ihre Körper abgetastet und erforscht. Jedes Metall, das die suchenden Finger fanden, wurde sorgsam ergriffen und behutsam genommen. Das Erz kam aus der Erde, war ihnen mit Hacken und Schaufeln entrissen und durch Kraft und Feuer in Formen gegossen und geschmiedet worden, um den bergbauenden Wesen zu dienen. Die Geister der Elemente forderten das Erz zurück, gleichsam als Tribut für den Weg durch Sumus Leib.

»Mir ist jedesmal, als wäre ich ein Wurm, der sich durch feuchte Erde wühlt«, waren die ersten Worte, die Ayalamone Silberstreif sprach, als ihre unsichtbaren Helfer sie sicher in einem dunklen kalten Stollen tief im Innern des Berges abgesetzt hatten. »Ich liebe diese Art zu reisen wahrlich nicht. Oh, ich habe vergessen, die Gewandspange abzunehmen. Nun gut, fort ist sie.«

Xenos, Sohn des Xoniosch, lächelte in die Dunkelheit. »Ich hielt es für einfacher, als sich an den Wachen vorbei hier hereinzuprügeln«, entgegnete er gelassen. »Außerdem *frißt* sich ein Wurm durch die Erde. Das würde ich dir wahrlich nicht zumuten.«

»Danke.« Ein erschrockener Laut drang durch die Dunkelheit. »Tark? Erschreck mich bitte nicht so! Welch eine kalte Schnauze.« Die Elfe strich dem leise winselnden Berghund besänftigend über den Pelz. »Schon gut, alter Freund«, beruhigte sie das Tier sanft. »Xenos, ich fühle mich hier nicht wohl. Es wäre mir sehr lieb, wenn wir uns hier unten beeilen könnten.«

»Ich bin genausowenig erpicht darauf, lange hier zu bleiben. Siehst du das Glimmen in den Felsen? Diese Erzbeimischung zieht sich der Sage nach durch viele der Stollen Umrazims. Sie strahlt eine Kraft aus, die mir Unwohlsein verursacht.«

»Ein magisches Metall?« Die Fingerspitzen der Elfe berührten vorsichtig den eisigen Fels, als wolle sie verborgene Magie auf diese Weise ertasten.

»Nein. Magische Metalle besitzen eine ungelenkte magische Aura. Etwas Vergleichbares hat das hier nicht. Nun gut, laß uns Jelle suchen. Bei Sumu, ist es hier kalt! Gandresch muß sich hier ja wie zu Hause fühlen.«

»Wenigstens haben Gandreschs Vorfahren den Sinn hoher Decken gekannt«, spottete seine Gefährtin. Sie suchte in ihrer Gürteltasche nach der ledernen Haarspange und dem dazugehörigen Verschlußstöckchen. Als sie sie im Dunklen ertastete, schloß sie ihren Umhang mit dem geschnitzten hölzernen Stab, indem sie ihn wie eine Nadel durch den gewebten Stoff schob.

»Gibst du mir die Puppe?« bat sie dann. Der Geode nahm behutsam ein Lehmpüppchen aus dem geflochtenen, laubgepolsterten Deckelkorb, um es der Elfe zu reichen. Ihr zuliebe entzündete er an der Glut seines tönernen Feuerkorbes eine hell brennende Kerze. Er selbst sah in der Düsternis der Stollen gut genug, um sich ohne zusätzliches Licht zurechtzufinden, aber er wußte aus Erfahrung, daß Ayalamones Wahrnehmungsfähigkeit im Innern von Deres Leib einiges an Empfindsamkeit einbüßte. Hier war die Welt der Angroschim, nicht die der *fey*. Die Figur wie etwas Zerbrechliches, Lebendiges auf der Handfläche haltend, stand seine hochgewachsene elfische Gefährtin einige Atemzüge lang da, musterte die Druidenpuppe und das ihr eigene astrale Gewebe und fühlte nach der jungen Menschenfrau, die durch das druidische Ritual, verwoben mit dem elfischen Zauber, eine kaum wahrnehmbare Verbindung zu ihnen besaß. »Wir müssen dort entlang«, erklärte sie schließlich. Ayalamone gab dem Geoden die Miniatur zurück, die im warmen Schein der Kerze, die sie nun nahm, deutlich die schmalen und jungen Gesichtszüge der Werwölfin offenbarte.

Xenos bettete die Puppe wieder in ihr Bett aus trockenem Laub. »Ich denke, wir sollten sie zu Kurjuk bringen, wenn das hier vorüber ist«, überlegte er, während er sorgfältig den Deckel verschloß, zuband und schließlich den Korb an seinem Gürtel befestigte.

»Der Wolf in ihr ist ein Werwolf und nicht ihr Seelentier«, gab die Elfe zu bedenken. »Und er wird ihre Verwandlung ebensowenig rückgängig machen können wie wir.«

»Vielleicht vermag er aus dem Werwolf einen Wermenschen zu formen«, entgegnete der Geode. »Es gibt eine Legende von einem fehlgeleiteten Sohn der Rauhwölfe. Sie erinnert mich an Jelle.«

»Nun, wenn *er* nicht den wahren Kern der Legende kennt, dann kaum ein anderer«, vermutete Ayalamone. »Aber laß uns erst dies hier zu Ende bringen, bevor du uns ein neues Ziel suchst. Xenos, du wirst mit den Jahren immer ungeduldiger!«

»Altersstarrsinn, meine Liebe«, gab der Freund schmunzelnd zurück. »Bei Angroschim kann das bedenkliche Formen annehmen, mußt du wissen.«

Die Elfe seufzte hörbar und enthielt sich einer Entgegnung, während er die Hand hob, den Zeigefinger der linken Hand dicht an die Flamme der Kerze hielt und wartete, bis ein winziges Flämmchen von dieser sprang und gleichsam auf seiner Fingerkuppe Platz nahm. Der Feuergeode lächelte und setzte diese winzige Menge des leuchtenden Elementes behutsam auf den Boden, um es mit einem bittenden Fingerzeig in die Dunkelheit zu schicken. Eilfertig flitzte das Flämmchen auf dem Gang einige Male hin und her und glitt schließlich als winziger leuchtender Führer in die Dunkelheit voraus. »Folgen wir ihm!«

Schweigend und lauschend suchten sie nun ihren Weg durch die verlassenen kalten Stollen, drangen immer tiefer in den stillen eisigen Berg ein, geleitet von der Magie, die die Werwölfin mit der druidischen Miniatur verband, und von dem Lichtstrahl der kleinen Flamme, die wie ein warmer Funke über den eisigen Fels zu ihren Füßen huschte.

»Schau einmal an, wer da zu so nächtlicher Stunde den Berg heraufkommt!« murmelte Barek, Sohn des Beragam, in seinen prächtigen geflochtenen Bart. »Gildas Vater, Turven, Sohn des Turgai, Hauptmann Mardugh Orkhans.«

»Er wird von einem Ork begleitet«, sagte Jelindraél Feenlicht neben ihm aus dem tiefen nächtlichen Schatten der Felswand heraus. »Riecht nach Kerrgh, dem Orkhauptmann, mit dem ihr euch in Hilgerds Heim angelegt habt.«

»Er hat sich mit uns angelegt, bitte, wenn überhaupt«, murrte der Angroscho. »Komm! Das könnte vielleicht unser ›Goldener Schlüssel‹ für dieses Tor sein.«

Und mit bemerkenswerter Lautlosigkeit schlichen sich die beiden Männer näher an den Höhleneingang heran.

»Ah, Turven. Ein Besuch zu später Stunde an ungewohntem Ort?« Die Stimme Gandreschs hatte einen wenig erfreuten und recht kalten Klang. »Es muß dringlich sein, wenn du mich hier aufsuchst, Vetter.«

»Es ist dringlich«, entgegnete der Angroscho und suchte in dem düsteren schwarzen Höhleneingang nach der Gestalt des Geoden, doch in der sternglitzernden Gischt des sprühenden kleinen Wasserfalls flossen die Schatten ineinander, und der Standort seines Vetters war nur schwer auszumachen.

»Dann kommt herein«, forderte die Stimme sie auf, »du und Hauptmann Kerrgh.«

Der Ork knurrte im Rücken des Zwerges. Er mochte Stimmen nicht, deren Sprecher er nicht sah – und deren Sprache er nicht verstand.

»Wir sollen hineingehen«, übersetzte Turven seinem Begleiter leise.

Kerrgh nickte grollend. Mochte der Geode auch ein Verbündeter sein, das hier gefiel ihm ganz und gar nicht. Es roch nach Gefahr. Sorgsam lockerte er den Arbach in der Scheide. »Gut«, gab er sein Einverständnis.

Sie überwanden vorsichtig das letzte Stück des steilen Pfades, das durch das ständig über den Fels sprühende Wasser und den Moosbewuchs so glatt war, wie Kerrgh es geahnt hatte. Sie traten durch die kalte Gischt des Wasserfalles hindurch und standen vor dem schmalen hohen Eingang der Höhle, wo der Geode auf sie wartete. Gandresch lehnte an dem rechten der beiden runenüberzogenen rostigen Torflügel, die im Licht der Fackel deutliche Spuren eines gewaltsamen Aufbruchs zeigten. Der Blick Turvens, eines der besten Schmiede und sicher des fähigsten Handwerkers Tjolmars, konnte sich kaum von den mächtigen Scharnieren lösen, den ehemals prachtvollen schmiedeeisernen Angeln, die die Linien flackernden Feuers nachahmten, den tiefen und wundervoll geometrisch gesetzten Gravuren und der zerbrochenen Mechanik des gewaltigen Schlosses. Rost und tief angesetzte Brecheisen hatten dem Werk des längst verstorbenen Schmiedes Arges angetan, aber immer noch waren die Schönheit und die Sorgfalt der alten Arbeit zu erkennen.

»Welcher Frevel, ein solches Werk zu schänden«, murmelte der zwergische Schmied zornig.

Gandresch, Sohn des Garnd, Herr der Erde, lachte

spöttisch. »Das ist ein unbedeutender Hintereingang, lieber Vetter«, behauptete er. »Umrazim birgt weit kostbarere Schätze als dieses rostige Tor. Und gerade stehen wir kurz vor dem wahren Eingang zu den alten Stätten. Du kommst, wenn ich es recht bedenke, zu einem gut abgepaßten Zeitpunkt. Bald werden wir Dinge sehen und besitzen – und Mardugh zum Geschenk machen können, werter Kerrgh –, die die Einwände des engstirnigen Magistrates unserer geliebten Heimatstadt als kleinlich und dumm entlarven sollten. – Dann kommt herein. Einen heißen Wein oder einen Krug Bier nach dem beschwerlichen Aufstieg?«

Turven nickte zögernd. »Warum nicht. Kerrgh?«

Der Ork schüttelte den Kopf. Sein Nackenfell hatte sich bei jedem Wort des Zauberzwerges mehr gesträubt, und wenn er auch die Bedeutung des Gesprochenen kaum verstand, spürte er doch eine Bedrohung, etwas von der Kraft böser Geister, die ihn aufs äußerste mißtrauisch machte. »Kerrgh hierr warrten. Wachen«, beschied er.

Der Geode lächelte nachsichtig. »Wenn du nicht müde bist …«

»Nein. Nicht müde«, beharrte der orkische Hauptmann.

»Dann bleibe hier. Brot liegt dort in dem Korb, falls du Hunger hast. Turven, kommst du?«

Kerrgh sah den beiden Angroschim nach, bis sie von der Dunkelheit der Höhle verschluckt worden waren. Kalte feuchte Luft drang aus den Gängen hier herauf, und er fröstelte. Er wartete noch eine geraume Weile draußen vor dem Wasser, bis er sicher sein konnte, daß die Zwerge sich wohl zu ihrem Gespräch niedergesetzt hatten. Dann zog er lautlos den Arbach. Mit der Waffe in der Faust schlich er sich in das Dunkle hinein. Er mußte erfahren, was die Zwerge in dieser Höhle taten. Er wußte, daß sie schürften, aber wenn es hier diese

Zauberdinge gab, die Mardugh hin und wieder von seinen Reisen unter den Bergen mitbrachte, brach das den Vertrag, den der Zauberzwerg mit dem Orkhäuptling geschlossen hatte. Und sollte er, Kerrgh, das sehen und auch noch den Zwergenhauptmann des Verrates bezichtigen können, würde Mardugh mit freundlichen Augen auf ihn schauen und ihm endlich die zweite Orkin geben, die er schon so lange verdiente. Und das trotz des so kläglich fehlgeschlagenen Überfalls auf die Händlerkarawane.

Er war mutig und klug. Und er war leise und listig. Die Geister der Höhle sollten sich vor *ihm* in acht nehmen!

Jelindraél ließ den Bogen mit dem aufliegenden Pfeil sinken und entspannte die Sehne. Im Sternenlicht glänzender schwarzer Saft zitterte auf der Spitze des Pfeiles.

»Du bist ein kluger Fialgra, wahrlich«, murmelte der Elf. »Barek! Der Eingang ist frei.«

Der Wein dampfte in den tönernen Henkelkrügen und erfüllte die karge kleine Höhle mit dem würzigen Duft nach Benbukkula und Süßholz, Gewürzen, die im Norden selten und teuer waren. Gandresch seufzte, als er seinen Krug, ohne getrunken zu haben, auf dem Schemel neben der aus dem Fels gehauenen Schlafnische abstellte. Er musterte Turven prüfend, aber dieser schlief wahrhaftig tief und laut schnarchend, auf der Truhe am anderen Ende des Bettes sitzend. Den Weinkrug in seinem Schoß hielt er dabei bedenklich schief. Der Zwerg nahm seinem Vetter das Gefäß behutsam aus den wehrlosen starken Händen. Heißer Wein im Schritt hätte ihn wohl leicht aus dem Schlummer reißen können, in den ihn das Schlafmittel versetzt hatte, und dazu war es jetzt noch zu früh. Gandresch brauchte Zeit, etwas mehr Zeit. Turven war mißtrauisch geworden und verärgert über den Fehler, der Kerrgh unterlaufen war. Ohne etwas wirklich Überzeugendes, das den Schmied wieder in die alte Begeisterung versetzte, die einst ›ihrem‹ Plan gegolten hatte, Umrazim zu finden und erneut zum Leben zu erwecken, und ohne einen Beweis, daß sie auf dem besten Weg zu ihrem Ziel waren, ohne etwas Wertvolles, das einen Verrat an Mardugh Orkhan wert war, würde er die Hilfe seines Vetters verlieren. Und es hatte seine Vorzüge, jemanden an Orkhans Hof zu wissen, den der Orkhäuptling schätzte und dem er vertraute. Einige Atemzüge lang hatte er mit dem Gedanken gespielt, Turven und Kerrgh jetzt und hier zu beseitigen. Vielleicht wäre es ihm sogar möglich gewesen, die Todesfälle den beiden Hauptmännern des Orkhäuptlings gegenseitig in die Schuhe zu schieben. Aber er wußte nicht, wer von dem Überfall des Orkhauptmanns erfahren hatte und noch erfahren würde, und fürchtete zudem, daß Gilda der Tod ihres Vaters in ihrem ohnehin schwach gewordenen Glauben an ihren Oheim erschüttern mußte. Gildas Wort besaß in der Zwergengemeinde Tjolmars einiges an Gewicht, und sie mochte es unter Umständen durchaus fertigbringen, die Angroschim gegen ihn und seine Pläne einzunehmen.

Der Geode seufzte. Zudem rechnete er damit, daß die Gefährten seiner vier Gefangenen bereits auf dem Weg hierher waren, um sie aus seinem Kerker zu befreien. Die Tjolmarer Zwerge, die in der vorderen Höhle schliefen, waren kein sehr zuverlässiger Schutz gegen eine Rotte zu allem entschlossener Herumtreiber. Er gab es nicht gern zu, aber es war nicht zu übersehen, daß die harte Arbeit den Angroschim mehr zusetzte, als er es je für möglich gehalten hatte. Sie wirkten für gestandene Zwerge schwächlich und wirr. Ob er das der seltsamen Kälte der Minen hier, seinem eigenen Beherrschungszauber oder dem mit Rauschkraut versetzten Tabak zuzuschreiben hatte, wußte er nicht. Es beschäftigte ihn nun auch kaum mehr. Sie hatten den Eingang zu dem Reichtum gefunden, den er gesucht hatte. Die Höhle allein barg derart viele Schätze, die man einfach nur aufheben mußte, daß er die Arbeitskraft seiner Gefolgsleute bald nicht mehr benötigen würde. Und er war sich sicher, daß in dieser Höhle der Eingang zur Stadt Umrazim lag. Welchen Grund sollte es sonst geben, dieses Wesen als Wächter genau dort festzusetzen? Wenn Turven nur einmal diesen Reichtum hätte sehen können! Sein Vetter war genauso gierig nach Gold und edlen Steinen wie jeder andere Angroscho. Und es wäre ein Beweis, daß er, Gandresch, Sohn des Garnd, Herr der Erde, recht hatte und auf dem richtigen Weg war. Der Geode dachte an die Macht, die in Umrazim verborgen sein mußte. Eine Macht, die selbst den Göttern trotzen konnte! Er lächelte. In Gandreschs Augen zeigte sich das wahnsinnige Funkeln seiner Gier nach Macht: Die Altvorderen hatten nicht die Verbündeten gehabt, die er zu binden verstand. Und die Zeit war günstig. Die Monde waren gezählt – jetzt schon begann sich das Gleichgewicht zu neigen –, und dann würde er zu denjenigen zählen, die aus dieser Macht mit vollen Händen schöpfen konnten! Er verstand es, die Wesen der Siebten Sphäre in seinen Dienst zu zwingen, und er würde es tun. Der Triumph war sein. Bald schon. Und es durfte nicht sein, daß sein kleinlicher Vetter, ein dummer Ork und einige hergelaufene Streuner ihm diesen versagten!

Da wußte er, was er tun mußte. Er rieb sich die kalten Hände. Ja, morgen früh schon sollte Turven sehen, daß sein Vetter Vertrauen verdiente. Er hatte keine Zeit zu verlieren! Eilig machte er sich zu dem Stollen auf, in dem seine unfreiwilligen Gäste ihres Schicksals harrten. Eines Schicksals, das nun besiegelt war, besiegelt durch ihn, den Herrn der Erde, den zukünftigen Herren Umrazims.

»Warum graben sie erst Gänge, wenn sie sie nachher wieder zumauern?« Ayalamone musterte die Mauer aus Bruchsteinen, die ihnen den Weg versperrte. Es war bereits die dritte dieser Art. An zweien hatten sie kehrtgemacht und sich einen anderen Weg gesucht. Das Flämmchen huschte vor der Mauer hin und her und forschte eifrig und unermüdlich nach einem Durchgang, freilich ohne einen solchen zu finden.

»Ich weiß es nicht.« Xenos ließ die Hand prüfend über das Mauerwerk streichen, klopfte gegen die Steine. Er zog seinen südweisenden Stein aus der Tasche und beobachtete ihn kopfschüttelnd bei den erfolglosen Versuchen, sich, an der dünnen Schnur hängend, für eine einzige Richtung zu entscheiden und sich nach dieser auszurichten. »Diese Berge enthalten wahrlich eine seltsame Mischung von Metallen«, murmelte er und steckte den nutzlosen Südweiser wieder fort. »Ich kann nur vermuten, daß sie einen guten Grund dafür hatten. Die Stadt Umrazim ist vor über viertausend Jahren gegründet worden und war wohl noch keine tausend Jahre alt, als sie fiel. Und es gibt sicher auch einige gute Gründe dafür, warum es in den letzten dreitausend Jahren niemandem gelungen ist, die Ruinen der Stadt zu finden. Einer der Gründe mag hinter diesen Mauern verborgen sein. Es behagt mir nicht sonderlich, aber wir müssen diese Wand durchbrechen. Unser Umweg wird zu groß.«

»Nun gut.« Die Elfe wich ein gehöriges Stück in den Stollen zurück, Tark an ihrer Seite, während der Feuergeode nur wenige Schritt vor der mächtigen Mauer stand und sie musterte. »Gut, Fels, du warst einst flüssiges Gestein, und dazu werde ich dich wieder machen«, murmelte er. Er hob die Hände, bis sie auf der

Höhe seines Herzens waren. In der Linken hielt er eine brennende Fackel, die Rechte zeigte mit der Handfläche auf die Mauer aus Fels. Der kleine Mann schloß die Augen. Er betete: »Sumu, Mutter, stärke meine Kraft und festige meinen Willen! Angrosch, Herr alles Seins und der Elemente, verzeih den Zauber und gib ihm Deinen Segen! Herr des Feuers, Salamander, verleih mir die Macht Deines Elements! Licht, Wärme, Hitze, Flamme, Feuer, Glut der Esse und der Berge hört mich und seid mir zu Diensten, wie ich Euer Diener bin!« Und er skandierte die alten Worte des Angram, uralte Worte, die die Elemente baten, ihm zu Willen zu sein. In der Dunkelheit glomm die rechte Hand des Geoden auf wie mit Hunderten von Glühwürmchen übersät. Es waren Funken, die von der Fackel auf die Hand sprangen und gleich lebendigen Wesen dort tollten und spielten. Sie wuchsen und nahmen an Zahl zu, bis sie schier unzählbar waren. Flammen züngelten empor und erleuchteten die Gestalt des Geoden. Und mit dem letzten Wort der Macht fuhr der weißglühende Strahl aus der Handfläche auf die den Weg versperrende Mauer zu. Der Stein schrie und ächzte, er schmolz und zerbrach, spie Hitze und Qualm, glühende Felsstücke und blaue Flammen in die Dunkelheit. Hitze fuhr durch den Stollen und schlug in die vereisten Wände, die nebliges Wasser aus allen Poren schwitzten.

Xenos ließ die Hände sinken. Es war dunkel um ihn herum, völlig dunkel, obwohl er wußte, daß die Fackel in seiner Rechten noch brannte und der kleine Feuerelementar sicher gerade über die heißen Ränder der entstandenen Öffnung huschte, um ihnen vorauszueilen. Die Augen des Feuergeoden nahmen nun kaum mehr als das hellste Licht wahr, denn auch ein Beherrscher seines Elements war mitnichten gegen die zerstörerische Kraft völlig gefeit, die er entfesselte. In spätestens einer halben Stunde jedoch würde er wieder genug sehen, um sich in der schimmernden Dämmerung zurechtfinden zu können.

Ayalamones Schritte und das Tappen von Tarks Pfoten näherten sich. »Manchmal habe ich den Eindruck, du übertreibst es etwas«, erklärte sie. Ihre Hand ergriff die seine. »Wir müssen weiter«, sagte sie.

»Warte! Etwas hat mich an der Seite getroffen. Das Körbchen ...«

Die Elfe wandte sich erschrocken um und suchte in dem Dunst nach dem Weidenkörbchen. Es lag offen kaum einen Schritt hinter dem Geoden. Das Püppchen war herausgefallen. Ihm fehlte der Kopf. »Es ist zerbrochen«, erklärte Ayalamone, während sie den Korb aufhob, die Teile der Puppe aufsammelte und hineinlegte. »Hat ihr das weh getan?«

»Kaum. Jedenfalls wäre es unüblich. Nur der Zauber ist gelöst.«

»Da liegt auch der Stein aus der Wand, der dich getroffen haben muß«, sagte die Elfe mit einem Blick auf einen rauchenden faustgroßen Trümmer. »Bist du verletzt?«

»Mehr als ein Kratzer ist es nicht«, beruhigte der Zwerg seine Gefährtin. »Nimm die Fackel und lösch sie, damit wir weitergehen können.«

Ayalamone Silberstreif kam zu ihm zurück, tat wie ihr geheißen und nahm schließlich seine Hand, um ihn im Schein ihrer Kerze zu führen. »Manchmal wäre es mir lieb, du würdest mit etwas weniger Gefährlichem als Feuer spielen«, bekannte sie.

Xenos lächelte. »Liebste Aya, sei zufrieden, daß es mich nicht nach weitaus gefahrvollerem Spielzeug gelüstet. Wenn ich mit meinen Vermutungen recht habe, wird Gandresch uns bald zeigen, wie harmlos ein wenig Feuerzauber ist. Jetzt sag mir, was hinter der Mauer liegt! Ich erkenne kaum den glühenden Rand des geschmolzenen Durchgangs.«

»Der Stollen und Dunkelheit. Es sieht nicht anders aus als auf dieser Seite hier. Und … ich spüre auch nichts Lebendes.«

»So mancher Schein und mancher Zauber trügen. Seien wir auf der Hut.«

*unweit …*

Eine Erschütterung. Die Welt der Felsen und des Eises, der Dunkelheit und der blinden weißen Kreaturen erzitterte, und alles hielt ein, für den Fall eines Tropfens, der sich aus dem Eis löst und stürzt, klirrend und gefroren auf dem Boden in unzählige Kristalle zerspringt. Wärme pulsierte in einem einzigen mächtigen Schlag durch die gefrorenen Adern dieser Welt, seiner Welt. Er hob den schweren Kopf. Blinde Augen über gefrorenen Lidern stierten in die Dunkelheit. Und der Widerschein des Feuers blendete schließlich eishelle Pupillen, die jahrhundertelang kein Licht gesehen hatten. Schmerz, Schmerzen, unsäglicher Schmerz bohrten sich in seinen schweren Kopf, schwer von der Erinnerung an eine endlose Nacht voller Dunkelheit und Kälte. Das Eis bäumte sich auf in diesem Schmerz und zerrte an der Kette, an dem Fluch, aber die lebenden Ranken, gewachsener Humus, die das Eis nicht zu zerreißen vermochte, hielten gefangen, was gefangen war. Einsamkeit. Ein Lichtblitz in der Einsamkeit und das höhnende Schweigen kommender Äonen fraßen sich tief in sein gefrorenes Sein. Und Tränen zersprangen auf dem Boden in unzählige Kristalle.

Heiße Tränen glitten über Jelles Wangen. Sie lehnte sich gegen den kalten Fels, die Hände an die schmerzenden Schläfen gepreßt, und sang leise wimmernd ein Kinderlied, das sie längst vergessen geglaubt hatte:

»Draußen vor dem Haus liegt Schnee,
höher als ein Schritt.
Wenn ich aus dem Hause geh,
nehm ich Pelz und Mütze mit.

Draußen auf dem See ist Eis,
stärker als ein Spann.
Alles ist hier draußen weiß,
so weit ich schauen kann.

Draußen ist es klirrend kalt,
kalt wie dort im Yeti-Land.
Tief verschneit ist auch der Wald,
und das Dach trägt eis'gen Tand.

Draußen friert's Gestein und Bein.
Firun herrscht mit eis'ger Macht.
Ach, wann wird es Sommer sein,
daß die Praiosscheibe lacht!«

# 12. Kapitel

*Die ewige Firunsödnis ist wahrlich erbarmungslos und tödlich, aber leugnet Ihr die Schönheit eines Ifirnsterns?*

Ifirniane Raskirsdottir,
Geweihte der Ifirn zu Olport

Noch ließ nichts darauf schließen, daß die kleinen Männer etwas Verbotenes taten. Zwischen den schnarchenden Zwergen in der ersten und anscheinend größten Höhle lag nur Zeug herum, das man zum Schlafen und Essen, Kleiden und Spielen gebrauchen konnte. Zwar trug jeder der Schlafenden eine Waffe bei sich – aber wer wollte einem Mann dieses stolzen und starrsinnigen Volkes schon das Tragen einer solchen verbieten?

Kerrgh hätte seine eigene Waffe, seinen Arbach, niemals aus der Hand gegeben, es sei denn, dies hätte jemand gefordert, der bewiesenermaßen stärker war als er. Aber ein Krieger ohne Waffe war nur noch Teil seiner selbst, ein Niemand. Ein Krieger bestand aus seinem Körper mit Mut und Kraft, seiner scharfen Waffe und seiner guten Rüstung und dem Befehl, den der klügere, erfahrenere und stärkere Befehlshaber zu geben hatte. Oberster und Mächtigster dieser Ordnung kriegerischer Ränge war Brazoragh, der Gott der Kriege und des Seins, der, aus dem sie alle stammten und dem sie alle folgten. Der Ork hätte dies kaum in Worte fassen können, aber er fühlte und wußte um diese Dinge und hatte im Leben nie daran gezweifelt.

Undeutlich drangen Zwergenworte an sein Ohr, und er huschte in den dunklen Schatten. Während er im unsteten Licht des niedrig brennenden Kochfeuers in der Mitte der Höhle deutlich die Schläfer ausmachen konnte, lagen die Wände und alle ihre Durchgänge in trügerischem Dunkel. Aber seine Ohren waren scharf, und er machte ohne Zweifel die Richtung aus, aus der die Stimmen der beiden Angroschim zu ihm drangen. Und seine Nase roch den feinen, wilden Geruch der jungen Menschenfrau, die der Zauberzwerg sein eigen nannte. Nicht weit von ihm mußte sie eine Weile an dem Fels gelehnt haben, nicht lange, bevor er hier stand. Kerrgh entblößte mit einem Lächeln seine Hauer und sog tief den Geruch der Frau ein. Er würde ihr folgen. Vielleicht hatte der Zauberzwerg sie dorthin geschickt, wo das Geheimnis des Berges lag. Sollte dem nicht so sein, wußte sie dennoch einige der Antworten, die er suchte, dessen war er sicher.

Ihren aufreizenden Duft in der breiten Nase, schlich sich Kerrgh an der Wand entlang, bis er den Durchgang fand, den sie genommen hatte, und schlüpfte hindurch.

»He!« Auf der anderen Seite der Eiswand war der sich unstet bewegende schmale Lichtschein einer halb geschlossenen Blendlaterne zu ahnen. »He, ihr da! Seid ihr wach?« Es war unverkennbar die tiefe Stimme eines Zwerges, leise und mit deutlich hörbarer Besorgnis, daß auch Ohren die Worte vernehmen könnten, für die sie nicht bestimmt waren.

Lihjana flüsterte Jora zu: »Es ist der Zwerg, der den Geoden begleitet hat.«

Die Thorwalerin nickte. »Verrat im eigenen Lager?«

flüsterte sie leise. »Er hört sich nicht an, als brächte er uns etwas zu essen.«

»Den goldgierigen Var'tausna traue ich vieles zu.«

Jora Eddasdottir grinste, während sie murmelte: »Laß das Barek nicht zu Ohren kommen!«

»Ihn würde ich keinen Wicht nennen«, raunte die Elfe. »Tjalf. Leih uns deine Stimme! Ein wenig Schwäche hineinzulegen, dürfte dir im Augenblick kaum schwerfallen.«

»Danke für die Sorge um mein Befinden«, gab der Skalde murmelnd zurück. »Wenn es aber wenigstens für etwas gut ist …« Und hörbar, wenn auch leise und im Tonfall eines mutlosen, frierenden und hungernden Gefangenen antwortete er auf die Frage des Angroscho: »Wer ist da?«

»Abrolek, Sohn des Abrom«, kam es leise zurück. »Ich habe euch ein Geschäft vorzuschlagen.«

»Ein Geschäft? Woran denkt Ihr da, Väterchen?« Ächzend setzte sich Tjalf auf, von Joras Armen gestützt, und zog fröstelnd den wärmenden Bauschumhang zurecht.

»Nun, eure Freiheit gegen einen kleinen Dienst, den ihr mir erweisen werdet.«

Tjalf Sturmlied zögerte scheinbar, spürte den Druck von Joras Hand auf seinem Arm, fühlte ihre plötzlich aufkeimende Hoffnung. »Das käme auf den Dienst an«, erklärte Tjalf gedehnt. »Was habt Ihr Euch vorgestellt, Väterchen?«

»Geleitschutz bis Lowangen.«

»Wir sind zur Zeit leider nicht gut bestückt, was Kleidung, Waffen, Pferde und Vorräte angeht«, entgegnete Tjalf verblüfft. »Was will der? Von hier flüchten?« murmelte er dicht an Joras Schulter.

»Und etwas mitgehen lassen, weswegen sie ihn jagen werden. Kennst du die Geschichte von diesem Artefakt, das die Angroschim gegen eine Brückenüberquerung bei Tjomar eingetauscht haben sollen?« flüsterte sie ebenso leise zurück.

Er nickte nachdenklich.

»... ist gesorgt«, sagte der Zwerg gerade. »Es kommt nur darauf an, daß ihr mir bei euren Göttern schwört, alles daranzusetzen, meine Person lebendig und mit meiner bescheidenen Habe sicher nach Lowangen zu geleiten. Vorbei an allen Orks, Wölfen und was sich vielleicht sonst noch an mir vergreifen möchte.«

»Warum nicht Enqui?« brummelte Gerinbold Perkun aus seiner dunklen Ecke. »Das ist näher.«

»Aber ein Hafen«, gab die Elfe leise und belustigt zurück. »Er ist ein Boroborinoi.«

»Eh? Was tuschelt ihr?« wollte der Mann hinter dem Eisvorhang mißtrauisch wissen.

»Warum nicht Enqui?« fragte Tjalf ihn.

»Das geht euch nichts an. Lowangen, oder es wird nichts draus.«

»Lowangen, gut«, antwortete der Thorwaler. Leiser fragte er: »Was denkt ihr?«

»Daß er sich ein wenig – noionitisch anhört«, lautete die leise und spöttische Bemerkung der Premer Kriegerin.

»Seine Seele ist mit Sicherheit nicht völlig gesund«, murmelte der Skalde.

»Also vom Regen in die Traufe?«

»Wir gewinnen Zeit.«

»Also, ich bin einverstanden«, erklärte Jora lauter.

»Ich ebenso«, ließ sich Magister Perkun hören.

Die Elfe nickte nur, ohne in diesem Augenblick daran zu denken, daß der Zwerg dies wohl kaum sehen konnte. Ihr Mienenspiel hätte den Gefährten verraten, daß sie auf etwas anderes lauschte, einen Ruf, der nur für sie allein hörbar war. Ein sanftes Lächeln glitt schließlich über ihre Züge, und ihre Augen spiegelten ihre aufkeimende Hoffnung wider.

»So schwört ihr mir bei euren Göttern sicheren Geleitschutz?« drängte der Zwerg.

»Ja, doch«, log die Elfe in plötzlich besorgtem Tonfall. »Aber Ihr solltet Euch beeilen! Ich höre Schritte!«

»Wie? – Ich höre nichts. – Oder? – Wartet einen Augenblick!« Der Schein der Laterne und die schweren Schritte des Zwerges entfernten sich.

»Li! Was soll das?« wollte Gerinbold ungehalten wissen.

»Ich habe wirklich etwas gehört – wenn auch keine Schritte. Außerdem: Wenn ihr bei euren Göttern solche Versprechungen macht, haltet ihr sie für gewöhnlich.«

»Ja, das nennt man Ehrhaftigkeit«, erklärte der Magier zornig.

»Dummheit«, gab die Elfe ruhig zurück. »Dieser Boroborinoi würde seine Tochter verkaufen, wenn es ihn nach Lowangen brächte!«

»Willst du hierbleiben, bis du eine Eisstatue bist?« grollte der Mensch.

»Nein. Wir bekommen Hilfe. Ayalamone Silberstreif, die Fey Boroborinojama, ist auf dem Weg hierher.«

»Und wer ist das?« wollte die Thorwalerin wissen.

»Oh, nur eine der ältesten badocen Elfen, die derzeit durch die Lande wandern«, gab der Skalde Auskunft. »Sie zieht mit einem noch älteren Geoden umher, einem Verwandten Bareks. Lihjana, wenn du recht hast, werden hier gleich einige sehr unangenehme Dinge geschehen?«

»Ich warte auf diese *Dinge*. Du etwa nicht?«

Das Flämmchen verharrte, so wie es immer innegehalten hatte, wenn die Schritte des Geoden und seiner Gefährtin verklungen waren. Zitternd und winzig brannte es auf dem eisigen Fels und hauchte seinen schwachen sanften Schein über eine Welt aus bizarren Formationen weißglitzernden Gesteins. Spitz nach oben zulaufende Säulen, die erstarrtem Silberwachs glichen, ruhten auf dem gleichfalls funkelnden und schimmernden Boden und strebten ihren aus der Dunkelheit von oben herabhängenden Zwillingen zu. Ein Wald aus Kalksäulen, mächtigen alten und kleinen zarten, die aus der unsichtbaren hohen Decke und dem unebenen kalkbedeckten Boden wuchsen. Die einen in Zehntausenden von Jahren entstanden, die anderen offenbar erst wenige Götterläufe alt. Und alles war überzogen von gefrorenen Eiskristallen, in denen sich die Flamme spiegelte und die die feinen Lichtstrahlen hin- und herwarfen und vervielfältigten.

Xenos, Sohn des Xoniosch, lauschte in die glitzernde Dunkelheit dieses Waldes aus Stein und spürte seine Weite, während die Wolke seines gefrorenen Atems auf dem Weg hinauf zu der unsichtbaren Höhlendecke verging. Die Höhle mochte riesige Ausmaße und etliche Ein- und Ausgänge haben. Sie war wie ein Labyrinth und glich den sich windenden und kreuzenden Gängen und den auf- und absteigenden Treppen der Bergwerksstollen. Und sie war zudem ein eisiges Labyrinth. Firuns Atem gleich strich die unbarmherzige Kälte zwischen den Felsformationen entlang. Kein Laut war zu vernehmen. Nicht einmal das Geräusch eines fallenden Wassertropfens war zu hören, und das, obwohl dieses Wunder einstmals durch das geduldige Auswaschen des Kalkes und das stete Tröpfeln des Bergwassers erschaffen worden war. Die Kälte hatte jeden Tropfen, jedes Rinnsal und jeden Teich, ja, sogar den Fels gefroren. Diese wundervolle Höhle mit ihrem steinernen Wald war ein Ort des Stillstands und des tiefen Schlafes. Hätte der Geode es nicht bereits gewußt, hätte er hier die Bestätigung gefunden, daß die eisige Kälte nicht hierhergehörte. Sie war in dieser Höhle so fremd wie die Elfe an seiner Seite.

Er winkte die Flamme näher heran und ließ sie dicht

vor seinen Füßen über den Fels huschen, bevor er seiner Gefährtin gebot, hinter ihm zu gehen und die Kerze zu löschen. Lauschend und lautlos betrat er diese Welt; er erschien, aus dem Spalt zwischen zwei mächtigen, bizarr geformten Säulen tretend, wie ein Reisender aus ferner Fremde. Xenos blickte sich um. Es wunderte ihn nicht, daß der gewachsene Fels sich gleich wachsamen Giganten beidseits des Eingangs erhob, die sich auf riesenhafte Keulen zu stützen schienen. Solcherart Figuren waren aus vielen Tropfsteinhöhlen der Angroschim bekannt, einige wurden als heilig verehrt, auch wenn sich die Geoden und die Geweihten bis zum heutigen Tage nicht darauf einigen konnten, ob Sumu selbst, Magie oder göttliches Wirken diese Formationen geschaffen hatte. Zwischen den Figuren begann ein Pfad, der in die unterderische Welt gefügt war, als sei er ein Teil von ihr. Er war für ein ungeübtes Auge so gut wie nicht zu erkennen, aber Xenos war dem längst vergangenen Straßenmeister dankbar für diesen Wegweiser durch den erstarrten Tropfsteinwald.

Ayalamone beeilte sich, dem Geoden zu folgen, die eine Hand in Tarks dichtem Fell vergraben, in der anderen den bespannten Bogen haltend. Ihre unruhigen großen Elfenaugen zeigten deutlich, wie unwohl sie sich fühlte. Xenos spürte selbst die Macht, die hinter dieser Kälte stand, wie ein eisiges Pulsieren, wie ein Tasten, das nach seinem Leben griff. Einige Male auf der Wanderung durch die Stollen war ihm, als nehme er einen unhörbaren Laut wahr. Ein Laut, als seufze der Fels vor Schmerz und bettele um Linderung. Xenos' Nacken war steif und schmerzte. Düstere Ahnungen plagten ihn, seit sie die schimmernde Dunkelheit der Minen dieses unterderischen Reiches betreten hatten, und nur mit einiger Mühe gelang es ihm, angesichts der feindseligen dunklen Kälte und des allgegenwärtigen Eises die unbeschwerte Lebensfreude und Zuversicht des Feuers zu bewahren.

»Was ist das?« flüsterte Ayalamone Silberstreif dicht an seinem Ohr. Sie hatte Angst.

»Wir werden es bald wissen. Vielleicht ein Diener Nagrachs, vielleicht ein Eiselementar. Auf jeden Fall ist er denkbar schlechter Laune«, antwortete der Geode leichthin. »Willst du lieber hier bleiben und auf mich warten?«

»Eine seltsame Frage. Erwartest du eine Antwort?«

Xenos lächelte in die Dunkelheit ob ihres spöttischen Tonfalls und schüttelte den Kopf. Sie gingen weiter, drangen lautlos und vorsichtig tiefer in den gefrorenen steinernen Wald ein, der Richtung folgend, aus der die Elfe die Antwort auf ihren lautlosen Ruf vernommen zu haben glaubte. Über eines hatten sie sich am Eingang getäuscht: Es war keine einzelne große Höhle, sondern es waren etliche, ungezählte Höhlen, Kavernen, Grotten und Gänge, die sich miteinander zu einem noch größeren Labyrinth von verwirrender Weite und Vielfalt verbanden. Immer wieder erhoben sich Felswände, nackt oder kalkverziert, aber durchweg von schimmerndem Reif oder Eis überzogen; an einigen Stellen waren Erzadern, an anderen Einlagerungen kostbarer Kristalle zu erahnen. Der Geode wünschte sich mehr als einmal, diese Pracht ohne die tote Kälte und im hellen Schein einer Fackel sehen zu können, sie dem Dunkel zu entreißen und sie lebendig zu erleben, tröpfelndes Wasser und das Huschen von Fledermäusen zu hören. Angrosch hatte mit diesen Höhlen eines der Bergwunder geschaffen, die seine Kinder aller Bergfreiheiten mit Staunen und Ehrfurcht in Ehren gehalten hätten. Aber hier, in den verfluchten Stollen Umrazims, mochten sie für weitere Jahrtausende unberührt und ungesehen verborgen bleiben. Und es war vielleicht richtig und gut so, denn auch in den hier bloßliegenden Felswänden waren die schimmernden Spuren des seltsamen und fremden Metalls zu finden.

In einer der wohl größten Höhlen stießen der Zwerg und die Elfe auf einen unterderischen, stillen See, der einmal das Wasser des Höhlenlabyrinths gesammelt haben mochte. Nun war er gefroren und bot ihnen einen spiegelglatten, aber recht kurzen Weg zur Durchquerung der weitläufigen Grotte. Dort, wo sie wieder den felsigen Boden der Höhlen betraten, lag ein Kahn an einem steinernen Steg, von dem aus ein geebneter schmaler Weg weiter in die Dunkelheit führte. Das Holz des Bootes war reifüberzogen, ebenso die Ruder, das Tau und die schmiedeeiserne Laterne am Bug. Xenos deutete auf den kunstvoll eingeschnitzten Namen in den Planken. Es waren Runen des alten Angram, die in der heutigen Zeit kaum mehr verwendet wurden. »*Feuerfloß*«, übersetzte der Angroscho. »Es muß jahrtausendealt sein.«

»Seltsam. Fast erwartet man, auf die Toten der Stollen zu treffen, gefroren und erhalten wie ein in den Eisöden verendetes Mammut«, murmelte Ayalamone.

Der Gefährte nickte grimmig.

Stumm wanderten sie weiter. Waren sie eine ganze Zeitlang von Kaverne zu Kaverne immer tiefer in Sumus Leib hinabgestiegen, führte der Weg sie nun wieder hinauf. Sie folgten einem Bach, der vor langer Zeit in seinem engen Bett zu glänzend spiegelnden Kaskaden und Eiszapfen erstarrt war. Einmal schimmerte der reglose Leib eines weißen Fisches deutlich durch seine starren Wasser, ein andermal lag der gefrorene tote Leib eines Spinnentiers auf ihrem Weg. Xenos blieb eine Weile bei dem beinahe anderthalb Schritt durchmessenden Kadaver stehen und ließ das Flämmchen über den gebeinbleichen Panzer mit den spröden weißen Haaren und den an den Leib gezogenen sechs fahlweißen Beinpaaren huschen.

»Es könnte eine Art Höhlenspinne sein«, mutmaßte er. »Auch wenn sie einige Beine zuviel besaß und … schau, das Tier war krank.«

Die Elfe beugte sich zu der Kreatur hinab und besah sich die Stelle, auf die der Geode gedeutet hatte, im Licht der aufflackernden Flamme. Ein seltsames Gewächs saß im Nacken der Spinne. »Es sieht aus wie ein … *Keh'nurdro*. Nur habe ich ihn noch nie an einem Tier gesehen, sondern nur an sehr alten oder kranken Bäumen.«

»Nun, das wird sie kaum getötet haben. Eher ist sie vor Hunger und Kälte eingegangen.«

Die Elfe stimmte ihm zögernd zu. »Es ist … falsch«, sagte sie nachdenklich.

»Ja. Gehen wir weiter. Die Zeit drängt.«

Sie ließen den Tierkadaver in der Dunkelheit zurück und stiegen eine Treppe aus Kalkstufen hinauf, dem leuchtenden Elementar folgend, der hüpfend von Stufe zu Stufe sprang. Sie erreichten den Ursprung des Baches, einstmals ein linker Hand des Weges aus einem Felsspalt in zwei Mannshöhen plätschernder schmaler Wasserfall, nun ein Gewirr aus übereinandergeschobenen Eisplatten, vom Frost aus der Wand gesprengten Felsbrocken und ausgelösten Bergkristallen, die wertvoll im Schein der Flamme gleißten. Ob das Wasser immer noch mit all seiner geduldigen, elementaren Kraft aus den wärmeren Felsschichten kommend seinen Weg in die eisigen Kavernen suchte, war nicht zu erkennen. Die eisige Geröllhalde war allerdings ohnehin nicht mehr zu umgehen und wirkte derart unwegsam, daß Ayalamone seufzend die Schuhe aufband und abstreifte. Sie hängte sie sich über die Schulter, breitete die Arme aus und sprach nach einigen Herzschlägen die altelfische Formel, woraufhin sie auf Eis und Schnee wie auf angenehmstem, weichem und sicherem Waldboden gingen. Sie reichte dem Gefährten die Hand und half ihm über die Halde hinweg.

»Wenigstens sind meine Füße nicht mehr wie gefroren«, sagte sie, als sie auf der anderen Seite des Geröllfeldes ihre Schuhe wieder überstreifte, die langen Lederbänder um die Beine wand und unter den Knien zuknüpfte.

»Nun, solche Sorgen hat *das* Wesen sicher nicht«, murmelte Xenos leise und seltsam andächtig. Er hatte die Flamme in die angrenzende Höhle vorausgeschickt, während er auf seine Gefährtin wartete. »Schau! Es *ist* ein Eiselementar.«

Ayalamone blickte in die gewiesene Richtung. Sehr, sehr langsam richtete sie sich auf, den eisigen Blick der wie Diamanten glitzernden Augen nur zu deutlich spürend. Über ihre Haut glitt ein kalter Hauch wie im Angesicht lebensbedrohender Gefahr. In ihre Brust biß eine schneidende Kälte, der Atem wirbelte in weißen Wolken aus den schmerzenden Lungen und dem erstarrten Mund. Sie spürte, wie ihr Haar gefror, weil der Atemhauch des Wesens sie streifte. Es war groß, aus hellstem, reinstem Eis bestehend, so rein, daß es von innen heraus zu leuchten schien, obwohl nur das zitternde Flämmchen vor seinem Thron aus übereinandergetürmten Kalksäulen und Eisschollen ein wenig Licht spendete. Die breite Brust des Eiselementars hob und senkte sich unter seinen Atemzügen. Die Glieder reckten sich gewaltig mit der Kraft des harten, kalten, tödlichen Eises. Der Elementar beugte sich mit dem Klang knirschender Eisplatten nach vorn. Er stützte sich mit einer seiner gewaltigen Hände ab. Die Hand besaß fünf Finger wie Ayalamone, und jeder Finger war ein Wunder an facettierter, eiskalter Bewegung, aber diese Hand und alles an ihr waren durchsichtig und gefroren. Der glänzende Widerschein des weichen Lichtes auf den scharfen

Kanten jeder einzelnen der unzählbaren Facetten ließ keinen Zweifel daran, daß elementares Eis die lebendige Substanz des Kolosses war. Die Elfe blickte gebannt auf die aus hellstem Eis bestehenden Nasenflügel, die sich beim Atmen hoben und senkten, schaute in die harten Augen und sah die Lider des Elementars beben. Sie hörte die kleinen Bewegungen, weil das Eis schmelzend knackte und mit hellem Klingen zersprang, bis es wieder mit einem Knistern gefror. Selbst das Kräuseln der Lippen über den eiszapfenartigen Zähnen wurde von der seltsamen Melodie des lebenden Eises begleitet. Diese Kreatur war erschreckend groß. Sie war von tödlicher Kälte und unglaublich machtvoller Kraft. Das eisige Mienenspiel verriet Zorn und Schmerz, Wut und Unverständnis. Ayalamone ahnte, daß ein Atemstoß genügen würde, um sie in die gefrorene tote Statue einer Firnelfe zu verwandeln. Und doch war ihr Staunen über die wunderbare Schönheit dieses grausamen Geschöpfs aus Element und Magie größer als ihre Furcht.

Da hockte sie, ein Häufchen Mensch, kaum mehr als ein dunkler Schatten im Licht der Grubenlampe, neben ihr und heulte sich das Wasser aus den Augen. Kerrgh schüttelte den Kopf. Die Menschen mochten noch so sehr behaupten, daß die Weiber den Männern gleich waren, auch wenn sie doch ganz anders waren, wie jeder Ork sehen konnte. So wie die Menschenfrau des Zauberzwerges sich ihrem Schmerz hingab, war sie nicht anders als eine Orkfrau: weich und weinerlich! Der Hauptmann knurrte und stieß sie mit dem Fuß an, damit sie aufhörte zu heulen und ihn überhaupt bemerkte.

Mit dem Entsetzensschrei des Weibchens, der einem völlig fassungslosen Blick folgte, hatte er nicht gerechnet. Erschrocken schoß seine Hand vor und legte sich grob über den Mund der Frau. »Schweig!« herrschte er sie an. »Kerrgh tut Menschfrrau nichts.«

Die weit aufgerissenen tränennassen Augen blickten zu ihm auf, die Lider bebend, die zusammengewachsenen Brauen ängstlich gehoben. Kerrgh verzog unwillig das Gesicht. »Bei Brazoragh! Dumm Weib, du still?!«

Als sie nickte, nahm er zögernd seine Hand von ihrem Gesicht. Er stellte befriedigt fest, daß sie tatsächlich schwieg, und bemühte sich um ein gewinnendes Lächeln – das Jelle ängstlich zurückweichen ließ, als sich dabei die orkischen Hauer in ihrer ganzen Pracht entblößten. Kerrgh setzte eine grimmige Miene auf, die sie weniger zu verschrecken schien. »Du heulen. Warrum?« herrschte er sie an. Jelle schüttelte ängstlich den Kopf. Sie wußte es nicht, sie wußte es wirklich nicht, und das Gefühl der Einsamkeit stieg mit einem Schluchzen tief aus ihrem Bauch nach oben.

Kerrgh seufzte und zog sie an ihren Lumpen grob auf die Beine. »Still!« befahl er streng. Ihr aufreizender Geruch stieg ihm verlockend in die Nase. Er knurrte warnend. Sie nickte gehorsam, schluckte den nach außen drängenden Schluchzer hinunter und wischte sich die Tränen von den Wangen. »Gut«, sagte Kerrgh ein wenig sanfter. »Du wissen, wo Geheimnis?«

»Welches Geheimnis?« fragte sie verblüfft und vergaß beinahe, daß sie Angst vor dem großen breiten Ork hatte.

»Geheimnis von Mine«, erklärte Kerrgh, »Geheimnis von Zauberzwerg Gan'rrehsch.«

»Ich weiß nicht. Sie suchen Gold«, erklärte Jelle.

»Mehrr als Gold«, murmelte der Ork. Er sah sich um, blickte auf den Beutel, der zu ihren Füßen lag, und stieß ihn mit der Stiefelspitze an. »Hm?« fragte er.

»Ich wollte ...« Jelle schaute verwundert auf den Beutel. Sie wußte, daß darin die Waffen der fremden

Gefangenen steckten. Und sie erinnerte sich, daß sie sie genommen hatte, um sie zum Kerker zu bringen, wo jemand auf sie warten wollte. Jemand, den sie gern hatte. Die freundliche Elfe mit dem weißen Hund! Und der Zwerg. Aber sie hatte nicht einmal daran gedacht, daß Gandresch das sicher nicht guthieße. Sie begriff, was sie hatte tun wollen, und erbebte bei dem Gedanken an die Strafe, die der Zwerg ihr sicher zukommen ließe. »Gefangene«, stammelte sie. »Es sind Gefangene im Berg. Dort hinten.« Sie wies die Richtung.

Der Hauptmann blickte in die schimmernde Dunkelheit und schüttelte wiederum den Kopf. War das das Geheimnis? Eine Handvoll Gefangener war kaum der Grund, warum Mardugh Orkhan wirklich zornig wurde. Es sei denn – ja, es sei denn, es waren ganz besondere Gefangene. »Du zeigen!« befahl er und schob sie in die gewiesene Richtung. Mit ihrem Widerstreben drang ihm wiederum ihr wilder, seltsamer Geruch in die Nase. Er war wahrlich berauschend. Und das, obwohl sie von einer Zerbrechlichkeit war, die Kerrgh an Frauen wirklich nicht schätzte. Seltsam. Kerrgh schüttelte verwirrt den Kopf. Nun, es war unwichtig. Zumindest augenblicklich.

Der Ork hob den Beutel auf und stieß die zögernde Jelle weiter. »Gehen!« verlangte er. Endlich erfüllte die junge Frau ängstlich seinen nachdrücklichen Wunsch. Während sie sich immer wieder nach dem Ork umblickte, folgte sie dem Gang, der sie zu der Grotte mit den Fremden führte.

Die eiligen, um Lautlosigkeit bemühten Schritte Abroleks nahmen sie nicht wahr, so wie sie ihn nicht wahrgenommen hatten, als er im tiefen Schatten einer Nische verborgen dem Gespräch zwischen Orkhauptmann und Geodenmündel gelauscht hatte. Das Herz des verwahrlosten Zwerges schlug schmerzhaft, während er hinter einer Abzweigung seine Schritte beschleunigte. Der Ork ahnte etwas! Wenn er es vielleicht nicht sogar wußte! Das Goldauge, der Schatz und das Geheimnis, der wunderbare Smaragd, der unter dem Wams auf seiner Brust lag, er mußte ihn retten, verbergen. Er war sein! Abrolek hastete durch die dunkel schimmernden Stollen, getrieben von der Angst, das zu verlieren, was sein einziges Trachten war, das Kleinod, das ihm unvorstellbaren Reichtum und gottgleiche Macht versprach.

»Dieser Stollen erfreut sich heute nacht überraschender Beliebtheit«, stellte Jelindraél leise fest, kaum daß der Ork und die junge Frau außer Hörweite waren.

Barek nickte grimmig. »Hast du Abrolek bemerkt? Er hat sich in den Berg davongeschlichen, als die beiden aufbrachen. Und wenn mich meine Sinne nicht täuschen, ist jemand hinter uns.«

Der Elf neigte den Kopf lauschend zur Seite, bevor er schließlich nickte. »Er oder sie hat es nicht eilig. Trotzdem: Wenn es der Geode ist, wüßte ich Ayalamone und Xenos gern an unserer Seite, bevor er uns einholt. Sie können nicht mehr weit sein.«

»Wir sollten trotzdem zuerst den beiden folgen. Damit sich Gandresch nicht unserer Freunde annimmt, während wir noch in diesem verflixten Stollen nach meinem Oheim suchen.«

»Alter Freund, so ganz ohne Ehrfurcht vor dem Werk der Altvorderen?« bemerkte der Elf spöttisch.

»Hier unten könnte ich sogar meine zwergische Abkunft verleugnen«, knurrte der Zwerg. »Laß uns den beiden folgen! Mir gefällt der ganze Berg nicht. Er ist … er ist falsch!«

Jelindraél enthielt sich einer Antwort, aber innerlich gab er Barek recht. Und er konnte es genausowenig in passende Worte fassen wie der Freund.

*nah …*

Wärme, lebendige, pulsierende Wärme. Schritte und Laute. Fluch und Versprechung zugleich. Sollte es das Ende der Einsamkeit bedeuten, das Ende des quälenden Erwachens aus dem Zustand einer Existenz ohne Bewußtsein? Oder doch nur der qualvolle Beginn eines neuen Äons voller Dunkelheit und Langeweile?

Kälte wallte auf, knisterte, hob und senkte sich im seufzenden Atemzug. Schneekristalle tanzten durch die schimmernde Schwärze, legten sich eisig und zart über sein Reich, tot und wunderschön.

Dann das Licht. Winzig und doch schmerzend tanzte die Flamme vor ihm, zierlich und zitternd, neugierig und keck. Sie zauberte gleißende Funken in seinen vor Sehnsucht schmerzenden Leib. Sehnsucht nach den Lichtern der Welt, die es jenseits der Dunkelheit geben mußte. Nach dem, von dem das Wasser murmelte und die Luft wisperte. Tausende von Lichtern so wie der Widerschein in seinem Leib. Weite statt Enge. Schnee statt Fels. Er beugte sich vor, den Blick auf das Flämmchen gerichtet. Es schmerzte, schmerzte grausam, aber ob es der Schmerz des Lichtes oder der seines Herzens war, vermochte er nicht zu unterscheiden. Das kleine Elementar tanzte vor ihm, leuchtete ihn an, selbstvergessen und sorglos. Es war so klein, daß ein Atemzug oder eine Bewegung mit der eisigen Hand imstande schien, dieses Sein zu beenden. Der Eiskoloß hielt den Atem an, während er in seinem Innern verwundert den Wunsch fand, das Elementar zu fangen, damit es bei ihm bliebe, um von jetzt an die dunkle Einsamkeit zu vertreiben. Und doch wußte er, daß es zwar lebte, aber sich seines Lebens nicht bewußt war. Es *war* – und das genügte dem Flämmchen. Solange es brennen und tanzen konnte, war es zufrieden. Den Sinn seines Hierseins bestimmte ein anderer.

Der schwere Kopf des Eiskolosses hob sich. Seine

ungeübten, geblendeten Augen stierten in die Dunkelheit jenseits des Flammenscheins, die nun finsterer schien als jemals zuvor. Glitzerte dort nicht ein schmaler Tropfstein, den es vorher nicht gegeben hatte? Spürte er dort nicht auch die Wärme von Leben, Humus, dem anderen, dem ihm fremdesten der Elemente, dem Element, das ihn an diesen Ort fesselte, damit er einer Aufgabe nachkam, die so alt war wie seine eigene Existenz?

Und während er noch schaute und sich in die Richtung des Lebendigen neigte, verschwand die Ahnung silbernen Haares in den Schatten, und die Aura von Leben löschte sich. Er schüttelte den Kopf, langsam und schwer, daß die Zapfen seines Hauptes gegeneinanderklirrten und Schneeflocken zu Boden rieselten. Die Flamme vor ihm ruhte auf dem eisigen Boden, wartend und leuchtend, und tröstete ihn seltsam durch ihr Verharren. In die Betrachtung des Spiels von warmem Schein und glitzernden Funken, Schatten und huschender Finsternis versunken, bemerkte er weder den Geoden noch die Elfe, die sich im Schutz des Zaubers weiter in die Höhle wagten, noch gar den schmutzigen Zwerg, der hastig und weitaus weniger heimlich durch den am höchsten liegenden, weit entfernten Eingang hereinstolperte und mit einer Hand ein Artefakt umklammert hielt, das grüngleißendes Licht durch die Ritzen zwischen seinen Fingern sickern ließ.

Tjalf Sturmlied lächelte bitter in die Dunkelheit, als eine der traurigsten Melodien skaldischer Überlieferung aus der Tiefe seiner Erinnerung auftauchte. Es war – wie so oft – der Sang über das Leben, die Heldentaten und den Tod eines längst legendären Thorwalers. Swafneld Ifnarson war der Sage nach nackt, erfroren und verhungert vor die Götter getreten – nur war er im Eis der Firunsöde gestrandet und nicht in einem lichtlosen Kerker. Der Held der Legende hatte sich so sehr nach Frau, Kind und Otta gesehnt, die im sicheren Hafen Olports zurückgeblieben waren, daß er sich von den Göttern die Erfüllung eines letzten Wunsches errang: sich verabschieden zu dürfen. Das Erscheinen des eisigen Geistes unter den Seinen, stumm und mit gefrorenen Tränen auf den hageren Wangen, hatte seinem Lied Unsterblichkeit verliehen, und war einem der grausamsten Winter in der Geschichte der Thorwaler vorausgegangen.

Tjalf fror erbärmlich, obwohl die Erschöpfung der Swafskari langsam aus seinen Gliedern wich. Nur hätte er sich mit einer ordentlichen Mahlzeit im Bauch weitaus besser gefühlt, mit einem wärmenden Feuer und nach einigen Stunden wirklich erholsamen Schlafes. Auch ihn und Jora hatten wie Gerinbold grausame, nicht faßbare Alpträume gequält, die an Nachtmahre längst vergangener Zeiten erinnerten.

Die Kriegerin stand lauschend vor der eisigen Elementarwand; auch sie fror in dem nur mit ledernem Unterzeug gefütterten Kettenhemd. Sie glich der Frau des Swafneld Ifnarson. Unerschrocken hatte diese dem Geist einen letzten Kuß gewährt, damit er seine Ruhe finden konnte. »*In ihren Armen war eisig erstarrtes Fleisch, und unter ihren Lippen schmeckte sie den Tod. Aber Swafneld, die Aufrechte, achtete darauf nicht und schenkte dem Geliebten die Wärme ihrer Liebe, auf daß sein Herz taute und er Frieden fand.*«

»Tjalf, das ist eine sehr alte Geschichte, und niemand weiß, ob überhaupt etwas Wahres daran ist«, murmelte Jora.

Der Skalde lachte leise. Er trat zu der Premer Kriegerin. »In diesem Kerker kommen mir einige alte Geschichten wahrer vor als sonst«, entgegnete er und ließ es zu, daß Jora seine kalten Hände in die ihren nahm und rieb. »Und hier zweifle ich nicht daran, daß du einmal als die Heldin solcher Geschichten besungen wirst«, setzte er hinzu.

»Eine schöne Heldin«, murmelte Jora. »Da wird einiges zu verschweigen sein.«

»Und? Es gibt keinen unsterblichen Helden, der im Wissen um seine Unsterblichkeit gelebt hat.« Tjalf spürte ihr Lächeln durch die schimmernde Dunkelheit. Er befreite seine Rechte, um ihr mit gefrorenen Fingern über die Wange zu streifen und nach ihren Lippen zu tasten. Ihr Kuß schmeckte bitter. »Joraja, wir werden hier jämmerlich erfrieren, wenn nicht bald etwas geschieht.«

Die Thorwalerin nahm sein bärtiges Gesicht in die Hände, küßte die eisigen Lippen und atmete ihm ihre Wärme in den Körper. »Nicht, solange ich es verhindern kann«, versprach sie leise. »So leicht mache ich dir das Entkommen nicht, alter Skalde. Du hast schließlich unser Abenteuer zu besingen, wenn wir wieder daheim sind.«

»Ein Skalde besingt sich nicht selbst.«

»Diese Strophen dichte ich, keine Sorge.«

»Du?«

»Ich. Hm, wie gefällt dir das:

*Es war einmal ein Skalde,*
*der fand im tiefen Walde*
*'ne Thorwaler Kriegerin,*
*die ihm richtig tot erschien.*

Es ist zwar nicht schön, aber es reimt sich. Oder?«

»Es ist … eigenwillig«, urteilte Tjalf grinsend.

»Es ist grauenhaft«, widersprach die Kriegerin. »Mehr davon?«

»Besser nicht. Li könnte es für orkischen Kriegsgesang halten.«

Die Elfe ließ ein leises Lachen hören. »Wenn ein Krieger versucht, Verse zu schmieden, wird es wie das Schmieden eines Brecheisens sein, obwohl es ein Schwert hätte werden sollen«, zitierte sie.

»Hesinde gab dir ein wahrhaft gutes Gedächtnis«, seufzte der Skalde.

»Mein Dha, Feyiama, nicht weniger. Ich höre jemanden kommen. Und es ist nicht der Boroborinoi.«

Gerinbold Perkun seufzte. »Vielleicht bringt man uns ein Feuer zum Wärmen und etwas zu essen«, hoffte er.

Trotz ihrer Angst vor Gandresch führte Jelle den Orkhauptmann im Licht ihrer Grubenlaterne das kurze Stück weiter in den Stollen hinein, um an der nächsten sternenförmigen Kreuzung den ersten Gang rechter Hand zu nehmen, der sie nach einigen Biegungen und roh behauenen Treppenstufen in die Kerkerhöhle brachte. Von Staub und Reif überzogene Ringe und Ketten an den Wänden, zwei Feuerbecken und fast bis zum Zerfall verrostete Gitter vor düsteren Höhlungen verrieten, daß dieser Ort bereits den alten, längst dahingegangenen Herren als Gefängnis und offensichtlich auch als Folterkammer gedient hatte. Selbst die Ketten der notdürftig hergestellten Praiosstange liefen unter der Höhlendecke über zwei vor sehr langer Zeit angebrachte Rollen, die nur dank ihrer längst vergessenen Metallegierung die Jahrhunderte unbeschadet überstanden hatten. Ein Stapel Brennholz, zwei herabgebrannte Fackelstümpfe und einige achtlos in einer Ecke übereinandergeworfene Decken und Kleidungsstücke stammten aus jüngerer Zeit. Die Höhle besaß einen halbovalen Grundriß, dessen gerade Seite aus einer glänzenden Eiswand bestand.

»Wo?« verlangte Kerrgh zu wissen.

Die junge Menschenfrau deutete auf die im Licht

ihrer Laterne frostig glitzernde Eiswand. »Dahinter«, erklärte sie.

Der Ork schnaubte und schritt entschlossen auf die Wand zu. Dann verharrte er unvermutet – als sei er auf ein unsichtbares Hindernis geprallt. Jelle meinte, sich sträubendes Haar auf den bepelzten Armen zu sehen. Der Hauptmann starrte auf etwas am Boden vor ihm, murmelte kehlige, unverständliche Worte und machte Zeichen mit den Händen, als wolle er unheilige Geister vertreiben. Dann hockte er sich nieder, ließ den Waffensack achtlos neben sich fallen, und strich mit einer Geste voller Selbstüberwindung über das verschlungene Symbol auf dem rauhen Felsboden. Und während er noch den roten Staub auf den dunklen Fingerspitzen betrachtete, daran roch und nachdenklich verrieb, löste sich die eisige Wand in Tausende und Abertausende glitzernder Eiskristalle auf. Rieselnd sank sie in sich zusammen. Kerrgh blickte auf. Sein breites Gesicht verzog sich zu einem Grinsen, das seine beiden Hauer eindrucksvoll zur Geltung brachte. Während er sich aufrichtete, klopfte er gelassen den roten Staub von der ledernen Hose.

»Aah, alte Frreunde«, grüßte er.

Die Freude schien allein auf seiner Seite zu sein. Verwirrung und tiefes Mißtrauen spiegelte sich auf den Gesichtern der drei Menschen.

Lihjana Feensang dagegen schaute nach einem Herzschlag des Erstaunens an Kerrgh vorbei auf die junge Menschenfrau in zerrissener Kleidung, die unsicher und verängstigt von einem zum anderen blickte. Die Elfe musterte das wirre, lange, braune Haar, die zusammengewachsenen Brauen und nahm den feinen, unverwechselbaren Geruch des wilden Tieres wahr. Und sie deutete den zaghaften Blick, der immer wieder die Thorwalerin streifte, als aus Furcht und Bedauern geboren. Die rechte Hand der Werwölfin spielte unsicher mit einem silbernen Amulett, das ihr um den Hals hing. Dieses Menschenkind hatte etwas an sich, das in der Elfe Zuneigung und Sorge weckte. Sie spürte eine seltsame Anziehungskraft von ihr ausgehen. Es war wie das *badoc*: fremd, kraftvoll, ja, mächtig und fern der Alten. Aber es fehlte das Streben nach Macht, nach Unterwerfung der Welt unter ihren Willen. Auf seltsame Art war sie unberührt. Sie wußte nicht, welch zerstörende Kraft wirklich in ihr wurzelte. Der Zauber hatte ihr *mandra* bisher unversehrt gelassen. Sie war mehr Tier als Untier, ein wildes, jetzt verängstigtes Tier. Daß Jelle ihren Köcher und Bogen bei sich trug, nahm Lihjana nur am Rande wahr.

Und dann war es nicht Kerrghs rauhes Lachen, daß die Elfe aus ihrer faszinierten Betrachtung der Werwölfin löste. In Lihjanas Augen zeigte sich ein freudiges Glänzen, obwohl der Ork sich alle Mühe gab, die Gefangenen zu beeindrucken. »Ich, Kerrgh, euerr Herr«, höhnte er. »Ich mache Forrderrung, Mensch! Orrkland. Orrkgesetz. Kein Reden! Auf! Gehen.«

»Eine gute Idee, Hauptmann.« Die Worte klangen aus Jelindraéls Mund sanft und mit der Spur Belustigung, die einen Ork nur zu leicht um seine Beherrschung bringen konnte.

Kerrgh fuhr herum und sah einen elfischen Langbogen und eine zwergische Armbrust, beide gespannt, auf seine Brust gerichtet. Von Jelle war keine Hilfe zu erwarten, so wie ihre Augen vor Angst geweitet und starr auf die beiden unvermutet aufgetauchten Fremden geheftet waren. Der Krieger knurrte unwillig. Er wußte aus schmerzlicher Erfahrung, daß der Elf gut genug mit dem Bogen umgehen konnte, um ihn auf diese Entfernung mit einem einzigen Pfeil auf die Reise zu Tairachs Prüfungen zu schicken. An der Treffsicherheit des kleinen Mannes bestand ohnehin kein Zweifel.

Kerrghs Lächeln war ein reines Zähnefletschen. »Gut. Kerrgh geht mit *Frreunden.*«

»Das haben wir nicht anders erwartet, Hauptmann«, grinste Barek, Sohn des Beragam. »Vor allem weil der Geode in Kürze hier erscheinen wird. Und Ihr seid genauso ein ungeladener Gast wie wir.«

Und weil Kerrghs Miene deutlich ausdrückte, daß er den Sinn dieser Worte nur bruchstückhaft verstanden hatte, übersetzte die Thorwalerin sie ihm. Er nickte. Dann deutete er mit dem Kinn auf den unförmigen Sack. »Eurre Waffen«, erklärte er.

Turven, Sohn des Turgai, fluchte bereits, ehe der Schlaf ihn gänzlich verlassen hatte. Der Sturz von dem Hocker war plötzlich und äußerst schmerzhaft gewesen und hatte ihn unsanft aus seinem traumlosen Schlummer gerissen. Der Hauptmann rieb sich die linke Stirnseite, auf der pochend und deutlich fühlbar eine ansehnliche Beule wuchs. Seine Stirn war auf die Kante der steinernen Lagerstatt geprallt; und es war jener Schmerz gewesen, der sich stärker als die Kraft des Schlaftrunkes erwiesen hatte.

»Bei Angrosch«, murmelte Turven und schüttelte benommen den Kopf. »Als hätte ich ein ganzes Faß verdorbenen Bocks getrunken.« Unsicher stemmte er sich, auf die Kante des Felsenbettes gestützt, in die Höhe. Er schüttelte den Kopf, um das Gefühl der Benommenheit zu verlieren, und erreichte nur, daß ihm grauenhaft schwindlig und übel wurde. Der Hauptmann wußte, wann es besser war, seinem Magen nachzugeben, und brachte gerade noch genügend Selbstbeherrschung auf, um die Obstschüssel zu leeren, bevor er sie mit saurem Magenbrei und bitterer Galle wieder füllte. Als er Wasser suchte, um sich den bitteren Geschmack aus dem Mund zu spülen, erblickte er den Becher seines Vetters, aus dem offensichtlich kein einziger Schluck getrunken worden war.

»Gandresch, du Tiefzwerg!« fluchte er erbost und ernüchtert. »Bei den Heiligen Stelen! Umrazim ist ein Fluch! Ein von Angrosch verfluchter Hort unseliger Verderbnis! Gandresch! Verdammt, und das mir, dem Sohn Turgais. Gandresch, wo bist du?!«

Der Gerufene konnte seinen erbosten Vetter nicht hören und wähnte ihn noch in tiefem Schlaf. Weitaus größere Sorgen machte ihm gerade die Versammlung in der Folterkammer, bestehend aus seinen Gefangenen, dem Verräter Kerrgh und der ungehorsamen Jelle sowie dem zwergischen Galan seiner Nichte und dessen nichtsnutzigem Elfenfreund. Was er hier hören mußte, verborgen durch den Unsichtbarkeitszauber der Altvorderen, sprach von der Vorbereitung kurzsichtiger Pläne gegen ihn und sein Vorhaben, ja, gegen die Zukunft des gesamten nordischen Zwergenvolkes. Barek, der ungeratene Sohn Beragams, entblödete sich gerade, mit dumpfer Stimme Worte solcher Engstirnigkeit und Dummheit von sich zu geben, daß der Bart des lauschenden Geoden vor Zorn bebte. Was fiel diesem Herumstreuner ein, ihn, einen der mächtigsten Angroscho nördlich des Neuen Reiches, einen Verräter und Blender zu nennen? Kam der Söldner etwa aus dem Svelltschen? Wußte dieser wohl besser als er, der mächtige ›Verbündete‹ eines leichtgläubigen Orkhäuptlings, was in diesen Landen vor sich ging? Gandresch schnaubte vor Wut. Nicht einen Halbfinger weit vermochte Barek in die Zukunft zu blicken, und nicht einen Gran Verstand besaß er, um zu begreifen, welche Macht in diesen Höhlen verborgen war. Die unglaubliche Macht der Artefakte, die immer und immer wieder aus den vergessenen Stollen in seine Hände gelangt waren, waren ein kleiner, nur ein winziger Vorgeschmack dessen, was hier wirklich verborgen war. Hier lag der Schatz, der die Angroschim einigen konnte, der es ermöglichen würde, den Stämmen den Einen König zu geben, um all die Schmach zu rächen, die ihnen durch die Elfen, Orks und Menschen je angetan worden war. Gandresch verlangte es danach, den Zauber der Gewandspange zu lösen, um diesem ungehobelten, ungebildeten Zwerg die Augen für seine eigene Dummheit zu öffnen. Schon immer war er ihm ein Stachel im Fleisch gewesen, hatte er doch mit einer Hartnäckigkeit, die unglaublich war, um Gilda geworben. Nichts hätte seiner Nichte weniger angestanden als dieser Herumtreiber, der nichts anderes im Sinn hatte, als Gandreschs Pläne zu durchkreuzen und ihm eines der wichtigsten Kleinode seines Planes abspenstig zu machen.

Vielleicht, ja, vielleicht war es besser, Barek jetzt und hier ein für alle Male vom Angesicht Deres zu tilgen. In der gesamten Geschichte der Angroschim hatte es Männer und Frauen gegeben, die zu kurzsichtig waren, um den Weg zur Macht zu erkennen. Solche Angroschim hatten es letztlich verschuldet, daß das älteste Volk nicht den ersten Platz einnahm, den Platz, der ihm zukam. Solche Angroschim hatten verhindert, daß jene den Thron innehatten, die weitsichtig und entschlossen genug waren, die richtigen Entscheidungen für alle zu treffen. Gandresch wußte in diesem Augenblick, daß Barek niemals mit seinen Plänen einverstanden wäre – schon deshalb, weil es nicht seine eigenen waren. So war es unausweichlich: Er mußte sterben. Und es mochte notwendig sein, seine Gefährten ebenfalls zu vernichten, auch wenn das nicht nach Gandreschs Geschmack war. Der Geode verfluchte den Zwerg lautlos. Auf diese Weise machte Barek tatsächlich noch einige seiner geschicktesten Winkelzüge zunichte! Aber was waren seine Pläne mit

Jelle oder dem Menschenbalg gegen das Ganze! Es mußte sein. Ja, dessen war er sich jetzt sicher.

Und vielleicht war es sogar möglich, das Problem der Wesenheit in der Goldhöhle gleichzeitig aus der Welt zu schaffen. Er lächelte eisig. Nun, diese Idee war so einfach, daß sie genial zu nennen war. Aber an seiner Genialität hatte er sowieso nie gezweifelt.

Der Zwerg zog sich lautlos aus seinem Versteck zurück. Er brauchte nur einen kleinen Teil einer Stunde und ein wenig Abgeschiedenheit. Daß sein Verbündeter seinem Wunsch womöglich nicht nachkommen könnte, erwog er nicht einen Augenblick lang. Gandresch bot ihm wahrlich mehr, als dieser kleine Dienst wert war.

»Ich rufe Euch, Dienstbare und Gefolgschaft dessen,
der den Pakt mit mir geschlossen!
Kommt und höret! Nehmt Gestalt an in dieser Sphäre!
Erfülle das Deine, Erzdämon, so wie ich den meinigen Teil!
Mir ist Dein Dienst und der Deiner Diener.
Dein ist meine Gefolgschaft.
Belshirash, eisiger Jäger, es gilt ein Wild zu jagen.
Laß Deine blutige Meute herab!
Finden und jagen, hetzen und reißen ist mein Verlangen.
Höret den Ruf meines Willens!
Erscheint! JETZT!«

# Letztes Kapitel

*Es mag schwer sein, den Weg der Göttin zu beschreiten,*
*aber sinnlos ist dies niemals!*

Das Schwert der Schwerter Ayla
von Schattengrund

Dämonische Wesen schlichen hechelnd und nach Beute witternd durch die düsteren, kalten Stollen Umrazims. Gieriges, heiseres Jaulen und grollendes, tiefes Knurren begleiteten ihre Suche in der Dunkelheit. Unruhiges Scharren lang bekrallter Pfoten auf gefrorenem Fels klang schmerzhaft schrill voraus. Die gleichsam aus den Niederhöllen dringenden Klänge mischten sich mit den scharfen Befehlen des Beschwörers, der seine dämonische Meute auf die Fährte setzte. Geiferndes Bellen kündete von Durst und Haß, Lust und Verlangen. Sieben der riesigen Ungeheuer waren es. Karmanthi, die Blutigen Hetzer aus den Niederhöllen, die Jagdhunde des erzdämonischen Belshirash. Zwar reichten sie dem Beschwörer nur bis zur Brust, aber ihre Masse war gewaltig, und ein Zuschnappen ihrer Fänge vermochte auch den Kopf eines stämmigen Zwerges vom Leib zu trennen. Zottiges Fell in blankem, unwirklichem Weiß wetteiferte im Licht der Grubenlaterne mit den grünleuchtenden Augen um die gleißendste, giftigste Farbe. Spannlange, spitze Fänge und Krallen wie geschliffene Klingen, Ruten gleich geflochtenen Peitschen und ätzender Geifer harrten gierig der nach warmem, pulsierendem Blut duftenden Beute. Unruhig und mühsam beherrscht folgten sie dem Willen ihres zwergischen Herrn; in ihren gleißenden Augen war Mordlust zu lesen, die auch ihm galt, war er doch ein Wesen Deres und nicht ihrer Welt. Aber er bot ihnen eine lohnendere Beute. Es waren viele, genug für alle, um eine gute Jagd und befriedigendes Töten zu versprechen. Und doch verlangte es jeden der sieben, der erste zu sein, der zerriß und zerfetzte.

Die Werwölfin nahm die drohende Gefahr vor allen anderen wahr. Unruhig wandte sie den Kopf und forschte dem scharfen Geruch nach, von dem nur ein winziges Quentchen in ihre empfindliche Nase gedrungen war. Kerrgh bemerkte die Unruhe der Menschenfrau neben ihm und blickte fragend von der eilig in den Fels geritzten Skizze der an die Oberfläche führenden Stollen auf. Sie fragte: »Riechst du das?«

»Hm?« Der Ork-Hauptmann sog prüfend die eisige Luft durch die bebenden Nüstern ein. »Witterung von Jelle.« Sein Grinsen war unverschämt und erschreckend wie stets.

Die junge Frau schüttelte den Kopf, denn in ihrer Besorgnis und dem Bemühen, den seltsam beißenden, üblen Geruch einer Erinnerung zuzuordnen, nahm sie die Anspielung nicht wahr. »Es ist der Gestank, der immer ... Gandresch ist in der Nähe!«

Jelindraél Feenlicht erhob sich und griff nach seinem Bogen. »Schauen wir nach«, schlug er Jelle vor. Die Werwölfin nickte sofort. Sie folgte ihm mit der lautlosen Vorsicht des gefahrenwitternden Tieres, aber auch mit der Entschlossenheit des Jägers.

Ihre zurückbleibenden Gefährten rüsteten sich für einen eiligen Aufbruch. Tjalf wog seinen Säbel nachdenklich in der Hand, während der lächerliche Silberdolch bereits in seinem Stiefel steckte. Diese Nacht würde nicht ohne einen Kampf vorübergehen, das wußte er. Seine Streitaxt wäre ihm lieber gewesen, aber deren Blatt mußte immer noch irgendwo am Rande der Svelltstraße in einem Baum stecken, falls nicht ein Wanderer die verzierte, schartige Thorwaler Klinge an sich genommen hatte. Aber er war der jungen, ein wenig seltsamen Bauerntochter und Rondra dankbar genug für diese eine Waffe. Die Waagschalen hatten sich damit ein kleines Stück zu ihren Gunsten geneigt. Er lächelte bitter. Jedes Lied, das er sang, war für ihn, ein Kind Swafnirs, womöglich das letzte. Und auch wenn es hieß, das Letzte Lied eines Thorwalers sei das seiner Axt und der letzte Kampf eines Swafnirkindes gleich einem Sang zu Swafnirs Ehre, in den der Walgott selbst einstimme, während er am Rande der Welt gegen die Gottschlange Hranngar im ewigen Kampf lag, so sehnte sich der Skalde doch danach, daß sein eigenes Letztes Lied ein Lied war, das von Liebe sprach, so wie Jora behauptet hatte. Aber es lag nicht in seiner Hand, wann der Bote Borons zu ihm kam. Er wußte, daß er keinen Herzschlag länger leben würde, als die Götter ihm gewährten. Und Swafnir hatte ihn schon allzuoft siegen lassen, so daß es ihm vermessen schien, ihn um die Zeit bis zum Wiegenlied seiner Tochter zu bitten. Er sah sich um und begegnete dem entschlossenen Blick der Premer Kriegerin. Sie würden beide in dieser Nacht sterben oder gemeinsam den Morgen erleben, das jedenfalls wußte er.

Jora erwiderte sein Lächeln auf eine seltsam endgültige Art. Sie war bereit, und sie war entschlossen, ihrer aller Leben teuer zu verkaufen, sollten es auch Dämonen oder Götter fordern. Die Ungewißheit des Kommenden schreckte sie nicht. Sie war Kriegerin, und sie kannte vor der Schlacht kein *Vielleicht*. Es gab nur noch die Tat, den Gesang der Klingen, die zu einem Sieg oder der Niederlage führten. Sie lebte, kämpfte und starb als Kriegerin im Willen Rondras, der Mutter Swafnirs. Eine grausame Schönheit lag in Joras Lächeln. Und ihre eigene Art der Hoffnung.

»Mögen die Zwölfe uns beistehen!« Jelles Worte waren kaum zu vernehmen, wohingegen die aufwallende Angst für den Elfen an ihrer Seite deutlich zu spüren war. Das Schicksal oder die Götter, mehr aber noch der Geruchssinn der jungen Frau hatten sie an einer der vielen Abzweigungen unweit der Sternenkreuzung einen Gang wählen lassen, der über eine grob gehauene Treppe steil hinauf und auf einem Sims hoch unter der Decke einer längst ausgebeuteten kleineren Erzhöhle führte. Von dort oben sahen sie für einen kurzen Augenblick die niederhöllischen Kreaturen, bevor diese, geifernd und sich selbst in ihrer gierigen Hast hindernd, in einer der Stollenöffnungen verschwanden, gefolgt von der im Licht seiner Grubenlaterne unzweifelhaft zu erkennenden Gestalt Gandreschs.

»Sieben«, murmelte der Elf. »Zu viele. Komm! Wir müssen schneller sein.«

Im Licht der über Jelindraéls Hand schwebenden Kugel eilten sie den Gang zurück und stürzten mehr, als sie liefen, die steilen Stufen hinunter. Das heisere Bellen der Ungeheuer klang bereits am Fuße der Treppe derart nah und bedrohlich, daß sie verharrten und lauschten. Sie wechselten einen Blick. Tiefe Besorgnis hatte in den grünen Augen des hochgewachsenen Elfen seine übliche belustigte Ironie verdrängt, während Jelles bernsteinfarbene Augen unter den zusammengewachsenen Brauen im ruhigen Schein des feenhaft kleinen *Flim Flams* eine raubtierhafte Entschlossenheit zu zeigen schienen.

»Eine falsche Spur!« flüsterte sie. »Unser Vorsprung ist zu gering.«

Und bevor Jelindraél überhaupt daran denken konnte, die Frau zurückzuhalten, war sie bereits vorausgetrabt. Dort, wo der Seitentunnel auf den breiten Gang zur Sternenkreuzung stieß und wo das Tappen und Heulen der Meute immer lauter wurden, verharrte sie einen Herzschlag lang und witterte. Der strenge, niederhöllische Gestank war nun trotz der eisigen, alten Luft der Stollen eine beißende Beleidigung für die Nase der Werwölfin. Jelle spürte den Elfen hinter sich, blickte ihn auffordernd über die Schulter hinweg an. Er lauschte in die Dunkelheit hinein, die nun kein magisches Feenlicht mehr war, sondern nur noch das unwirkliche Schimmern des Gesteins erhellte. Das plötzliche schrille Aufjaulen eines der Dämonen, in das die Meute mit infernalischem Gebell einstimmte, traf ihn wie eine Faust in den Magen. Er bezwang nur mühsam die mit der Übelkeit aufsteigende Angst. Jelle dicht vor ihm zitterte und atmete schwer. Als er ihr eine Hand auf die Schulter legte, spürte er, daß es nicht mehr die Angst war, die sie zum Erbeben brachte. Ihre glänzenden weiten Augen und das leise Knurren aus ihrer Kehle verrieten ihm die Lust an der Jagd, die ihnen bevorstand. Der Elf atmete tief ein, und als er die eisige Luft langsam entweichen ließ, zwang er sich zu Ruhe und Gleichmut. Die Werwölfin entwand sich seiner Hand mit einer geschmeidigen Bewegung und trat auf den breiten Gang. Mit sorgsamer, tierhafter Eleganz strich sie einmal mit den nackten Fingern der rechten Hand im Kreis über den reifbedeckten Boden. Sie richtete sich auf und lachte leise und entschlossen.

»Ich bin von dieser Welt«, sagte sie rauh. »Sie nicht. Wir müssen schnell sein!«

Und sie rannten in die Richtung, in die der Hauptgang weiterführte. Nur Jelles unglaubliches Gespür für Richtung und Ort und ihrer beider Gefahrensinn bewahrten sie davor, in der unsicheren Dämmerung gegen Felsen zu laufen oder Treppen hinunterzufallen. Ihnen auf den Fersen hechelten und bellten die Kreaturen der Niederhölle, die Diener Belshirashs. Durstig nahmen sie die frische, blutversprechende Fährte auf. Und zornig jaulten sie auf ob des Geruchs des Lebens, das im Erzstreit mit ihnen lag, seit das erste Wesen aus Los Tränen entsprungen war. Sie würden es hetzen und jagen, finden und töten. Ein Fest der Rache, das sie erwartete. Und nur die befehlende Stimme des Beschwörers hielt sie zurück, der sie noch nicht von der unsichtbaren Leine ließ, an die er sie gezwungen hatte. Vor Ungeduld und Gier heulten und tobten sie so, so daß die Kälte der Mine erzitterte. Ätzender Geifer und infernalischer Gestank zeichneten den Weg der weißen Bestien, deren grüngelb leuchtende Augen die Dunkelheit durchforschten.

*Nah …*

Finsternis. Schwärzer und undurchdringlicher als jemals vorher. Es war fort. Erloschen, vergangen, in das Element zurückgekehrt, aus dem es gekommen war. Die Finger des Eiselementars tasteten suchend über den Fels, ratlos und ungläubig. Hatte der Seufzer aus der eigenen Brust die kleine Flamme gelöscht? Hatte er selbst den einzigen Lichtfunken in Jahrhunderten, Jahrtausenden der Einsamkeit und Dunkelheit getötet? Eine eisige Faust krachte in ohnmächtigem Schmerz zu Boden und zerschmetterte einen gefrorenen Kalkkegel in ungezählte Splitter. Ein Laut aus seinem Mund, ein Ruf wie das Knirschen eines brechenden Gletschers, drang in die Dunkelheit der Höhlen. Er war voller Schmerz und Sehnsucht, Zorn und Haß.

Xenos, Sohn des Xoniosch, blickte noch einmal zurück, als der einsame, klagende Laut wie der erste Windstoß eines beginnenden Wintersturms durch die eisige Tropfsteinhöhle fuhr. Ayalamone bemerkte sein Zögern und seufzte. »Xenos! Wir haben bereits zuviel Zeit verloren«, erinnerte sie drängend.

»Tut dir das nicht weh?« wollte der Geode traurig wissen. »Ein solches Geschöpf ist hier nicht am rechten Ort.«

»Aber er ist beinahe unsterblich im Gegensatz zu Barek und seinen Gefährten. Und ich bin mir zwar nicht sicher, aber ich glaubte soeben Hundegebell zu hören. Es klang nicht freundlich, wahrlich nicht. Wir müssen uns beeilen!«

»Du hast ja recht, liebste Aya. Eilen wir.«

Und obwohl innerlich widerstrebend, bemühte sich Xenos, mit der vorauseilenden, langbeinigen Elfe Schritt zu halten. Und nur Tark hatte einen weiteren Augenblick lang ob des Geruchs eines ungewaschenen Zwerges gezögert. Sein Herr hinderte ihn mit einem Wort daran, den Mann aufzustöbern. Abrolek, der Sohn Abroms, war nicht wichtig, nicht jetzt. Die gedrungene, schmutzige Gestalt, die sich schaudernd vor dem Ruf des Elementars in eine Nische unter der grob gehauenen, sich an die Felswand schmiegenden Treppe unterhalb des Stollenausgangs drückte und die Faust um den leuchtenden Schmuck gekrallt und an die Brust gepreßt hatte, atmete auf, als die Schritte der drei Gefährten verklangen. Dann wagte der Zwerg sich weiter in die Dunkelheit, fort von allen, die ihn um das Goldauge betrügen wollten.

Dämonisches Heulen und Bellen drangen leise, kaum wahrnehmbar durch den einzigen Eingang der Folterkammer, krochen gleich einem verstohlenen Dieb an die wartenden Freunde heran, hangelten sich an ihren verfrorenen Gliedern hinauf und erreichte schließlich ihre Ohren.

Die beiden Thorwaler sahen sich verwirrt an. Hunde hier in diesen seit Generationen verlassenen Stollen?

»Krrorgh'khroh?« knurrte der orkische Hauptmann verwundert. Gleich eine ganze Meute dieser für den Krieg abgerichteten Hunde, die keine Fährten zu lesen verstanden, sondern nur dazu dienten, Feind und Beute zu zerreißen?

Barek schüttelte den Kopf. Für die Dauer eines Herzschlags hatte er geglaubt, Tarks Bellen zu hören. Aber er kannte das tiefe, freundliche Blaffen des Weißen Berghundes gut genug, um seinen Irrtum einzusehen. Das ferne, schrille Kläffen und Heulen hatten einen Klang von Jagdrausch und Blutdurst, der dem verspielten Gefährten des Geoden fremd war. Außerdem waren es mehrere Hunde, ja, es schienen erschreckend viele zu sein. Der Zwerg spürte das brennende, unheilverkündende Ziehen im Magen, auf das er im Laufe seines langen Lebens zu achten gelernt hatte.

Lihjana Feensang zog einen Pfeil aus dem Köcher auf ihrem Rücken. »Taub'kahrza«, flüsterte sie mit gebannt auf den Eingang gerichtetem Blick. Ihre dunklen großen Augen schimmerten in einem blassen, aber dennoch gefaßten Gesicht. Dort draußen, irgendwo dort, wo die *taub'kahrza* jagte, war Jelindraél. Aber er lebte, da war sie sich sicher.

Magister Gerinbold Perkun nickte nachdenklich und besorgt. »Karmanthi«, sagte er, der elfischen Gefährtin zustimmend, »Höllenhunde. Dämonen aus der Domäne des Eisigen Jägers. Ein Rudel. Wenn sie uns suchen sollen, ist es nur eine Frage der Zeit, daß sie uns finden und töten werden.«

»Gebell leiser«, stellte Kerrgh lauschend fest. »Hunde jagen anderes Wild.«

»Ja. Jelle und Jelindraél«, stimmte die Kriegerin ihm grimmig zu. »Sehen wir zu, daß wir dieser Falle entkommen!«

Niemand widersprach, und in seltener Einmütigkeit machten sie sich auf den Weg.

»Weißt du noch, wo wir sind?« Galgenhumor schwang in Jelindraél Feenlichts Stimme mit. Es mochte keinen Unterschied mehr machen. Warum die Meute sie nicht längst eingeholt hatte, war eine ebenso unbeantwortbare Frage wie die nach dem Rest Glück, das ihnen das Schicksal noch zu gewähren bereit war.

Die junge Werwölfin lachte rauh und außer Atem. »Nicht genau«, gab sie zu. Sie trabte den schmalen Seitenstollen entlang, der kaum mehr als ein Probe- oder Luftschacht gewesen war und der nun schräg und mit dem Geröll von Jahrhunderten bedeckt hinunter in den Berg führte. Sie ließ sich durch das immer näher kommende dämonische Bellen nicht verwirren, obwohl das schrille Jaulen und Keifen der Hunde, in den Gängen hin- und hergeworfen und endgültig alles Derischen beraubt, unerträglich schrill geworden waren. Der Blick der Frau glitt suchend über den rauhen Fels, bis sie erfreut und erleichtert aufjapste. »Da ist es! Praios sei Dank, ich wußte nicht mehr …«

Der Elf sah in dem sanften Luftzug hinauf zu der schmalen Öffnung, durch die vielleicht ein schmaler Erwachsener passen mochte, aber niemals einer der Karmanthi – es sei denn, diese Dämonen verfügten über die Fähigkeit der Gestaltwandlung. Einen Versuch war es allemal wert. »Verzeih mir meine Zweifel!« bat der Elf mit beinahe ungläubigem Aufatmen. »Hinauf mit dir!« Er bot Jelle seine verschränkten Hände als Tritt. Schnell und geschmeidig war die magere Frau mit seiner Hilfe hinaufgeklettert und in der Öffnung verschwunden. Jelindraél wartete keinen

Atemzug lang, hörte er doch zwischen dem heiseren Gebell bereits die krallenbewehrten Pfoten in schnellem Lauf über felsigen Boden heranhetzen. Oben angelangt, fand er sich in einem engen, diesmal ansteigenden Tunnel wieder. »Wühlschrate und Tiefzwerge«, murmelte er. »Selbst ein Zwerg gräbt nicht so wirr Löcher in den Boden.« Das schrille, zornige Wüten der Meute trieb ihn eilig und auf allen vieren hinter der Werwölfin her.

Der erste Karmanath sprang, obwohl er in dem engen Belüftungsstollen kaum genug Platz hatte, um sich umzuwenden oder gar Anlauf zu nehmen. Die Krallen seiner Vorderpfoten scharrten über den Rand der dunklen Öffnung und fanden keinen Halt. Schwer und jaulend krachte der kalbgroße Dämon auf die Nachdrängenden hinunter. Wütendes Knurren und zorniges Keifen erfüllten den schmalen Raum zwischen den unverrückbaren Felswänden. Einer der Dämonen nutzte das lebendige Knäul seiner zu einer wirren Entität verschmelzenden Gefährten, um höher und näher an den Fluchtstollen des gejagten Wildes zu gelangen. Mit einem gewagten Sprung warf er sich hinauf und blieb aufjaulend mit der massigen, starken Schulter stecken. Die Krallen der Hinterläufe rissen helle Scharten in den Fels, und wütendes Gebell klang heiser den engen Stollen entlang, aber er kam nicht weiter, steckte fest wie ein Pfropfen in einem Flaschenhals. Ein weiterer Karmanath versuchte, über den eingekeilten Körper hinaufzuklettern, und zerriß mit dämonisch scharfen Krallen bleiches Fell, Haut und Fleisch. Zähes schwarzgrünes Blut quoll in schillernden Tropfen aus den tiefen Rissen im Körper des Höllenhundes, und das Gebell wurde zu einem schrillen Jaulen. Der Schmerz half dem Dämon, sich aus dem Eingang hervorzuwinden und zurück in den Gang zu stürzen.

Zornig schnappten sein gewaltiger Kiefer und die scharfen Fänge nach den Gefährten. Er hätte unzweifelhaft die sich nächstbietende Kehle zerfetzt, wenn ihn nicht die eisige Stimme des Beschwörers zurückgezwungen hätte. Unwillig löste sich die dämonische Meute voneinander und auch von der hier so frischen, heißen Spur. Wütend vor Enttäuschung und Blutgier ließen sich die Karmanthi nur widerwillig zur Umkehr bewegen, um an anderer Stelle ihre Jagd fortzusetzen.

Gandresch standen vor Anspannung kühle Schweißperlen auf der Stirn. Aber er wußte, daß die Fliehenden noch so gewitzt sein konnten; ließ er die Karmanthi frei, würden diese sie finden und töten. Aber er wollte dabeisein. Er wollte ihren Tod genießen.

Kaum hatten sie sich durch den engen Spalt hinaufgezwängt, der in einer kleinen Höhle endete, da stockte den beiden Gefährten wiederum der Atem. Im sanften, magischen Licht gab es in der schmalen Kaverne nichts außer einigen Schutthalden und einer alten Lore, aber aus einem der beiden sich einander gegenüberliegenden Stolleneingängen drangen Schritte und das Tappen von Hundepfoten, stetig und unaufhaltsam näher kommend. Jelle machte eine hastige Bewegung zurück zu der hinter einer der Halden verborgenen Öffnung und verharrte unschlüssig witternd, doch der Gestank der Dämonen in ihrer Nase übertönte immer noch alles andere. Und in ihren Ohren klang das ferne und heisere Bellen nach, das sie noch eine ganze Weile auf ihrem mühseligen Weg herauf begleitet hatte. In ihren bernsteingelben Augen zeigte sich lähmende Angst. Der Elf stand einige harte Herzschläge lang wie versteinert und lauschte. Zwei Personen und ein Tier, ein Hund. Jelindraél wagte nicht, seiner Ahnung zu vertrauen. Ein Irrtum konnte tödlich sein. Er zog Jelle in die Deckung der Schuttlore und bedeutete ihr, still und regungslos zu verharren. Sein Licht erlosch. Während er sich sammelte, verstummten die Schritte. Jelindraél spürte den suchenden Zauber wie die Berührung einer heißen Flamme zwischen den Schläfen. Er öffnete die Augen. Zwischen den eisernen Rädern der Lore hindurch fiel der flackernde Schein einer Grubenlaterne. Und er sah die weißpelzigen großen Pfoten eines Hundes. Jelle neben ihm blickte ebenso gebannt auf diese Pranken. Als der Hund die Nase zum Boden senkte und die Menschenfrau ihn sehen konnte, japste sie hörbar auf. Der weiße Hund! Der so verspielt am Ufer des Snierd herumgetollt war. Jelindraél entspannte sich mit einem Seufzen. Tark. Ein größerer Gegensatz zu einem niederhöllischen Ungeheuer war kaum vorstellbar.

»Xenos?« fragte er.

»Ja, mein lieber Jelindraél«, entgegnete eine spöttische elfische Stimme. »Und Ayalamone Silberstreif, falls dir mein Name noch etwas sagt.«

»Wie könnte ich diesen Klang jemals vergessen?« erwiderte der Elf und erhob sich aus dem dürftigen Versteck.

»Oh, man spricht, du hättest eine hübsche Gefährtin gefunden.«

»Aya, du bist doch inzwischen nicht etwa derartig badoc, daß du eifersüchtig wie ein Zwerg sein kannst?«

Xenos, Sohn des Xoniosch, erlaubte sich ein verschmitztes Lächeln, während er sich über den langen weißen Bart strich. »Weißt du, Jelindraél, manchmal scheine ich ihr ein wahrhaft schlechtes Vorbild zu sein«, scherzte er. »Sei gegrüßt, werter Freund. Ah, Jelle. Es ist schön, dich wiederzusehen.«

Die Werwölfin und der Berghund begrüßten sich neugierig und stürmisch. Der Elf hörte beide japsen und war sich nicht sicher, ob nur Tark freudig und verspielt mit nasser Zunge durch das Gesicht des Freundes fuhr. Ayalamone verlangte Jelindraéls Aufmerksamkeit, indem sie in elfischer Selbstverständlichkeit seine Umarmung erwartete. Und wie stets, wenn er diese Frau berührte, glitt die Ahnung ihres Alters wie ein Strom widersprüchlichster Gefühle durch seine Glieder. Sie lächelte ihn an. Sie hatte nichts von ihrer Faszination und ihrer Schönheit verloren, und ebenso nichts ihrer Aura der Dunkelheit, die vielleicht auch nur ein Schatten der Jahrhunderte war. Sie lachte schelmisch.

»Jelindraél Feenlicht, du hast immer noch Angst vor mir«, stellte sie fest. »Das schätze ich an dir.«

Er neigte nur leicht den Kopf in einer Geste der Zustimmung. Dieser Frau gegenüber waren solche Regungen kaum zu verbergen.

»Elfen«, brummte Xenos. »Erzähl mir lieber, wo wir deine Gefährten finden.«

»Ich weiß es nicht«, gab Jelindraél zu und blickte den Geoden an. »Wir haben sie irgendwo in einer alten Kammer zurückgelassen. Gandresch ist uns mit einer Meute Höllenhunde auf der Spur.«

»Also Belshirash. Ich habe es geahnt«, murmelte der Geode mit Traurigkeit in der Stimme.

»Ich weiß, wo wir sind«, behauptete Jelle da, während sie sich grinsend der nassen Schnauze des Hundes erwehrte. »Dieser Gang dort führt geradewegs zur Sternkreuzung, von der der Kerkerstollen abzweigt.«

»Wie weit ist es?«

»Nicht weit. Kommt! Ich führe euch.«

Die schlohweißen Schatten glitten durch die schimmernde Dunkelheit der Stollen und Höhlen. Sie waren auf der Suche nach einer Spur derjenigen, nach deren Blut es sie verlangte, wie es der Pakt forderte. Ihre Augen glühten unheilvoll aus dem bleichen Pelz der kantigen, schweren Schädel. Ihre witternden Nasen suchten das eine Gran der Essenz, das sie auf die Fährte führte. Jeder der Höllenhunde bellte und jaulte in seiner eigenen Stimme, lauschte jedoch mit spitzen, aufgestellten Ohren ebenso auf das Bellen und Jaulen seiner Jagdgefährten, die nicht weit von ihm in den benachbarten Gängen und Grotten suchten und von ihrer ergebnislosen Suche kündeten. Kein Wild war je der Meute Belshirashs entkommen. Sie waren keine Jagdhunde, die man mit einem Stück Wurst von ihrer Fährte weglocken konnte. Und mochte einem Hund die Lust nach dem Wild vergehen, wenn er nur lange genug erfolglos einer schwachen Spur gefolgt war, so wurde ein Karmanath nur wütender und durstiger ob der Widerspenstigkeit des Wildes, das nicht einsah, daß es niemals ein Entrinnen geben konnte. Die Blutigen Hetzer mußten nicht fressen, sie brauchten keine Ruhe und keinen Schlaf, und sie kannten außer der Jagd kein Spiel und keine Lust. Aber ihre erwählte Beute mußte essen und ruhen. So war es nur eine Frage der Zeit, wann sie sie stellten und töteten.

Sie stöberten und suchten in Stollen und Höhlen, auf Treppen und Rampen. Sie lauschten und witterten in jede Spalte und in jeden Schacht. Sie blickten in jede Ritze und kletterten auf jeden Stein. Sie kehrten zuoberst, was zuunterst lag. Dann endlich verkündete einer der Ihren mit lautem Heulen, daß er die Spur gefunden hatte. Die Meute sammelte sich. Und sie forderte Hetze und Blut und Tod. Schrill hallten die Rufe der Niederhölle durch die eisige Mine. Eis klirrte und zersprang. Und die unsichtbare Leine riß.

Das immer wieder von trügerischer Stille durchbrochene Bellen und Jaulen der Höllenhunde drangen bis zu den Gejagten. Verzerrt, leise und dennoch schriller, als es irgendein aventurischer Hund zustande gebracht hätte.

»Oheim, Ihr habt eine wunderbare Gabe, zur rechten Zeit zur Stelle zu sein«, stellte Barek wieder einmal fest, als die beiden Gruppen unweit der Sternkreuzung dank Jelles Gespür, Jelindraéls Gehör und Kerrghs Nase zueinandergefunden hatten.

»Ob es diese ist, wird sich erst erweisen müssen. Die rechte Zeit, meine ich«, entgegnete der Geode ungerührt und dennoch mit einem kleinen Lächeln auf dem faltigen Zwergengesicht. »Freunde, wir sollten uns einen günstigeren Ort als diese engen Gänge suchen, die Dämonenbrut wieder dorthin zu schicken, woher sie gekommen ist. Und das müssen wir, wollt ihr jemals wieder eures Lebens sicher sein. Ein Karmanath gibt nicht auf, bevor die Beute oder er vernichtet ist.«

»In die große Höhle?« schlug seine Gefährtin vor.

Xenos nickte. »Kommt!«

Sie beeilten sich. Der Geode führte mit seiner Laterne in der Hand, während sein Neffe als letzter den Weg hinter ihnen sicherte. In der Faust hielt er das Kurzschwert, das erst vor so kurzer Zeit in Hilgerds Heim wieder einmal deutlich gemacht hatte, daß wahrlich Angroschs Segen in seine Klinge geflossen war. Der Zwergenkrieger wußte aus bitterer Erfahrung, daß ein Dämon kaum anders als mit Magie und göttlichem Beistand besiegt werden konnte, waren die Bewohner der Siebten Sphäre doch durch rein metallene Klingen und schiere Kraft unverwundbar. Er gab sich zu, daß er für den folgenden Kampf zuallererst auf die Magie seines Oheims und die Künste Ayalamones zählte – etwas, das ihm gar nicht recht gefallen wollte, schien das Geheul hinter ihnen doch aus einem guten Dutzend dämonischer Kehlen zu stammen. Der schaurige Wechselgesang drängte die Fliehenden zu äußerster Eile. So ertönte der schrille Jagdruf erst dann, als sie fast das Ende des in die Tropfsteinhöhle einmündenden Ganges erreicht hatten. Der Ruf wurde von einem irren, durch die Stollen vielfach verzerrten Heulen beantwortet. Bareks Nackenhaare sträubten sich. Er sah Kerrghs beschützenden Griff nach Jelles Arm und Jelindraéls besorgten Blick über die Schulter. Die beiden Thorwaler waren für den Zwerg kaum mehr zu erkennen, aber auch sie schienen wie Gerinbold und die beiden Elfenfrauen ihre Schritte noch einmal zu beschleunigen, um die Enge des Ganges verlassen zu können. Doch da blieb sein Oheim unvermutet im Stolleneingang stehen. Mit der rechten Hand hob er die Laterne weit empor, und mit der linken hielt er die Gefährten zurück.

Barek konnte nicht sehen, wie das Licht der flackernden Flamme tausendfach gebrochen wurde, glitzerte und gleißte und die Tropfsteine in ein Märchenreich aus gefrorenen Diamanten verzauberte, in dem mächtig und wie ein Koloß aus reinstem Eis der Herr dieses Reiches stand.

»Bei Angrosch!« Ehrfurcht und eine gewisse Resignation lagen in Xenos' Stimme. Der befreite Eiselementar wandte den Kopf, und seine durch das Licht geblendeten, gleißenden Augen suchten den Eindringling. Der Elementar war so groß, wohl an die zwei Elfenlängen, daß sein Haupt fast die Höhe des Vorsprungs erreichte. Eis knirschte und splitterte und wuchs knisternd wieder zusammen, als sich der mächtige Körper langsam umwandte. Dabei schuf das Laternenlicht Kaskaden glitzernden und fließenden Glanzes auf seiner eisigen Haut und in der Tiefe seines gefrorenen Leibes. Das Leben in dem Körper aus Eis und Magie pochte und regte sich, reckte sich zu all seiner jahrtausendelang gefesselten Kraft und Macht. Tödliche Kälte flutete mit jedem der tiefen Atemzüge zu den Sterblichen herauf.

Ayalamone Silberstreif war neben Xenos und Tark

getreten. Sie erwiderte den eisigen Blick, stumm vor Faszination und widerstreitender Gefühle. Dämonisches Geheul ließ die Gefährten hinter ihnen aus dem Stollen vorwärtsdrängen. Die Elfe wußte, daß es ihnen nun niemals gelingen würde, alle heimlich und unbehelligt durch die Tropfsteinhöhlen zu führen. Der Zorn des Elementars war so spürbar wie seine Kälte und ebenso vernichtend. Und es trennten sie keine zwei Dutzend Schritt mehr von ihm und diesem Zorn. Bareks dumpf aus dem Stollen dringende ungeduldige Frage nach dem Grund ihres Zögerns drang nur langsam in die Gedanken der Elfe.

»Wir haben keine Zeit zum Reden«, erklärte Xenos grimmig in der Sprache seiner Ahnen. »Verehrter Elementar, verzeiht die große Eile, aber in Kürze wird eine Meute Dämonen in Euer Reich eindringen und nach unserem und – ich fürchte – auch nach Eurem Leben trachten.«

Der Angesprochene zeigte mit keiner Regung, ob er die Worte des Geoden gehört und verstanden hatte. Er lauschte und schaute, eine der gläsernen breiten Hände schützend gegen das Licht der Laterne gehoben.

Barek beschloß, daß sie es wagen mußten. »Hinunter! Und beeilt euch!« rief er seinen Schutzbefohlenen zu. Seine Gefährtin zögerte nicht, ebensowenig Gerinbold, der hinter ihr stehend den Djinn hatte sehen können und bereits seine Fassung, wenn auch mit Mühe, wiedererlangt hatte. Ohne das immer schriller und lauter werdende Heulen ihrer Verfolger wären die Nachfolgenden vor dem Eiswesen zurückgeschreckt. Je nach Gemüt und Erfahrung spiegelte sich in ihren Mienen Scheu oder auch Angst, aber die Bedrohung durch die sich nähernden Dämonen erachteten alle als größer. Der Elementar ließ sie die lange, sich an der Wand entlangwindende Treppe hinabsteigen, auch wenn er jeder ihrer Bewegungen mit glitzernden Augen folgte. Ob es Neugier oder Unentschlossenheit war, wußte nicht einmal Xenos zu sagen, der in seinem langen Leben als Diener Sumus mit so manchem Elementarwesen zusammengetroffen war. Wenn der Zorn des Djinns ebenso ihnen galt, was der Geode nicht auf die Probe hatte stellen wollen, war er für ihr Leben eine ebenso große Bedrohung wie die Dämonen. Das Eis an sich war das dem Leben entgegengesetzte Element, und war es auch nicht aus sich selbst heraus feindlich gegen irgendein anderes Element gesonnen, so besaß es doch die größte zerstörerische Kraft gegenüber dem Humus, dessen Verkörperung Pflanzen, Tiere und sie selbst waren. Die Gesichtszüge des Elementars waren unbewegt, während er ihren Abstieg in sein Reich verfolgte, und erst der Ruf Bareks zu Angrosch veranlaßte ihn, den Kopf zu heben und seine Aufmerksamkeit wieder dem Höhleneingang zuzuwenden. Der Zwerg stand mit dem Rücken zu ihnen, breitbeinig und mit gezogenem Schwert. Er hatte nicht mehr die Zeit, den Gefährten die Treppe hinab zu folgen. Mit einem schrillen Heulen sprang ein weißer Schatten aus der Dunkelheit des Stollens, prallte mit Wucht gegen den Zwerg, riß ihn von den Beinen, aus dem Stollen, über den Vorsprung und über die steinerne Kante in die Tiefe. Jelle, die mit Kerrgh auf halber Höhe der Treppe angelangt war, wandte sich um und blickte zurück. Ein zorniges Knurren drang tief aus ihrer Kehle, während sie die dämonischen Hunde witterte. Der orkische Hauptmann versuchte, sie mit sich zu ziehen, aber der Blick und der Wille der Werwölfin waren gebannt auf den Vorsprung gerichtet, von dem der zweite Höllenhund in ungestillter Gier in die Höhle hinuntersprang, der dritte auf dem Fels zum Stehen kam und der vierte, fünfte bellend und geifernd nachdrängten. Jelle blickte in grüngleißendes dämonisches Starren und bleckte die Zähne. Der Ork neben ihr zog seinen Arbach, wich zurück, weiter hinunter, und brüllte irgendwelche orkischen Worte, die die junge Menschenfrau nicht wahrzunehmen schien.

»Rondra steh uns bei!« flüsterte Jora. Dann stieß sie einen wütenden Schrei aus und stürzte sich dem Dämon entgegen, der Barek unter sich begraben hatte. Nur mit verzweifelter Anstrengung gelang es dem Zwerg, das von ätzendem Geifer triefende, mit langen und grauenhaft scharfen Fängen versehene Dämonenmaul von seiner Kehle fortzuhalten. Die Erstarrung wich von den Gefährten. Es galt, ihr Leben zu verteidigen. Entweder entschieden sie den ungleichen Kampf hier und jetzt für sich, oder ihre Wanderung auf Dere fände an dieser Stelle ein Ende.

Niemand sollte jemals das Geschehen in der Höhle des Eiselementars so erzählen können, wie es sich wirklich zugetragen hatte. Nachdem die dämonischen Höllenhunde ihre Beute gestellt hatten, gingen ungezählte Augenblicke in Geheul, Waffengeklirr, Gebrüll und dem Ächzen der unterirdischen Welt unter und wurden zu einem niederhöllischen Chaos. Niemand sah, wie Abrolek, Sohn des Abrom, sich mit dem Goldauge, dem verfluchten Artefakt, in der Faust hinter Tropfsteinen im Dunkeln verbarg und vor Angst kaum zu atmen wagte. Einzig der Eiselementar wußte, daß der verwahrloste schwarzbärtige Zwerg sich irgendwo in der Höhle aufhielt. Abrolek hatte sein Leben und den Eintritt in die Stollen Umrazims gegen den einen, einzigen Schlag seines Schwertes durch die den Djinn fesselnden Ranken des holzigen Krautes getauscht und damit die lange Gefangenschaft des Elementars beendet. Aber diesen kümmerte das Schicksal des schmutzigen Nachfahren der einstmals so stolzen und mächtigen Zwerge Umrazims nicht. Licht und Leben waren in sein Reich und sein Gefängnis gedrungen. Seine Einsamkeit war einem Toben von Mächten gewichen, die ihn verwirrten und die seinem Zorn Nahrung gaben. Die Verkörperungen des Elementes Humus wimmelten zu seinen Füßen und zerstörten sich selbst in einem hilflosen Ringen gegen die heulenden Bestien, deren Fell so weiß war wie Schnee, die aber dennoch keinem der sechs Elemente verwandt waren. Und war auch Humus, Erde, das ihm entgegengesetzte Element, das einzige, das ihn selbst fesseln und vernichten konnte, so stammten die lebendigen Kreaturen doch aus der gleichen Sphäre wie er selbst. Und in seiner Ratlosigkeit stand der hell im Widerschein von Feuer und Blitzen glänzende Elementar inmitten des Kampfes, gleich einem Standbild aus Eis. Der Zorn in ihm verlangte nach Genugtuung, aber er hatte Jahrtausende mit grausamem Nichtstun verbracht, und es fiel ihm schwer, nun plötzlich zu handeln.

Vielleicht hätte Jelle schon auf der Treppe den Tod gefunden, wenn Lihjanas Pfeil nicht den massigen Körper des Dämons im Sprung getroffen hätte. Das Geschoß ihres Namensbogens ließ den Höllenhund vor wütendem Schmerz aufheulen und seine Beute verfehlen. Nur eine seiner Krallen streifte die zurückweichende junge Frau und hinterließ einen brennend schmerzenden blutigen Striemen quer über ihrer Brust. Mit dem stürzenden Karmanath fiel ein silbernes Amulett an einem zerrissenen Seidenband in die Tiefe. Jelle knurrte vor Schmerz und Wut; und während sie sich von der eisigen Höhlenwand abstieß, spürte sie die Hitze der Verwandlung durch die Glieder fließen. Ein schmerzerfüllter Schauer zerriß ihre Haut, als das dichte dunkle Fell sproß; ihre Glieder brannten in magischer Glut unter der Verwandlung;

die hervorschießenden Fänge der Werwölfin schienen für einen Herzschlag ihren Kiefer zu zerbrechen, die Krallen ihre Finger zu sprengen. Dann gleißten im abebbenden Schmerz goldene Augen auf in der Gier, ihre scharfen Wolfsfänge in die verhaßten Hunde zu schlagen. Die Werwölfin spreizte die krallenbewehrten Klauen, und ein wildes Knurren, das in ein Heulen voller Kampfeslust überging, brach aus ihrer Kehle. Der Rausch der Bestie schlug über ihrem menschlichen Denken zusammen. Mit dem Zorn der magischen Kreatur warf sich die Werwölfin dem nächsten Karmanath entgegen, der wenige Stufen über ihr zum Sprung ansetzte. Tief schnitten ihre Krallen in das weiße Fell des dämonischen Wesens, und ihre Fänge suchten seine Kehle. Der Dämon riß Fetzen aus dem dunklen Fell des Werwesens, aber es hielt ihn eisern in der Umklammerung. Ineinander verkrallt rutschten sie von den Stufen und über die Kante der Treppe. Sie überschlugen sich und prallten schließlich hart auf den unebenen Boden der Höhle. Das Schicksal war mit dem Werwesen und bot ihm einen einzigen Herzschlag lang die Kehle des Karmanath. Ohne jedes Zögern grub es seine Fänge tief in das dämonische Fleisch. Es war kalt und getränkt mit einem Geschmack nach Verwesung und ätzendem Gift. Angewidert zerriß die Werwölfin den Hals ihrer Beute, ohne von dem stinkenden Fleisch zu kosten oder gar das grünschillernde Blut zu trinken, das ihr das Fell verätzte. Das Zucken des verendenden Höllenhundes wiederum jagte ihr heiße Befriedigung durch den Körper. Sie warf den wölfischen Kopf in den Nacken. Ihr Siegesgeheul hob sich über das Brüllen der Dämonen. In Mißachtung des sich auflösenden toten Körpers erhob sie sich und schüttelte das blutverschmierte, zerzauste und von blutenden Rissen durchzogene Fell. Ihre Wunden schmerzten, aber in der Trunkenheit des

Tötens drang der Schmerz kaum in ihr Bewußtsein. Ihre goldfarbenen Augen suchten das nächste Opfer. Sie war hungrig.

Die Wucht des Sprungs und das Gewicht der Thorwaler Kriegerin vermochten den Höllenhund von Barek fortzureißen, aber Jora wußte selbst, daß sie den Dämon nicht verletzen konnte. Mit schier übermenschlicher Kraft hielt sie sich im stinkenden Rückenfell des zornig um sich schnappenden Karmanath fest und schrie nach dem Zwerg und dessen Schwert. Dieser rappelte sich auf und suchte die Klinge, die ihm aus der Hand geprellt worden war. Der Dämon warf sich unterdessen gegen den nächstbesten reifbedeckten Kalkkegel und versuchte mit seiner Masse dem verhaßten Lebewesen auf seinem Rücken zumindest einige Rippen, wenn nicht gar das Rückgrat zu brechen. Die Kriegerin spürte den Aufprall hart und schmerzhaft, aber sie würde mit Rondras Hilfe nicht loslassen, bevor sie das Bewußtsein verlor. Irgendwo aus dem Tumult um sie herum rief Barek etwas Unverständliches, und sie hörte den Ruf Tjalfs. Beim zweiten Schlag zerbrach etwas in ihrem Körper. Schmerz überflutete sie – und Wut. Sie stöhnte auf, als sie spürte, daß es nicht nur ihre eigene Wut war, sondern auch die des Skalden. Dann stach ihr der Gestank versengten Fells in die Nase. Der Dämon unter ihr brach zusammen und verwandelte sich in wenigen Herzschlägen in einen Klumpen ätzender zäher Flüssigkeit, die mit beißendem Rauch verdampfte. Als sie sich von der Pfütze fortwälzte und auf die Füße zu kommen versuchte, stieß ihr der Schmerz einem Dolch gleich in die Brust. Eine Rippe. Bei Rondra, es ist nur eine Rippe, dachte sie, zornig aufstöhnend. Steh auf, du Heldin! Eine gebrochene Rippe ist es nicht wert, in die Knie zu gehen.

Nur so weit wie nötig aus seiner Deckung hinter einem mächtigen Kalkkegel hervorschauend, beobachtete Magister Gerinbold Perkun zufrieden, wie der Dämon nach dem einen verzweifelten Stich durch Bareks Schwert und dem leider etwas schwächlich ausgefallenen Flammenstrahl zu Boden ging und die Thorwalerin kurz darauf wieder auf die Beine kam. Grimmig nickte er. Viel magische Kraft blieb ihm nun nicht mehr. Es wurde Zeit, sich wieder ein wenig im Schwertkampf zu üben. Sein Stab, ein nur sparsam verzierter schlichter Stecken, der äußerlich mit so manchem Wanderstock eines reisenden Gesellen nicht wetteifern konnte, verwandelte sich in seiner Hand folgsam in ein schlankes Schwert. Blaue Flammen umspielten schmeichelnd die magische Klinge und würden das Ihre dazu tun, die underischen Dämonen in das eisige Reich Nagrachs zurückzuschicken. Gerinbold seufzte. Er liebte es nicht gerade, mit dem Flammenschwert in der Hand kämpfen zu müssen, auch wenn er in der Jugend von seinem Oheim und anderen *Lehrmeistern* so manche Finte mit den unterschiedlichsten Klingen auszuführen gelernt hatte. Aber das war lange her. Während er sich selbst einen eingerosteten alten Narren schalt, trat der Magier mit der flammenden Klinge aus der dürftigen Deckung hervor.

Jelindraél Feenlicht deckte seine Gefährtin, die Pfeil um Pfeil in den Kampf schickte. Kein Schuß durfte fehlgehen, wollte sie nicht bei wahrlich unsicherem Licht und tobendem Chaos einen ihrer Freunde treffen. Nur zwei hastig abgestellte Laternen beleuchteten stetig die wirre Szenerie. Die Helligkeit der magischen Entladungen und geodischen Feuerzauber blendete meist weitaus mehr, als daß sie ihr ein Ziel finden half. So ließ sie ihre Pfeile erst dann fliegen, wenn sie wußte, daß ihre eigene und die Magie des Bogens eine beinahe untrügliche Verbindung zum dämonischen Ziel geknüpft hatten. Jelindraél an ihrer Seite hielt in der rechten Hand sein Wolfsmesser. Die linke Faust war bereit, einen unsichtbaren Keil tödlicher Magie in die dämonischen Schädel zu treiben. Das dreikantige schlanke Rapier aus der Firunsödnis trug kaum sichtbar ein schmales Band altelfischer Runen am Griff. Und bewirkten diese auch nur, daß die uralte Waffe unbeschadet die Jahrhunderte überdauert hatte, so machten sie sie doch zu einer magischen Klinge, die einem Dämon durchaus Schaden zufügen konnte. Allerdings verließ sich Jelindraél in diesen Augenblicken mehr auf seine Zauberfähigkeiten als auf seine Fechtkunst. Ein Stich des Rapiers mochte einem Dämon zwar lästig werden, war aber leider nur selten tödlich. Und zudem ließen sich die übel stinkenden Ungeheuer mittels Magie auf Distanz halten. Ein Karmanath war dennoch bis zu ihnen durchgebrochen; das Wolfsmesser hatte seinem unheiligen Leben mit zwei glücklichen Stichen ein Ende gesetzt. Die schwarzgrün schillernde, dampfende Lache zu Füßen der Elfen, die zurückgeblieben war, stank indes immer noch grauenhaft.

»Ha! Da nimm, du Ausgeburt der Siebten Sphäre!« Der triumphierende Ausruf Gerinbolds ging zwar im allgemeinen Lärm unter, aber für einen kurzen Herzschlag blickte der Magier doch bestürzt auf, um zu schauen, ob nicht einer der Gefährten den so völlig unstandesgemäßen Ausruf wahrgenommen hatte. Aber nicht einmal Barek, dem er gegen den zornig geifernden Karmanath zu Hilfe geeilt war, schien seine Worte bemerkt zu haben. So wandte er sich mit blitzenden Augen wieder dem Kampf zu: In der Rechten entschlossen das magische Flammenschwert, drang er auf das fahlweiße Ungeheuer ein, das mit dolchartigen Fängen und krallenbewehrten Pranken knurrend und fauchend den Zwerg bedrängte. Tief und mit einer wunderbaren Leichtigkeit stieß das flammenumzüngelte Schwert durch Fell und in ätzendes Fleisch, versengte und zerschnitt den dämonischen Leib. Der Karmanath heulte zornig auf und warf sich herum, um sich dem zweiten Gegner zu stellen. Bevor Gerinbold sich in seiner Überraschung, so plötzlich dem vor ätzendem Geifer triefenden Rachen gegenüberzustehen, fassen und zu einem Entschluß kommen konnte, wie er sich nun der wütend nach ihm schnappenden Fängen erwehren sollte, hatte Bareks geweihte Klinge den Dämon bereits endgültig in die Niederhöllen geschickt.

Xenos, Sohn des Xoniosch, wartete. Ayalamone war, unerschrocken wie stets, Kerrkh zur Hilfe geeilt. Dieser hatte sich todesmutig auf einen Dämon gestürzt, freilich ohne zu wissen, daß er diesem kaum etwas anhaben konnte. Er ließ einige Haare und beinahe auch sein Leben bei der bitteren Erfahrung, daß die niederhöllischen Kreaturen nahezu unverwundbar waren. Tark stand mit gesträubtem Fell neben dem Geoden und knurrte aus tiefer Kehle. Vor seinen Pfoten lag der vergehende Kadaver eines Karmanath, und von seinen Fängen tropfte das schillernde Blut des Ungeheuers. Xenos hatte eine Hand im Fell des Gefährten vergraben, während sie warteten. Er wußte, daß Gandresch kommen mußte. Der Herr der Dämonenmeute würde seinen Triumph auskosten wollen. Deres Herr war tief gefallen, sehr tief. Und nicht einmal das reinigende Feuer Angroschs konnte seine Seele noch retten. So geizte Xenos mit der ihm eigenen Macht über das Feuer und bewahrte seine Kraft für den Kampf gegen Gandresch auf. Der Geode hatte die Stollen Umrazims einzig aus diesem Grund betreten. Nur einmal sandte er eine feurige Lanze in den Leib eines Karmanaths. Immerhin war er seiner Sippe und der werten Gilda soweit verpflichtet, daß er wirklich nicht umhinkonnte, einen der beiden Höllenhunde zu töten, die seinen Neffen zur gleichen Zeit von zwei Seiten ansprangen. Dem Dämon blieb nicht einmal die Zeit, ein klagendes oder wütendes Geheul auszustoßen. Das elementare Feuer vernichtete ihn im Sprung, verzehrte ihn sofort und vollständig.

Der Hunger in ihren Eingeweiden war grausam und wütend, und das Heulen der Meute fachte ihre Wut und ihren Schmerz an. Die dämonischen Hunde vermochten mit ihrem kalten Fleisch und ätzendem Blut ihre Gier nicht zu stillen. Sie stanken und ließen den wilden, heißen Geruch des Lebens vermissen, den sie so schätzte. Jede menschliche Regung war der Werwölfin fremd geworden. Sie war in einem anderen Leben einmal Jelle gewesen, das Bauernmädchen aus Tjolmar, aber daran erinnerte sie sich nicht mehr. Sie hatte den Rausch des Tötens gekostet, und doch war ihr Hunger nur größer geworden. Um sie herum kämpften lebendige Körper und eisige Dämonenleiber. Sie wollte es ihnen gleichtun und töten. Sie mußte den Hunger stillen, der sie zerriß.

Keiner der Gefährten achtete auf die Werwölfin, die sich an den eisigen Fels unter der Treppe schmiegte und mit hungrigen gelben Augen auf Beute lauerte. Außer Kerrgh hatte niemand im Laternenlicht und in dem Durcheinander des beginnenden Kampfes ihre Verwandlung beobachtet; und der orkische Hauptmann hatte gerade genug damit zu tun, sich selbst aus den Klauen eines Karmanath zu retten. Die Werwölfin witterte. Ein Geruch drang in ihre empfindliche Nase, und eine Erinnerung stieg in ihr auf. Sie versprachen ihr warmes Fleisch, dampfendes Blut. Sie kannte den Duft; und während ihr Herz schneller schlug und der Speichel in der wölfischen Schnauze zusammenlief, schweiften ihre Augen umher und dehnten sich ihre Klauen. Da! Sie roch das Blut der frischen Wunde und witterte den Schmerz. Ihre Beute war verletzt, und das mochte es für dieses Mal leichter machen. Diesmal sollte sie sterben. Diesmal würde sie das Blut aus der zerrissenen Kehle kosten, und es würde heiß die eigene hinunterrinnen. Während sie sich vor den Blicken der Kämpfenden in dem düsteren Zwielicht außerhalb des Scheins der Lampen und Feuerzauber verbarg, schlich das Werwesen um die Stätte des tobenden Kampfes. Es näherte sich in diesem Toben unsichtbar und unhörbar den aufragenden Säulen gefrorenen Kalkes, an dem ihr Opfer lehnte.

Tjalf sah die Werwölfin in dem kurzen Augenblick, bevor sie zum Sprung ansetzte. Er stand keine drei Schritt von Jora entfernt und mühte sich gerade, eine der umgestürzten und dabei erloschenen Laternen wieder zu entzünden, um den Gefährten Licht für ihren Kampf zu geben. Die verletzte Kriegerin hörte und spürte seinen warnenden Ruf erst, als das Werwesen sprang. Sie fuhr herum, vor Schmerz aufkeuchend, und schrie unter dem wuchtigen Zusammenprall des pelzigen dunklen Angreifers. Scharfe Krallen fuhren über die Arme der Kriegerin und schnitten ihr in die rechte Schulter. Werwesen und Mensch gingen zu Boden, und der harte Aufprall nahm Jora vollends den Atem. Heftige Schmerzen fuhren ihr durch den Leib, die Enden der gebrochenen Rippen verschoben sich gegeneinander, und ihr Kopf schlug mit betäubender Wucht auf dem Fels auf. Ihr Bewußtsein schwand innerhalb eines einzigen Herzschlags. Die Werwölfin war über ihr.

Der Schmerz Joras stieß in Tjalfs Körper wie eine unsichtbare Klinge, und die grausame Angst um ihr

Leben entfachte den Schmerz zu brennendem Zorn. Der Skalde brüllte auf und stürzte vorwärts, den silbernen Dolch gezogen. Mit verzweifelter Kraft packte er den pelzigen Leib und riß ihn mit sich. Sie prallten gegen den nächsten eisigen Kegel, aber der Thorwaler nahm diesen Schmerz kaum mehr wahr. Um nichts auf dieser Welt hätte er die Umklammerung freiwillig gelöst, sosehr das Wesen sich in seinen Armen auch wand und mit seinen Fängen und Klauen den Angreifer zu beißen und zu zerreißen versuchte. Die rechte Hand des Mannes umklammerte den silbernen Dolch. Einmal stieß er nur in das Fell der sich windenden Kreatur, einmal traf er eine Rippe, beim dritten Mal drang die silberne Waffe tief in den Leib des Werwesens. Ein Zittern durchlief die Werwölfin, und ein gepeinigtes Heulen drang aus ihrer Kehle.

Die Werwölfin bäumte sich auf, während die nichtmenschlichen und auch nicht wirklich wölfischen Klauen nach dem Dolch griffen. Die Klinge brannte, wütete in ihr, aber gegen Tjalfs Kraft gelang es ihr nicht mehr, sie herauszuziehen. Ein grauenhafter Schmerz überrannte sie in Wellen, jede schrecklicher als die zuvor. Mit einem hilflosen Aufbegehren spürte sie die Verwandlung und das Verrinnen ihrer Lebens. Unter rasender Pein, mit jedem Quentchen schwindender Kraft schneller, formten sich Glieder und Haut in die des Menschen zurück. Krallen vergingen, Reißzähne schwanden. Die gelben Augen der Wölfin verwandelten sich in die bernsteinfarbenen der jungen Bauerntochter aus Tjolmar. Ihr Blick brach. Jelle war tot.

Tjalf kümmerte das Sterben des Werwesens nicht. Schweratmend trennte er sich von der toten Kreatur. In seiner Angst um Jora erkannte er Jelle nicht einmal. Vor Verzweiflung stöhnend, blind für den Kampf um sich herum, kniete er neben dem reglosen Körper der Thorwalerin nieder. Mit zitternder Hand berührte er das unversehrte und stille Gesicht. Er war zur rechten Zeit gekommen, um sie vor dem Biß der Werwölfin zu bewahren, aber er spürte, wie das Leben langsam aus ihrem Körper floß. Er wußte, daß sie sehr bald eine Reise ohne jede Wiederkehr antreten mußte, daß er machtlos gegen ihr Sterben war. Der Schmerz über den Verlust war überwältigender als jemals zuvor. Etwas in ihm selbst starb mit ihr und raubte ihm jeden klaren Gedanken. Stück für Stück zerriß unter grausamem Schmerz das magische Band ihrer Liebe. Die Wut schützte ihn davor, bis zum Ende ausharren zu müssen, und sie brach sich mit der Wildheit des Walwütigen ihre Bahn, bevor noch das starke Herz der Kriegerin aufhörte zu schlagen.

Die Meute Karmanthi existierte nicht mehr. Kaum mehr als gefrorene grünschillernde Lachen erinnerten an die Stellen, wo ein endlich tödlicher Pfeil, Magie oder eine geweihte Waffe sie gefällt hatten. Die Tatsache, daß sie die Dämonen besiegt hatten, brauchte einige lange Atemzüge, um in den Gedanken der Gefährten Platz zu finden. Die meisten von ihnen hatten von dämonischen Klauen oder messerscharfen Zähnen brennende Wunden davongetragen, und außer Xenos und seiner Begleiterin besaß wohl keiner der Magiekundigen noch genügend Kraft, einen mächtigeren Zauber als einen *Flim Flam* zu sprechen. In diesen Augenblick der Ruhe brach der qualvolle Schrei des Skalden. Es gab keinen Gegner mehr, aber der Schmerz und die Wut machten den Walwütigen blind für die Wirklichkeit. In ihm tobte die Swafskari mit ungebrochener Macht. Er wollte töten! Er griff den Säbel der sterbenden Geliebten, zog ihn mit einem Ruck aus der Scheide und griff den Nächststehenden an. Barek war für einen Wimpernschlag verwirrt; kaum gelang es ihm, das eigene Schwert gegen den mit gewaltiger, grausamer Kraft geführten Schlag zu heben. Ayalamone reagierte mit der kühlen Erfahrung ungezählter Kämpfe. Bevor sie Jelindraél zu den beiden am Boden liegenden Frauen folgte, sprach sie mit weisenden Fingern einige Worte. Die elfischen Laute gingen in dem Gebrüll des tobenden Thorwalers, dem hell klingenden Aufeinanderschlagen der Klingen und den erschrockenen Rufen der Gefährten unter, verfehlten aber ihre beabsichtigte Wirkung nicht: Von dem unsichtbaren Lichtblitz magischer Kraft geblendet, schlug der Wütende nunmehr blindlings um sich, aufschreiend vor Zorn und sinnlos die eisige Kälte mit dem blanken Stahl teilend, bis die Klinge einen Körper traf, den sie nicht verletzten konnte.

Der Eiselementar regte sich. War da wahrhaftig eine Kreatur, die ihn in seinem Zorn noch übertraf? Verwundert senkte er den Blick auf den tobenden Thorwaler, der den eisigen Körper in blinder Wut und heulend vor Schmerz mit dem lächerlichen Stück geschmiedeten Stahls schlug. Die Waffe zerbrach. Auch das hinderte den Mann nicht daran, sich wütend gegen den ungleichen Gegner zu werfen und ihn mit blanken Fäusten zu traktieren. Er erreichte kaum mehr, als daß das Eis ihm die Haut von den Knöcheln riß und er sein eigenes Blut vergoß. Wie verletzlich doch ein Mensch war, gleichgültig, wie groß sein Zorn sein mochte. Der Djinn beugte sich zu seinem Widersacher und umschloß mit frostkalten Händen Schulter und Arme des ihm kaum bis zur Hüfte reichenden Thorwalers. In diesem Augenblick brauchte Xenos seine ganze Autorität, um Barek daran zu hindern, dem Freund beizustehen. Kerrgh wagte nicht, auch nur eines seiner gesträubten Haare zu rühren, wohingegen der Magier mit wissenschaftlicher Neugier und die Elfen mit atemloser Faszination dem seltsamen Schauspiel folgten.

Der Skalde bäumte sich in dem Griff der gefrorenen und harten Finger auf, schrie unverständliche Worte und brüllte vor Zorn. Der Elementar blickte sinnend auf die zappelnde Gestalt in seinen Händen, die nicht einmal Angst vor ihm empfand. Er senkte den Blick in das Herz des Menschen. Er fand den grausamen Schmerz eines Lebewesens, dessen Zeit auf Dere zu kurz war, um zu begreifen, daß der Tod von den Göttern nicht als Strafe zu den Kreaturen dieser Welt geschickt worden war. Er fand Einsamkeit, Zorn und tiefe Wunden, die das Schicksal geschlagen hatten. Der Elementar verstand nicht viel von diesen seltsamen Wesen, die sich in seinem Gefängnis mit Kreaturen gestritten hatten, deren Anwesenheit ihn zornig gemacht hatte. Aber er verstand, wenn auch nicht vollkommen, den Zorn dieses einen Menschen. Und in ihm regte sich Mitleid. Behutsam hauchte er den Tobenden an und fror durch seine Kälte und Magie die jetzt so sinnlose Wut ein. Der Körper erschlaffte in seinen Händen. Vorsichtig bettete der Djinn den Bewußtlosen auf den Boden zu seinen Füßen.

»So ist er ruhig«, sagte er in der Sprache der längst vergangenen Zwerge Umrazims. Die Stimme des Eiselementars war sanft, beinahe wie das Fallen zarter Ifirnssterne, aber keiner der Gefährten zweifelte daran, daß sie ebenso die Gewalt eines Hagelsturms annehmen konnte. Der Elementar richtete den Blick auf den Geoden, der ihm nun am nächsten stand. »Was sucht Ihr hier?«

»Sie suchen mich, Elementar des Eises«, erklang die kalte Stimme Gandreschs, des Sohns des Garnd, über ihren Köpfen. »Und da ich Herr der Erde bin und dem Element des Eises verschworen, bitte ich Euch um den Dienst, alle diese Kreaturen von Deres Antlitz zu tilgen, die Euch in Eurer Ruhe störten.«

Xenos fuhr herum und richtete den Blick mit flammendem Zorn auf den Zwerg, der hoch über ihm in dem Stolleneingang stand. »Ihr habt Euch einem der Erzdämonen verschworen und Euch damit jedem Element und seinen Wesenheiten zum Feind gemacht«, fuhr er den Geoden an. »Ihr seid ein wahnsinniger Dämonenpaktierer und in einem Kreis der Verdammnis angelangt, der Euch keine Rückkehr mehr gestattet. Oder wagt Ihr es zu leugnen, daß die Meute Blutiger Hetzer in Eurem Sold stand?«

»Auch Belshirashs Element ist das Eis. Und der Eisige Jäger ist mächtig und freigebig seinem Gefolgsmann gegenüber«, entgegnete Gandresch gelassen. »Meine Macht dürfte die Eure um ein vielfaches übertreffen, Xenos.«

»Dann leugnet Ihr nicht einmal, das dämonische Goldauge genutzt zu haben, um Gold und Macht zu erlangen?«

»Nur der, der die Macht der Altvorderen zu nutzen versteht, schöpft aus dem gesamten Wissen, das sie vererbten. Ihr seid kurzsichtig, wenn Ihr glaubt, wir könnten auf diese Macht verzichten. Um die Orkischen aus unserem Land zu vertreiben und den Elfen und Menschen den ihnen gebührenden Platz am Ende der derischen Tafel zuzuweisen, brauchen wir dieses Wissen.«

»Ihr habt die Sippe der Tjomarer Zwerge getäuscht und benutzt, ohne jedes Mitgefühl und bar der Sorge, zu der Ihr als ihr Geode verpflichtet gewesen wärt!«

»Ein großes Vorhaben braucht fügsame Arbeiter. So war es schon bei der Erbauung Xorloschs.«

»Ihr seid, soweit ich erfahren konnte, sogar für den Tod etlicher Tjolmarer Angroschim verantwortlich!«

»Was soll diese Anklage? Ihr wißt selbst wohl so gut wie ich, daß es immer Unglücksfälle auf Dere gegeben hat und geben wird. Auch bei der Erbauung Xorloschs sind etliche zu Tode gekommen.«

»Gandresch, Ihr habt Euch sogar des Brudermordes an Gorban, dem Sohn des Garnd, schuldig gemacht! Oder wagt Ihr etwa, dies zu leugnen?«

»Glaubt Ihr nicht auch, daß Angrosch leichten Herzens auf diesen unbedeutenden Diener verzichten kann?«

»Es steht Euch nicht zu, für einen Gott zu sprechen!« Vor Zorn schwoll die Stimme des Feuergeoden zu einem unheilvollen Dröhnen an und färbte sein sonst so gutmütiges Gesicht in der Farbe wütender Flammen.

»Aber Euch steht es an, einen der Euren zu befragen und zu verurteilen? Xenos, warum fragt Ihr überhaupt noch? Ihr habt bereits den Richtspruch über mich gefällt, bevor Ihr diese Stollen widerrechtlich mit Eurer elfischen Hure betreten habt, nicht wahr? Habe ich ein gerechtes Urteil von Euch zu erwarten oder nicht doch eine schnelle gesetzlose Hinrichtung, die man zu Recht einen Mord nennen wird? Steht es doch nur Turven, dem Sohn des Turgai, als Ältestem Sohn der Ältesten Familie zu, über Leben und Tod eines Tjolmarer Zwerges zu richten.«

»Hättet Ihr ihn nicht geblendet mit dämonischer Falschheit und Macht, so hätte ich Euch nicht hier und jetzt zur Verantwortung zu ziehen!« gab Xenos zurück.

»Turven ist ein Dummkopf, der noch nie Wahrheit von Schein zu unterscheiden vermochte.«

»Welch hohes Urteil du von mir hast«, ließ sich da hohl aus dem Stollen die Stimme gerade jenes Zwerges vernehmen, den der Beschwörer eben erst abfällig einen Dummkopf genannt hatte. Gandresch wandte sich mit der Hast des ertappten Diebes um. Seine Hände flogen in die Höhe, um den zum wahrlich unrechten Zeitpunkt aufgetauchten Vetter in seine Schranken zu weisen. Das Feuer von Xenos' Hand schoß zu Gandresch empor, bevor dieser sich hatte sammeln können. Der Zwerg schrie zornig auf. Grell aufleuchtend schlossen sich die heißen, hungrigen Flammen zu einer lodernden Kuppel über der Gestalt des Dämonenpaktieres. Für einen Wimpernschlag war seine Gestalt noch zu erkennen, die hinaufgereckten Arme. Der Beschwörer rief den Dämon, dem er sich verschrieben hatte, doch das Feuer verzehrte seinen magischen Schutz in wenigen Augenblicken und verwandelte Gandresch in eine lodernde, brüllende Fackel. Der brennende Körper taumelte gegen die Felsen und schlug um sich. Glühende Hände versuchten gleißende Flammen zu erschlagen. Und auch wenn seine eisige Magie das Verglühen um wenige, um so qualvollere Herzschläge hinauszuzögern vermochte, blieb am Ende nicht mehr als ein wenig Asche von Gandresch übrig, dem Sohn des Garnd.

Noch während die Gefährten geblendet in der nun völligen Finsternis standen, erschien Turven mit erhobener Fackel dort, wo Asche und Tauwasser zu einem schmutzigen Flecken gefroren. »Xenos, Ihr werdet mir einiges zu erklären haben, das mir in den letzten Monden entgangen zu sein scheint«, grüßte er den Geoden. »Aber seid gewiß, daß niemand Euch des Mordes bezichtigen wird. Dafür habe ich zu lange in der Dunkelheit gestanden und Gandreschs Rede gehört. Braucht einer Eurer Gefährten Hilfe?«

»Ich denke, einige kräftige Männer kämen uns nicht ungelegen«, entgegnete Xenos mit einem Blick in die Runde. Dann wandte er sich erschöpft an den Elementar. »Seid bedankt für Euren Verzicht, uns auf Gandreschs Bitte hin für unser ungehöriges Eindringen zu strafen. Auch wenn es Euch freisteht, uns nun dafür zu tadeln.«

Der Eiselementar nickte nachdenklich. »Es steht mir frei. Ich bin frei. Und ich habe ein wenig verstanden. Ich möchte das Eis sehen und das Licht. Mögt Ihr mir als … Gastgeschenk den Weg dorthin weisen?«

»Gern.« Der Feuergeode lächelte. »Und für einen kleinen Dienst gebe ich Euch dazu noch einen guten Rat.«

»Ein Dienst?«

»Sobald wir gegangen sind, wäre es mein Wunsch, daß diese Höhle zerstört wird, damit niemand mehr den Weg von hier nach Umrazim findet.«

»Nun, das wird mir ein leichtes sein. Und Euer Rat?«

»Das Eis ist im Norden. In dieser Richtung. Aber hütet Euch davor, den Schoß Sumus zu verlassen, bevor Ihr über Euch Euer Element spürt. Das Licht ist über dem Eis hell und kalt, aber über dem Humus hell und warm und vermag Euch Schaden zuzufügen.«

»Habt Dank, kleiner Mann. So geht nun, und ich werde das Meine tun.«

Während die Zwerge zwei behelfsmäßige Tragen für den tief schlafenden Tjalf und die regungslose, aber dank elfischer Magie doch überlebende Jora fertigten, schloß Ayalamone Jelles Hände wie zum Gebet über ihrem toten menschlichen Körper.

»Sanyasala, feyiama«, sang sie sanft.
»Dao ay'zerza, tala feyiama.
Taubra ay'zerza, tala feyiama.
Sha'alwa yan, mada'var sanya, tala feyiama.«

# Epilog

*Ein jedes Leben ist es wert, daß man sich seiner annimmt.*

Leatmon Phraisop, Diener des Lebens

Der kleine Treck erreichte die Pforte hinter dem Wasserfall, als die Praiosscheibe gerade über dem Rorwhed ihren Lauf begann. Warmes, gleißend goldenes Licht grüßte Zwerge, Elfen, Menschen und den Ork und zauberte einen glitzernden Regenbogen in die Gischt des fallenden Wassers.

Lihjana Feensang sagte lächelnd, das Gesicht der strahlenden Scheibe zugewandt und die Augen geschlossen, ein einziges Wort: »Sha!«

Jelindraél legte einen Arm um die Gefährtin und nickte. Ayalamone lächelte.

Barek schüttelte den Kopf. »Elfen«, brummte er.

Sein Oheim blickte ihn schelmisch an. »Oh, es gibt Dinge, die Elfen ganz recht verstehen«, befand er. »Sag, wirst du nach Tjolmar zurückkehren?«

»Sicher wird er zurückkehren«, mischte sich Turven ein. »Nichts geht über ein von Gilda selbst gebrautes Bock. Oder wagt Ihr, mir zu widersprechen, Barek?«

Magister Gerinbold Perkun grinste, während er unternehmungslustig den Stab schwang, um den Abstieg zu beginnen. »Sicher nicht, sicher nicht«, scherzte er gutgelaunt. »Ich erinnere mich an einen brütendheißen Tag in der Wüste Khom, da hatte dieser Angroscho nichts Besseres zu tun, als uns in allen Einzelheiten von einem Mahl aus Gildas vorzüglicher Küche vorzuschwärmen.«

»Ich habe …?«

»Behaupte nur, du erinnerst dich nicht mehr!«

»O ja, von Gildas Kochkunst vermag nicht nur mein Neffe zu schwärmen«, nickte Xenos.

Turven hob lachend die Hände. »Natürlich seid Ihr von heute an, solange Ihr mögt, gerngesehene Gäste meines Hauses! Und ich denke, mein Töchterlein wird sich wahrlich nicht zweimal bitten lassen, für solche Recken das Beste aufzutischen! Ja, das gilt auch für Euch, Hauptmann Kerrgh. Gerade wir haben noch einiges zu besprechen. Wie ist es, Ihr macht mir doch alle die Freude, in meinem Haus einzukehren?«

Der Skalde sah von der Laute auf, die er mit geduldigen Händen stimmte, während das Plaudern der Gäste in der Guten Stube Gildas zu ihm und Jora an das Kaminfeuer drang. Die Kriegerin musterte ihn nachdenklich und fragend. Tjalf Sturmlied zupfte einen leisen, klaren Ton. »Ich bete zu Swafnir, daß mir noch genügend Jahre bis zum Letzten Lied bleiben, damit ich unsere Tochter aufwachsen sehe«, antwortete er. »Aber hat je ein Swafnirkind eine solche Gefährtin an seiner Seite gewußt? Wenn du bei mir bleiben willst, Joraja, wird es vielleicht sogar ein großartiges Lied. Kommst du mit in die Salamandersteine?«

»Ein wenig Zeit bleibt mir, bevor mich ein dicker Bauch am Wandern hindert«, antwortete die Frau. Sie lächelte ernst. »Danach muß ich noch einmal nach Gareth und … Tjalf, ich will, daß sie in Thorwal geboren wird.«

»Dann sollten wir den Winter in Thorwal verbringen«, schlug der Skalde vor. »Und ich werde mein Versprechen dort einlösen.«

»Welches Versprechen?«

»Ich habe dir einen Kuß unter einem blühendem Birkenzweig versprochen.«

»Oh, daran hätte ich dich schon beizeiten erinnert!«

Der Thorwaler lachte. »Das wohl«, entgegnete er.

# Dramatis Personae

Abrolek, Sohn des Abrom = ein Tjolmarer Zwerg

Angosch, Sohn des Angron = ein längst verstorbener Zwerg auf Freiersfüßen

Angrik, Sohn des Angrasch = ein Tjolmarer Zwerg, Turvens Schwager

Ayalamone Silberstreif = eine wandernde Firnelfe, Xenos' Gefährtin

Barek, Sohn des Beragam = ein zwergischer Gemmenschneider aus dem Volk der Brillantzwerge, Neffe des Xenos, Enkel des Xonasch und der Krima, einer von Tjalfs Gefährten

Beorn der Einäugige, der Blender = ein verschollener Thorwaler Kapitän, Tjalfs Vater

Edda Thorrensdottir = eine Heldin aus Olport, die Mutter Joras

Foggwulf, Phileasson = ein Thorwaler Kapitän, Aventuriendurchquerer (14–16 Hal)

Gandresch, Sohn des Garnd = der Zwergengeode aus Tjolmar

Gerinbold Perkun = ein Beherrschungsmagier, *magister extraordinarius* der Halle der Macht zu Lowangen, einer von Tjalfs Gefährten

Gerolf = Tjalfs Lehrmeister, ein Meisterskalde und Swafnirgeweihter

Gilda, Tochter der Gerde = eine Tjolmarer Zwergin und Goldschmiedin, Turvens Tochter und Gandreschs Großnichte

Gorban, Sohn des Garbo = der Angroschgeweihte Tjolmars, ein Bruder Gandreschs

Gushrogh Drughai = der Tairachpriester der Rohrwed Orks unter Mardugh Orkhan

Hane Ahrensmann = ein Fuhrmann der Händlerin Rebaken

Hilgerd = ein älterer einarmiger Jäger und Herr des Handelspostens Hilgerds Heim
Jelindraél Feenlicht = ein elfischer Heiler, einer von Tjalfs Gefährten
Jelle = eine Tjolmarer Bauerntochter, das Mündel Gandreschs
Jora Eddasdottir der Wellenbrecher-Ottajasko = eine Kriegerin der Trutzburg zu Prem, Gefährtin des Tjalf Sturmlied
Kerrgh = ein orkischer Hauptmann des Mardugh Orkhan
Kurjuk = ein Nivesenschamane
Kziran = ein Khierach Ork, Händler
Lihjana Feensang = eine Elfe, eine von Tjalfs Gefährten
Marada Rothelm = die Leiterin der Freien Kämpferschule von der Trutzburg zu Prem
Mardugh Orkhan = der Anführer der Rohrwed-Orks
Mo = eine Fuhrfrau der Händlerin Rebaken
Oberst Orlando = ein Offizier a. D. der kaiserlichen Drachengarde, Lehrer der KGIA in Gareth
Ola Marschelk = eine Wirtsfrau zu Tjolmar: ihrer Familie gehört dort der *Trallopper Riese*
Rike = eine junge Bauerntochter aus Hilvalla
Rohrra = die orkische Schankmagd Hilgerds
Tareka Rebaken = eine junge Händlerin aus Gareth
Tark = der weiße Berghund des Geoden Xenos
Tarr = ein Khierach Ork, Händler
Thelak = ein tauber alter Fährtensucher
Thobald Rorlifsson = ein Olporter Held, Joras verstorbener Vater
Thorn Beornson = alias Tjalf Sturmlied
Tjalf Sturmlied = alias Thorn Beornson, ein Skalde aus Thorwal, Gefährte der Jora Eddasdottir
Turven, Sohn des Turgai = ein zwergischer Mechaniker aus Tjolmar, Gildas Vater, Hauptmann Mardugh Orkhans
Wolpert = ein Bogenbauer in Hilgerds Heim
Xandresch = der verstorbene Zwillingsbruder Gandreschs
Xenos, Sohn des Xoniosch = wandernder Geode aus dem Volk der Brillantzwerge, Neffe des Xonasch und der Krima, Ayalamones Gefährte und Bareks Onkel
Yppa Marschelk = Olas Tochter

## Erläuterung aventurischer Begriffe

*Die Götter und Monate der Menschen*

1. Praios = Gott der Sonne und des Gesetzes – entspricht Juli
2. Rondra = Göttin des Krieges und des Sturmes – entspricht August
3. Efferd = Gott des Wassers, des Windes und der Seefahrt – entspricht September
4. Travia = Göttin des Herdfeuers, der Gastfreundschaft und der ehelichen Liebe – entspricht Oktober
5. Boron = Gott des Todes und des Schlafes – entspricht November
6. Hesinde = Göttin der Gelehrsamkeit, der Künste und der Magie – entspricht Dezember
7. Firun = Gott des Winters und der Jagd – entspricht Januar
8. Tsa = Göttin der Geburt und der Erneuerung – entspricht März
9. Phex = Gott der Diebe und der Händler – entspricht März
10. Peraine = Göttin des Ackerbaus und der Heilkunde – entspricht April
11. Ingerimm = Gott des Feuers und des Handwerks – entspricht Mai
12. Rahja = Göttin des Weines, des Rausches und der Liebe – entspricht Juni

Die Zwölf = die Gesamtheit der Götter
Der Namenlose = der Widersacher der Zwölf
Los = mythologischer Urriese, der im Ringen mit Sumu die Welt formte
Sumu = mythologische Urriesin, die im Ringen mit Los die Welt schuf

*Maße, Geld, Gewichte*

| | | |
|---|---|---|
| Meile = 1 km | Halbfinger = 1 cm | Kreuzer = 0,05 DM |
| Schritt = 1 m | Dukat = 50 DM | |
| Spann = 20 cm | Silbertaler = 5 DM | Gran = 0,04 g |
| Finger = 2 cm | Heller = 0,5 DM | Stein = 1 kg |

*Himmelsrichtungen*

Praios = Süden
Firun = Norden

*Begriffe, Namen, Orte*

Aboralm, Sippe der Aboralm = einer der acht Stammväter der Zwerge; seine Nachfahren mußten am Tag des Zorns aus Xorlosch fliehen und ließen sich im Orkland nieder, wo sie die Stadt Umrazim gründeten

Aborlom, Sippe der = Tjolmarer Zwergensippe

Aghira, Tochter der Aghna = sagenhafte Zwergin aus dem Stamm Aboralms, Verlobte des Calaman von Angrosch nach dem Mord an dem Hochgeweihten Xuragosch am Tag des Zorns in eine ewig brennende Statue verwandelt

Angram-Runen = Zeichen der ältesten bekannten Zwergensprache und -schrift

Angrosch = zwergischer Name für Ingerimm. Die Zwerge sehen Angrosch als den Erschaffer der gesamten Welt und auch der Götter an.

Angroschim, Angroscho = Rogolan: Zwerge, Zwerg

Arbach = orkischer Krummsäbel

Arkanium = eines der fünf magischen Metalle

Aventurien = Kontinent auf der Welt Dere

Aves = Halbgott, Sohn der Rahja und des Phex', Namensgeber Aventuriens, Schutzgott der Reisenden

badoc = bezeichnet menschliche Eigenschaften, die Elfen an Menschen unverständlich und gleichwohl für das eigene Sein gefährlich wie verlockend erscheinen: dazu gehört Machtgier ebenso wie die Vorliebe, in ›toten‹ Steinhäusern zu wohnen

Belshirash = einer der Erzdämonen, auch Nagrach oder der Eisige Jäger; wird als Gegenspieler Firuns verstanden, dämonischer Herrscher des Eises

bian bha la da'in = Isdira: Bannbaladin, ein elfischer Beherrschungszauber, der den Bezauberten für eine Weile zum Freund des Zaubernden werden läßt

Bock = auch Zwergenbock, ein zwergisches Starkbier

boroborinoi, Mz. boroboriné = Isdira: ›kleiner Bartmurmler‹, Zwerg

Brazoragh = die wichtigste Orkgottheit, gilt den Orks als ihr Schöpfer und Kriegsgott. Ein Priester des B. ist zumeist auch der Sippenführer.

Brillantzwerge = Söhne Curobans, der Kunst und Eleganz sowie der Abenteuerlust zugeneigtes Zwergenvolk aus den Beilunker Bergen im Osten Aventuriens

Bund aus Feuer und Erz = zwergisch: Ehe

Byakka = orkische Einhandaxt mit Doppelblatt und krönender Spitze

Calaman, Sohn des Curthag vom Stamme des Curoban = sagenhafter zwergischer Abenteurer, Verlobter Aghiras, dessen Diebstahl der Krone Ordamons aus Pyrdacors Hort schließlich zum Tag des Zorns führte

Curoban = einer der acht Stammväter der Zwerge

Dere, derisch = eine erdähnliche Welt, auf der Aventurien liegt

dha = Isdira: Leib, Verkörperung, Sein, Selbstverständlichkeit; Nordstern

dhaofey'ahba = Isdira: ungeborenes Elfenkind

Djinn = eine meist halbmenschlich erscheinende Elementarmanifestation von großer Macht und eigener Individualität

Elemente, die sechs = die Grundbausteine der diesseitigen Welt: Feuer und Wasser, Luft und Erz, Eis und Humus

fey, fae = Isdira: Elf, Elfin, auch: ich

feyiama = Isdira: ›Freund der Elfen‹

fialgra = Isdira: ›Wildpelz‹, Ork

Flim Flam = Lichtzauber elfischen Ursprungs, als Kugel kalten Lichtes über der Hand schwebend

Gareth = Haupt- und Kaiserstadt des Mittelreiches

Geode = zwergischer Magiekundiger; vertritt jeweils einen von zwei Glaubensgrundsätzen; einmal den der Diener Sumus und zum anderen den der Herren Deres, erstere als Hüter der Schöpfung Angroschs, letztere als Beherrscher Deres

Götterlauf = ein Jahr

Goldener Schlüssel = magisches Artefakt, das ein beliebiges Schloß einmal öffnen kann

Hilval = ein Nebenfluß des Svellt
Heilige Stelen = älteste erhaltene Schriftsäulen in den Heiligen Hallen Xorloschs
Hügelzwerge = in gemütlichen Erdhügelhäusern lebendes, Geselligkeit und gutes Essen liebendes Zwergenvolk Mittelaventuriens
Ifirn = Halbgöttin, Tochter des Firun, mitleidige Mittlerin zwischen den Menschen und ihrem Vater
Ifirnstern = Schneekristall
Isdira = die Alltagssprache der Elfen
Jolskrim, Mz. Jolskremi = thorwalsch: Langhaus
kahrjanda = Isdira: Schicksal, ›die Bestimmung‹, Traum
Karmanath, Mz. Karmanthi = dämonischer Hund aus dem Gefolge Belshirashs
keh'nurdro = Isdira: ›Lebenskraft fressender Gast‹, beschreibt eine Wucherung an Baumstämmen alter oder kranker Bäume
KGIA = Kaiserlich-Garethische Informations-Agentur; der Geheimdienst der Garether Kaiser
Khierach-Orks = eine Orksippe, die bei Hilgerds Heim ansässig ist
Korogh = ein sagenhafter Ork, dem Ingerimm den Auftrag gab, Umrazim zu zerstören
Krrorgh'khroh = orkisch: orkische Kriegshunde
Kvillotter = gelbgrün gesprenkelte Giftschlange des nördlichen Aventuriens
Langer Weg = alte, zum größten Teil verfallene Angroschimstraße, die vom nördlichen Firunswall in die Walberge führte
latala'jah = Isdira: ›Rosenohr, gefunden im Wald‹, auch: ›mit dem Wald lebendes Kind‹, oder: ›Werwölfin‹
Mada; Madamal = Halbgöttin, Tochter Hesindes; der Mond
Magica Clarobservantia = Hellsichtsmagie
Magica Communicatia = Magie zur Verständigung
Magica Controllaria = Beherrschungsmagie
mandra = Isdira: Seelenkraft
matrix, Mz. matrices = Alt-Garethi: die individuellen magischen Muster, die jedem Ding, lebend oder tot, innewohnen und es umgeben
Meister(in) des Flusses = oberste(r) Efferd-Geweihte(r) einer Provinz des Inlandes

nurdra = Isdira: Lebenskraft, Wachstum
Nurti = in der elfischen Mythologie das erschafffende Prinzip, von wenigen Elfen auch als Göttin angesehen
Ordamon = sagenhafter Zwergenkönig, der auszog, Pyrdacors Hort zu stehlen, und dadurch den Krieg zwischen Drachen und Zwergen auslöste
Orkkrieg, Orkensturm = Eroberungskrieg der Orks zwischen 17 und 20 Hal
Orkland = Stammland der Orks, im Nordwesten Aventuriens zwischen Thorwal und dem Svelltschen Städtebund gelegen
Orkpfad = der Teil der Langen Weges, der vom nördlichen Firunswall bis nach Tjolmar führt
Ottajasko = thorwalsche Schiffsgemeinschaft, in etwa auch ›Sippe‹
Ottaskin = eine typisch thorwalsche Siedlungsform aus mehreren Langhäusern mit schützendem Ringwall
Paschok = Würfelspiel aus dem Svellttal und dem Bornland
Rogar/na = Rogolan: Zwillingsbruder/-schwester
Rogolan = die Sprache der Zwerge
Rorwhed = Gebirge östlich des nördlichen Svellt, von Orks besetzt
Rosenohr = Bezeichnung der Elfen für Menschen
Rotpüschel = nord- und mittelaventurische Hasenart
Satuaria; Tochter Satuarias = Tochter Sumus, Göttin der Hexen; Hexe
sha = Isdira: (strahlende) Sonne
soahin'iama = eine der elfischen Bezeichnungen für das Sorgenlied
Sphären, die sieben = die durch den Limbus (Zwischenraum) getrennten Weltebenen; z. B. entspricht die Dritte Sphäre der diesseitigen Welt und die Siebte den dämonischen Niederhöllen
Sternenleere, Karte der S. = sternenfreie Region des aventurischen Sternenhimmels, die dem Namenlosen zugeordnet wird; somit entspricht die K. d. S. der Karte des Namenlosen
Svelltscher Städtebund = ehemals Bund mehrerer menschlicher nordaventurischer Städte, von den Orks im Orkensturm erobert, seitdem von diesen besetzt

Swafneld Ifnarson = sagenhafter tragischer Held der Thorwaler
Swafnir = Halbgott, Sohn von Rondra und Efferd; der als Wal dargestellte oberste Gott der Thorwaler
Swafskari = auch: Walwut, bei Thorwalern auftretende Form des Kampfrausches und der Raserei
Tairach = Gottheit der Orks: Herr der Toten, der Geister und der Zauberei
tala, telor, Mz. teloré = Isdira: ›Rosenohr‹, Mensch, Menschen
taub'kahrza = Isdira: ›aus dunkler Magie zur Zerstörung geschaffene Ungeheuer‹, Dämonen; hier: eine Meute Karmanthi
taubra = Isdira: die für Elfen unerklärliche Zauberei der Menschen
thar(a) = Isdira: Waffe, Kämpfer(in)
Tharf = Zeremonienwein des Rahja-Kultes, ›Rahjaikum‹
tharmandra = Isdira: in etwa: ›die Kunst, magische Waffen zu fertigen‹
Thing = thorwalsch: ›Kleine Versammlung‹ einer Ottajasko sowohl zur Rechtsprechung als auch zum Gelage
Thorwal = zum einen die Stadt T., zum anderen das gesamte Land der Thorwaler, an der nordwestlichen Küste Aventuriens gelegen
Tiefzwerge = lichtscheue Bewohner dunkler Grotten, die von degenerierten Zwergen aus Umrazim abstammen sollen
Tote und Wiedergeborene Mada = der (nicht sichtbare) Neumond
var'tausna = Isdira: ›Schatzhüter‹, meist für goldgierige Zwerge stehend
Walberge = Gebirge östlich des Bornlandes
Wühlschrat = eine unterirdisch lebende Art der Schrate mit steinharter Haut und messerscharfem Gebiß, von Zwergen wegen ihrer unberechenbaren Tunnelgräberei gefürchtet; ernähren sich angeblich von Felsen
Xorlosch = uralte Heimatstadt aller Zwergenvölker
Yagrik = breitblättriger kurzer Wurfspeer der Orks
Zhayad= die beliebteste (Geheim-)Schrift und (Geheim-)Sprache der Magier
zerza = Isdira: Zerstörung, Vernichtung, Ende, ›Licht werden‹
zerza'jah = Isdira: drohende Vernichtung, baldiges Ende, Übergang, Veränderung